Frank Peretti • Ted Dekker

Das Haus
Roman

Über die Autoren

Frank E. Peretti ist der deutschen Leserschaft seit vielen Jahren durch Erfolgsromane wie „Die Finsternis dieser Welt", „Licht in der Finsternis" oder „Der Gesandte des Lichts" bestens bekannt. Er versteht es wie kein anderer, Horror und Hochspannung mit tiefgehenden geistlichen Aussagen zu verknüpfen. Weltweit hat er über 12 Millionen Exemplare seiner Bücher verkauft und unzählige Preise eingeheimst. Frank Peretti lebt mit seiner Frau im Westen der USA.

Ted Dekker hat sich ebenfalls mit diversen spannenden Romanen einen Namen gemacht (z. B. „Kind des Himmels"). Nach einer aufregenden Jugend als Missionarskind in Indonesien machte er Karriere als Marketingdirektor. Seit 1997 ist er hauptberuflicher Schriftsteller.

Frank Peretti • Ted Dekker

DAS HAUS

Roman

Titel der Originalausgabe: *House*

© 2006 by Frank Peretti und Ted Dekker
Published by Westbow Press, a division of Thomas Nelson, Inc.,
Nashville, Tennessee

© 2007 der deutschen Ausgabe
by Gerth Medien GmbH, Asslar,
in der Verlagsgruppe Random House GmbH, München
Best.-Nr. 816 144
1. Auflage 2007

ISBN 978-3-86591-144-5

Übersetzung: Karoline Kuhn
Umschlaggestaltung: Michael Wenserit
Umschlagfoto: The DesignWorks Group, Charles Brock
Lektorat und Satz: Nicole Schol
Druck und Verarbeitung: GGP Media GmbH, Pößneck

Nachdruck, auch auszugsweise, nur mit Genehmigung des Verlages.

*Das Licht scheint in der Dunkelheit
und die Dunkelheit konnte es nicht auslöschen.*

*Mein Herz birgt alle Geheimnisse;
mein Herz lügt nicht.*

Prolog

Der Mann stand reglos im Türrahmen und starrte auf seinen Schatten, der sich wie ein dunkler Fleck in dem langen Flur ausbreitete. Er studierte die Strukturen, die jahrealter Staub auf dem Boden hinterlassen hatte, atmete den Geruch von Schimmel und Rattenkot ein und lauschte dem Knarren des alten Holzes.

Dieser Raum barg nur wenige Hinweise auf die Geschehnisse, die sich bis zum Sonnenaufgang dort ereignet hatten. Von diesem Punkt aus betrachtet war es nur ein leerstehendes Haus. Interessant.

Doch der Rest des Hauses gab Zeugnis von dem, was wirklich geschehen war.

Unter seinen Stiefeln lagen die Dielenbretter Seite an Seite wie Leichen in einem Grab, verzogen von Feuchtigkeit, bedeckt von Staub und herabgefallenen weißen Putzstücken.

Auf der gegenüberliegenden Wand bewegte sich die mit Blumen bedruckte Tapete. Hinter ihr kratzte, raschelte und knabberte etwas, bis schließlich eine schwarze, schnurrbartbewehrte kleine Nase hindurchbrach. Die Ratte quetschte sich durch das Loch, ein Stückchen Tapete zwischen den Zähnen. Dann setzte sie sich hin und blickte ihn an. Keiner von beiden fand die Anwesenheit des anderen alarmierend. Die Ratte lief an der Wand entlang und verschwand um eine Ecke.

Am anderen Ende des Raumes raschelte ein halb abgerissener Vorhang vor einem zerbrochenen Fenster, das Zeichen eines mitleiderregenden Ausbruchsversuches. Abgesehen von diesem zerstörten Fenster gab es keinerlei Hinweise darauf, dass jemand hier gewesen war.

Doch wenn ein neugieriger Passant das Haus betreten würde, könnte er viele solcher Hinweise finden. Und diese hätten ihn zu den Geheimnissen geführt, die im Keller verborgen waren.

In der abgestandenen Luft hing der Geruch des Todes – selbst hier oben. Die Wände waren wie Überwürfe, die alles in Dunkelheit hüllten. Es war die perfekte Arena für das perfekte Spiel gewesen.

Und Barsidius White hielt schon nach dem nächsten Schauplatz Ausschau.

I

17:17 Uhr

„Jack, du bringst uns noch um!"

Seine Gedanken schraken aus einem Tagtraum auf und kehrten auf den einsamen Highway in Alabama zurück. Der blaue Mustang fuhr fast 130 km/h. Jack räusperte sich und nahm den Fuß etwas vom Gas. „Sorry."

Stephanie fing wieder an zu singen. Mit ihrer klaren, etwas melancholischen Stimme intonierte sie einen Countrysong: *„Mein Herz birgt alle Geheimnisse, mein Herz lügt nicht ..."*

Schon wieder dieses Lied. Sie hatte es selbst geschrieben, deshalb äußerte er nie Kritik daran – aber der Text war grässlich, vor allem heute in Anbetracht dessen, was ...

„Jack!!"

Wieder hatte die Nadel der Geschwindigkeitsanzeige die 120 hinter sich gelassen.

„Tut mir leid." Er zwang sich, seinen Fuß vom Gas zu nehmen.

„Was ist denn nur los mit dir?"

„Was mit mir los ist?" *Ganz ruhig, Jack! Mach die Sache nicht noch schlimmer ...* „Ich bin einfach ein bisschen angespannt, okay?"

Sie lächelte ihn an. „Du solltest es mal mit Singen probieren."

Sein Griff um das Lenkrad verstärkte sich. „Tja, das ist ja dann wohl deine Antwort auf alles, was?"

„Wie bitte?"

Er seufzte. Warum biss er auch immer auf den Köder an?

„Tut mir leid." Ständig hatte er das Gefühl, sich entschuldigen zu müssen. Er rang sich ein Lächeln ab und hoffte, dass sie es schlucken würde.

Sie lächelte auf eine Art und Weise zurück, die ihm verriet, dass sie es nicht tat. Sie war schön genug, um jeden Mann in ihren Bann zu ziehen – so, wie sie auch ihn in ihren Bann gezogen hatte. Sie war blond, jugendlich und machte in dieser Jeans eine tolle Figur. Genau das, was sich die Jungs in den Bars unter einer Country-Sängerin vorstellten. Ihre blauen Augen konnten immer noch Funken sprühen – nur nicht mehr für ihn. Im Moment waren sie hinter einer modischen Sonnenbrille verborgen, und sie verrenkte sich den Hals, um in den Rückspiegel zu schauen.

„Ich glaube, da ist ein Polizeiwagen hinter uns."

Er blickte ebenfalls nach hinten. Der Highway schlängelte sich über Hügel und durch Wiesen und Wälder und verbarg und offenbarte abwechselnd ein einzelnes Auto, das hinter ihnen fuhr. Der Wagen war nahe genug, dass Jack die blau-weiße Lichtleiste auf dem Dach erkennen konnte. Er blickte schnell auf den Tacho: 100. Das sollte noch im Rahmen des Erlaubten sein.

Der Polizeiwagen kam noch näher.

„Fahr lieber langsamer."

„Ich fahre vollkommen angemessen!"

„Sicher?"

„Ich kann schließlich lesen, Steph!"

Noch ein paar Sekunden später fuhr der Polizeiwagen so dicht hinter ihnen, dass er den gesamten Rückspiegel ausfüllte. Jack konnte die angespannte Kieferlinie des Polizisten sehen und die verspiegelte Brille, die dessen Augen verbarg.

Eine Polizeistreife.

Jack kontrollierte nochmals den Tacho, ging dann auf 80 runter und hoffte nur, dass der Bulle ihnen nicht hinten reinfuhr. Tatsächlich kam er noch etwas näher. Gleich würde er sie rammen!

Jack trat das Gaspedal bis zum Anschlag durch und der Mustang schoss vorwärts.

„Was machst du denn?!", rief Stephanie.

„Er hätte uns um ein Haar gerammt!"

Der Polizeiwagen fiel ein paar Meter zurück und die Lichter auf seinem Dach begannen zu blinken.

„Na, toll!", murmelte Stephanie und warf sich in ihrem Sitz zurück. Der Vorwurf in ihrer Stimme war nicht zu überhören. Immer war er schuld. *Dabei bist du diejenige, die sich aus dem Staub gemacht hat, Stephanie.*

Der Polizeiwagen zog auf die Gegenfahrbahn und fuhr neben sie. Der uniformierte Cop wandte Jack sein Gesicht zu – ob er ihm in die Augen sah, konnte Jack wegen der Sonnenbrille nicht erkennen. Verspiegelte Gläser, neutraler Gesichtsausdruck. Jack zwang sich, wieder auf die Straße zu schauen.

Die beiden Autos fuhren mit 80 km/h nebeneinander her.

„Was machst du denn, Jack? Fahr rechts ran!"

Das hätte er ja gern getan, doch es gab keine Haltemöglichkeit. Der dichte Wald umgab die Straße wie eine Mauer. „Ich kann nicht! Es gibt hier keinen Seitenstreifen und ich kann ja nicht einfach –"

Er ging vom Gas. Irgendwo musste es ja eine Möglichkeit zum Anhalten geben. 60 km/h, dann 50. Der Polizeiwagen blieb neben ihm.

Jack sah eine Lücke im Bewuchs, die Andeutung einer Haltebucht. Er bremste und fuhr rechts ran. Der Polizeiwagen fuhr an ihnen vorbei und brauste mit blitzenden Lichtern davon. Sekunden später war er verschwunden.

„Was sollte denn das?", fragte Jack, stellte den Rückspiegel neu ein und fuhr dann wieder auf die Straße. Er wischte sich die feuchten Handflächen an seiner Jeans ab.

„Du bist zu schnell gefahren", sagte Stephanie, heftete ihre Augen auf die Straßenkarte und mied seinen Blick.

„Er hat uns nicht rausgewunken. Warum ist der so dicht aufgefahren? Hast du gesehen, wie nah er an uns dran war?"

„Das ist eben Alabama, hier machen sie die Dinge auf ihre Art – das weißt du doch."

„Ja, aber man rammt doch keine Leute, wenn sie zu schnell fahren!"

Sie schüttelte frustriert den Kopf. „Jack, würdest du uns jetzt einfach in die Stadt bringen, ohne die Straßenverkehrsordnung zu verletzen und an einem Stück? Bitte?"

Er zog es vor zu schweigen, statt zu kontern, und konzentrierte sich auf die Straße. *Heb dir das für die Paartherapie auf, Jack!*, sagte er sich selbst. Er fragte sich, welche neuen Anschuldigungen sie heute wieder vom Stapel lassen würde.

Sie straffte die Schultern, setzte ein Lächeln auf und begann, leise zu summen.

Meinst du wirklich, dass das etwas bringt, Jack? Glaubst du allen Ernstes, du könntest etwas retten, das du schon lange verloren hast? Wenn es irgendetwas gegeben hätte, womit er diese Zeiten zurückholen könnte, er hätte es getan – er hätte sogar Stephanies Texte mitgesungen. Aber er machte sich keine Illusionen mehr. Alles, was er hatte, waren Erinnerungen, die ihm auch jetzt noch den letzten Nerv raubten – ihre Arme um seinen Hals und die freudige Erregung in ihren Augen; das Gefühl, das er jedes Mal empfunden hatte, wenn sie den Raum betreten hatte; all die Geheimnisse, die sie teilten; ein Blinzeln genügte und sie wussten Bescheid … all diese Dinge, die genau so gewesen waren, wie sie sein sollten …

Und dann der Unfall, der alles verändert hatte.

Er dachte wieder daran zurück, wie er zum ersten Mal im Sprechzimmer des Paartherapeuten gesessen und ehrlich über seine Gefühle gesprochen hatte: *Ich fühle mich … so sinnlos. Das Leben führt zu nichts. Wenn es einen Gott gibt, ist er der Teufel persönlich … Wie bitte? Ach, Sie meinen Stephanie? Nein, sie habe ich auch verloren. Sicher, sie ist hier, aber innerlich hat sie sich längst verabschiedet.*

Er wurde den Gedanken nicht los, dass dieser ganze Trip nur eine Formalität war – ein weiterer Nagel in den Sarg ihrer Ehe. Stephanie würde den ganzen Weg nach Montgomery und zurück singen – und trotzdem ihre Scheidung bekommen und fröhlich ihres Weges ziehen.

„Jack, du hast dich total verfranst!"

Wie wahr!

„Jack!"

Er schrak zusammen und widmete seine Aufmerksamkeit wieder der Straße. Der Mustang schnurrte mit 80 dahin und ließ Kilometer um Kilometer hinter sich. Der Wald machte inzwischen kleinen Häuschen und gerodeten Flächen Platz, auf denen nur noch Baumstümpfe standen.

Stephanie starrte auf die Straßenkarte. Hatte sie gesagt, er hätte sich verfahren? Natürlich, sie hatte die Karte, aber er hatte sich verfahren!

Er biss sich auf die Zunge, damit ihm seine sarkastische Bemerkung nicht herausrutschte. Das passierte ihm in letzter Zeit viel zu oft. „Was meinst du?"

„Da, auf den Schildern steht ‚5'. Wir müssten aber auf dem Highway 82 sein."

Er lehnte sich hinüber und versuchte, einen Blick auf die Karte zu werfen. Das Auto geriet jedoch etwas ins Schleudern und er richtete seine Aufmerksamkeit rasch wieder auf die Straße.

„Wir kommen zu spät!", sagte sie.

Nicht unbedingt. „Siehst du den Highway 5 da auf der Karte? Wo führt der hin?"

Sie fuhr mit dem Finger die Linie entlang. „Jedenfalls nicht nach Montgomery. Wie hast du es bloß geschafft, von der ‚82' herunterzukommen?"

Sollte er sich verteidigen? „Ich wurde ein wenig von einem Cop abgelenkt, der versucht hat, mich von der Straße zu drängen."

Sie holte ihr Handy heraus und schaute auf die Uhr. „Das schaffen wir niemals!"

Klang da etwa Hoffnung in ihrer Stimme mit? Wenn sie jetzt umdrehten, vielleicht …

„Ich habe einen Auftritt abgesagt, um mit dir zu dieser Sitzung zu gehen!", murrte Stephanie und verschränkte die Arme vor der Brust.

Da haben wir's ja wieder – alles meine Schuld.

Vor ihnen blitzten rote und blaue Lichter auf.

„Na super!", sagte Stephanie. „Das hat uns ja gerade noch gefehlt!"

Jack nahm die Geschwindigkeit zurück, während er sich dem Polizeiwagen näherte. Orangefarbene Pylonen und ein Schild blockierten die Straße vor ihnen.

„‚Vollsperrung wegen Bauarbeiten'", las Jack. „Na ja, wir müssen sowieso umkehren." Er fuhr auf den geschotterten Randstreifen, doch dann fiel ihm etwas ein. „Hey, wir können ja den Bullen fragen, wie wir am besten nach Montgomery kommen."

Er lenkte den blauen Mustang hinter den Polizeiwagen. In diesem Augenblick schwang dessen Fahrertür auf, und ein Polizist – der Polizist – stieg aus, die Augen immer noch hinter der verspiegelten Sonnenbrille verborgen.

2

Der Polizist bewegte den Kopf hin und her, um seinen steifen Nacken zu lockern, dann setzte er seinen Hut auf und kam auf sie zu. Er trug ein kurzärmeliges graues Hemd und Hosen mit einem schwarzen Streifen an der Seite. Die Polizeimarke an seiner Brust blitzte in der Nachmittagssonne auf. An seiner rechten Hüfte hing ein großes Holster und links ein Schlagstock.

Er kam selbstsicher auf sie zu. Seine Hose war eine Spur zu eng. Er tippte sich an den Hut.

„Na, dann Gute Nacht", kommentierte Stephanie trocken.

Jack ließ die Fensterscheibe herunter. Eine heiße Brise wehte in den Mustang, gefolgt von lautem Grillenzirpen. Der Polizist blieb stehen und beugte sich etwas nach vorn. Eine Hand blieb an seiner Waffe. Er ließ sie einen Blick auf seine Spiegelbrille werfen. „Morton Lawdale" stand auf seiner Marke.

„Könnte ich mal Ihren Ausweis und die Wagenpapiere sehen?"

„Wir –"

„Die Papiere bitte. Sofort."

Jack wühlte im Handschuhfach, holte die Papiere hervor und reichte sie ihm.

Der Polizist nahm sie mit seiner behandschuhten Hand entgegen und studierte sie ausgiebig. „Steigen Sie bitte aus."

Jack war nicht sicher, was er davon halten sollte. „Warum?"

„Warum? Weil ich Ihnen etwas zeigen will, darum!"

„Habe ich etwas verkehrt gemacht?"

„Sagen Sie mal, sind Sie schwer von Begriff? Wenn Ihnen

ein Polizeibeamter sagt, Sie sollen aussteigen, dann diskutieren Sie nicht herum. Hier gibt es etwas, das Sie sich anschauen sollten. Also bewegen Sie jetzt Ihren Hintern aus dem Wagen!"

Jack wechselte einen Blick mit Stephanie, öffnete dann die Tür und schwang seine Beine hinaus.

„Na also. War das so schwer?"

„Wir sind irgendwie falsch abgebogen", sagte Jack und schaute zu dem Mann auf, der gut einen Kopf größer war als er. „Eigentlich wollten wir die ‚82' nach Montgomery nehmen."

Lawdale zog seinen Schlagstock heraus und winkte Jack nach hinten. „Kommen Sie her."

Ein Schauer lief Jack über den Rücken. Wie war er bloß in diese Situation geraten, mitten im Nichts mit diesem Typ, der vom Schlag „Erst schießen, dann fragen" zu sein schien?

Er zögerte.

„Muss ich Ihnen denn alles zweimal sagen?", sagte der Cop und klopfte sich mit dem Gummiknüppel in die Handfläche.

„Nein." Jack ging in Richtung Kofferraum. Neben dem Kotflügel blieb er stehen und sah den Polizisten an, der mit gespreizten Beinen dastand und ihn anstarrte. Vermutete Jack jedenfalls.

Lawdale deutete mit dem Stock auf die linke Bremsleuchte. „War Ihnen bewusst, dass Ihr linkes Bremslicht defekt ist?"

Jack merkte, dass er die Luft angehalten hatte. „Ach ja? Nein, das wusste ich nicht."

„Tja, so ist es. Und ich weiß das so genau, weil ich Ihnen beinahe in den Kofferraum gefahren bin."

„Oh."

„Oh", äffte der Polizist ihn nach. Sein Hemd hatte Schweißflecken unter den Armen und an der Brust. „Und ich würde Ihnen vorschlagen, dass Sie in Zukunft dafür sorgen, dass Ihr Wagen verkehrstauglich ist."

Die Beifahrertür öffnete sich und Stephanie stieg aus. Sie lächelte so strahlend wie die Sonne. „Ist alles in Ordnung?"

„Ein Bremslicht ist kaputt", erklärte Jack.

Stephanie legte neckisch den Kopf schief. „Das lassen wir gleich reparieren, wenn wir in Montgomery sind, nicht wahr, Jack?"

„Natürlich. Sobald wir da sind."

Der Polizist tippte sich grüßend an den Hut und musterte Stephanies Hüftjeans und ihr Seidentop. „Und wer sind Sie bitte?"

„Stephanie Singleton."

Der Blick des Polizisten fiel auf Stephanies ringlose Hand. Dass sie den Ring letzten Monat abgenommen hatte, hatte Jack mehr verletzt als alles andere. „Sind Sie Geschwister? Cousin und Cousine?"

„Ehemann und Ehefrau", sagte Jack steif.

Der Cop schaute Stephanie an. „Und Sie lassen diesen Irren ans Steuer?"

„Irrer?", echote Jack.

Der Cop schob seine Sonnenbrille etwas herunter und blickte Jack über ihren Rand skeptisch an. Er hatte blaue Augen. „Wollen Sie mir jetzt dumm kommen? Lassen Sie das lieber."

Jack wurde deutlich, wie viele Unverschämtheiten man sich bieten lassen musste, wenn das Gegenüber eine Uniform trug.

Jetzt zog der Bulle seine Brille ganz ab und warf Jack mit versteinertem Gesicht einen langen Blick zu. „Sie fahren nicht nur wie ein Irrer, Sie sind auch irre, wenn Sie es nicht mal merken! Aber ich will mal so tun, als wäre Ihnen doch bewusst, was Sie getan haben. Wie schmeckt Ihnen das?"

Lawdale wartete auf eine Antwort. Jack fielen verschiedene Möglichkeiten ein, doch er beschränkte sich auf: „Gut."

„Gut. Dann sage ich Ihnen jetzt mal, was ein Irrer tut." Er tippte Jack mit dem Finger auf den Kopf, hart genug, dass es wehtat. „Ein Irrer achtet nicht auf seine Geschwindigkeit und er schaut nicht in den Rückspiegel. Sie müssen Ihre Spiegel benutzen, Jack. Ich bin Ihnen fünf Minuten lang gefolgt, bevor Sie überhaupt gemerkt haben, dass ich hinter Ihnen war. Ein Laster könnte Sie plattmachen wie eine Fliege …"

Der Cop zog seinen Revolver und schoss in das Feld neben der Straße. *Wumm!* Jack und Stephanie fuhren zusammen.

„Einfach so!" Lawdale blies den Rauch vom Lauf und steckte die Waffe mit einer präzisen kleinen Drehung wieder in das Holster. „Sie verstehen, was ich sagen will, mein Freund? Hier draußen ist es gefährlich." Wieder tippte er mit dem Zeigefinger auf Jacks Kopf. „Achten Sie auf Ihre Geschwindigkeit und benutzen Sie Ihre Spiegel!"

Alles in allem hielt Jack es für das Beste, gehorsam zu antworten: „Das werde ich, Officer."

„Gut!" Der Polizist gab ihm seine Papiere zurück und deutete die Straße hinunter. „Wir haben hier eine kleine Umleitung. Die nächsten fünf Kilometer ist die Straße aufgerissen. Wo wollten Sie noch mal hin?"

Jack sank das Herz, als er antwortete: „Montgomery."

„Montgomery." Der Cop lächelte beinahe, allerdings nicht amüsiert. „Können Sie keine Karte lesen?"

„Wir sind irgendwo falsch abgebogen."

Der Polizist schnaubte verächtlich. „Ich würde der Umleitung folgen. Das dürfte etwa eine Stunde weniger ausmachen, als die ganze Strecke bis zur ,82' zurückzufahren – wenn Sie wissen, wie Sie fahren müssen. Die Straße ist nicht sonderlich gut markiert und Sie wollen sicher nicht im Dunkeln noch durch die Gegend kurven."

„Könnten Sie uns bitte sagen, wo wir entlangfahren müssen?"

Lawdale folgte ihnen zu ihrem Wagen. „Sie haben doch eine Karte, oder?"

Stephanie hielt sie ihm hin und er faltete sie auf dem Kofferraumdeckel des Mustangs auseinander und studierte sie kurz. „Uraltes Ding." Grunzend legte er sie wieder zusammen. „Okay. Sie hören mir jetzt gut zu, klar? Ich weiß, Sie halten mich für ein bisschen seltsam – dann will ich Ihnen mal sagen, dass solche Städter wie Sie lieber nicht hier irgendwo im Wald herumirren und die Inzuchtgeschädigten nach dem Weg fragen sollten, die hier so leben. Man weiß nie, auf wen man hier draußen trifft. Also, Sie fahren –"

„Inzuchtgeschädigte?" Stephanies Lächeln passte nicht zu ihrem Tonfall.

Der Cop winkte ab. „Hinterwäldler. Idioten, wie Jack eben einer war. Keine Ahnung von den Gesetzen – haben ihre eigenen. Üble Typen, die noch nichts von der Erfindung der Zahnbürste mitgekriegt haben ... von Gesetz und Ordnung ganz zu schweigen." Er zeigte die Straße hinunter. „Sie fahren jetzt auf dieser Strecke nach Süden, bis Sie an eine T-Kreuzung kommen. Da biegen Sie links ab und folgen der Straße durch die Ebene, bis Sie wieder in den Wald kommen. Gut 50 Kilometer fahren

Sie dabei auf einer Schotterpiste, aber keine Bange, die bringt Sie direkt auf die ‚82'. Sollte etwa eine Stunde dauern."

Jack schaute zweifelnd die Schotterstraße entlang, die in Richtung Süden in den Hügeln verschwand. „Sind Sie sicher?"

„Sehe ich irgendwie unsicher aus?"

Jack musste grinsen. „Nein, Sir."

Lawdale nahm seine Entgegnung mit einem knappen Nicken zur Kenntnis. „Jetzt beginnen wir, uns zu verstehen. Diese Straße fahre ich jeden Morgen zur Arbeit. Sollten Sie eine Panne haben, bleiben Sie einfach am Straßenrand stehen. Irgendeiner von uns wird Sie dann aufsammeln."

„Das klingt, als würde so was öfter passieren", sagte Jack.

„Tut es auch."

Stephanie blickte auf die Straße und vergaß zu lächeln. „Jack, vielleicht sollten wir einfach wieder nach Hause fahren."

„Nicht nötig", befand Lawdale. „Wenn Sie sich jetzt ranhalten, schaffen Sie es locker noch bei Tageslicht. Passen Sie auf sich auf!" Er tippte sich an den Hut und ging zu seinem Streifenwagen.

Jack stieg ein und umklammerte das Lenkrad. „Hast du dich schon mal gefragt, was für ein Menschenschlag wohl im Hinterland von Alabama als Streifenpolizist tätig ist?"

Stephanie ließ sich in ihren Sitz sinken. „Eigentlich nicht."

„Na, jetzt weißt du es."

„Vermutlich hat er schon eine Menge erlebt. Ich schlage vor, wir kehren um."

Jack blickte auf seine Uhr. Viertel vor sechs. Sie konnten es noch schaffen. Er fuhr an.

„Dieser Termin ist doch diese Mühe gar nicht wert", warf Stephanie ein.

Jack bog auf die Schotterstraße ab.

„Jack!"

Er fuhr so schnell, wie er sich traute. „Wir sind schon so weit gekommen und ich würde es wenigstens gern versuchen."

3

19:46 Uhr

„Fahr nicht so schnell, Jack!"

Jack fuhr vollkommen angemessen, allerhöchstens 50 km/h … na gut, manchmal vielleicht auch ein bisschen mehr als 60. Durch die holprige Strecke wirkte es aber auch, als führe man schneller. Er dachte artig daran, in seinen Rückspiegel zu schauen, sah hinter sich aber nur seine eigene Staubfahne. „Er meinte, es würde etwa eine Stunde dauern, aber jetzt sind wir schon fast zwei Stunden unterwegs. Was hat er noch mal gesagt, wie weit es bis zur ‚82' sei?"

„Er sagte, nach der T-Kreuzung seien es noch etwa 50 Kilometer."

Jack schaute auf den Tacho. „Wir sind schon mindestens 60 gefahren. Warum gibt es hier denn auch keine Städte oder irgendwelche Orientierungspunkte?"

Stephanie saß mit verschränkten Armen da und sah aus dem Fenster. Die gewundene Schotterpiste hatte sie wieder in den dichten Wald geführt. Mit Ausnahme eines winzigen Schildes, an dem sie vor einer Weile vorübergekommen waren, hatten sie keinerlei Hinweise auf die Zivilisation gesehen als ab und zu einen Briefkasten. „Wayside Inn" hatte auf dem Schild gestanden. „Ruhe für müde Seelen, 10 Kilometer". Es war in fröhlichem Gelb, Pink und Blau gehalten und wies in die Richtung, in die sie unterwegs waren.

„Diese Straße ist nicht auf unserer Karte eingezeichnet, Jack. Wir wissen nur, was der Cop uns gesagt hat."

Er umklammerte das Lenkrad fester und konzentrierte sich

auf die Straße. „Kannst du bitte bei dem Therapeuten anrufen und Bescheid sagen, dass wir uns verspäten?"

Stephanie nahm ihr Handy aus der Tasche. „Hm, kein Empfang. Aber du kannst dich entspannen, wir schaffen es jetzt so oder so nicht mehr."

Sie hatte Recht. „In Ordnung. Anscheinend gibt es ja hier ein Hotel oder so was", erwiderte er. „Vielleicht könnten wir dort übernachten." Er suchte ihren Blick, hielt aber vergeblich nach so etwas wie Verlangen Ausschau, nach den wissenden Blicken, die sie ausgetauscht hatten, bevor ihre Probleme begonnen hatten. Nichts. Er wandte sich wieder nach vorn und suchte nach Worten, um –

Was war das? Sein Fuß trat hart auf die Bremse.

Bamm! Etwas Metallenes knallte gegen die Reifen und kratzte kreischend am Unterboden entlang. Das Auto schlingerte auf dem losen Schotter herum.

Stephanie schrie auf und Jack kämpfte mit dem Lenkrad. Das Auto stellte sich quer, die Reifen rauschten über den Schotter und wirbelten Sand und Steinpartikel zu einer Wand aus Staub auf. Plötzlich neigte der Wagen sich gefährlich zur Beifahrerseite, kippte dann aber mit einem Krachen und dem Geräusch von splitterndem Glas wieder auf alle viere. Der Staub wölkte über sie.

Stille.

Sie lebten noch.

„Bist du okay?", erkundigte sich Jack.

Stephanies Stimme zitterte. „Was ... was ist passiert?"

Seine linke Schläfe pochte. Jack griff mit der Hand dorthin, und als er sie zurückzog, sah er, dass sie blutverschmiert war. Er musste sich den Kopf am Türrahmen gestoßen haben. „Da war etwas auf der Straße."

Er schnallte sich los und öffnete die Tür. Sofort drang eine Staubwolke ein und legte sich auf seine Kleidung. Mit wackligen Beinen stieg er aus und merkte gleich, dass das Auto irgendwie tiefer lag als sonst.

Alle vier Reifen waren platt. Die Rutschpartie hatte das Gummi teilweise von den Felgen gerissen.

Jack kniff die Augen zusammen, versuchte, durch den Staub zurückzuschauen, und sah dort eine Konstruktion aus einer schweren Gummimatte mit herausstehenden Nägeln liegen, die jetzt durch den Aufprall verdreht und verschoben dalag.

Jack drehte sich der Magen um. Er schaute die Straße hinauf und hinunter. Nichts. „Stephanie ..."

Sie stieg aus dem Wagen und stöhnte beim Anblick des Schadens. Er zeigte auf die Nagelmatte. „Das Ding da lag mitten auf der Straße. Eine Falle oder ... ich weiß nicht."

Sie ließ ebenfalls den Blick schweifen. „Was machen wir jetzt?"

Nervös blickte er sich um. Inzwischen müsste sich ja jemand bemerkbar gemacht haben, oder? Sie bedroht, erpresst, eine Waffe auf sie gerichtet haben.

„Wer auch immer das da aufgestellt hat, wird demnächst auftauchen, um zu sehen, was er gefangen hat. Wir sollten besser verschwinden."

„Und was ist mit dem Auto?"

„Damit kommt er ja nicht weit. Nimm deine Handtasche und komm. Wir gehen zu diesem Hotel."

Sie bückte sich und griff ins Auto, um ihre Tasche zu holen. Ängstlich blickte sie sich nach allen Seiten um. Jack konnte sehen, dass sie an dasselbe dachte wie er: Hinterwäldler, deren Vorfahren ein wenig zu oft enge Familienangehörige geheiratet hatten. Gesetzlose. Lawdale hatte sie gewarnt.

„Komm." Jack ergriff Stephanies Hand und gemeinsam gingen sie eiligen Schrittes los und warfen immer wieder Blicke auf das ramponierte Auto zurück.

Etwa drei Kilometer gingen sie so. Das Licht ließ immer mehr nach. Dann kamen sie um eine Kurve und entdeckten an einer Abzweigung ein kleines Schild: „Wayside Inn".

Jack ließ Stephanies Hand los und bog ab. „Na also. Wir können bestimmt deren Telefon benutzen."

♛

Das Haus war ganz anders, als Stephanie erwartet hatte – hier draußen in der Wildnis des Hinterlandes. Als Jack und sie die Mauer und den gepflasterten Fußweg erreichten, fiel die Angst vor der Dunkelheit und dem bedrohlichen Wetter von ihr ab. Die Blasen an ihren Füßen und der Sand in ihren Sandalen wurden erträglich, selbst das demolierte Auto und ihr geplatzter Termin waren nicht das Ende der Welt. Sie war so erleichtert, dass ihr Tränen in die Augen traten.

Es war, als wären sie in der Zeit zurückgereist. Während überall die großen Plantagen in Felder aufgeteilt worden und schattige Alleen zu schlaglochübersäten Schotterpisten verkommen waren, hatte dieses großartige alte Haus irgendwie überlebt. Es war kein hochherrschaftliches Anwesen, aber die Säulen vor dem Eingang, die Gaubenfenster und die festliche Beleuchtung ließen Bilder von Südstaaten-Schönheiten mit weiten Röcken und Herren mit steifen Kragen in ihr aufsteigen.

„Oh!", war alles, was sie hervorbrachte, während die Erleichterung in Freude und die Freude in Faszination umschlug.

„Was hat denn so ein schönes Haus in einer so miesen Gegend verloren?", wunderte sich Jack.

Er drückte das kleine Tor auf und betrat den Weg, doch dann drehte er sich um und wartete auf sie, was sie überraschte. Sie eilte an seine Seite, und sie gingen gemeinsam, wenn auch nicht Hand in Hand, auf eine andere Welt zu.

Kleine Lämpchen links und rechts des Weges erhellten ihre Schritte. Die Hecken waren präzise geschnitten, und selbst im Dämmerlicht konnte man erkennen, dass die Blumenbeete in allen Farben des Regenbogens schillerten. Dahinter erhoben sich ehrwürdige Eichen auf einem perfekt getrimmten Rasen.

„Ich wünschte, ich hätte meinen Koffer dabei", sagte Stephanie. „Hier will ich bleiben!"

„Wir telefonieren jetzt erst mal, dann können wir ja vielleicht unsere Sachen holen. Vermutlich ist Officer Lawdale noch irgendwo in der Nähe."

Sie verzog das Gesicht. Jack machte vermutlich Witze, aber darüber konnte sie nicht lachen.

Sie betraten die Veranda und fanden einen Zettel an der Haustür: „Willkommen, müde Wanderer! Bitte tragen Sie sich am Empfang ein."

Jack wollte gerade den Türknauf drehen, als Stephanie in dem bunten Glasfenster einen Blick auf ihr Spiegelbild erhaschte. Dieses gerötete, staubverschmierte Gesicht mit den zerzausten Haaren passte nicht zu diesem Ort.

„Warte!" Sie wühlte in ihrer Handtasche nach einer Bürste.

Er öffnete die Tür und schwenkte damit ihren Spiegel weg. „Steph, wir haben jetzt wirklich andere Sorgen!"

Sie folgte ihrem Spiegelbild und zog sich die Bürste durch die Haare. Immer musste er die Dinge anders sehen als sie! Ihr angeekeltes Gesicht schaute sie an. „Ich bin völlig verschwitzt."

Doch Jack ging einfach weiter, was ihr einen Stich versetzte. *Klar, marschier einfach ohne mich los, Kumpel.* Sie steckte ihre Haarbürste wieder ein, setzte ein Lächeln auf und folgte ihm ins Foyer.

Sofort kam sie sich noch staubiger, zerknitterter und fehl am Platz vor. Der Raum hatte eine schier unendlich hohe Decke, die von einem protzigen Kronleuchter verziert wurde. Der makellose Parkettboden schimmerte, die breite Treppe war mit Teppich verkleidet und auf allen Tischen und in jeder Ecke standen Vasen mit frischen Blumen. Im Aufenthaltsraum zu ihrer Linken gab es einen großen offenen Kamin. In einem solchen Ambiente hätte man ein kleines Schwarzes oder große Abendrobe tragen sollen und sie stand hier und sah aus wie –

„Sie sehen nicht so aus, als seien Sie die Besitzer dieses Ladens", unterbrach in diesem Augenblick eine männliche Stimme von oben ihre Träume.

Ein Mann und eine Frau kamen die Treppe herunter. Er war groß und gut gebaut und trug Jeans und ein modisches Hemd, dessen oberster Knopf offen stand und ein farblich passendes T-Shirt aufblitzen ließ. Sie war ebenfalls hochgewachsen, dunkelhaarig und – nach Stephanies Maßstäben – zwar keine Schönheit, aber mit ihrer modischen weißen Hose und der ärmellosen roten Tunika sehr elegant. Vermutlich Seide. Und sie trug silberne, tropfenförmige Ohrringe. Sie schwebte die Stufen mit einer professionellen Grazie herunter, die sie irgendwo gelernt haben musste, und der schnelle, taxierende Blick ihrer grünen Augen ließ Stephanie wider Willen erröten.

„Wir müssen dringend telefonieren", entgegnete Stephanie.

Falls Jack bewusst war, dass er nicht gerade vorzeigbar war, dann ließ er sich dies zumindest nicht anmerken. Der Schriftsteller in ihm legte wenig Wert auf sein äußeres Erscheinungsbild – sehr zu Stephanies Leidwesen. Im Moment war er so nachlässig gekleidet wie immer: eine an den Knien ausgebeulte Freizeithose, ein offenes Jeanshemd über einem weißen T-Shirt. Sein rötliches Haar hätte sicher nichts gegen einen Kamm einzuwenden gehabt, aber davon abgesehen war er ein attraktiver Mann – jedenfalls weitaus besser aussehend als Mr GQ, der die Stufen hinabstieg wie ein Model auf dem Laufsteg. Zu dumm, dass Stephanie etwas mehr brauchte als nur Attraktivität. In beruflicher Hinsicht war sie gerade auf dem Weg nach oben, doch Jack war so sehr in der Vergangenheit verhaftet, dass er sie zweifellos behindern würde.

„Gab es ein Problem?", erkundigte sich der fremde Mann.

Jack ergriff das Wort. „Wir hatten ... eine Autopanne ein paar Kilometer von hier."

Der Mann zog die Augenbrauen zusammen und tauschte einen vielsagenden Blick mit seiner Begleiterin. „Wir auch!"

Jetzt hatte er Stephanies volle Aufmerksamkeit. „Unsere Reifen sind geplatzt – alle vier."

„Bei uns auch!"

Diese Enthüllung alarmierte Stephanie. „Ihre auch? Aber wie kann das sein?"

„Hier draußen ist alles möglich", sagte der Mann mit einem kleinen Lächeln.

„Aber ... aber das kann doch kein Zufall sein! Beide Autos?"

„Reg dich nicht auf, Schatz. Wahrscheinlich sitzen jetzt ein paar von diesen Primaten irgendwo da draußen auf einem Baum und lachen sich kaputt. Es wird sich schon alles aufklären. Wo kommen Sie beide her?"

„Wir sind von Norden gekommen, aus Tuscaloosa", entgegnete Jack.

„Und wir aus dem Süden. Montgomery."

„Sind Sie von der ‚82' runtergefahren?"

„Genau."

„Wir mussten kilometerweit laufen", erinnerte Stephanie.

„Tja, wir auch", sagte die Fremde und sah kein bisschen danach aus.

Jetzt streckte der Mann die Hand aus. „Randy Messarue", stellte er sich vor.

Jack ergriff seine Hand. „Jack Singleton. Und das ist Stephanie, meine ... äh –" Er schaute sie hilfesuchend an.

„... sein liebendes Eheweib", fuhr sie trocken fort.

Die Frau war ein ganzes Stück größer als Stephanie, was dafür sorgte, dass sie etwas von oben herab wirkte, als sie sagte: „Sehr erfreut." Dann wandte sie sich ab und streckte Jack die Hand hin. Stephanie fletschte innerlich die Zähne. „Ich bin Leslie Taylor. Randy und ich sind langjährige Geschäftspartner."

„Sieht aus, als hätten Sie sich den Kopf angestoßen", sagte Randy zu Jack. „Ist sonst alles okay?"

Jack berührte wieder seine Schläfe. Das Blut war jetzt geronnen. „Müde, aber in Ordnung. Haben Sie schon die Polizei verständigt?"

Randy lachte trocken auf. „Haben Sie Handyempfang?"

Stephanie zog ihr Telefon heraus. „Nein, immer noch nicht. Gibt es hier denn keinen Festnetzanschluss?"

„Viel Glück beim Suchen."

Stephanies unterdrückte Ängste erhoben wieder ihren hässlichen Kopf.

„Wir können ja die Besitzer fragen, wenn sie hier auftauchen", meinte Leslie.

„Ja, *wenn* sie auftauchen!", erwiderte Randy. „Ich weiß ja nicht, was für einen Betrieb die hier führen, aber eigentlich hängt man nicht einfach einen Zettel an die Tür und überlässt die Gäste dann sich selbst!"

Leslie legte den Kopf zur Seite und lächelte. „Randy betreibt eine Hotelkette."

Jacks Augenbrauen fuhren in die Höhe. „Wow, das ist ja was!"

„Und eine Restaurantkette ebenfalls, aber das tut nichts zur Sache", sagte Randy.

Stephanie konnte es nicht lassen. „Jack ist Schriftsteller. Er hat bereits mehrere Romane veröffentlicht."

„Oh", entgegnete Randy. „Haben Sie Gepäck dabei?"

„Nein", antwortete Stephanie schnell und bedachte Jack mit einem durchbohrenden Blick. *Mein Gatte denkt nicht an solche Details.*

Doch Jack sah sie gar nicht an. „Es ist noch im Auto. Wir waren ein bisschen nervös, wissen Sie. Wir dachten ..."

„Wir dachten, es sei eine Falle. Ein Überfall oder so was",

erklärte Stephanie und kam sich jetzt etwas dumm dabei vor. Sie zwang sich zu einem Kichern. „Wir wollten einfach nur schnell weg."

Randy schüttelte den Kopf. „Na, jetzt haben wir es ja offensichtlich mit einem Überfall zu tun."

„Ich wünschte, ich könnte diese schmutzigen Sachen ausziehen!"

„Mach dir keine Gedanken", sagte Jack. „Uns fällt schon etwas ein." Er deutete auf den kleinen Tisch in einer Ecke des Foyers, auf dem ein offenes Buch und ein Stift an einer Kette lagen. „Ich trage uns mal ein."

„Sie können sich ein Zimmer aussuchen", meinte Randy. „Die Schlüssel sind in dem Schränkchen da."

„Randy, der Laden gehört uns nicht", erinnerte ihn Leslie.

Doch Randy ignorierte sie. „Ich würde Ihnen Zimmer 4 empfehlen, das liegt gegenüber von unserem. Man hat einen großartigen Blick auf den Garten." Leslie warf ihm einen giftigen Blick zu.

Stephanie fing Jacks fragenden Blick auf und hielt zwei Finger hoch. Wie zu Hause würde sie auch hier in ihrem eigenen Zimmer schlafen – *na, vielen Dank!* Jack seufzte und ging zum Tisch.

Leslie senkte ihre Nase ein wenig, um Stephanie anzusehen. „Und was machen Sie so?"

„Ich bin Sängerin", sagte Stephanie und summte einen ihrer selbstgeschriebenen Songs.

„Oh! Zwei kreative Menschen."

Jack kam zurück und steckte Stephanie diskret ihren Schlüssel zu. Nr. 4. Sie ließ ihn in ihrer Handtasche verschwinden. Leslie hob die Augenbrauen, tat dann aber so, als hätte sie nichts bemerkt. *Diese Hexe!*

„Anscheinend sind wir heute die einzigen Gäste", sagte Jack.

„Ich glaube nicht, dass die überhaupt jemanden erwartet hatten", meinte Randy.

„Wie kommst du darauf?", erkundigte sich Leslie. „Es sieht doch alles recht vorbereitet aus: die Lichter, das Schild an der Tür …"

„Tja, aber wo sind die Besitzer?"

Stephanie drehte sich um und spähte in den Speisesaal. „Da ist ein Tisch für vier Personen gedeckt."

Alle lugten durch den Türbogen. Der Speisesaal war nicht sehr groß, aber sehr hübsch eingerichtet. Eine Brokattischdecke mit Läufer lag auf dem Tisch; zu den vier Gedecken gehörten Brottellerchen und mehrere Bestecksgarnituren für Salat und Nachspeisen. Eine Karaffe mit Eistee, an der Kondenswasser herablief, stand ebenfalls dabei.

Randy ging hinüber und hob die Karaffe an. „Hat jemand Durst?"

Leslie trat neben ihn. „Randy, wir können uns doch nicht einfach bedienen!" Er warf ihr rasch einen Blick zu und füllte dann eines der Gläser. „Randy!" Er trank und sah sie dabei unverwandt an. Stephanie hob die Augenbrauen, tat dann aber so, als hätte sie nichts bemerkt. Aha, die beiden hatten also auch so ihre Probleme.

„Man erwartet also vier Gäste", sagte Stephanie.

„Und zwar genau um diese Uhrzeit", ergänzte Randy.

„Na, uns erwarten sie sicher nicht", meinte Jack.

„Nein", nickte Randy und trank noch einen Schluck. „Aber wir werden heute ihre Gäste sein, ob sie es nun –" Die Lichter flackerten. „Was ist denn jetzt los?"

Die Lichter erloschen und das Haus versank in Dunkelheit.

Stephanie griff unwillkürlich nach Jacks Hand. „Oh mein Gott!"

„Jetzt wird es lustig", hörten sie Randy sagen.

Das passt zu diesem gesamten Tag – ein Desaster jagt das andere, dachte Jack. Er schaute aus dem Fenster, das nur ein schwarzes Rechteck war, das eine dunkle Schattenwelt umrahmte. „Die Lichter draußen sind auch aus."

„Wartet, bis sich unsere Augen an die Dunkelheit gewöhnt haben", schlug Leslie vor.

„Hat jemand ein Feuerzeug oder so was?", fragte Randy.

„Stephanie", sagte Jack, der wusste, dass sie immer eines dabeihatte, da einige ihrer Freunde rauchten. Sie selbst rauchte nicht, weil sie die Auffassung vertrat, dass das der Tod ihrer

Stimmbänder wäre. Er konnte hören, wie sie in ihrer Handtasche herumwühlte, dann drückte sie ihm das billige Plastikding in die Hand. Er betätigte den Mechanismus und der Raum wurde von einem schwachen Lichtschein erhellt.

„Na also, wenigstens einer von uns ist auf alles vorbereitet. Los, gehen wir." Randy begab sich ins Foyer, dann ging er hinüber in den Aufenthaltsraum. Jack blieb ihm dicht auf den Fersen und erleuchtete den Weg. Randy steuerte auf den Kamin zu und nahm eine dekorative Öllampe vom Sims.

„Randy, das gehört nicht uns", rief Leslie.

Randy ignorierte sie erneut, nahm ein Streichholz aus einer kleinen Box und steckte die Lampe an. „So. Jetzt können wir uns nach Kerzen, Streichhölzern und Taschenlampen umsehen. Irgendwas wird sich schon finden, auch wenn die Betreiber dieser Klitsche sich anscheinend um nichts kümmern."

Jack vernahm ein Geräusch, das er nicht einordnen konnte. Etwas Hohes, das eine Weile widerhallte. „Warten Sie!", sagte er und hielt das Feuerzeug ein Stückchen nach vorne.

„Was?"

„Schschsch!"

Sie horchten alle angestrengt in die Dunkelheit und Jack dachte –

„Cool!", sagte Randy und ging mit der Lampe zurück ins Foyer. „Hier spukt es bestimmt. Niemand ist hier, dann gehen die Lichter aus, und ... huuuuuuuu!" Er wedelte mit der freien Hand, während die Öllampe unheimliche Schatten auf sein Gesicht warf. „Ächzen und Stöhnen und mysteriöse Schritte in der Dunkelheit!"

Leslie schüttelte lachend den Kopf.

„Hören Sie damit auf!", sagte Stephanie nervös.

Da war es wieder. „Ich habe wirklich etwas gehört!", meinte Jack.

Irgendwo in der finsteren Weite des Hauses knarrten Dielenbretter unter einer Last und verstummten dann wieder.

„Das sind die ganz normalen Geräusche eines alten Hauses. Das Holz arbeitet eben", sagte Randy, doch Leslie bedeutete ihm mit der Hand zu schweigen.

Wieder das Knarren von Dielen, als gingen schwere Schritte darüber.

„Da ist doch jemand!", flüsterte Stephanie.
Jack hob die Hand, neigte den Kopf und lauschte.
Eine Stimme. Summen. Ein Lied. Ein Kind!
Er sah die anderen an, doch in ihren Gesichtern konnte er nichts lesen. „Habt ihr das gehört?" Randy verzog spöttisch das Gesicht. „Ich bilde mir das nicht ein! Ich höre jemanden singen – es klingt wie ein kleines Mädchen."
Alle lauschten wieder und diesmal sah er Erkennen und etwas wie Angst über ihre Gesichter huschen. Sie hörten es auch!
„Die Besitzer haben also eine Tochter", sagte Randy.
Leslie zuckte die Achseln, doch Stephanie sah Jack ängstlich an.
Nach ein paar Sekunden durchbrach Randys befehlsgewohnte Stimme das Schweigen. „Okay, das war genug Halloween. Die Küche ist da drüben. Machen wir hier in diesem Laden doch mal Licht!"
Er ging mit erhobener Lampe voraus. Die anderen folgten ihm durch einen weiteren Türbogen und einen kurzen Flur in die große, gut ausgestattete Küche.
Randy übernahm das Kommando. „Wir sollten die Schubladen durchwühlen, den Schrank da drüben, und Sie, Jack, könnten mal da draußen auf der Veranda nachsehen. Wir brauchen Taschenlampen, Kerzen, Lampen – irgendwas, das die Bude hier erleuchten könnte." Dann brüllte er so laut, dass Jack das Gesicht verzog: „Hallo!? Ist jemand da? Sie haben Gäste!"
Leslie ging systematisch die Schubladen durch – aufziehen, durchwühlen, zuschieben. Aufziehen, zuschieben.
Jack benutzte das Feuerzeug, um die Veranda zu überprüfen. Doch außer einer alten Eismaschine und einigen Lebensmitteldosen fand er nichts.

Stephanie ärgerte sich über sich selbst, weil sie vor Angst zitterte. Sie hoffte nur, dass die anderen nichts merkten. Im Laufe des letzten Jahres hatte sie gelernt, tapfer und unabhängig zu sein – die Situation hatte es erfordert. Doch es war so dunkel hier drin; sie hatten bereits einen Autounfall hinter sich und nun irrten sie durch dieses unheimliche Haus …

Sie versuchte, sich zusammenzureißen. *Kopf hoch, Mädel! Alles halb so schlimm. Lächle und alles wird gut.*

„Was ist mit der Vorratskammer?", wollte Randy wissen.

Meine Güte, hatte der einen Kommandoton drauf! Fast so schlimm wie Jack. Sie tastete in den Regalen herum, doch es war einfach zu dunkel. Randy hatte die einzige Lampe. Hm, das da war ein Mopp oder etwas Ähnliches ... Mann, war das finster!

Plötzlich ging das Licht an. Eine nackte Glühbirne hing von der Decke. Stephanie grunzte erschrocken und blinzelte in der ungewohnten Helligkeit. Ein paar Sekunden lang konnte sie nichts sehen.

„Was haben Sie in meiner Vorratskammer zu suchen?"

4

Jack hörte Stephanie schreien und war in Sekundenschnelle an der Tür zur Vorratskammer – zeitgleich mit Randy und Leslie, mit denen er zusammenprallte.

„Also, so laut schreien wir eigentlich nur draußen herum", sagte eine ältere Frau mit einem breiten Gesicht gerade und hielt sich die Ohren zu. Als Stephanie aufhörte, ließ sie die Hände sinken und nahm ein großes Glas mit Apfelmus aus einem Regal.

„Tut ... tut mir leid", stammelte Stephanie. „Sie haben mich erschreckt."

„Na, mir ging es nicht anders. Ich dachte schon, Sie wären *er!*"

Stephanie schaute zu den anderen. „Wer?"

Die Frau runzelte die Stirn und reichte ihr das Apfelmusglas. „Hier. Schütten Sie das in eine Schale und stecken Sie einen Löffel rein." Dann ging sie in die Küche, wobei sie die anderen anrempelte, und spähte in den Ofen. Erst jetzt stieg Jack der Duft von Gebratenem in die Nase, und er merkte, dass er hungrig war. „Das Fleisch ist fast fertig. Jetzt aber schnell das andere Essen auf den Tisch gestellt!"

Sie war grobschlächtig, hatte ein breites Kreuz und trug ein Kittelkleid mit einem fröhlichen Blumenmuster. Das graue Haar war zu einem ordentlichen Knoten gebunden. Jetzt drehte sie sich zu ihnen um. „Na? Führe ich vielleicht Selbstgespräche?"

Jack war der Erste, der aus der Starre erwachte. „Äh, wir, hm, wir sind ... wir möchten bei Ihnen übernachten. Mein Name ist Jack." Er streckte ihr die Hand hin.

„Haben Sie eine Schüssel gefunden?", fragte die Frau Stephanie und Jack ließ seinen Arm wieder sinken.

„Äh, ja", sagte Stephanie verwirrt, obwohl das gar nicht stimmte.

Randy trat einen Schritt vor. „Madam, sind Sie die Inhaberin dieses Hauses?"

„Bin ich. Und Sie sind der Kerl, der sich selbst in Zimmer 3 einquartiert hat." Sie sah an ihm vorbei zu Leslie. „Oder waren Sie das?"

Leslie setzte ein entwaffnendes Lächeln auf. „Wir beide. Ich hoffe, es macht Ihnen nichts aus."

„Bezahlen Sie dafür?"

„Natürlich!"

„Dann viel Spaß, aber machen Sie nicht so viel Lärm." Sie holte eine Schüssel aus einem Schrank und reichte sie Stephanie. „Hier, Schätzchen."

Randy schob sich zwischen die ältere Frau und Stephanie. „Wir dachten, es sei niemand hier. Sie haben uns ganz schön überrascht!"

Sie schaute ihn an, dann die Lampe in seiner Hand. „Die Lichter sind wieder an."

Randy löschte die Öllampe und stellte sie auf die Arbeitsplatte. „Haben Sie hier öfters Stromausfall?"

Sie schlurfte auf die andere Seite der Küche. „Nur wenn wir Gäste haben." Sie wandte sich an Leslie: „Haben Sie nichts zu tun? Dann schauen Sie doch mal nach den Erbsen da im Topf, und wenn sie gar sind, können Sie sie in eine Schüssel schütten." Sie holte auch gleich die dazugehörige Schüssel aus dem Schrank. Leslie machte sich an die Arbeit. Die Frau sah Jack an: „Und was ist Ihr Problem?"

„Äh, eigentlich hatten wir ... eine Autopanne."

„Wir sind in eine Straßenfalle geraten", fügte Randy hinzu.

„Haben Sie vielleicht ein Telefon, das wir –"

Die Frau trat bis auf wenige Zentimeter an Jack heran und starrte ihm in die Augen. „Eine Autopanne? Nehmen Sie deshalb getrennte Zimmer? Wegen einer Autopanne?" Sie wandte sich an Stephanie. „Ist er sauer auf Sie oder was?"

„Äh …"

„Kann er Stühle tragen?", fragte sie und drehte sich wieder zu Jack um. „Können Sie Stühle tragen?"

Er nickte nur. Eigentlich sollte er sich Notizen machen und diese Person als Figur in einer seiner Geschichten verwenden.

„Dann mal los, wir brauchen noch drei."

„Oh", sagte Leslie. „Sie erwarten noch weitere Gäste?"

„Nein." Die Frau holte Teller und Saucieren aus den Schränken und fragte Randy: „Wissen Sie, wie man einen Tisch deckt?"

„Natürlich. Und übrigens ist mein Name Randy Messarue. Und das ist Leslie –"

Sie rammte ihm die Teller in den Bauch. „Drei Gedecke zusätzlich."

Er nickte in Leslies Richtung. „Das ist Leslie. Und wie ist Ihr Name?"

„Betty. Besteck ist da drüben in der Schublade."

Jacks Überraschung verwandelte sich in Irritation. „Wir würden wirklich gern telefonieren."

„Wir haben kein Telefon."

„Und was machen Sie, wenn Sie einen Stromausfall haben?", fragte Randy.

„Warten, bis die Gäste wieder abziehen." Betty wedelte mit der Hand in Jacks Richtung. „Die Stühle! In der Abstellkammer sind noch drei."

Jack ging in die Richtung, in die sie gewedelt hatte, ohne zu wissen, wo die Abstellkammer war. Zu seiner Rechten sah er zwei Türen. Er griff nach der Klinke der ersten –

„Nicht die!" Jack riss die Hand zurück, als hätte er sich verbrannt. „Das ist der Keller. Niemand geht in den Keller! Niemand!!!!"

Herr im Himmel! Jack atmete einmal tief durch. „Dann verraten Sie mir doch einfach, wo die Abstellkammer ist."

Sie rollte mit den Augen, als hätte sie es mit einem Schwachsinnigen zu tun. „Versuchen Sie's mal mit der nächsten Tür." Damit scheuchte sie ihn fort wie einen ungebetenen Eindringling.

Jack öffnete die nächste Tür und fand tatsächlich die Abstellkammer. Drinnen standen drei Klappstühle aneinandergelehnt da, doch Jack ließ sich Zeit beim Herausholen. Er brauchte eine Atempause, etwas Abstand von dieser Frau, um sein inneres Gleichgewicht wiederzufinden. In ein paar Stunden hatte er die ganze Skala der Gefühle von Enttäuschung über Wut, Angst und Erschöpfung bis hin zur totalen Frustration durchlaufen, und nun knurrte ihm der Magen und sie waren einer Verrückten ausgeliefert. Er hörte Stephanie in der Küche summen.

Warum sollte ihn das auch überraschen? *Komm schon, Jack. Schließlich war es deine Entscheidung, auf diese Schotterpiste einzubiegen. Also übernimm auch die Verantwortung für deinen Beitrag zu dieser Katastrophe.*

Er trug die Stühle in den Speisesaal und stellte sie um den kleinen Tisch herum, während Randy die zusätzlichen Gedecke auflegte.

„Das Besteck passt nicht zusammen", murrte Randy.

Jack machte sich nicht die Mühe, so zu tun, als würde ihn das interessieren. Sie gingen wieder in die Küche. Unterwegs kam ihnen Leslie mit der Erbsenschüssel entgegen.

Leslie trug die Erbsen in den Speisesaal und musste ein paar andere Behältnisse zur Seite schieben, um Platz zu machen. Mit den drei zusätzlichen Stühlen und Gedecken, einem Blumenstrauß, dem Apfelmus, einem Glas mit Mixed Pickles, dem Eistee, einer Schüssel mit Kartoffeln, einer Sauciere und dem noch zu erwartenden Fleisch war der Tisch nicht mehr gemütlich und intim, sondern vollgepackt. Und die Gläser passten nicht zueinander.

„Achtung!" Das war Randy, der mit einem Brotkorb hinter sie trat.

„Wir haben nicht mehr sonderlich viel Platz."

„Aber wir bekommen etwas zu essen und ein Bett für die Nacht. Also beschwer dich nicht."

Sie senkte ihre Stimme. „Findest du sie nicht auch seltsam?"

„Du bist doch die Koryphäe, was fragst du da mich?" Er reichte ihr den Brotkorb und sprach nun seinerseits leiser. „Wenn ich so mit Menschen umgehen würde wie sie, müsste ich vermutlich auch Straßensperren errichten, um Gäste in mein Hotel zu kriegen."

Damit verschwand er wieder. Leslie drehte sich um – und erstarrte. Die Brötchen kullerten zu Boden und eines landete mit einem Platschen in einem Wasserglas.

Da saß ein Mann, der sie mit offensichtlicher Faszination betrachtete. Vorne in seinen braunen Arbeitsoverall hatte er eine Serviette hineingestopft.

So peinlich berührt hatte sie sich schon sehr lange nicht mehr gefühlt. „Tut mir leid – ich habe Sie nicht hereinkommen sehen."

„Du bist hübsch", sagte er, ohne den Blick von ihr zu wenden. Seine Direktheit gab ihr Zeit, sich zu berappeln. Sie schätzte ihn auf Mitte zwanzig, ein wahrer Gorilla von einem Mann mit einem Bizeps so dick wie sein Hals und kurz geschorenem blondem Haar. Unter dem Overall trug er ein schmutziges T-Shirt. Sein unrasiertes Gesicht war ebenfalls verschmiert und glänzte vor Schweiß. Sie konnte ihn riechen.

„Äh, mein Name ist Leslie."

Er zog sie mit seinen Blicken förmlich aus.

„Und Sie sind …?", half sie nach.

„Räum das da besser auf, bevor Mama es sieht."

Leslie beeilte sich, die Brötchen einzusammeln. Als sie sich über den Tisch beugte, glotzte er ohne jede Scham in ihren Ausschnitt.

Ungläubig richtete sie sich wieder auf. Er grinste, als hätte sie ihm einen Gefallen getan. *Sei professionell. Bleib emotional auf Distanz. Lass dieses Problem nicht zu deinem werden.* Er hatte sie in einem unerwarteten Moment kalt erwischt – etwas, das sie nie mehr erleben wollte. Sie zwang sich dazu, professionell und kühl zu sein. „Na, na, na", sagte sie streng, aber auch beruhigend. „So etwas macht man aber nicht."

Er starrte sie immer noch an. Seine Augen waren die eines Kindes, irgendwie leer. Womit hatte sie es hier zu tun? Eine leichte Form von geistiger Behinderung anscheinend. Auf jeden Fall eine Verhaltensauffälligkeit.

Endlich wanderten seine Augen von ihrem Gesicht weg … zu ihrer Hand, in der sie noch immer ein Brötchen hielt. Er deutete darauf.

Sie drehte die Hand und entdeckte ein kleines Blutrinnsal am Knöchel. „Nanu, wie habe ich denn das geschafft?" Es musste passiert sein, als er sie so erschreckt hatte. Sie legte das Brötchen zu den anderen und holte ein Taschentuch hervor, mit dem sie die kleine Wunde verband. Seltsam. Weder am Tisch noch am Korb waren irgendwelche scharfen Kanten zu sehen.

Er griff in das Glas, zog das aufgeweichte Brötchen heraus und hielt es ihr hin, während das Wasser auf den Boden tropfte.

Sie nahm es und ihre Finger berührten sich. Leslie spürte, wie Übelkeit in ihr aufstieg.

„Also dann!", brüllte Betty aus der Küche. „Alle Mann Hände waschen!"

Natürlich, klar, dachte Randy. *Zuerst fassen alle das Essen und das Geschirr an und dann erst waschen wir uns die Hände.* Er blickte Stephanie und Jack geringschätzig an. Sie hätten sich den Straßenstaub ja schon lange abwaschen können.

Die anderen gingen auf ihre Zimmer, um sich frischzumachen. Randy hatte gegenüber der Abstellkammer eine Toilette entdeckt und fand es sinnvoller, sich dort die Hände zu waschen. Das kleine Zimmerchen war sauber und adrett, mit weißem Waschbecken, rosa Handtüchern, einer rosa Fußmatte und rosa Seife in Rosenform. Aus dem Hahn kam fast sofort heißes Wasser.

Randy nahm sich die Seife. Was für ein Gegensatz! *Wie kann jemand, der in Sachen Gastfreundlichkeit so offensichtlich völlig unfähig ist, so eine schöne Anlage betreiben? Und wo ist das Personal? Oder spannen die immer ihre Gäste mit ein?*

Er spürte, wie die Anspannung langsam ein wenig von ihm abfiel, während das warme Wasser über seine Hände rann. Randy wusch sich auch das Gesicht und einen Moment lang verblasste der Gedanke an das „Wayside Inn" vor seinem inneren Auge.

„Haben Sie's bald?" Die polternde Stimme wurde von einem intensiven Geruch nach Schweiß und Maschinenöl gefolgt und dann drängte sich jemand in die winzige Toilette. Im

Spiegel sah Randy das Gesicht eines großen Mannes, der nicht gerade freundlich dreinschaute.

Randy griff nach dem Handtuch. „Ja, Ihnen auch einen guten Abend! Ich wasche mich nur fürs Essen."

Der Mann entriss ihm das Handtuch und sah fast aus, als wollte er Randy damit schlagen. „Haben Sie kein eigenes Badezimmer?" Er war wie ein Bulle gebaut, aber ohne ein Gramm Fett zu viel. Große braune Augen und ein langes, schmutziges Gesicht mit einer Hakennase. Sein Kopf war komplett kahl und über seinem linken Ohr verliefen drei lange Narben.

Irgendwo in Randy stieg die Erinnerung an etwas Vergangenes auf, das er schon lange verdrängt hatte, und der Schrecken ergriff seinen gesamten Körper. Er schob das Gefühl kühl und kontrolliert weg, wie er es sich in langen Jahren solcher Begegnungen angewöhnt hatte. Dann wandte er sich zu dem Mann um, spannte alle Muskeln an und stählte sich für das, was kommen würde. „Nun, jetzt habe ich eben dieses hier benutzt." Er streckte die Hand aus. „Das Handtuch bitte."

Der Mann hatte eindeutig nicht mit einer solchen Reaktion gerechnet. Er hielt das Handtuch fest und gestikulierte mit einem schmutzigen Finger vor Randys Gesicht herum. Seine Augen traten fast aus ihren Höhlen. „Sie wissen wohl nicht, wem das Haus hier gehört, was?"

„Derjenige wird von dieser Sache hier erfahren, da können Sie sicher sein." Randy schnappte sich das Handtuch und trocknete sich das Gesicht ab, wobei er darauf achtete, den Typ nicht aus den Augen zu lassen. Als er fertig war, warf er dem Mann das Handtuch zu. „Versuchen Sie, sich ein bisschen präsentabel zu machen. Sie haben Gäste."

Er ging hinaus und behielt dabei weiterhin den Kerl im Auge, der sich nun über das Waschbecken beugte. „Sie mögen Wasser, nicht wahr?" Er warf Randy ein bösartiges Grinsen zu.

Das Grauen kehrte zurück. Randy spürte, wie er schwankte, und stützte sich an der Wand ab. Die Erinnerung ließ ihn einfach nicht los. Dann eilte er zum Speisesaal zurück und versuchte unterwegs, seine Gefühle wieder unter Kontrolle zu bekommen. Als er ins Esszimmer trat, waren seine Hände immer noch zu Fäusten geballt.

5

Betty wirkte etwas sauer, als sie alle ins Speisezimmer trieb. „Hey! Wollen Sie etwa alles kalt essen? Los jetzt!"

Jack nahm den Stuhl, der links von Betty stand, was dazu führte, dass er neben dem Hünen im braunen Overall saß. Der Typ schien nicht sehr gesprächig zu sein. Nach seinem etwas stumpfsinnigen Blick zu urteilen waren seine Eltern scheinbar etwas zu nah miteinander verwandt. Stephanie setzte sich rechts neben Betty.

Randy kam aus dem Foyer und sein Lächeln sprach eine andere Sprache als sein Körper. Einen ungemütlichen Moment lang zögerte er, dann wählte er den Stuhl neben Stephanie. „Darf ich?"

„Sie dürfen", sagte sie mit einem strahlenden Lächeln.

Er setzte sich neben sie und Leslie wiederum neben ihn.

„Steeeeeewaaaaart!", brüllte Betty. „Bist du ins Klo gefallen oder was?"

Jack erwischte die anderen dabei, wie sie unauffällig vorsichtige Blicke austauschten und still und abwartend wie höfliche Erwachsene dasaßen. Jetzt, wo sie alle um den Tisch versammelt waren, bekam er vielleicht endlich mal ein paar Antworten. Er wandte sich an Betty: „Also, wir hatten diese Probleme mit unserem Auto, und wenn wir vielleicht mal telefonieren könnten, dann –"

Ihre Augen waren unverwandt auf den Durchgang gerichtet. „Stewart!"

Eine Toilettenspülung erklang, dann hörte man schwere Schritte im Flur.

Randy schlug sich auf Jacks Seite. „Betty, hören Sie zu? Wir haben ein Problem und wir brauchen –"

Ein großer Mann kam herein, der einen breiten Ledergürtel in der Hand hielt. Die Schnalle klingelte wie ein Trensenzaum. Er warf einen messerscharfen Blick in Randys Richtung. Randy fing ihn auf und zahlte ihn mit gleicher Münze zurück. Ganz offensichtlich waren sich die beiden schon begegnet.

„Setz dich hin, Stewart", sagte Betty. „Immer müssen wir auf dich warten."

Stewart fädelte den Gürtel in aller Seelenruhe in die Schlaufen an seinem Hosenbund, erst die erste, dann die zweite, dann die dritte – er machte eine richtige Show daraus und hielt die Augen die ganze Zeit auf Randy gerichtet. Als er endlich fertig war, schloss er den Gürtel und setzte sich.

„Sie sind also Stewart", sagte Jack, nur um zu sehen, ob der Typ sprechen konnte.

„Wer sind Sie?", fragte der zurück, ohne zu lächeln.

„Jack Singleton. Ich bin Schriftsteller und komme aus Tuscaloosa."

„Und Ihre Frau?", fragte Betty. Jack verstand nicht, worauf sie hinauswollte.

„Ich lebe auch in Tuscaloosa", erwiderte Stephanie. „Wenn ich nicht auf Tour bin. Wir lassen uns scheiden."

Jack blickte auf die Erbsenschüssel hinunter. *Na toll, posaune es doch gleich heraus. Und nur so fürs Protokoll: Wir sind uns da noch gar nicht einig.*

„Nehmen Sie sich Erbsen und geben Sie sie dann weiter", befahl Betty. Dann sah sie Stephanie an. „Also will er gar nicht über Sie reden, ja?"

Wollte sie ihn provozieren? Einen Streit vom Zaun brechen? Er biss nicht an; er holte sich nur einen Löffel Erbsen. Stephanie behielt ihr Lächeln bei und nahm sich Kartoffeln.

Leslie spießte ein Stück Roastbeef auf, während Randy den Teller hielt. „Das ist ein wunderschönes Haus, das Sie hier haben. Ganz wie in alten Zeiten im Süden." Jack war froh, dass Leslie das Thema gewechselt hatte. Er versuchte, ihr dies mit seinen Blicken zu verstehen zu geben.

„Nicht so schön wie Sie", sagte Stewart.

Leslie lächelte. Randy nicht. „Randall und ich kommen aus

Montgomery. Ich bin Psychologieprofessorin an der Universität von Alabama und er ist Chef der Hotelkette ‚Home Suite Home'. Kennen Sie sie?"

„Bist du verheiratet?", fragte Pete – seine ersten Worte am Tisch.

„Unser Pete hier möchte nämlich gern unter die Haube kommen", erklärte Betty und tätschelte mütterlich seine Hand.

Leslie blickte krampfhaft auf das Roastbeef hinunter, von dem sie jetzt Randy ein Stück auftat. „Wir wollten einen kleinen Ausflug in den Talladega-Naturpark machen. Dass wir Ihnen so mit der Tür ins Haus fallen, hatten wir nicht geplant."

„Seid ihr verheiratet?", fragte Pete wieder.

Endlich sah sie ihn an. „Nein, aber wir stehen uns sehr nahe."

„Sie treiben's miteinander", sagte Betty und lachte hämisch. „Wahrscheinlich fallen sie nachher in Zimmer 3 übereinander her."

Leslies Kinnlade fiel regelrecht herunter, aber Randy schaffte es, trocken zu lächeln und zu sagen: „Wahrscheinlich."

„Du könntest meine Frau werden", bot Pete an.

Leslie sprach mit ihm wie mit einem Kindergartenkind: „Vielen Dank, Pete. Ich fühle mich sehr geschmeichelt, aber ich fürchte, ich bin schon vergeben."

„Hehe, sie wäre ein ziemlich guter Fang, nicht wahr, Pete?", warf jetzt Stewart ein und schien die Aussicht auf das neue Familienmitglied zu genießen.

Jack warf rasch einen diskreten Blick auf Leslie, um zu verstehen, was Pete und Stewart in ihr sahen. Wenn es hier um äußere Schönheit ging, warum hatten es die beiden dann nicht auf Stephanie abgesehen? Seine Augen wanderten zu seiner Noch-Ehefrau und verglichen unwillkürlich …

Doch deren Blick signalisierte ihm, dass sie auf einen solchen Vergleich keinen Wert legte. Er probierte die Kartoffeln. Etwas mehlig.

„Stewart, jetzt ermutige ihn nicht auch noch", sagte Betty lächelnd mit einem guten Löffel halb zerkautem Essen im Mund.

Pete zeigte mit dem Finger auf Leslie. „Ich will sie!"

Jetzt schritt Randy ein. Mit einem Blick auf Stewart warf

er ein: „Wo wir gerade von einem guten Fang sprachen: Wo kamen wohl diese Straßenfallen her?"

Stewart schniefte.

„Jack", sagte Betty, „warum erzählen Sie uns nicht ein bisschen von Ihrem Verhältnis zu Ihrer Frau? Leslie hat uns ja bereits gesagt, wie sie und Randall zueinander stehen."

Jack ergriff die Gelegenheit zur Schadensbegrenzung beim Schopfe. „Ich würde sehr gern über sie sprechen." Stephanie rollte die Augen. „Stephanie ist Sängerin und schreibt ihre Songs selbst. Hauptsächlich Countrymusik. Sie hat eine großartige Band, tritt in Clubs und Bars in der Gegend um Tuscaloosa auf, manchmal auch auf größeren Bühnen."

„Und sind Sie nicht froh?"

Worüber? „Nun, sie ist sehr gut und ich bin stolz auf sie ..."

„Macht es Ihnen Spaß, Süße?", fragte Betty Stephanie.

Stephanie lächelte sie und Jack an. „Ja, ganz ehrlich – es macht mir sehr viel Spaß!"

„Ich schätze, man hört Sie auch im Radio?"

Jack schüttelte den Kopf und wünschte sich im selben Moment, er hätte es nicht getan. Stephanies Augen senkten sich auf ihre Serviette. „Aber vielleicht eines Tages ..."

„Trinken Sie doch etwas Eistee", sagte Betty und goss ihr ein. „Brauchen Sie noch Eis?"

„Nein, danke."

„Sicher?"

„Hm-hm."

„Ich kann Ihnen noch etwas holen."

„Nein, wirklich nicht, vielen Dank."

Randy fragte: „Sie hören also Radio?"

„Wir haben keins", sagte Stewart.

„Kein Radio, kein Telefon?"

Stewart begegnete Randys Blick wie einer Herausforderung. „Wir haben alles, was wir brauchen. Wir brauchen nichts, was wir nicht wollen."

Jack sagte: „Tja, wir könnten gerade ein bisschen Kontakt zur Außenwelt gut gebrauchen. Unsere Autos sind beschädigt, und –"

„... und zwar von einer Falle, die jemand auf die Straße gelegt hat", ergänzte Randy. „Sie haben es mitbekommen, oder?"

„*Er* war das", sagte Betty.

„Wer?"

Betty kaute nur.

„Äh, vielleicht gibt es ja jemanden in der Nachbarschaft, der ein Telefon hat?", fragte Jack.

Betty schluckte ihr Essen hinunter und stand auf. „Lassen Sie mich Ihnen etwas Eis holen, Süße."

„Ach, danke, aber ich brauche wirklich keines."

Doch Betty ließ sich nicht aufhalten.

Pete deutete wieder auf Leslie. „Ich will die da heiraten."

Leslie seufzte.

„Ja", sagte Stewart. „Vielleicht hat sie gar nichts dagegen, wenn man bedenkt, was sie für eine ist."

Leslie wurde noch einen Ton blasser. „Ich bin vergeben."

„Da fragt man sich ja, wie oft sie schon vergeben war."

„Sie gehört zu mir", sagte Randy ein wenig zu laut, und Jack konnte sehen, wie sich die Muskeln und Sehnen in seinem Hals anspannten.

„Bei gebrauchter Ware hat man kein Recht, noch wählerisch zu sein."

„Stewart." Randy lehnte sich zu ihm hinüber und fuchtelte mit seiner Gabel vor seinem Gesicht herum. „Ich möchte Sie doch bitten, Ihrem Sohn deutlich zu machen, dass Leslie kein Interesse daran hat, seine Frau zu werden, und wir würden es beide sehr zu schätzen wissen, wenn Sie dieses Thema jetzt endgültig begraben könnten – und wo wir schon dabei sind, schauen Sie doch bitte woanders hin."

„Randy, es ist okay –"

„Was glauben Sie eigentlich, an wessen Tisch Sie hier sitzen, junger Mann?", empörte sich Stewart.

Stephanie unterbrach den Streit: „Pete, soll ich Ihnen ein Lied vorsingen?"

Jack und Pete starrten sie an. *Oh-oh.*

„Das war eine sehr gute Frage, Stewart." Randy ließ sich nicht beirren und erhob sich. „Was für ein Hotelbetreiber hat nicht mal zueinanderpassendes Besteck, ist nicht da, wenn die Gäste ankommen, hat kein Telefon …"

Stephanie begann zu singen: „*Halt meine Hand … geh mit mir durch die Dunkelheit …*"

Diesen Song konnte Jack auch nicht leiden.

„Randy", sagte Leslie und legte ihre Hand auf die seine.

Er schob sie weg. „… und spannt seine Gäste zur Mitarbeit ein? Was für eine jämmerliche Art von Hotel soll das sein?"

„… *wir können es schaffen, wenn wir nur zusammen sind* …"

„Solange Sie Ihre Füße unter meinen Tisch strecken", grunzte Stewart, „werden Sie Ihre Zunge hüten!"

„Und lassen Sie uns auch über die Autos sprechen", verlangte Randy. „Es ist doch ziemlich seltsam, dass unsere beiden Wagen unweit Ihres Anwesens von Straßenfallen demoliert wurden, finden Sie nicht?"

„… *wir können es durch die Nacht schaffen* …"

Oh Stephanie, halt einfach den Mund!

Wieder traten die Sehnen und Adern an Randys Hals bedrohlich hervor. „Und noch viel seltsamer ist es, dass weder Sie noch Betty darüber reden wollen."

Leslie zuckte zusammen und griff sich an die Wange. Jack sah einen kleinen Blutfleck. Irritiert untersuchte Leslie die Zinken ihrer Gabel. Pete sah sie neugierig und irgendwie hungrig an.

„Und Sie denken wohl, Sie könnten sich hier einfach selbst bedienen, was?", sagte Stewart und ließ seine geballten Fäuste auf den Tisch knallen. „Sie nehmen sich einfach ein Zimmer, benutzen unsere Sachen, trinken unseren Tee, trampeln in mein Bad …"

„Bin ich ein Gast hier oder was?", brüllte Randy. „Für wen sind denn die Zimmer, die Sachen und der Tee? Und was dieses Bad angeht –"

Jack war nicht in der Stimmung, den Schiedsrichter zu spielen, aber das hier ging ihm doch zu weit. Er legte sein Besteck hin. „Hey, hören Sie mal, lassen Sie uns doch die positive Seite des Ganzen sehen!" Stephanie hörte auf zu singen. „Stewart und Betty, Sie haben Gäste – damit verdienen Sie Ihr Geld, also seien Sie doch froh! Wir hatten einen etwas unglücklichen Start, aber sicher können wir –"

„Komisch, dieser Satz kommt mir so bekannt vor", murmelte Stephanie.

Jack versuchte, ihren sarkastischen Einwurf zu überhören. „Wir sind hier in einem wunderschönen Haus, auf dem Tisch steht leckeres Essen –"

Obwohl – der Bissen, den er gerade heruntergeschluckt hatte, war irgendwie eklig gewesen.

Randy bemerkte das Blut an Leslies Wange. „Was ist denn passiert?"

Sie betupfte ihre Wange mit ihrer Serviette. „Ich muss mich irgendwie mit der Gabel gestochen haben."

„Ich könnte es wegküssen", bot Pete an.

Betty kam mit einem Krug Eis herein. „Da bin ich!" Einer ihrer Fingernägel war schwarz, das hatte Jack bisher gar nicht bemerkt.

„Ich brauche kein Eis", sagte Stephanie und steckte sich ein Stück Fleisch in den Mund. Plötzlich würgte sie und spuckte es wieder aus.

„Gibt's ein Problem?", fragte Randy und hoffte offensichtlich, dass es eines gab.

Jack blickte auf das Fleisch, das auf seinem Teller lag.

Es bewegte sich.

Leslie schrie auf und hielt sich angewidert die Hand vors Gesicht.

Stewart schob sich ein großes Stück Fleisch in den Mund und kaute geräuschvoll. Pete tat es ihm gleich.

Jack sah sich das Roastbeef genauer an und spürte Übelkeit in sich aufsteigen. Kleine Würmer wanden sich auf seinem Teller und gruben Tunnel durch das Fleisch.

„Süße, ich habe Ihnen Eis gebracht." Stephanie beobachtete, wie Betty einen Eiswürfel in den Tee fallen ließ.

Jacks Erbsen verflüssigten sich und sonderten eine stinkende Flüssigkeit ab. „Hm, anscheinend haben wir zu lange mit dem Essen herumgetrödelt", sagte er. Ein bisschen Humor konnte nicht schaden.

Leslie warf ihre Gabel auf den Tisch und schrie Pete an: „Können Sie jetzt endlich mal aufhören, mich anzuglotzen?"

„Kann man es ihm denn verdenken?", meinte Stewart.

„Das reicht", sagte Randy, ergriff Leslies Arm und zog sie hoch. „Entschuldigen Sie uns bitte."

„Setzen Sie sich hin", sagte Stewart.

„Leslie, komm!" Sie rückten ihre Stühle ab.

„SETZEN SIE SICH!", brüllte Stewart und machte ebenfalls Anstalten, sich zu erheben.

Randy fluchte, doch Stewart lachte ihm schallend ins Gesicht. „Junge, Sie sind ein Nichts!"

Leslie zog an Randys Arm, bis er mit ihr zusammen hinausging.

Betty grinste Stephanie an, und man konnte plötzlich erkennen, dass ihr einige Zähne fehlten. „Erzählen Sie mir nicht, dass Sie kein Eis mögen, Süße." Sie nahm einen Eiswürfel heraus und hielt ihn Stephanie unter die Nase. „Sie denken doch schon die ganze Zeit daran, nicht wahr?"

Stephanie zuckte zurück. „Nein. Bitte, ich will nicht."

Jack lehnte sich über den Tisch. „Jetzt aber mal langsam!"

Betty folgte Stephanies Bewegung mit dem Eiswürfel und hielt ihn ihr vors Gesicht. „Na, ich höre Sie ja gar nicht singen."

Was war bloß mit diesen Leuten los? „Betty, sie will kein Eis und sie will nicht singen. Jetzt legen Sie das bitte hin."

Stephanies Stimme zitterte. „*... wir können es durch die Nacht schaffen ...*"

Das war jetzt aber mehr als genug. Jack ging zu Stephanie. „So, jetzt reicht es mir auch."

Betty lachte hämisch. „Sie können sie nicht retten, Junge. Sie will nämlich gar nicht gerettet werden."

Stephanie rannte hinaus.

Jack eilte ihr nach und holte sie im Foyer ein.

Sie lächelte unter Tränen. „Ist das nicht der seltsamste Ort der Welt? Es ist so ... so ..." Sie lachte auf und es wurde ein Schluchzen daraus. „Ich kann hier nicht bleiben."

Er hielt sie fest, damit sie nicht davonrannte. „Steph, das verstehe ich. Aber wir müssen es gut überlegen."

„Was gibt es da zu überlegen?"

„Die harten Tatsachen", sagte Randy. Leslie und er standen an der Treppe. Leslie schien sich am Geländer abstützen zu müssen; noch immer presste sie ein Tuch an ihre blutende Wange. Sie atmete rhythmisch und bewusst mit geschlossenen Augen aus und ein. „Zum Beispiel, wo wir mitten in der Nacht im Hinterland von Alabama ohne Auto hingehen sollten."

„Was ist mit Lawdale?", fragte sich Jack. „Er sagte, dass er jeden Tag diese Straße entlangfährt. Er müsste unsere ramponierten Autos sehen."

„Lawdale?", fragte Randy.

„Ein Polizist."

Stephanie schaute Jack über die Schulter und ihre Augen füllten sich mit Abscheu.

Jack drehte sich um. Betty, Stewart und Pete kamen auf sie zu, Schulter an Schulter, Stewart in der Mitte. Betty sah eingeschnappt aus. „Ständig rennen Sie weg. Was soll das?"

Stewart sah aus, als würde er am liebsten seinen Gürtel herausziehen und jemanden damit schlagen. „Bevor Sie aufgekreuzt sind, war dieses Essen noch völlig in Ordnung."

Randy trat vor und machte eine abwehrende Geste. „Kommen Sie uns bloß nicht zu nah."

Stephanie stürzte auf die Eingangstür zu, öffnete sie und rannte auf die Veranda hinaus. Jack folgte ihr.

Auf der ersten Stufe hielt sie abrupt an und schlug die Hände vor den Mund.

„Steph, jetzt warte doch mal –"

Jack hätte sie beinahe umgerannt. Sie machte einen Schritt rückwärts, dann noch einen. Und da sah Jack es auch.

Auf halber Strecke zwischen dem Haus und dem Gartentor stand drohend die riesige Silhouette eines Mannes, ein Schatten, der von dem leichten Regenfall wie von einem Schleier umgeben war. Ein Mantel verhüllte den Körper bis zu den Waden und das Gesicht war von einem breitkrempigen Hut verdeckt. Der Mann hielt ein Gewehr in der Hand, auf dessen Lauf sich die Lampen am Weg spiegelten.

Hinter ihnen schnappte Betty nach Luft und zischte: „Kommen Sie rein!"

Sie traten unsicher von einem Fuß auf den anderen.

Betty stürzte vor und ergriff sie an jeweils einem Arm. „Kommen Sie rein! Das ist ER!"

Die Gestalt begann, auf sie zuzugehen. Der Mantel bewegte sich, die Absätze klapperten auf den Steinen, der Lauf der Waffe richtete sich auf sie.

6

Jack und Stephanie bewegten sich bereits rückwärts in Richtung Tür, dann rissen sie ihren Blick von der Erscheinung los, drehten sich um und stürzten ins Haus hinein.

Jack knallte die Tür zu und riegelte sie ab. Dann holte er einen Stuhl aus dem Foyer und klemmte ihn unter den Türknauf, obwohl er nicht davon überzeugt war, dass sie drinnen wirklich sicherer waren. Nun ja, ihre Gastgeber mochten ja verrückt sein, aber wenigstens richteten sie keine Waffe auf sie!

Randy kam von der Treppe herüber. „Was ist? Was ist passiert?"

„Gehen Sie von der Tür weg!", zischte Betty und löschte das Licht im Foyer.

„Was machen Sie denn?", wollte Randy wissen.

„Sie wollen doch sicher nicht von ihm gesehen werden."

Sie verstummten, bewegungslos, und lauschten dem harten Stakkato seiner Schritte auf den Steinen und dann auf dem Holz der Veranda. Ein Schatten schob sich vor die Glaseinlage der Tür, ein riesiger schwarzer Umriss, der von einem breitkrempigen Hut gekrönt wurde.

Der Lauf der Waffe näherte sich dem Glas. *Tapp, tapp, tapp.*

Jack und Stephanie pressten sich gegen die Wand neben der Tür und warteten wie gelähmt.

Tapp, tapp, tapp.

Leslie wisperte: „Wer ist das?"

Stephanie schüttelte den Kopf, dann formte sie lautlos die Worte: „Er hat eine Waffe!"

Leslie sagte mit ruhiger, kontrollierter Stimme: „Nun, vielleicht ist es dieser Polizist. Warum fragen wir ihn nicht, wer er ist und was er will?"

Stephanie schüttelte wieder den Kopf.

„Er ist kein Polizist", flüsterte Jack. Er nahm sich eine Vase von einem Beistelltischchen und hielt sie angriffsbereit über seinen Kopf. „Erinnern Sie sich noch an die Straßenfallen?" Er fing Randys Blick auf und deutete mit dem Kopf in Richtung Tür. „Ich glaube nicht, dass der da vom ADAC ist."

Randy drückte sich näher an die Wand und ergriff die Lehne eines Stuhls. „Er weiß, dass wir hier drin sind. Das war seine Idee."

„Was machen wir denn jetzt?", krächzte Stephanie. „Oh mein Gott, hilf uns!"

Wo sind denn unsere wunderlichen Gastgeber?, fragte sich Jack. Ein rascher Rundblick sagte ihm, dass die drei ziemlich ängstlich im Durchgang zum Speisezimmer herumlungerten. *Von denen können wir wohl keine Hilfe erwarten.* Betty verschwand aus seinem Blickfeld. *Klick.* Die Lichter im Speisezimmer gingen aus. Jack entfernte sich aus dem Lichtkegel, der durch das Glasfenster der Tür hereinfiel, und umfasste die Vase noch fester. Noch nie hatte er jemanden mit einem Einrichtungsgegenstand angegriffen.

Randy straffte sich und umklammerte den Stuhl wie eine Waffe. Dann rief er: „Wer sind Sie?"

Das Türschloss begann, sich zu bewegen.

Jack spürte, dass die neben ihm stehende Stephanie zitterte.

„Keine Chance, Kumpel!", rief Jack, woraufhin Stephanie das Gesicht verzog. „Die Tür ist verriegelt, wir sind zu siebt gegen einen und wir sind bewaffnet!"

Leslie duckte sich hinter den Rezeptionstisch und spähte ängstlich darüber. Man hörte ein *Klank*-Geräusch wie von einem zuschnappenden Türschloss.

Randy hob den Stuhl über seinen Kopf.

Der Schatten verharrte einen Moment und entfernte sich dann von der Tür. Die Absätze klapperten über die Veranda, dann die Stufen hinunter, den Weg entlang ... sie entfernten sich!

Hörbares Aufatmen. Doch Jack fühlte sich nicht sicherer,

noch nicht. Er behielt die Vase in der Hand und fragte Betty: „Wer war das?"

„Das war ER!", sagte sie.

„Wer ist ER?", wollte Randy wissen.

„Der Teufel selbst!"

Leslie kam hinter dem Rezeptionstisch hervor und sagte sehr professionell: „Betty, es ist in Ordnung. Sagen Sie uns einfach, wer der Mann ist und was er will."

„Sie fangen besser an zu beten, dass Ihr Bullenfreund bald hier aufkreuzt, kann ich nur sagen."

Randy überprüfte das Türschloss. Der Knauf brach ab, als er ihn drehte. Er fluchte. „Er hat irgendwas mit der Tür angestellt." Vorsichtig steckte er einen Finger in das neu entstandene Loch und pulte darin herum. Das Schloss hielt. Randy hämmerte an die Tür, trat dagegen, hämmerte wieder. Nichts tat sich. Sie waren eingesperrt.

Jack stellte die Vase ab und versuchte, seine Finger in den Türspalt zu schieben. Vergebens.

„Du musst uns hier herausbringen, Jack!", rief Stephanie.

Randy und Jack schauten sich an und hatten denselben Gedanken: „Die Hintertür!" Doch in diesem Moment knarrte auch schon die Fliegentür an der hinteren Veranda.

Die Männer rannten durch das dunkle Haus, schlitterten um die Ecke, durchquerten das Speisezimmer, stürmten in die hell erleuchtete Küche direkt zur Hintertür.

Das Schloss quietschte gerade, als sie ankamen.

Jack warf sich gegen die Tür, packte den Knauf und versuchte, ihn zu drehen. Ein stärkerer Griff auf der anderen Seite hielt dagegen.

Randys Hand legte sich über die von Jack, und gemeinsam versuchten sie, den Türknauf zu drehen und die Tür aufzubekommen.

Durch den Glasteil der Tür sah Jack den breitkrempigen Hut, und unter der Krempe erkannte er da, wo ein Gesicht sein sollte, eine glatte Metallplatte mit zwei groben Löchern darin, aus denen ihn ein eiskaltes Augenpaar anstarrte.

Wieder das *Klank* des einrastenden Bolzens.

Der Türknauf löste sich aus seiner Verankerung und sie wären beinahe hingefallen.

Als sie sich wieder gefangen hatten, sahen sie, wie die Gestalt die Veranda verließ, das Gewehr über die Schulter gehängt.

Randy ließ einen Schwall von Flüchen hören und ergriff einen Besen, offenbar um damit das Glasfenster der Tür zu zerschlagen. Doch Jack hielt ihn auf. „Warten Sie. Das bringt doch nichts."

Randy beruhigte sich etwas und stellte den Besen wieder weg.

Die Lichter in der Küche flackerten und gingen aus.

Jack versuchte, einen klaren Gedanken zu fassen. *Was passiert als Nächstes? Was hat dieser Verrückte da draußen vor?*

Unsichere Schritte näherten sich der Küche, und er konnte die dunklen Umrisse der anderen erkennen, die nun vor den Küchenschränken standen.

„Jack?", rief Stephanie.

„Hier drüben", antwortete er.

Sie kam zu ihm und er ergriff ihre Hand. Sie entwand sie ihm, blieb aber ganz dicht bei ihm stehen.

Leslie fragte: „Habt ihr ihn gesehen?"

„Er trug eine Maske", sagte Jack. „So ein Blechding."

Stephanie stöhnte und ließ sich rückwärts an der Wand entlang zu Boden gleiten.

Randy ging zu Betty und Stewart hinüber. „Sie werden uns jetzt genau sagen, was hier vorgeht. Wer ist dieser Typ?"

„Ich glaube, er ist hier, um uns zu töten", sagte Betty.

Das verblüffte Schweigen hielt nur einen Moment lang an.

„Haben Sie etwas damit zu tun?", griff Randy Stewart an. „Haben Sie die Türgriffe manipuliert?"

Stewarts Augen bohrten sich in die seinen. Jack berührte Randy am Arm, wandte sich aber an Betty: „Wie kommen Sie auf die Idee?"

„Hat er die Straßenfallen aufgestellt?", wollte Randy wissen.

„Meinen Sie, Sie wären besser dran, wenn Sie draußen in der Dunkelheit herumstolpern würden?", fragte Betty.

„Besser dran als was?", hakte Jack nach.

„Helft mir, diese Lampe wiederzufinden", befahl Randy. „Und ich brauche Streichhölzer."

Jack, Randy und Leslie suchten im Dämmerlicht auf den

Arbeitsflächen herum, bis Randy die Lampe wiedergefunden hatte. Betty zauberte eine Schachtel Streichhölzer hervor, und bald standen sie alle im gelblichen Schein der Lampe, der seltsam aussehende Schatten auf ihre Gesichter warf.

Jack blickte zu den Fenstern. Er sah gelbe Reflektionen vom Lampenschein darin, aber draußen war nur Schwärze. „Wir sollten besser nachsehen, ob das Haus abgesichert ist. Und dann können wir –"

„Ja, verrammeln wir das Haus!", sagte Randy. „Die Türen, die Fenster, und dann müssen wir das Licht irgendwie wieder ankriegen."

„Haben Sie eine Waffe im Haus?", fragte Jack die wunderliche Familie.

„Mein Gewehr", sagte Stewart. „Und eine Pistole."

„Dann holen Sie sie und –"

Über ihren Köpfen krachte es, dann folgte ein lang gezogener Quietschlaut.

Sie erstarrten, schauten zur Decke hinauf und lauschten.

Ein dumpfer Knall, wieder ein Quietschen. Dann ein Geräusch wie von schweren Schritten.

„Er ist auf dem Dach", flüsterte Betty.

Randy trat gegen eine Schranktür und tat mutig, doch Jack bemerkte, dass auf seiner Stirn ein Schweißfilm stand. „Er probiert es durch ein Fenster im ersten Stock!"

Betty schaute zu den Küchenfenstern hinüber. „Warum hat er dann nicht einfach die genommen?"

Randy schnappte sich die Lampe. Jack und Stewart folgten ihm, als er zur Treppe eilte. Die Frauen blieben allein in der Dunkelheit zurück.

„Jack!", schrie Stephanie. „Jack! Lass uns hier gefälligst nicht allein!" *Wieder einmal bist du nicht da, wenn ich dich brauche. Wenn du mich noch einmal zwingst, allein mit allem fertig zu werden, dann ... dann ...* Sie schlug die Hände vors Gesicht.

„Stephanie, kommen Sie. Es ist Zeit, Mut zu beweisen", sagte Leslie. „Gefühle sind ja schön und gut, aber jetzt müssen wir uns zusammenreißen."

Stephanie hatte kein fröhliches Lächeln mehr übrig. „Reden Sie nicht mit mir, als wäre ich Ihre Patientin, Frau Doktor Seelenklempner!"

„Stephanie ..."

„Falls Sie glauben, ich sei ein hilfloses kleines Ding, haben Sie sich getäuscht. Und nur so nebenbei: Jack und ich sind durchaus noch verheiratet!" Leslie berührte sie an der Schulter, doch Stephanie trat einen Schritt zurück. „Fassen Sie mich nicht an!"

Sie konnten rennende Schritte von oben vernehmen, als die Männer von Raum zu Raum eilten und sämtliche Fenster überprüften.

„Die Männer sind immerhin noch zwischen uns und ... wem auch immer", sagte Leslie.

„Hmpf", machte Betty, die nur schemenhaft zu erkennen war. „Wenn er wirklich hereinkommen wollte, wäre er längst drin."

Stephanie krallte sich an ihren Zorn wie an einen Rettungsanker. Sie rief sich sämtliche Verfehlungen in Erinnerung, die Jack sich je geleistet hatte. *Er ist so unsensibel ... immer lässt er mich hängen, wenn ich ihn brauche ...*

„Können wir nicht irgendwie das Licht wieder ankriegen?", hörte sie Leslie fragen.

... und er kapiert einfach nicht, was ich wirklich brauche ...

„Nein", gab Betty knapp zurück.

Stephanie erinnerte sich an den Jahrestag von Melissas Geburtstag ...

„Da stand doch noch eine Lampe auf dem Kaminsims, oder?", sagte Leslie.

... als Jack total zusammengebrochen ist. Und mich wieder mit allem alleingelassen hat. Ich möchte das alles endlich hinter mir lassen, aber Jack kann das einfach nicht.

„Kommen Sie", meinte Betty.

Er hat Melissa mehr geliebt, als er mich je geliebt hat. Es war nicht meine Schuld.

„Stephanie!"

Es war nicht meine Schuld.

„Stephanie!!!!" Leslies Stimme riss sie aus ihren Gedanken heraus. Betty und Leslie verließen die Küche, und Stephanie folgte ihnen, indem sie sich mit einer Hand an der Wand entlangtastete.

„Moment mal", sagte Leslie plötzlich. „Wo ist eigentlich Pete?"

Betty ging einfach weiter und führte sie ins Foyer, das nun wie eine unterirdische Höhle wirkte – unerforschlich, tief und so dunkel, dass Stephanie die Wand nicht nur fühlen konnte, sondern sicher war, dass diese auch sie spürte. Ihre Fingerspitzen kribbelten.

Leslie hakte noch einmal nach: „Betty, wo ist Pete?"

„Er spielt gern Verstecken."

„Verstecken?" Stephanie sah, wie Leslie sich umblickte und ins Stolpern geriet.

Betty hatte den Aufenthaltsraum erreicht und schlängelte sich zwischen den Möbeln hindurch, während Stephanie und Leslie ihr vorsichtig folgten. Stephanie konnte den großen Kamin kaum ausmachen, aber Betty ging zielstrebig darauf zu und nahm die zweite Öllampe vom Sims.

Das Aufleuchten des Streichholzes war fast blendend hell. Stephanie kniff die Augen zusammen, während Betty die Lampe anzündete. Der Raum erglühte in einem weichen, gelblichen Licht.

Stephanie und Leslie ließen die Augen durch den Raum schweifen, untersuchten Sofa, Stühle, Regale und Tische auf Hinweise darauf, dass jemand hier gewesen war. Keine Spur von dem Fremden oder von Pete, doch hier gab es jede Menge Möglichkeiten, sich zu verbergen.

Von der Treppe her erklangen Stimmen und ein tanzendes, flackerndes Licht tauchte auf. Die Männer kamen von ihrer Erkundungstour zurück.

„Wir glauben, dass er nicht mehr auf dem Dach ist, aber auch nicht ins Haus hineinkonnte", berichtete Randy.

„Wenn man die Sache mit den Schlössern bedenkt, frage ich mich inzwischen auch, ob er nicht vielmehr dafür sorgen will, dass wir hier drinbleiben", sagte Jack.

„Habt ihr das Gewehr?", erkundigte sich Stephanie.

„Das hat bestimmt Randy", meinte Leslie.

Und wirklich, Randy kam mit der Waffe in der Hand herein und befüllte die Munitionskammern im Gehen mit neuen Patronen. Jack hielt die Lampe und Stewart bildete das Schlusslicht. Er schaute äußerst grimmig drein.

„Vielleicht ist er weg, aber wir können nicht sicher sein", sagte Randy. „Oben ist er jedenfalls im Moment nicht."

„Keines der Fenster lässt sich öffnen", erklärte Jack beunruhigt.

„Wir sind zu siebt und er ist nur einer", sagte Randy. „Das stimmt doch, Stewart, oder?"

Stewart antwortete nicht, vielleicht nur, um ihm eins auszuwischen.

Betty wühlte in einem Stapel Zeitungen neben dem Kamin und kam mit einer davon zurück. Sie strich die Seiten glatt und hielt sie neben die Lampe. „Ihr wollt also wissen, wer er ist?"

Mit dem Finger tippte sie auf den Artikel auf der ersten Seite.

„EHEPAAR TOT AUFGEFUNDEN"

Stephanie drängte sich mit den anderen um die Lampe und überflog die Meldung:

„... ein Mann und eine Frau tot in einem leerstehenden Haus aufgefunden ... geht von Selbstmord aus, doch die Behörden schließen auch ein Gewaltverbrechen nicht aus ... auffällige Parallelen zu anderen Todesfällen in der Gegend ... schon seit über zwei Wochen tot, bevor sie gefunden wurden ..."

Oh, du lieber Gott.

„Das geht jetzt schon seit Ewigkeiten so", flüsterte Betty und ihre Augen funkelten im Lampenschein. „Leute gehen in alte Häuser und kommen nicht mehr zurück. Und wenn jemand sie dann findet, sind sie schon so lange tot, dass man nicht mehr feststellen kann, wie sie gestorben sind. Aber ich und Stewart, wir wissen, dass er es war."

Nein, das kann nicht sein. Nicht hier, nicht jetzt!

„Wer ist er?", fragte Randy.

„Das versuchen sie immer noch rauszukriegen. Wir nennen ihn White, so hieß jedenfalls die erste Familie, die er hingerichtet hat. Er ist hier in der Gegend sehr fleißig gewesen. Eigentlich fragen wir uns schon seit Längerem, wann wir an der Reihe sind."

„Also, in diesem Haus hier wird niemand sterben", sagte Randy. „Wir werden Wachtposten aufstellen und ihn fernhalten, bis jemand unsere Autos findet und –"

Ein entferntes Stampfen. Ein Knarren. Alle blickten zur Decke hinauf.

„Er ist immer noch da oben", sagte Leslie mit einem Seitenblick auf Randy. „Er ist noch auf dem Dach!"

Randy lud das Gewehr durch.

„Warum auf dem Dach?", fragte sich Jack laut. „Warum das Dach, wo er doch jederzeit ganz leicht durch ein Fenster im Erdgeschoss hereinkönnte? Der Typ hat doch irgendetwas vor!"

Dann ein neues Geräusch – ein seltsames, blechernes Rattern, als würde eine Dose eine Schräge hinunterrollen. Es kam scheinbar aus nicht allzu weiter Entfernung. Stephanie duckte sich unwillkürlich und hob schützend die Hände über den Kopf. Randy schwenkte das Gewehr durch den Raum, was wiederum Jack und Stewart dazu veranlasste, die Köpfe einzuziehen.

„Ist das Pete?", fragte Leslie mit gepresster Stimme.

„Nein", sagte Betty.

Ploff. Etwas landete in der Feuerstelle des Kamins und wirbelte eine kleine Aschewolke auf. Es rollte hinaus, fiel mit einem metallischen Geräusch zu Boden und blieb liegen.

Jack hielt die Lampe näher daran und Betty ging auf das Ding zu.

„Nicht anfassen!", warnte Stephanie.

Betty beugte sich hinunter. „Sie haben Recht, Tintenkleckser. Er will nicht rein."

Jack hob das Etwas auf. Es war eine alte Suppendose, deren Etikett schon ganz ausgebleicht war. Stattdessen stand mit dickem, schwarzem Filzstift etwas darauf, das Jack nun laut vorlas, während er die Dose drehte:

„Willkommen in meinem Haus.
Einige Regeln:
1. Gott ist in mein Haus gekommen und ich habe ihn umgebracht.
2. Ich werde auch jeden anderen umbringen, der in mein Haus
*   kommt.*

3. Gebt mir eine Leiche und ich drücke möglicherweise bei Regel 2 ein Auge zu.
Das Spiel ist im Morgengrauen vorbei."

Jack reichte die Dose an Randy weiter, der sich die Botschaft noch einmal durchlas. Stephanie begann zu zittern. Leslie berührte sie am Arm und diesmal ergriff Stephanie ihre Hand.

Über ihnen bewegten sich schwere Schritte über das Dach zur Hinterseite, dann verstummten sie.

Stille.

7

22:27 Uhr

Stephanie war die Letzte, die die Dose nahm und sie hin- und herdrehte, während sie die Nachricht immer wieder las. „Was soll das? Meint er …?"

„Das bedeutet, dass er total durchgeknallt ist", sagte Randy und ließ seine Blicke durch den Raum schweifen.

„Es ist etwas Psychologisches", sagte Leslie. „Er spielt ein Psychospielchen mit uns."

„Die Nummer mit der Leiche ist aber ganz schön physisch", gab Randy zurück und deutete mit dem Kopf zu der Zeitung auf dem Kamin.

„Aber das kann nicht sein", sagte Leslie und sah nacheinander Randy, Jack und Stephanie an. „Er kann doch nicht wirklich erwarten, dass wir uns gegenseitig umbringen!"

„Nicht alle gegenseitig", entgegnete Randy und nahm Stephanie die Dose wieder ab. „Nur einen von uns."

Jack griff Leslies Idee auf. „Ich glaube, er will einen Keil zwischen uns treiben und uns dazu bringen, dass wir uns gegenseitig fertigmachen."

Betty lachte leise.

„Was ist daran so lustig?", wollte Randy wissen.

„Das wird wohl recht einfach", meinte Betty.

Randy beugte sich näher zu ihr hinüber. „Sie sprechen wohl von sich selbst, nicht wahr?"

„Das werden wir ja sehen."

„Was stimmt bloß mit Ihnen nicht?"

Jack streckte eine Hand aus, ohne einen der beiden zu berühren. „Hey, kommt schon. Wir müssen das Spielchen nicht mitspielen. Wir haben eine Wahl."

„Oho", machte Betty und sah ihn an. „Hört, hört!"

Leslie hielt ihre Armbanduhr näher an die Lampe. „Es ist halb elf. Die Sonne geht gegen sechs auf. Das gibt uns siebeneinhalb Stunden."

„Sonnenaufgang ist exakt um sechs Uhr siebzehn." Alle schauten Stewart an. Er zuckte die Achseln. „Ich habe eben Interesse an solchen Dingen."

Randy schnaubte. „So lange braucht es nicht zu dauern. Ich beende es einfach jetzt und hier." Er schnappte sich eine Lampe und ging in Richtung Foyer, das Gewehr in der Hand.

Betty setzte sich in einen der Sessel und wirkte nur milde interessiert. Stewart sank auf das Sofa – noch ein entspannter Zuschauer.

Jack folgte Randy. „Randy!"

„Bleiben Sie zurück. Das wird nur eine Sekunde dauern."

Leslie folgte ihm bis zum Durchgang, dann ging sie zurück in den Aufenthaltsraum und sagte: „Gehen Sie lieber in Deckung. Er tut es wirklich."

Bevor Jack ihn aufhalten konnte, hatte Randy auch schon die Vordertür erreicht, die Lampe hingestellt und die Waffe in Anschlag gebracht.

Jack war weniger um die Tür besorgt als um Randy und die anderen. „Randy, sind Sie sicher, dass Sie wissen –"

Bumm! Das Gewehr spuckte Blei und der Aufschlag der Schrotkugeln ließ das Haus erzittern. Das Glasfenster in der Tür zerbarst in tausend Scherben.

Für Jack sah das Loch groß genug aus, um durchzukriechen. „Das sollte genügen. Jetzt legen Sie das Gewehr hin und –"

Randy lud noch mal durch und schoss erneut, dieses Mal auf das Schloss. Im Aufenthaltsraum schrie Stephanie auf. Die Tür erbebte, während Holzspäne durch die Gegend flogen und der Flur sich mit blauem Rauch füllte.

✻

Randy gab ein Grunzen von sich, während er ein drittes Mal schoss. Wieder auf das Türschloss, dieses Mal aus der Hüfte.

Feuer, Blei und Rauch explodierten aus dem Lauf und der Rückstoß warf ihn beinahe um. Das würde eine ordentliche Prellung geben. Der Türrahmen zersplitterte und das Schloss gab nach.

Ihm war klar, dass sein Verhalten angesichts ihrer Lage reichlich dumm war, doch er konnte sich nicht mehr beherrschen. Panik hatte ihn übermannt und diese Tatsache fachte seine Wut nur noch mehr an.

Niemand spielt ungestraft irgendwelche Spielchen mit mir ...

Eine neue Salve ließ die Fenster klappern und die Tür neigte sich in ihren Angeln. Er lud noch einmal durch und ...

Nichts. Die Kammer war leer. Er klopfte suchend auf seine Taschen, dann rief er Jack über die Schulter zu: „Ich brauche noch mehr Munition!"

Jack stand einfach nur da, halb verdeckt vom Rauch. Randy wusste, dass der andere Mann noch Munition in seinen Taschen hatte, aber er griff nicht danach. „Randy", sagte er. „Die Tür ist offen. Hören Sie auf."

„Darauf können Sie wetten, dass die Tür offen ist! Jetzt geben Sie mir die Munition, bevor dieser Typ hier reinkommt."

Jack rührte sich immer noch nicht.

Jack war klar, dass Randy nicht so Unrecht hatte: Sie waren jetzt gegen Angriffe von außen ungeschützt. Was nicht bedeutete, dass es hier drinnen nicht auch gefährlich war. *Gebt mir eine Leiche ...* „Warum geben Sie mir nicht mal das Gewehr?"

Randy trat näher an Jack heran. „Geben Sie mir diese elende Munition! Der Typ ist immer noch da draußen!"

„Randy, jetzt warten Sie doch mal einen Moment. Ich nehme besser die Waffe ..."

Randy klammerte sich mit beiden Händen am Lauf des Gewehrs fest. „Ich habe das Ding!" Er brüllte den Frauen zu: „Kommt schon! Lasst uns von hier verschwinden! Die Munition, Jack – her damit!"

Leslie sagte aus den Schatten heraus: „Randy, gib doch Jack das Gewehr so lange, bis –"

„Halt den Mund! Ich habe jetzt hier das Sagen!"

In diesem Augenblick hörte Jack einen Motor aufheulen. Durch die offene Tür konnte er zwei Scheinwerfer sehen, die im Vorgarten herumirrten.

„Also gut", gab Leslie nach und die Stimme klang äußerst kontrolliert. „Du hast das Sagen, Randy." Sie kam gemeinsam mit Stephanie ins Foyer und legte Randy einen Arm um die Schultern. „Du hast das Sagen." Sie streichelte ihn. „Das mit der Tür hast du gut gemacht." Es schien ihn tatsächlich etwas zu beruhigen, zumindest wirkte er nicht mehr völlig kopflos.

Stephanie stand allein im schummrigen Nebel und hielt sich mit ihren eigenen Armen umschlungen. Ihre Augen hatte sie auf die Scheinwerfer geheftet, die draußen herumschwenkten.

Mit einem Rumpeln und dem Jaulen eines halb abgewürgten Motors holperten die Scheinwerfer jetzt durch ein Blumenbeet, walzten eine Hecke um und beleuchteten dann den gepflasterten Weg. Aufgrund der bulligen Form des Fahrzeugs ging Jack davon aus, dass es sich um einen alten Geländewagen oder Pick-up handelte. Dieser fuhr jetzt direkt auf das Haus zu und man sah nichts mehr außer den beiden blendenden Scheinwerferlichtern vor einem Vorhang aus schwarzem Regen. Jetzt bohrten sich die Lichter schier ins Haus und schnitten zwei runde, helle Tunnel in den Rauch.

Jack stand in einem dieser Lichttunnel, und sein Schatten fiel hinter ihn, während er wie gelähmt dastand und gar nichts dachte – aber nur einen Moment lang.

Wer auch immer diese alte Kiste fuhr, trat voll aufs Gas. Der Wagen hüpfte regelrecht vorwärts und beschleunigte auf dem Fußweg.

Er kam genau auf die Tür zu.

„Aus dem Weg!"

Sie sprinteten nach rechts und links, suchten nach Deckung, warfen Einrichtungsgegenstände um und stolperten in der Dunkelheit herum.

Jack befand sich gleich neben dem Speisezimmer und rannte in diese Richtung; die Scheinwerferlichter schienen Löcher in seinen Rücken zu brennen und vor ihm rannte sein Schatten herum.

Das Aufheulen des Motors, das Krachen und Splittern von Holz, das Kreischen von Metall, das Klirren zerbrechender

Glasscheiben, das Reißen von Tapeten, Vorhängen und Befestigungen verschmolz zu einem markerschütternden, ohrenbetäubenden Krach, als der Pick-up die Stufen heraufschoss, die Veranda überquerte und sich in die Vorderfront des Hauses bohrte. Jack hörte Schreie, während er nach vorn sprang und unter den Tisch hechtete. Von oben regneten Tapetenstückchen, Scherben und halb verrottetes Essen auf ihn herab.

Die Scheinwerferlichter flackerten, dann gingen sie aus.

„Stephanie!", schrie Jack.

Er kämpfte sich auf die Füße, dann stand er da und wusste nicht, in welcher Richtung nun das Foyer lag. Er blinzelte und versuchte, in all dem Staub und der Dunkelheit etwas zu erkennen – da, dort vorn sah er ein schwaches gelbliches Licht, das im Dunst herumschwankte. Er ging stolpernd darauf zu.

„Leslie!", hörte er Randy rufen, der offenbar die Lampe in der Hand hatte. „Leslie!"

„Hier drüben", erklang Leslies Stimme.

Das Licht schwenkte aus Jacks Blickfeld. „Du blutest ja!", rief Randy.

„Stephanie!", schrie Jack wieder. „Bist du okay?"

„Ja, alles in Ordnung", antwortete sie und dann sah er sie aus dem Dunst kommen. In der Mitte des Foyers trafen sie aufeinander. Er nahm sie in die Arme.

Die Öllampe kam ins Foyer zurückgeschwebt. Randy half Leslie mit seiner freien Hand. Sie hielt ein Taschentuch an die Stirn gedrückt. Über ihre Wange lief ein dünnes Blutrinnsal, ein exaktes Abbild der Wunde, die sie sich beim Abendessen zugezogen hatte.

„Es geht mir gut", sagte sie, als müsste sie sich selbst davon überzeugen. „Wirklich, es geht mir gut. Es ist nur ein Kratzer."

Randy hielt die Lampe auf den Eingangsbereich gerichtet, der nun komplett verschwunden war. Es gab keine Tür mehr, keinen Türrahmen, keinen Türsturz. Glassplitter, Teile der Türfüllung, zerbrochene Vasen und zerschmetterte Pflanzen lagen überall herum, die Tapete hing in Fetzen herunter. Statt der Tür steckte nun die verbeulte Kühlerfront eines braunen Pick-ups in dem Loch. Die Windschutzscheibe war gesprungen und sah aus wie eine Collage aus Spinnennetzen, das Dach war eingebrochen, die Kotflügel zerdrückt, die Scheinwerfer gesplittert. Aus dem Kühler zischte heißer Dampf und Wasser tropfte auf den Fußboden.

Randy ließ Leslie los. „Wo ist das Gewehr?"

Er wirbelte herum und leuchtete in alle Richtungen. Noch immer hing eine dichte Staubwolke in der Luft. „Wo ist das verdammte Gewehr?"

Er hielt die Lampe hoch, um in die zersprungene Windschutzscheibe hineinzuschauen. Keine Spur von einem Fahrer.

Einige lange Sekunden standen alle einfach nur da, den Geschmack von Staub im Mund und juckende Kleinpartikel in den Augen – starrend, staunend und langsam begreifend, dass die Vorderfront des Hauses komplett auf den Pick-up herabgesackt und der Ausgang somit undurchdringlich versiegelt war.

Jack konnte in der Stille lesen, was er selbst empfand: Das Spiel war nicht vorüber. Im Gegenteil: Es begann jetzt erst. „Ich denke, wir sollten als Erstes das Gewehr suchen", meinte er schließlich.

„Was, das hier?", kam eine rumpelnde Stimme aus dem Rauch.

Die andere Lampe näherte sich ihnen aus dem Aufenthaltsraum und erhellte zwei geisterhafte, zerfurchte Gesichter. Betty trug die Lampe, und Stewart hatte das Gewehr in der Hand und war dabei, es zu laden.

„Sie haben es fallen lassen!", tadelte er ungehalten. „So gehen Sie also mit den Sachen anderer Leute um!"

Randy verdrehte die Augen und ging auf Stewart zu. „Wir haben jetzt keine Zeit für so was, Stewart."

Stewart schob sich an ihm vorbei und begutachtete den Schaden am Haus ohne ersichtliche Eile. „Jetzt sehen Sie nur, was Sie angerichtet haben!"

Draußen wurde der Regen stärker, strömte vom Dach und prasselte auf das noch draußen befindliche Heck des Pick-ups. Ein starker Wind blies unter der herabgesackten Karosserie hindurch ins Haus und löschte Randys Lampe aus. Er fluchte und stellte sie ab.

Dann näherte er sich Stewart und griff nach dem Gewehr. „Der Typ meint es ernst. Wir können hier nicht ewig rumstehen und –"

Stewart lud durch und richtete den Lauf des Gewehrs auf Randys Brust.

Zu Tode erschrocken ließ sich Randy erst nach unten, dann zur Seite fallen. „Hey! Was haben Sie vor?!"

Stewart hielt das Gewehr weiter auf ihn gerichtet. „Er will eine Leiche, oder? Vielleicht sollte es Ihre sein."

Randy duckte sich wieder und befand sich jetzt in einer kriechenden Position, in der er sich langsam entfernte, während Stewart jeder seiner Bewegungen folgte und dabei hinterhältig in sich hineinlachte.

„Ja", sagte er zufrieden. „Winde dich auf dem Boden, Wurm! Krieche! Du bist genau da, wo du hingehörst!"

Jack wog blitzschnell die Alternativen gegeneinander ab. Randy lag am Boden zwischen ihm und Stewart, was bedeutete, dass Jack – und Stephanie, die sich noch immer an ihn klammerte – nur wenige Zentimeter neben seiner Schusslinie standen. „Stewart, jetzt beruhigen Sie sich erst mal …"

Stewart wandte weder seinen Blick noch den Gewehrlauf von dem kauernden Randy ab. „Keine Sorge, dieser Schleimbeutel macht mir überhaupt keine Schwierigkeiten", sagte er. „Tun Sie doch nicht, oder?"

Leslie trat an Bettys Seite und flüsterte ihr zu: „Bitte, Betty, könnten Sie ihn wohl zur Vernunft bringen?"

Betty hielt nur die Lampe hoch und schien vollkommen fasziniert.

„Tun Sie doch nicht, oder?", wiederholte Stewart.

„Nein, nein", sagte Randy mit zitternder Stimme.

„Betty!", zischte Leslie. „Tun Sie etwas!"

Betty sah Leslie an, dann sagte sie zu Stewart: „Stewart, jetzt mach mir bloß keine Sauerei!"

Leslie wich erschrocken vor ihr zurück. Jack versuchte, in Bettys seltsamem Blick zu lesen, wurde aber nicht schlau daraus.

„Alle an die Wand!", befahl Stewart und schwang zur Bekräftigung den Gewehrlauf in die angegebene Richtung.

„W-was?" Jack verspürte dieselbe Verwirrung, die er auch in den Gesichtern der anderen lesen konnte. Er hob die Hände und konnte es nicht fassen. „Stewart, was soll das denn?"

„An die Wand!"

Leslie half Randy auf die Beine, und Jack führte Stephanie zu der Wand, die das Foyer vom Aufenthaltsraum trennte. Dabei achtete er darauf, dass er sich zwischen Stephanie und Stewarts Gewehr befand. Sie reihten sich an der Wand auf wie vier Verurteilte vor einem Hinrichtungskommando.

„Stewart, wag es ja nicht, meine Wand zu ruinieren!", protestierte Betty.

„Halt den Mund!"

Sie nahm ihren Platz neben ihm ein und verstummte.

Stewart sah sie einen nach dem anderen an und in seinen Augen stand die reine Mordlust geschrieben. „Ihr seid doch das übelste Pack von Sündern, das mir je untergekommen ist. Kommt hier rein, als ob euch das Haus gehören würde, und tut alle so, als wärt ihr was, als ob wir nicht wüssten, welche Lügen ihr voreinander verbergt! Schmutzige Gotteslästerer! Ihr seid schuldig! Schuldig wie die Sünde selbst!"

Leslie bemühte sich um ihren beruhigendsten, professionellsten Tonfall: „Stewart, vielleicht sind wir Ihnen eine Erklärung schuldig …"

Mit einem blendenden Blitz und einer ohrenbetäubenden Explosion, die sich mit Leslies schrillem Schrei vermischte, schoss Stewart ein Loch in die Wand oberhalb von Leslies Kopf. Diese brach zusammen und hob bittend die Hände. Randy stützte sie, und Stephanie fiel so hart gegen Jack, dass sie ihn beinahe mit umgerissen hätte.

„Oh Mann, jetzt sieh dir das nur mal an!", schimpfte Betty.

Stewart lud wieder durch. „Aufstehen!"

Jack half Stephanie auf die Füße, hielt sie aber weiter fest umschlungen. Sie zitterte in seinen Armen. Sein Herz schlug so wild, dass er es in seinem Schädel widerhallen hörte.

Stewart schwenkte das Gewehr wie wahnsinnig hin und her. Dann deutete er mit dem Kopf in Richtung des Autowracks im Eingang. „Wir wissen alles über diesen Mörder, mehr als ihr jemals wissen werdet, und deshalb wissen wir auch, dass ihr es seid, die uns das eingebrockt haben! Ihr habt es mit hierhergebracht wie ein Hund die Flöhe!"

„Aber wir würden ja nur zu gern wieder von hier verschwinden!", sagte Jack. „Lassen Sie uns einfach gehen und –"

„Gehen? Meint ihr ernsthaft, er lässt noch irgendjemanden

hier raus? Ich sage euch, ihr geht nirgendwohin, bis Mr White das hat, was er will!"

„Aber begreifen Sie denn nicht – genau das will er doch! Wir sollen uns gegenseitig umbringen!"

„Ja, und was soll daran verkehrt sein?"

Randy schaute zu Betty. „Betty, Sie verstehen, was hier passiert, nicht wahr?" Er nickte zu Stewart hinüber. „Erklären Sie es ihm!"

Sie blickte auf den zerstörten Pick-up und die Überreste des Eingangsbereichs. „Was soll ich ihm erklären?"

„Betty, sind Sie wirklich zu dumm, um –"

Jetzt hatte er ihre Aufmerksamkeit. Ein eisiger Blick schnitt seinen Satz ab wie eine Schere. „Was wollen Sie denn von mir, Mr Neunmalklug, hä? Dass ich sage, er soll tun, was er tun muss? Dass das Leben sowieso nur ein großer Witz ist?"

„Nein ...", sagte Stephanie mit erstickter Stimme und der Hand vor dem Mund.

Betty streckte eine Hand nach ihr aus und strich ihr eine blonde Strähne aus dem Gesicht. „Oder vielleicht sollten wir einfach ein Liedchen trällern und so die Probleme vertreiben."

Stephanie ließ Jack los, beugte sich vornüber und übergab sich.

„Betty", sagte Leslie mit kaum hörbarer Stimme, „wir sind doch alle menschliche Wesen. Wir können vernünftig miteinander reden."

„Menschliche Wesen?" Betty sah verletzt aus. „Schätzchen, aber menschliche Wesen tun doch genau das!"

Stewart griff nach Bettys Kittelschürze und riss sie daran nach hinten. „Genug geschwätzt. Wir müssen jetzt an uns selbst denken!"

„Als ob ich an irgendetwas anderes denken könnte!", murmelte Betty und stellte sich neben ihn.

„Aber ihr müsst ja nicht alle Angst haben", sagte Stewart. „Nur einer von euch."

8

Jack konzentrierte sich ganz auf Stewarts Augen und versuchte, den kleinsten Hinweis darauf zu finden, dass dieser nur bluffte. Doch die Augen des Mannes waren glasig, die roten Äderchen erweitert, und hinter ihnen lag eine Finsternis, die Jack auf unheimliche Weise vertraut vorkam – wie die höllischen Tiefen, die er durch das Fensterglas in der Hintertür gesehen hatte ... und durch die Augenlöcher in einer Blechmaske.

Das war kein Bluff.

Stewart deutete mit dem Lauf in Richtung Flur. „Bewegt euch. Los, in die Küche."

Betty ging voraus und hielt die Lampe hoch, um ihnen den Weg zu erleuchten. Ihr Schatten war unnatürlich lang. Jack wechselte einen Blick mit den anderen, dann folgte er ihr, die Hände erhoben, um seine Wehrlosigkeit zu demonstrieren und mögliche Kurzschlusshandlungen zu verhindern. Sie folgten Betty im Gänsemarsch, zuerst Jack, dann Stephanie, Leslie und Randy, alle mit erhobenen Händen. Stewart ging hinter ihnen her und hielt das Gewehr im Anschlag.

Jack bemühte sich bewusst darum, langsam zu gehen, und hoffte, dass die anderen ebenso fieberhaft Fluchtideen wälzten wie er. Es gab jede Menge Möglichkeiten, aus diesem Flur zu entwischen – die Durchgänge zur Küche, zum Speisezimmer, die Treppe, der Aufenthaltsraum. Stewart konnte sie ja nicht alle gleichzeitig überwachen, wenn sie sich in alle Winde zerstreuten, und die Dunkelheit würde sie schützen.

Doch er konnte einen von ihnen töten, vielleicht zwei,

wenn er schnell genug nachlud – und alle vier, wenn sie keinen anderen Ausgang aus dem Haus fanden.

Jack ging weiter. Er hoffte und wartete auf *den* Moment ...

Schließlich erreichten sie die Küche. Stewart drängte sie von hinten. „Betty", brummte er, „mach die Kühlkammer auf!"

Stephanie atmete hörbar ein, dann begann sie zu schluchzen: „Nein! Nein ..."

Stewart schubste sie mit dem Gewehrlauf weiter. Betty sagte gar nichts. Sie schaute nur finster in die Runde und ging dann ans andere Ende der Küche, wo sie den Riegel an einer massiven Holztür zurückschob und diese aufstieß. Eisige Nebelschwaden zogen in die Küche und wanderten über den Boden.

„Neeiiiiin!", schrie Stephanie und versuchte zu fliehen, aber Stewart packte sie an ihren langen Haaren und riss sie zurück. Sie kreischte und stolperte. Jack fing sie auf und schob sie vor sich, damit sie außerhalb von Stewarts Reichweite war. Dann ging er in die Kühlkammer. Die anderen folgten ihm und tasteten sich vorsichtig durch die Dunkelheit. Betty kam als Letzte und schloss die Tür mit einem dumpfen *Rumms,* während der gelbliche Lampenschein den Raum erfüllte.

Die Kühlkammer war viel größer, als Jack erwartet hatte. Innen war sie komplett mit Holz verkleidet und es gab Regale und Wandhaken für Fleisch und andere Nahrungsmittel. Eine riesige Axt lehnte in einer Ecke, die Art, die eine stumpfe Seite hat, um das Schlachtvieh zu betäuben, und eine scharfe, um ihm den Kopf abzuhacken. Eine blutverschmierte Werkbank wurde von einem Sortiment von Schlachtermessern und Fleischscheren verziert; von der Decke baumelten Fleischerhaken.

Jack konnte seinen Atem als Dampfwölkchen vor sich sehen. Er rieb die Hände aneinander, um sie zu wärmen. *Wir können nicht von hier fliehen. Wir hätten gar nicht zulassen sollen, dass sie uns hier reinbringen. Wir hätten irgendetwas versuchen müssen ...*

„Dreht euch um und legt die Hände an die Wand", kommandierte Stewart und die vier gehorchten. Die Bretter der Wandverschalung waren eiskalt und blutverkrustet.

„Was haben Sie vor?", fragte Randy mit hoher, unsicherer Stimme.

„Können Sie nicht lesen?", fragte Stewart. „Was denken Sie denn, was wir vorhaben?"

Leslie setzte an: „Aber wir verdienen –" Stewart presste den Gewehrlauf gegen ihren Nacken und sie verstummte.

„Schon wieder eine Lüge. Ich hab bisher noch keinen Sünder getroffen, der der Meinung war, dass er Strafe verdient. Aber das ändert nichts. Ihr verdient alle eine Bestrafung!"

Jack schaute über die Köpfe der beiden Frauen hinweg und begegnete Randys Blick. Dessen Augen wirkten panisch, wie die eines gefangenen Tieres. *Randy, reiß dich zusammen. Ich brauche dich, um das hier hinzukriegen. Nur eine einzige gute Idee ...*

„Aber wir wollen fair sein", sagte Stewart. „White will nur einen, also nehmen wir auch nur einen." Er ging hinter ihnen auf und ab. „Und wir werden euch sogar entscheiden lassen, wer es sein soll."

Sie schauten einander an. Stephanie weinte jetzt und ihre Tränen tropften auf den Boden.

Wie sollten wir eine solche Entscheidung treffen? Aber so ist das im Leben, nicht wahr? Eine Grausamkeit nach der anderen, dachte Jack. „Sie wissen genau, dass wir das nicht können."

Stewart senkte die Stimme um eine Oktave. „Mich verschaukelst du nicht. Ich weiß, was du kannst und was du nicht kannst. Ich weiß, was du bist."

Betty meldete sich zu Wort: „Es hat keinen Sinn, mit dem zu reden. Er glaubt, dass das alles hier nur ein schlechter Witz ist."

„Ich glaube nicht –"

„Was ist mit dir, Singvögelchen?", sagte Stewart plötzlich und bewegte den Gewehrlauf zu Stephanies Nacken. Sie verzog das Gesicht und weinte noch heftiger. „Du denkst doch, dass es hier niemanden gibt, den du nicht für dein eigenes Leben opfern würdest. Weißt du, was wir mit dir machen sollten? Wir sollten dich einfach hier drin erfrieren lassen. Ganz langsam und gemächlich."

„Bitte nicht ..."

„Wäre das nicht gerecht?"

„Aber es war nicht meine Schuld!", schrie sie.

Und dann sah sie Jack an.

Jacks Innerstes gefror bei Stewarts Worten, Stephanies Blick und seinen eigenen Erinnerungen. Er hatte es gedacht. Er hatte sich diese Dinge immer wieder eingeredet. Natürlich hatte er sie nie laut ausgesprochen, aber gedacht hatte er sie. *Gerecht. Ich weiß nicht. Aber wenn der Unfall nicht ihre Schuld war – der Zerbruch unserer Ehe war es auf jeden Fall!*

„So ist es richtig, Junge", murmelte Stewart.

Randy sagte: „Stewart, hören Sie, diese ganze Sache könnte sich noch zu Ihrem Vorteil entwickeln. Sie haben das Sagen; ich habe Geld. Wir könnten da sicher etwas arrangieren. Sie könnten ein reicher Mann werden …"

„Oooooh ja!", sagte Stewart und drückte den Gewehrlauf in die Haut direkt unter Randys Ohr. „Wie bist du überhaupt zu all dem Geld gekommen, hm? Indem du genau solche Entscheidungen getroffen hast wie die, die jetzt ansteht, nicht wahr?"

Randy brauchte einen Moment, um eine Antwort zustande zu bringen. „Gute Geschäftsleute müssen eben die Alternativen gegeneinander abwägen."

„Nun, hier hast du deine Alternative: Wähle jemanden aus, der sterben soll, oder ich tue es!" Er griff nach Randys Kopf und schlug diesen gegen die Wand. „Und mir gefällt die Idee, dass du dran glauben musst, langsam immer besser, also mach dir am besten keine Hoffnungen, dass du davonkommst. Und ich werde mir Zeit lassen. Am besten ersäufe ich dich wie eine Katze, die man nicht mehr gebrauchen kann. Na, was sagst du dazu!?"

Stewart schubste Leslie an, die mit geschlossenen Augen still dastand und sich offensichtlich bemühte, die Fassung zu wahren. „Und du, kleine Miss Ich-bin-vergeben – warten wir mal ab, bis Pete mit dir fertig ist, und dann entscheiden wir."

Leslie behielt ihren gefassten Gesichtsausdruck bei, doch ihr Kinn begann zu zittern.

„Ich habe mich entschieden!", rief Jack. Er hatte keine Ahnung, was er als Nächstes tun sollte, aber er versuchte, Randys Blick auf sich zu ziehen.

Kaum hatte er diese Worte ausgesprochen, da hatte er auch schon die volle Aufmerksamkeit von allen. Was nun?

„Ja, du meine Güte – vielleicht hat unser Schreiberling hier doch ein bisschen Mitgefühl!", sagte Betty.

„Nein", entgegnete Jack hastig und sah Betty mit einer Entschlossenheit an, die ihn selbst überraschte. „Sie hatten Recht –

mir ist das alles egal. Das Leben ist ein einziger schlechter Scherz!"

Stewarts dunkle, hasserfüllte Augen schienen sich in die seinen zu bohren. „Dieser Junge hat ja eine schöne Lebenseinstellung."

Jack drehte sich zu ihm um, behielt die Hände dabei aber oben. „Wenn das Leben irgendeinen Sinn hätte, müssten wir jetzt nicht diese lächerliche Entscheidung fällen, und draußen würde auch kein sadistischer Killer sitzen und auf eine Leiche lauern." Er gestattete sich selbst ein kleines Lachen und hielt wieder Randys Blick fest. Wenigstens hatte er dessen Aufmerksamkeit. „Hören Sie, ich habe schon öfter versucht zu begreifen, warum solche Dinge wie diese hier anständigen Menschen passieren, und ich hab's aufgegeben." Randy schien nicht zu verstehen und Jack wandte sich wieder an Stewart. „Das Leben ist sinnlos, und wenn das stimmt, haben Sie Recht, Stewart – was soll's, dann können wir uns auch gegenseitig umbringen. Es ist völlig egal."

Randy, Leslie und Stephanie starrten ihn an. Er konnte ihren Blicken ablesen, dass sie sich fragten, was er da tat.

Das schwarze Loch des Gewehrlaufs füllte Jacks Blickfeld aus, während Stewart sagte: „Also schön – und wer soll es nun sein?"

Jack warf Randy einen nervösen Blick zu. „Äh, was denken Sie denn? Ich meine, das liegt doch auf der Hand." *Komm schon, Randy! Mach mit!*

Stephanies Stimme klang schwach. „Jack, du kannst das doch unmöglich ernst meinen!"

Vielen Dank, Stephanie. Vielleicht sollten wir hier und jetzt einen kleinen Ehestreit vom Zaun brechen, während Stewart einen von uns umlegt.

„Sag mir nicht, was ich meine!", brüllte er sie an und versuchte, überzeugend zu wirken, während er sich von der Wand abstieß. „Sieh dich doch mal um, Steph. Passiert in diesem Haus hier irgendetwas Gutes? Siehst du irgendeinen Sinn in alledem? Und wo ist Gott, hm?" Er schaute an dem Gewehrlauf entlang, der immer noch auf ihn gerichtet war. „Wenn sich Gott nur ein kleines bisschen für uns hier unten interessieren würde, dann würde er diese Situation doch wohl ändern, nicht wahr? Aber wisst ihr was – es gibt keinen Gott. Es gibt keine Hilfe, keine Rettung, keinen Ausweg und keinen Sinn." Er schaute Stewart an, beugte sich sogar ein wenig zu ihm vor. „Und auch keine Schuld! Es kann gar keine Schuld geben, weil es kein Richtig und Falsch gibt und auch keine Sünde – nur dieses Gewehr hier."

Stewart nickte ihm provozierend zu. „Dann sollte es vielleicht dein Gehirn sein, das gleich an die Wand spritzt."

Betty schlug ihm mit der flachen Hand auf den Hinterkopf. „Stewart! Mach das gefälligst draußen oder du kannst die Schweinerei selbst wegwischen!"

Als Stewart einen Schritt nach vorn ging, gab dies Jack den langersehnten Vorwand, ein wenig zurückzuweichen und sich unauffällig an der Wand entlang etwas von den anderen zu entfernen. Der Gewehrlauf folgte ihm.

„Hey!", protestierte Jack und versuchte wieder, über Stewarts Schulter hinweg Randys Blick zu erhaschen. „Sie sagten doch, Sie würden fair sein und uns die Entscheidung überlassen. Also …"

Nur noch ein paar Zentimeter. Jack musste sich nicht bemühen, einen verängstigten Eindruck zu erwecken – er hatte wirklich Angst –, während er sich ganz langsam rückwärts bewegte und Stewarts Aufmerksamkeit auf sich gerichtet hielt. Nicht einmal in seinen schlimmsten Albträumen hätte er sich eine solche Situation ausmalen können. „In Ordnung. Dann wähle ich … mich!"

„Dich? Du kannst dich nicht selbst nehmen!" Stewart wandte den anderen drei den Rücken zu.

Jack musste dafür sorgen, dass Stewart weiterhin nur auf ihn achtete. „Warum nicht? Betty hat ja Recht. Ich habe das Liebste auf der Welt verloren, und meine Frau will mich verlassen, um Karriere zu machen. Mein Leben bedeutet mir nichts mehr." Stephanie wandte ihren Blick ab. Endlich! In Randys Augen leuchtete Verständnis auf. Seine Hände lösten sich von der Wand. „Wenn man also das große Ganze betrachtet, habe ich nichts zu verlieren, und ihr kriegt eure Leiche."

Stewart wirkte etwas durcheinander. „Du sollst aber jemand anderen aussuchen."

Jack schaute zu Betty, die neben der Werkbank zu seiner

Rechten stand. „Betty, was meinen Sie? Macht mein Vorschlag nicht Sinn?"

Betty blickte von ihm zu Stewart. „Vielleicht ist er nicht der Richtige. Es scheint ihm wirklich nichts zu bedeuten."

„Halt den Mund!", sagte Stewart, ohne den Blick von Jack zu lösen, und hielt ihm wieder das Gewehr unter die Nase.

„Oder vielleicht ist er es doch. Den anderen Typen zu ersäufen würde viel zu lange dauern."

Stewart warf Betty einen Blick zu. „Ich sagte, du sollst den Mund halten!"

Jetzt!

Jack griff mit beiden Händen nach dem Gewehrlauf und riss ihn zur Seite.

Bumm!

Nach einer halben Ewigkeit sprang Randy Stewart endlich in den Rücken, umschlang seine Arme von hinten und versuchte, ihn umzuwerfen.

„Schnapp dir das Gewehr!"

Alle drei Männer hielten die Waffe mit eisernem Griff umklammert, während der Lauf ziellos durch den Raum schwenkte. Leslie und Stephanie ließen sich auf den Boden fallen. Jack drückte eine Hand fest auf den Kolben, um Stewart am erneuten Durchladen zu hindern. Stewart warf sich herum und schmetterte Randy gegen die Wand. Jack stolperte über Stewarts Bein und stürzte, immer noch das Gewehr umklammernd, während Stewart einen seiner schweren Stiefel auf Jacks Brustkasten krachen ließ.

„Lauft!", brüllte Jack Stephanie und Leslie zu. „Seht zu, dass ihr hier rauskommt!"

„Steeeeeeewaaaart!", schrie Betty.

Leslie sprang auf und packte Betty genau in dem Augenblick am Arm, in dem sich deren Hand um den Griff eines Fleischermessers schloss. Die ältere Frau schien geradezu übermenschliche Kräfte zu besitzen. Sie wand sich und bearbeitete Leslies Gesicht mit ihren Fingerknöcheln, die der Akademikerin wie kleine Hämmer vorkamen. Leslie, die beide Hände um Bettys rechten Arm gelegt hatte, konnte sich nur wegducken und hier und da ein Knie zum Einsatz bringen.

„Steeeeeeeeewaaaaart!"

Stephanie eilte zur Tür und warf sich mit ihrem ganzen Gewicht gegen den Riegel. Dieser schnappte tatsächlich zurück und die große Tür öffnete sich quietschend. Stephanie taumelte in die Küche und rutschte auf dem feuchten Boden aus. Ohne einen Gedanken an die anderen zu verschwenden, rannte sie durch die Küche in die Dunkelheit des Flures. *Weg hier, nur weg!* Bettys Kreischen, Stewarts Gebrüll und die Kampfgeräusche trieben sie weiter in die Finsternis hinein.

Stewart trat Jack fest genug in den Bauch, um dessen Hände von der Waffe zu lösen. Dieser ließ das Gewehr los und Stewart riss es nach hinten und stieß Randy den Kolben in die Brust. Zusammengekrümmt fiel Randy zu Boden. Jack hörte, wie Stewart erneut durchlud.

Leslie hielt sich mit eiserner Willenskraft an der unermüdlichen, herumwirbelnden alten Frau fest, die schreiend das Fleischermesser schwang. Wenn sie Leslie noch länger schlug, würde diese irgendwann loslassen müssen. Aus den Augenwinkeln heraus bekam sie mit, wie Randys Körper erneut gegen die Wand knallte und zu Boden sank. Jack war immer noch auf allen vieren und versuchte, sich wieder aufzurappeln, als –

Stewart zielte mit dem Gewehr auf Jacks Kopf.

Leslie konnte Betty nicht davon abhalten, um sich zu treten, aber vielleicht konnte sie etwas tun, um Stewarts Aufmerksamkeit von Jack abzulenken. Sie machte einen Ausfallschritt, stellte Betty mit dem anderen Fuß ein Bein und ließ sich gemeinsam mit ihr gegen Stewart fallen. Alle drei schlugen der Länge nach hin.

Bumms! Holzsplitter flogen vom Bretterboden auf.

Ein Gewimmel von um sich tretenden Beinen und schlagenden Armen. Betty entwand sich Leslies Griff. Diese sah sich auf der Suche nach einer Waffe um.

Das Fleischermesser befand sich nur wenige Zentimeter von ihrer Schulter entfernt im Boden.

Stewart wand sich nach einem Tritt in den Unterleib und Jack war noch am Leben. Betty beugte sich über Leslie und versuchte, das Messer aus dem Boden zu ziehen. Leslie zog beide Knie an und rammte sie mit so viel Kraft in Bettys Bauch, dass diese an die gegenüberliegende Wand knallte.

Stephanie kam schlitternd in der Dunkelheit zum Stehen. Sie drehte sich einmal um sich selbst und begriff, dass sie allein war. Keiner der anderen war mit ihr geflohen.

Schlimmer noch – sie war sich nicht einmal sicher, wo sie sich überhaupt befand. War sie noch im Flur? Ein Blitz erhellte kurz ihre Umgebung und enthüllte Fußboden und Wände, verborgene Winkel und verwirrende Abzweigungen.

„Jack?!"

Die Kampfgeräusche waren zu einem entfernten Rumpeln geworden. Sie streckte die Arme aus und tastete sich in die Richtung, aus der die Geräusche kamen. Bald berührte sie eine Wand und folgte dieser bis zu einer Ecke. Sie umrundete sie, tastete sich weiter und kam bald an die nächste Ecke. Musste hier nicht irgendwo eine Tür sein? Wie war sie hierhergekommen?

„Jack!" Sie konnte kaum noch flüstern.

Als sie um eine weitere Ecke bog, fand sie sich in einem Raum wieder, der größer zu sein schien, doch es gab nicht den kleinsten Lichtschein. Sie drückte sich an der Wand entlang und tastete nach Möbelstücken oder irgendwelchen Objekten, die sie wiedererkennen konnte. Doch so weit ihre Arme reichten, stand da nichts. Ihr Magen begann, sich vor Angst zusammenzukrampfen. Sie zitterte und spürte eine Ohnmacht in sich aufsteigen.

Dann hielt sie die Luft an und lauschte.

Nichts.

Kein Laut. Kein Licht.

Sie war allein.

Ganz allein.

9

Randy war sich ziemlich sicher, dass er innere Verletzungen hatte, aber zuerst musste er Stewart erledigen. Jack rang immer noch mit dem Mann um das Gewehr und die beiden krachten gegen Regale und Wände. Randy brachte sich gerade in Angriffsposition und lauerte auf den Moment, in dem Stewarts Kopf aus den Schatten auftauchen würde.

Doch plötzlich sprang Betty ihn an; sie hielt ihm die Augen zu und biss ihm in die Hand. Gleichzeitig entrang sie ihm das Beil. Randy schrie vor Schreck und Schmerz auf.

Augenblicke später tauchte Leslie hinter Betty auf und ließ ein riesiges Stück Eis auf deren Schädel niederkrachen. Das Eis flog in alle Richtungen, und Bettys Kiefer lockerten sich, als diese in sich zusammensank, sodass Randy sich befreien konnte. „Los, schaffen wir sie hier raus."

Leslie zerrte den erschlafften Körper der Frau zur Tür. Ohne Bettys Einmischung würden Jack und Randy sicher mit Stewart fertigwerden. Wenn Leslie Betty irgendwo einsperrte, konnte sie zurückkommen und die Chancen auf drei gegen einen erhöhen.

Doch schon nach wenigen Schritten merkte Leslie, dass sich Bettys Körper vom schlaffen Kartoffelsack in einen wilden Tiger verwandelte. Schreiend sprang Betty auf und katapultierte Leslie durch die Tür, als würde diese nichts wiegen. Einen Moment lang flog Leslie tatsächlich wie schwerelos durch die Luft. Dann traf ihr Körper – Kopf, Hüften und Ellenbogen – hart auf dem Fußboden auf, und sie rutschte noch ein Stück weiter.

Als sie schließlich liegen blieb, drehte sich alles um sie. Langsam gelang es ihr, sich an dem schwachen Licht der Öllampe zu orientieren und sich aufzurichten. Sie befand sich in der Küche.

Mit einem dumpfen Knall schlug die große Holztür zur Kühlkammer zu und der Riegel rastete wieder ein.

Dunkelheit umgab sie.

Da, Atemgeräusche.

„Betty?"

Nein, die Atemgeräusche klangen nicht nach Betty. Leslie vernahm ein Rasseln, dann ein leises, zischendes Lachen. Drei Schritte kamen langsam auf sie zu, dann enthüllte ein Blitz von draußen ein Gesicht, das ohne Körper dahinzuschweben schien.

Pete.

„Du kannst dich nicht vor mir verstecken", ertönte die schwerfällige Stimme des Mannes.

Leslie sprang auf die Füße. Ein neuerlicher Blitz erhellte den Durchgang zum Flur. Sie rannte in diese Richtung, während das Licht wieder verlosch, und stürmte in die Dunkelheit.

Er kam ihr nach.

※

Jack wusste, dass er auf dem besten Wege war, den Kampf zu verlieren. Er konnte spüren, wie seine Hände von dem Gewehrlauf abrutschten. Seine Rippen schienen mit jeder Bewegung vor Schmerzen aufzuschreien. Erneut versuchte er, Stewart zu treten. Erneut traf er daneben.

Betty hatte Leslie hinausgeworfen und die Tür abgeriegelt. Jetzt eilte sie Stewart zu Hilfe.

Klonk! Stewarts Kopf wurde zur Seite gerissen, als er von dem Beil getroffen wurde, das Randy in Händen hielt. Er begann zu schwanken. Jack spürte, dass ihm das Gewehr nun vollends entglitt, als Stewart zu Boden sank ... Doch dann sah er, dass die Gefahr noch nicht vorüber war. Eine wild gewordene Betty hechtete mit zu Berge stehenden Haaren und hervorquellenden Augen direkt auf die kämpfenden Männer zu.

„Randy!"

Randy hielt das Beil noch auf Schulterhöhe. Bettys eigene

Vorwärtsbewegung ließ sie genau mit der Stirn auf das stumpfe Ende treffen und sie prallte regelrecht davon ab.

Ohne sich absprechen zu müssen, rannten und humpelten Jack und Randy zur Tür. Randy schob den Riegel auf, und sie warfen sich beide gegen die schwere Tür, die sich gemächlich öffnete. Betty und Stewart rappelten sich bereits wieder auf die Füße und Stewart lud ein drittes Mal durch.

Jack schrie auf, während er und Randy sich von außen gegen die Tür warfen und sie zuschlugen.

Beinahe jedenfalls.

Von innen prallten ebenfalls zwei Körper gegen die Tür und drückten sie wieder auf. Randy und Jack hielten mit aller Kraft dagegen, doch sie konnten dem Druck von innen nicht lange standhalten.

„Wir müssen sie irgendwie zukriegen und den Riegel wieder vorschieben", rief Jack keuchend, „und dann dafür sorgen, dass die beiden auch ja drinbleiben."

Randy blickte auf seine Hände hinab und stellte zu seinem Erschrecken fest, dass sie leer waren. Er hatte das Beil in der Kühlkammer liegen lassen.

Ka-wumm! Die Tür erbebte und kurz fiel ein Lichtschein in die Küche – lange genug, dass die beiden Männer einen Wischmopp an der Wand ausmachen konnten. Randy griff danach.

Wumm! Jack konnte es spüren, als eine weitere Schrotladung gegen die schwere Holztür prallte. Sie wackelte bereits bedenklich.

Randy hatte den Mopp erreicht. „Drück fester!" Jack und er rammten ihre Schultern mit ihren letzten verbliebenen Kräften gegen die Tür. Und tatsächlich rastete der Riegel ein, und Randy gelang es, ihn mit dem Stiel des Mopps festzuklemmen.

Der Verschlussmechanismus klapperte und knackte zwar, als Betty und Stewart von innen versuchten, die Tür zu öffnen, doch der Riegel hielt ihrem Angriff stand.

„Gute Arbeit!", sagte Jack.

Da hallte ein dröhnender Schlag durch die Tür.

Das Beil.

Krach!

Jetzt klangen die Schläge deutlich anders – das Holz begann zu splittern.

„Die werden die Tür bald kaputt haben", stellte Randy fest. „Lass uns die Frauen suchen und dann nichts wie weg hier."

„Ich glaube, Pete hat sich an Leslies Fersen geheftet", sagte Jack. „Ich hab jedenfalls seine Stimme gehört."

Er suchte in seinen Taschen nach Stephanies Feuerzeug. Die kleine Flamme war gerade hell genug, um sie durch die Küche und in den Flur zu führen. Randy entdeckte einen Messerblock auf der Arbeitsfläche und nahm sich ein langes, scharfes Messer heraus, das er in seinen Gürtel steckte. „Los geht's!", murmelte er.

„Steph!"

„Leslie!"

Doch sie bekamen keine Antwort.

⁂

„Jack!", rief Stephanie in die Dunkelheit hinein, doch ihr Schreien wurde nur von einer bedrohlichen Stille beantwortet. „Jack, ich bin hier! JACK!!!!!"

Er antwortete nicht.

„Jack?"

Sie ließ sich gegen eine Wand sinken, während Gedankenfetzen durch ihren Kopf jagten: *Ich brauche ihn sowieso nicht. Er ist mit unserer Tochter gestorben. Warum sollte er mir antworten? Vielleicht schweigt er mit Absicht, auch wenn er mich hört?*

Sie begann zu summen, um diese Gedanken zu vertreiben. „Mein Herz kennt alle Geheimnisse … mein Herz lügt nicht …" Aber die nächste Zeile wollte ihr einfach nicht einfallen. Also sang sie die erste zweimal, dann summte sie die Melodie, bis die Angst etwas nachließ und sie wieder klar denken konnte. Seit Melissas Tod war sie auf sich allein gestellt; sie würde auch das hier schaffen. *Bring dich selbst hier raus, Mädchen. Jack wird das nicht für dich übernehmen. Und am Ende wird alles gut werden.*

Sie hatte keine Ahnung, wo sie war. Es gab noch immer kein Licht. Sie hatte durch eine Tür einen Raum betreten, der sich wie ein Flur anfühlte und anhörte, doch es war nicht der Flur, den sie suchte. Sie war auf einen Tisch und ein paar Stühle gestoßen, dann auf ein Bild oder einen Spiegel an der Wand, doch nichts davon kam ihr vertraut vor. Als sie jedoch versuchte, sich zu der Tür zurückzutasten, durch die sie gekommen war, fand sie nichts als eine nackte Wand vor.

Jack! Jetzt hilf mir doch!

Sie hörte aufgeregte Stimmen und Geräusche, dann ein paar Schritte, sehr weit weg und gedämpft. Sie ging in die Richtung, aus der sie kamen.

※

Krach! Jack und Randy hielten sich gerade im Flur zwischen Küche und Speisezimmer auf, als sie es hörten. Stewart machte kurzen Prozess mit dem verbarrikadierten Riegel.

Jacks Feuerzeug erleuchtete eine Tür, die halb offen stand. Die Tür, wegen der Betty Jack vorhin so angefahren hatte.

„Der Keller", sagte Jack.

Sie hielten kurz inne. Schmutzige Wände und eine Holztreppe verschwanden in einem dunklen Loch unter ihnen.

„Was meinst du?", fragte Randy.

Wumm! Krach! Sie hatten keine Zeit für eine gepflegte Konversation.

„Irgendjemand ist offensichtlich schon hier hinuntergegangen!"

„Aber nicht die Frauen. Die sind irgendwie rausgekommen."

„Rausgekommen? Wohin?"

Rumms!

Randy eilte in Richtung des dunklen Foyers und rutschte dabei auf einer Staubschicht aus. „Leslie!" Jack hörte, wie zwei menschliche Körper zusammenstießen. Eine Frauenstimme schrie auf. Randy fluchte.

Jack rannte hinter Randy her und kniff die Augen zusammen – Stephanie. Sie schlug kreischend um sich und versuchte, Randy abzuwehren, der ihr nur helfen wollte. „Stephanie!"

Sie beruhigte sich und wischte sich die Haare aus den Augen. „Wo hast du gesteckt? Hast du mich nicht rufen gehört?"

„Nicht so laut!", warnte Jack.

Stephanie ging zornigen Schrittes auf ihn zu. „Vielleicht meinst du, dass ich es nicht wert bin, dass man mir nachgeht, aber ich bin immer noch ein menschliches Wesen mit Gefühlen, und ich bin immer noch deine Frau!"

„Wo ist Leslie?", wollte Randy wissen.

„Ich weiß es nicht. Jack, können wir bitte irgendwie hier verschwinden?"

„War Leslie bei dir?"

„*Nein!* Können wir jetzt bitte gehen?"

Jack blickte wieder zur Kellertür. Irgendetwas funkelte im Licht seines Feuerzeugs auf dem Treppenabsatz. Er ging hin und hob es auf; es war ein silberner, tropfenförmiger Ohrring. Er hielt ihn hoch, damit die anderen ihn sehen konnten. „Sie ist hier runtergegangen. Sie ist im Keller!"

„Das ist nicht sicher", meinte Randy.

Stephanie ging unruhig hin und her. „Ich gehe nicht da runter, Jack. Wir müssen hier irgendwie verschwinden!"

Bumm! Das Gewehr gab eine neue Salve Blei ab.

Jack drehte sich um die eigene Achse und versuchte verzweifelt, irgendeine Idee auszubrüten, einen Plan, irgendetwas, das er noch tun konnte. Sein Blick fiel auf eine weitere Tür, die zur Abstellkammer führte. Er rannte hin und riss sie auf. Ohne die Stühle, die sie zuvor in das Speisezimmer gebracht hatten, war darin recht viel Platz. Er erblickte alte Mäntel auf einem Kleiderständer, hinter denen man sich verstecken konnte. Jack winkte Stephanie herbei. „Steph, komm mal her."

Sie blieb, wo sie war. „Bist du verrückt? Ich gehe da nicht rein!"

Er packte sie fest am Arm und zog sie mit sich. „Wir können später darüber diskutieren. Jetzt will ich dich an einem Ort wissen, wo ich dich wiederfinden kann."

Sie taumelte rückwärts in die schwarze Höhle. „Was hast du vor?"

„Leslie finden."

„Aha – sie ist es also wert, dass man nach ihr sucht, ja?"

„Wir haben jetzt keine Zeit für so etwas, Steph." Immer ging es nur um sie, nicht wahr? Ihre Selbstbezogenheit machte ihn ganz krank. „Bleib hier, bis wir wiederkommen. Ich beeile mich!"

„Was ist mit –" Er legte seine Hand auf ihren Mund. Sie riss sie weg und flüsterte: „Was ist mit Stewart und Betty?"

„Sie werden mir und Randy folgen. Versteck dich hier und rühr dich nicht vom Fleck!"

„Aber du kannst mich doch nicht hier –"

Er schloss die Tür und ging zur Kellertreppe. Die Stille und die Dunkelheit dort unten verbargen etwas, das konnte er spüren. „Randy?"

Randy zögerte. „Wir wissen nicht sicher, dass sie wirklich dort hinuntergegangen ist ..."

Krach! Aus der Küche vernahm man das Splittern von Holz.

Jack betrat die erste Treppenstufe, die nach unten führte.

10

22:55 Uhr

Barsidius White stand am Kopf der steinernen Außentreppe, die in den Keller führte, und wartete mit vor der Brust verschränkten Armen. Warten – so oft im Leben musste man warten. Gut Ding will Weile haben, hieß es doch.

Er reckte sein Gesicht in den Regen und konzentrierte sich auf das Gefühl, das dieser auf seiner Haut hinterließ. Ein Blitz zuckte über den Himmel. Dieses Unwetter war eines von denen, die Überschwemmungen verursachten. Gut zu wissen.

Er wusste überhaupt so einige Dinge, die die da drinnen nicht wussten. Mehr als nur ein paar Dinge. Das Spiel lief bisher so fabelhaft, dass er sich schon fragte, ob die Glückssträhne anhalten würde, bis er bekannt geben konnte, um was es wirklich ging.

Oder seine wahre Macht zeigen konnte.

Wenn gut Ding Weile haben wollte und er darauf wartete, dass das Böse seine ganze Macht entfaltete, machte das dann das Böse zu etwas Gutem? Wenn er auf die Stunde des Tötens wartete, machte das das Töten zu etwas Gutem?

Einen Menschen zu töten machte einen zu einem Mörder. Eine Million Menschen zu töten machte einen zum Herrscher. Und sie alle zu töten machte einen zu Gott.

Am Ende würde er Gott sein, denn das Spiel, das hinter den schmutzigen Mauern dieses Hauses ablief, war mit dem vergleichbar, was jeden Tag überall auf der Welt von jedem einzelnen verdammten Menschen gespielt wurde.

Am Ende töteten sie alle, starben sie alle, verrotteten sie alle in der Hölle.

Doch in diesem Haus würde er ein Spiel spielen, das genug Drama und Spannung bot, um der schwärzesten Seele ein Lächeln zu entlocken. Wenn man davon ausging, dass er gewinnen würde. Und er würde gewinnen!

White atmete tief durch. Er entfaltete seine Arme und ging zu der Steintreppe. Von drinnen erklangen laute Hammer- oder Axthiebe. Wenn er sie richtig eingeschätzt hatte, würden die Akteure jetzt bald den Keller betreten, und das eigentliche Spiel konnte beginnen.

Natürlich *war* es bereits in vollem Gange, doch das begriffen sie nicht. Im Morgengrauen würde sich dies ändern.

Den Pick-up in die Vorderfront rauschen zu lassen war ein netter Einfall gewesen. Es schadete nie, wenn man den Mitspielern einen gewissen Respekt einflößte. Und schließlich hatte er ja gerade klargestellt, dass er Gott war.

„Willkommen in meinem Haus, Jack", zischte er amüsiert. Dann ging er die Treppe hinunter. Herabgefallene Blätter und Erde bedeckten die Stufen. Wenn sich die Tür öffnete, würden sie in den Keller hineinwehen, wo sie noch viel mehr Verrottendes und Verwesendes erwartete.

Der schwarze Mann drückte die Türklinke hinunter. Verschlossen. So, wie es sein sollte. Er würde warten.

White stieg wieder nach oben. Das methodische Krachen der Axt, das von drinnen zu hören war, wurde jetzt zu einem splitternden Geräusch. Noch ein lautes Krachen, dann rennende Schritte.

Whites rechte Hand begann, leicht zu zittern. Er unternahm keinen Versuch, dies zu unterbinden. Tief im Hinterland, wo niemand sah, was geschah, hatte die Finsternis alles Licht verschluckt, und er hatte doch das Recht, ein bisschen Spaß zu haben, nicht wahr?

Die kleine Flamme von Jacks Feuerzeug flackerte über die alte Holztreppe. Jack hielt auf halbem Wege inne und spähte in die Dunkelheit. Ein widerlicher Geruch nach verfaulten Eiern oder Schwefel füllte seine Nase. Er bemühte sich, flach zu atmen.

Er war sich nicht ganz sicher, wonach er Ausschau hielt – außer nach Leslie natürlich. Der Boden bestand aus grauem Zement und die Wände aus roten Ziegeln. Viel mehr konnte er nicht erkennen.

Er beugte sich ein Stück nach vorn und rief: „Leslie?!"

„Was machst du denn?", zischte Randy. „Sie werden dich hören!"

„Ich *will*, dass sie mich hört – darum geht es doch, oder?"

„Ja, *sie*, aber doch nicht das ganze Haus! Die kriegen doch mit, wo wir sind."

„Die anderen sind in der Kühlkammer und hören vor lauter Gehämmer nichts."

Aus der Kammer erklang Stephanies gedämpfte Stimme: „Jack!"

Er ignorierte sie und ging noch weitere vier Stufen hinunter, bis er bemerkte, dass Randy ihm nicht folgte.

„Kommst du?"

„Bist du sicher, dass das eine gute Idee ist?"

Was dachte er sich eigentlich? Dass er in dieses Verlies hinuntergehen, Leslie finden, sie rausbringen und durch den Wald spazieren konnte, ohne eine Salve aus Stewarts Gewehr abzubekommen? Oder aus dem von White? Denn dieser erwartete sie ja draußen.

„Wir haben keine Wahl." Noch ein paar Schläge und Stewart hatte die Tür sicher erledigt. Jack hatte plötzlich eine Idee, wie er Randy dazu bringen konnte, ihm zu folgen. „Vielleicht haben die unten ja noch einen Waffenschrank."

Natürlich. Waffen. Jack ging weiter. Zuerst mussten sie eine Waffe finden, dann Leslie, denn es war klar, dass sie ohne Waffe bald tot sein würden. Was auch immer dieses Haus war, es war kein gediegenes Hotel, das von gewöhnlichen Besitzern bewohnt wurde, die müde Reisende wohlwollend versorgten.

Der Gestank war jetzt fast greifbar. Der Tod lauerte auf sie alle, und vielleicht bestand ihre einzige Überlebenschance darin, selbst zu töten. Jack blinzelte bei der Kaltblütigkeit seiner eigenen Gedanken, als er den Zementboden betrat. Randy stampfte langsam die Stufen hinter ihm herab.

Vor Jack hing eine nackte Glühbirne von der Decke, an der Wand befand sich ein verdreckter Lichtschalter. Jack ließ sein

Feuerzeug erlöschen und betätigte den Schalter. Nun wurde der geräumige Flur von einem schwachen Licht beleuchtet. Man konnte nun sehen, dass drei rostige Metalltüren von ihm abgingen. Jack fühlte sich an einen alten Gefängnisfilm erinnert. Von der Wand zu ihrer Rechten lief Wasser hinunter, das in einem Abfluss im Boden verschwand.

„Was ist das für ein Gestank?", fragte Randy. „Und was ist das überhaupt für ein Ort?"

„Na, der Keller."

„Kommt mir eher wie ein Abwasserkanal vor."

„Komm schon."

„Dieser Gestank ..."

Jack versuchte, den ekelerregenden Geruch auszublenden, und ging den Flur entlang. Er sah sich mit einem neuen Dilemma konfrontiert: Der Gedanke, eine dieser Türen zu öffnen, war ihm zutiefst zuwider. Doch er hatte keine Wahl – hinter ihnen lauerte der sichere Tod. Entschlossen ging er zu der ersten Tür zu seiner Rechten und legte die Hand auf die Klinke. Dann zögerte er.

Krach!

Der gedämpfte Lärm von Stewarts Hämmern an der Tür erinnerte ihn nochmals überdeutlich daran, warum sie vorhin geflohen waren. Er öffnete die Tür.

Sie schwenkte in einen Raum, der von einer weiteren nackten Glühbirne erhellt wurde. Keine unmittelbare Bedrohung, keine Waffe in seinem Gesicht, keine erkennbaren Fallen, einfach nur ein Raum.

Oder doch nicht.

Jack und Randy sahen sich um. In dem Raum standen vier burgunderrote Sofas, zwei davon sehr alt mit abgewetzten Bezügen. Massenweise Kissen. Ein beige-schwarzer Webteppich bedeckte den Zementboden. An den Ziegelwänden hingen mindestens ein Dutzend Bilder. Der Raum war auf exzentrische Art fast schon heimelig. Eine seltsame Mischung aus alt und neu, vergammelt und sauber.

Jack trat ein. „Sieh dich mal um, ob du nicht irgendwo ein Gewehr oder einen Waffenschrank findest – schnell!"

Am anderen Ende des Raumes stand ein alter, bauchiger Ofen, der so glänzend aussah, als wäre er noch nie benutzt worden. Dicke Spinnweben voller mumifizierter Insekten verzierten die Ecken. Warum putzte jemand den Ofen, ließ aber die Spinnweben hängen?

Es standen auch noch andere interessante Möbelstücke herum – ein Webstuhl, ein Garderobenständer, ein antiker Schaukelstuhl ... eine rostige Waschmaschine?! Jack wusste nicht, was er davon halten sollte. Und dann entdeckte er etwas, das ein wenig Licht auf die Dinge warf. An der Wand zu seiner Linken war ein rotes Pentagramm aufgemalt. Mitten hindurch verlief ein schwarzer Schriftzug: *Der Lohn der Sünde ist der Tod.*

Stewarts Anschuldigungen klangen Jack noch in den Ohren: „Ihr seid Sünder." Unter dem Pentagramm befand sich ein Beistelltisch, den ein Kreis aus schwarzen Kerzen zierte. Offenbar waren ihre Gastgeber ein religiöses Völkchen.

Irgendwo in den Tiefen des Hauses knallte eine Tür.

„Was war das?", fragte Randy.

„Schau mal da rein", sagte Jack und deutete auf eine Tür in der Wand neben dem Pentagramm. Er selbst durchquerte den Raum und ging zu einer weiteren Tür. „Halt nach Waffen Ausschau!"

Die Tür, für die er sich entschieden hatte, führte in eine kleine Kammer voller Unrat. Alte Kerzen, Lumpen, ein Besen. Nichts, das nach einer Waffe aussah oder das man irgendwie dazu verwenden könnte, um Pete außer Gefecht zu setzen – denn auf so etwas würde es wohl letztlich hinauslaufen, nahm Jack an.

„Äh, Jack?"

Als er sich umdrehte, sah Jack, dass Randys Tür in einen weiteren Raum führte. „Was ist?" Er ging zu ihm hinüber.

„Noch ein Zimmer."

„Das sehe ich. Was ..." Er steckte den Kopf durch die Tür. Grauer Zement, wo man auch hinsah. Dicke Spinnweben in den Ecken und an den Wänden. Ein einsamer Schreibtisch mitten im Raum. Keine anderen Möbel. Eine Art Riesen-Arbeitszimmer?

Jack betrat den Raum. Lange rote Vorhänge umrahmten einen Spiegel an der linken Wand. Noch ein Pentagramm mit derselben schwarzen Schrift zierte die gegenüberliegende Wand: *Der Lohn der Sünde ist der Tod.* Das war's. Nur der Tisch, der Spiegel und der Schriftzug ... und drei weitere Türen, von denen eine so aussah, als würde sie wieder zurück auf den Korridor führen. Die anderen befanden sich an der gegenüberliegenden Wand und schienen tiefer in den Keller hineinzuführen.

„Meinst du, durch die Tür da kommt man wieder in den Flur?", fragte Randy. „Das ist nicht gut. Dieser ganze Ort hier gefällt mir nicht. Wir müssen den Vorratskeller finden oder wo auch immer die ihre Waffen aufheben."

Sie gingen zu den beiden anderen Türen hinüber. „Was für ein abgefahrenes Haus ist das bloß? Richtig unheimlich!"

Er beginnt durchzudrehen, dachte Jack. Na ja, aber taten sie das nicht alle?

Randy griff nach dem Türknauf, hielt dann aber inne und starrte in den Spiegel. Jack machte sich nicht die Mühe herauszufinden, warum.

„Wir sollten uns teilen. Los, mach schon!", sagte Jack und wandte sich der Tür zu, die vermutlich wieder in den Flur führte. „Wir durchsuchen sämtliche Räume und treffen uns dann wieder an der Treppe."

Jack öffnete die Tür und spähte in die Dunkelheit. Tropfendes Wasser. Ein muffiger Geruch, aber immer noch besser als der Gestank nach faulen Eiern von vorhin.

Randy blinzelte immer noch in den Spiegel, winkte jetzt sogar.

„Randy! Hast du mich gehört? Wir müssen uns beeilen!"

„Ich ... irgendwas stimmt mit diesem Spiegel nicht."

„Wen interessiert das jetzt? Lass uns gehen!"

„Ich sehe mich nicht darin!"

Das war doch lachhaft. Jack ließ den Türgriff los und trat neben Randy, der immer noch verblüfft in den Spiegel starrte.

Jack blickte ebenfalls hinein. Es stimmte – es gab kein Spiegelbild. Nein, falsch – es gab kein Spiegelbild *von ihnen*. Der Schreibtisch hinter ihnen war bestens zu erkennen, ebenso die Wand dahinter.

„Wir sollten lieber abhauen", sagte Randy.

„Ach, das ist bestimmt ein Trickspiegel. Die werden so hergestellt." Vielleicht waren Betty und Konsorten mal in einem Wanderzirkus aufgetreten. Das würde so einiges erklären.

„Nein, das ist kein Trick. Das ist, als wären wir Vampire, die haben ja auch kein Spiegelbild!"

„Jetzt sei kein Idiot. Los, wir müssen einen klaren Kopf bewahren. Zieh die Vorhänge zu und –"

„Wir dürfen uns nicht trennen."

„Hör schon auf. Leslie ist hier irgendwo."

„Wir werden hier unten sterben, Jack. Wir alle. Wir alle werden sterben."

„Ja, an Altersschwäche, wenn wir noch lange hier rumstehen. Jetzt komm." Er ging wieder zu der Tür, die er geöffnet hatte; diesmal folgte ihm Randy auf den Fersen.

„Wo ist denn der verflixte Lichtschalter?" Er tastete an der Wand entlang. Kühl und feucht. Kein Lichtschalter. Er streckte die Hände aus und wedelte suchend über seinem Kopf herum.

Bald stieß er gegen eine Schnur und zog daran. Eine Glühbirne glomm auf. Sie schauten in genau die Art von Raum, die Jack hier unten erwartet hatte. Feuchte, schimmelige Wände mit schiefen Holzregalen. Und zwei weitere Türen.

„Eine Art Kartoffelkeller", meinte Jack.

„Wo ist der Korridor?"

„Muss hinter der Tür da liegen."

Tatsache war, dass dieser Keller anders war als alle anderen, die er bislang in seinem Leben betreten hatte. Jack durchquerte den Raum und öffnete die erste Tür. Wie erwartet führte sie in den Korridor. Mit einem gewissen Gefühl der Befriedigung ließ er den Türknauf los.

Randy eilte an ihm vorüber.

„Probier eine der anderen Türen", sagte Jack.

Das Geräusch rennender Schritte erklang über ihren Köpfen.

Randy riss den Kopf nach oben und starrte das Labyrinth von Leitungen und Rohren an, das über ihren Köpfen verlief.

„Sie kommen!"

Im selben Augenblick ertönte ein gedämpfter Schuss. Hatten sie Stephanie gefunden? Nein, sie war sicher noch in der Kammer und der Knall war eher aus dem Bereich der Küche gekommen. Außer natürlich, Stephanie hatte es in der Kammer nicht ausgehalten. Würden sie direkt nach unten kommen oder oben erst alles durchsuchen?

Erneut erklang ein schwaches Summen, wie sie es oben schon gehört hatten. Jack wirbelte herum. „Hörst du das?"

„Klingt wie Gesang oder so was."

Aber sie konnten es beide nicht richtig einordnen.

Jack beschloss, dass sie keine Zeit zu verlieren hatten. Er probierte die Tür gegenüber dem Kartoffelkeller. Abgeschlossen. Die Schritte im oberen Stockwerk verschwanden in die andere Richtung. Sie durften nichts riskieren. Jack griff Randy am Ärmel und zog ihn wieder in den Kartoffelkeller. Er schloss die Tür hinter ihnen.

„Wohin jetzt?"

„Egal, nur nicht in den Korridor. Und sei leise!"

Sie gingen zurück durch das leere Arbeitszimmer und an dem unheimlichen Spiegel vorbei.

„Wohin jetzt?", fragte Randy wieder.

Jack hielt inne. „Haben wir die Tür in dem ersten Raum offen gelassen?"

Randy starrte ihn an und Panik dämmerte in seinem Blick herauf. „Sie werden es sehen! Sie werden wissen …"

Wieder dieses Summen, diesmal von rechts und nur sehr schwach. Dann Stille.

Jack rannte auf eine der Türen zu, die sie noch nicht ausprobiert hatten. Er konnte jetzt deutlich Schritte auf der Holztreppe hören.

„Sagt nicht, wir hätten euch nicht gewarnt!", hallte Bettys Stimme durch den Korridor. „Nicht in den Keller, haben wir gesagt, aber nein, ihr wolltet ja nicht hören. Also wagt nicht zu behaupten, wir hätten euch nicht gewarnt!"

„Schnell!", sagte Jack.

Er lehnte sich gegen die Tür. Wenn die anderen einfach ihrer Spur aus offen stehenden Türen folgten … Er ergriff den Türknauf und zog daran. Die Tür ging ein Stück auf, dann wurde sie ihm aus den Händen gerissen und knallte wieder zu, als würde sie durch einen Luftzug angesaugt.

„Versuch es mit der anderen!"

Randy ging zu der einzigen Tür, durch die sie bislang nicht gegangen waren. Jack zerrte wieder an der seinen. Diesmal konnte er sie weit genug öffnen, um in die Schwärze dahinter starren zu können. Ein seltsamer, saugender Ton erfüllte die Luft.

„Sie ist abgeschlossen!", rief Randy.

Getrieben von dem Gedanken, dass Stewart jeden Augenblick in den Raum stürmen könnte, ignorierte Jack die Stimme in seinem Kopf, die ihn davor warnte, eine Tür mit Gewalt zu öffnen, die von einem solchen Sog zugehalten wurde. Er zog, so fest er konnte.

Die Tür öffnete sich noch etwas weiter. Woher kam nur dieser enorme Sog? Das Licht im Arbeitszimmer wurde schwächer. Mit diesem Raum stimmte etwas nicht.

Jack wurde klar, dass sie den Raum hinter dieser Tür auf keinen Fall betreten sollten, auch wenn die Bedrohung hinter ihnen noch so groß war. Er ließ den Türknauf los.

Das Sauggeräusch wurde schwächer, doch statt zuzuknallen, blieb die Tür jetzt offen stehen. Dahinter war nur Schweigen zu vernehmen.

„Na, los doch!", flüsterte Randy. „Geh schon!"

Jack streckte unsicher die Hand aus. Bevor seine Finger den Türknauf berühren konnten, schwang die Tür auch schon von allein auf. Weit. Irgendetwas stimmte hier nicht.

Einen kurzen Moment lang schaute Jack in ein viereckiges Stück Finsternis. Er konnte weder Boden noch Wände ausmachen.

Er fühlte, wie sein Körper in das schwarze Loch hineingezogen wurde, noch bevor er sich irgendeines Soges bewusst wurde. Er war schnell und lautlos. In der einen Sekunde schaute er noch in die Dunkelheit hinein, in der nächsten flog er ihr schon entgegen.

Wumm! Mit einem knochenzerschmetternden Krach prallte er gegen eine Wand, die kaum einen Meter von der Tür entfernt zu sein schien.

Rums! Die Tür knallte zu.

11

Randy Messarue starrte auf die Tür, die soeben vor seiner Nase zugefallen war. Die Unentschlossenheit schien ihn zu lähmen, und er wusste nicht, welche Alternative schlimmer war: Jack zu folgen oder allein weiterzugehen. Normalerweise war er ein entscheidungsfreudiger Mensch. Es musste an diesem Haus liegen. Dieses elende, stinkende Haus und seine durchgedrehten Besitzer. Aus einem unerfindlichen Grund stand Randy seit dem Augenblick, in dem Stewart sich in diesem Badezimmer an ihn herangepirscht hatte, völlig neben sich.

Als der Mann sich dann mit der Waffe auf sie gestürzt hatte, war der Erosion von Randys Selbstsicherheit ein wahrer Zusammenbruch seiner ganzen Identität gefolgt. Er konnte spüren, dass er innerlich durchzudrehen drohte. Auseinanderfiel. Schwach wurde. Nicht gerade der Stoff, aus dem Führungspersönlichkeiten gemacht waren.

Er hasste sich selbst dafür. Hasste es, wie alles in ihm danach schrie wegzurennen. Hasste die Tatsache, dass er sich vermutlich auf Leslies Kosten selbst in Sicherheit bringen würde, wenn es hart auf hart kam. Hasste die Panik, die ihn erfasst hatte und ihn innerlich wie ein Schulmädchen zittern und kreischen ließ.

Er schwitzte fürchterlich, obwohl es hier unten eher kühl war. Seine Hände zitterten und sein Herz schlug heftig. „Sei kein Weichei", hatte sein Vater immer gesagt, bevor er seinen Gürtel gezückt hatte, um ihn zu verprügeln. Vermutlich verdiente er auch jetzt eine ordentliche Tracht Prügel, und Stewart machte den Eindruck, als würde er das gern übernehmen.

Klack, klack. Schuhe auf Zement, die ruhig gingen. Das Bild von Stewarts großen Lederstiefeln tauchte vor Randys innerem Auge auf. Er griff hektisch nach dem Türknauf, doch die Tür bewegte sich keinen Millimeter.

„Wagt bloß nicht zu behaupten, wir hätten euch nicht gewarnt, ihr gottlosen Heiden!"

Stewart klang, als sei er direkt nebenan.

„Ganz ruhig, Stew", sagte Betty, um ihn zu beruhigen, wo doch jeder wusste, dass das bei diesem inzuchtgeschädigten Trottel keinen Sinn hatte. „Sie können sich doch sowieso nirgends verstecken. Du kannst ganz ruhig bleiben. Nur nichts überstürzen."

Randy hatte keine Ahnung, was er tun sollte. Beide Türen ließen sich nicht öffnen. Der Kartoffelkeller bot auch keine Zuflucht, weil er direkt an den Korridor grenzte. Er drehte sich panisch um sich selbst. Doch es gab keinen Ausweg. *Versteck dich, du jämmerliches Baby. Versteck dich!*

Er zwang seine Füße, sich zu bewegen, und eilte zum Schreibtisch. Zu klein. Der Vorhang am Spiegel. Er verbarg sich dahinter.

Doch er konnte den Stoff nicht dazu bringen, ruhig herabzuhängen, und sein Atem rasselte wie eine alte Diesellok. Er presste sich gegen die Wand und zwang seine Muskeln dazu, sich zu entspannen.

Klack, klack.

Die Schritte hielten inne. Sie standen in der Tür. Randy hielt die Luft an. Einen Moment lang war es totenstill.

„Wo bist du, du kleine Ratte?"

Die Tür fiel zu und ein Schloss rastete ein.

„Die da auch", befahl Stewart Betty.

Die Tür zum Kartoffelkeller wurde ebenfalls abgeschlossen.

„Sie sind doch hier durchgekommen, oder? Ich kann den Gestank dieser Städter riechen."

„Meinst du, sie haben es bis zum Tunnel geschafft?", fragte Betty.

„Nicht, wenn sie nicht durch geschlossene Türen gehen können."

„Aber wo sind sie dann?"

„Vermutlich sind sie durch den Kartoffelkeller gegangen."

„Also, raus können sie ja auf keinen Fall", sagte Betty. „Und das Labyrinth hier unten wird sie verrückt machen."

Stewart grunzte. „Ich sage, wir sollten sie uns selbst vorknöpfen. Die sitzen ja schön in der Falle."

„Aber so war es nicht abgemacht", entgegnete Betty. „Wenn wir diese Nacht überleben wollen, müssen wir die Tür für ihn öffnen."

„Du machst die Tür auf. Das lässt er sich doch nicht entgehen! Ich schwöre dir, der nimmt uns aus wie Fische. Er wird jeden einzelnen Menschen in diesem Keller umbringen, wie er es schon hundertmal gemacht hat. Du weißt doch, wie das läuft."

Pause.

„Meinst du, sie finden sie?", fragte Betty.

„Pete wird sie schon finden."

„Nein, nicht die. Die andere!"

Stewart hielt inne und atmete laut durch die Nase. „Sie finden sie sicher nicht vor uns! Und wenn sie ihnen doch über den Weg läuft, wird sie sie für ihre Zwecke einspannen. Das kleine Miststück."

Eine Weile sagte niemand mehr etwas. Dann gingen sie offenbar hinaus. Eine Tür quietschte, ein Schlüssel rasselte. Die Tür wurde geschlossen. Sie waren weg.

Oder etwa doch nicht? Was war, wenn sie ihn entdeckt und nur so getan hatten, als würden sie hinausgehen? Und wenn er den Vorhang zur Seite schob, sah er in einen Gewehrlauf.

Randy wartete, bis er es nicht mehr aushalten konnte. Dann lugte er vorsichtig hinter dem Vorhang hervor.

Der Raum war leer.

Er rannte nacheinander zu den anderen Türen und versuchte, sie zu öffnen. Alle waren abgeschlossen. Die zu dem Raum mit den Sofas, die zum Kartoffelkeller, die, durch die Jack verschwunden war. Somit blieb nur noch die übrig, durch die Stewart und Betty hinausgegangen waren, und Randy hatte nicht vor, ihnen zu folgen.

Randy legte ein Ohr an die Tür, hörte jedoch nichts und versuchte, den Knauf zu drehen. Sie war nicht abgeschlossen! Plötzlich war er nicht mehr so sicher, was er tun sollte. Einige Sekunden ging er mit blankliegenden Nerven auf und ab.

Wenn er einfach hier wartete, kamen sie unter Umständen zurück und knallten ihn wie eine Ratte im Käfig ab. Ihm blieb gar keine andere Wahl: Er musste durch diese Tür gehen.

Randy legte eine zitternde Hand auf den Türknauf, drehte ihn langsam um und öffnete die Tür einen Spalt. Dämmriges Licht. Kein Laut. Er stieß die Tür weiter auf.

Der Flur auf dieser Seite bestand aus Holzbrettern, die von dicken Pfosten gestützt wurden. Ein Steinfußboden. Eine Glühbirne warf ihr schwaches Licht bis ans andere Ende des Flures, wo eine kurze Treppe zu einer alten Holztür führte.

Keine Spur von Betty oder Stewart. Sie mussten durch einen der drei Durchgänge in der linken Flurwand verschwunden sein.

Randy starrte den Flur hinab und war vollkommen verwirrt über das, was er bisher von diesem Keller gesehen hatte. Offenbar war das Haus nicht auf einem normalen Fundament errichtet worden, sondern auf einem wahren Labyrinth aus Fluren und Räumen. Was bedeutete, dass die Chancen recht gut standen, einen weiteren Ausgang zu finden. Wenn er richtiglag, schaute er gerade direkt auf einen, zu dem einige Stufen hinaufführten.

„Wenn wir diese Nacht überleben wollen, müssen wir die Tür für ihn öffnen", hatte Betty gesagt. Was bedeutete das? War dies dort die Tür, durch die *er* hereinkommen würde?

White würde hereinkommen.

Oder Randy hinaus.

Er trat in den Flur und schlich auf Zehenspitzen in Richtung Tür. Der erste der drei Durchgänge endete schon nach einem halben Meter an einer weiteren Tür. Randy hatte genug von Türen. Er wollte nur noch eines, und das lag am Ende dieses Flures.

Er konnte nun erkennen, dass ein großer Fallriegel an der Tür geöffnet worden war. Sein Herz pochte lautstark in seiner Brust. White stand unter Umständen bereits auf der anderen Seite der Tür. Randy war sich dessen bewusst und er hasste den Gedanken daran.

Wenn der Killer bereits hereingekommen wäre, hätte er die Tür sicher wieder hinter sich geschlossen, oder? Natürlich hätte er das. Randy sagte es sich immer wieder, sicher ein Dutzend Mal, während er auf die Holztür zuging.

Sie hatten die Tür entriegelt und waren weggegangen, genau wie White verlangt hatte. Oder befohlen. Das war jetzt alles gleich, denn jetzt spielten sie nach seinen Regeln.

Wenn man Whites Spiel spielte, tat man es entweder genau so, wie White dies verlangte – oder man war bereits so gut wie tot. Das musste jeder früher oder später lernen.

Natürlich bedeutete das auch, dass er selbst sich ebenfalls an die Regeln halten musste. Die Hausregeln.

Es war nun an der Zeit, diese Regeln durchzusetzen. Ein bisschen Disziplin würde dabei helfen, sie diese krummen Wege zu führen.

Er ging langsam die Stufen hinunter, strich seinen Trenchcoat glatt, atmete tief durch und stieß die Tür auf.

Dann betrat White, der in Wirklichkeit schwarz war, sein Haus.

Randy befand sich gerade auf der Höhe des zweiten Durchgangs, als die Außentür nach innen aufschwang und er ein Paar Stiefel aus dem strömenden Regen hereintreten sah.

Randy zweifelte keine Sekunde lang daran, wer der Eindringling war. Die Form der schwarzen Stiefel, die Länge des Trenchcoats – sie hatten sich mit solcher Schärfe in Randys Gedächtnis eingebrannt, dass er sie nie vergessen würde. Dies war der Killer, den sie alle auf dem Weg zum Haus gesehen hatten.

Zwei Dinge retteten ihm in diesen ersten Sekunden das Leben: Das erste war die Tatsache, dass der Killer sich oberhalb des Flurs befand und ihn deshalb noch nicht sehen konnte, als er die Stufen hinunterging. Das zweite war sein eigener Instinkt, der ihn reagieren ließ, noch bevor er die Gefahr, in der er sich befand, ganz begriffen hatte. Er stürzte nach links in den Durchgang.

Und prallte gegen eine Wand.

Dort verharrte er reglos. Er hätte weiter hineinkriechen können, durch die Tür, weg von dem Killer, doch er blieb einfach, wo er war.

Und das rettete ihm vielleicht wiederum das Leben. Er machte sich keine Illusionen darüber, dass White ein gewöhnlicher Mann war, der einfach nur Spaß am Töten hatte. Randy war überzeugt, dass er eine Art Superhirn war. Der kleinste Laut hätte ihn mit Sicherheit alarmiert.

Randy atmete wieder tief.

Er hielt sich seine Hand über den Mund und zwang sich, nicht zu keuchen. Seinen Herzschlag konnte er schwerlich verlangsamen, aber er bezweifelte, dass White ihn hören konnte.

White ließ den Riegel wieder einrasten und drückte ihn fest hinunter. Dabei bemühte er sich nicht, leise zu sein.

Dann trat er auf den Steinfußboden und hielt inne. Randy brauchte nicht hinzusehen, um zu wissen, was er tat. White starrte sicher den Flur entlang und hatte das Gefühl, irgendetwas Verdächtiges wahrzunehmen. Das Schlagen eines Herzens. Den unterdrückten Atem seines Opfers. Das Austreten von Angstschweiß.

Eine lange Weile herrschte Stille. Dann bewegten sich Whites Stiefel, aber nur etwa ein Dutzend Schritte weit. Erneut hielt er inne.

Von irgendwoher vernahm er das Tropfen von Wasser. In diesem Augenblick spürte Randy, wie ihn seine letzten Kraftreserven verließen und er sich tatsächlich aus reiner Erschöpfung entspannte. Und dann tauchte eine seltsame Art von Resignation – oder nein, fast so etwas wie Frieden! – am Rand seines Bewusstseins auf. Ein stiller Entschluss, sich nicht mehr verrückt zu machen. Es hatte keinen Sinn, gegen White zu kämpfen. Es hatte keinen Sinn wegzulaufen. Er hatte nicht die Kraft dazu. Oder zu überhaupt irgendetwas, um genau zu sein. Ein winziger Teil seines Gehirns überlegte sogar, ob es nicht besser war, in den Flur zu treten und einen Handel mit White abzuschließen.

Einige Sekunden lang, die sich wie eine Ewigkeit anfühlten, passierte gar nichts. Er konnte White nicht atmen hören, was bedeutete, dass dieser ihn vermutlich auch nicht hören konnte.

Dann gingen die Stiefel in Richtung Arbeitszimmer davon. Eine Tür wurde geöffnet und dann wieder geschlossen.

Randy glitt an der Wand entlang auf den kalten Steinfußboden. Okay, vielleicht war ihm doch nicht alles egal. Er biss die Zähne zusammen und murmelte: „Bleib mir bloß vom Leib, du kranker Blutsauger!"

Er zitterte. Aber er lebte noch.

Leslie war irgendwo in diesem Labyrinth verschwunden. Zumindest nahm er das an. Lebte *sie* noch? Der Gedanke überraschte ihn, und zwar nicht so sehr, weil er sich Sorgen um sie machte, sondern weil er ihm überhaupt gekommen war. Erstaunlich, wie ein bisschen Stress die Prioritäten verschieben konnte!

Er hasste sich selbst dafür. Tatsächlich hatte er sich schon immer gehasst. Wenn er diese Nacht überleben sollte, würde er sich wohl endlich damit auseinandersetzen müssen.

Der Ausgang war nun versperrt. Ebenso wie der Raum, aus dem er gekommen war. Randy drehte sich zu der Tür in dem Durchgang um und versuchte, sie zu öffnen. Sie führte in einen kleinen Raum, in dem es wiederum eine Tür zu einem Wandschrank gab. Jeder Raum in diesem Haus schien einen Wandschrank oder eine Kammer zu besitzen. Er ließ den Blick über die Wände schweifen: Schaufeln, Eimer, eine Mistgabel, Rechen. Ein Gewehr.

Randy blinzelte und schaute noch einmal hin, um sich zu vergewissern, dass er sich nicht geirrt hatte. Doch, da war sie – eine Schrotflinte, die so alt aussah wie das Haus selbst. Die Frage war nur: Funktionierte sie noch? Randy schaute in die Munitionskammer. Zwei Ladungen Schrot. Er sah sich nach weiterer Munition um, wühlte sich durch Behälter mit Nägeln und Schrauben und Glühbirnen. Nichts, das nach Munition aussah. Also mussten die zwei Ladungen es tun.

In diesem Augenblick schlug eine Tür zu, und Schritte erklangen auf dem Flur, durch den er gerade gekommen war: *Klack, klack.*

Waren das Bettys Schritte? Oder die von Stewart? Oder die von White?

Randy nahm das Gewehr so leise wie möglich auf und schlich zur Tür, die zu der Kammer führte. Dabei bemerkte er, dass er keine Panik mehr empfand.

„Stewart?", rief Bettys Stimme.

Randy riss die Tür auf und sah, dass der Boden der Kammer etwas tiefer lag als der in dem Raum davor. Er trat ein.

Hatte er Angst? Ja. Doch er hatte es immerhin so weit geschafft. Während er die Tür hinter sich zuzog, dachte er, dass dies vielleicht doch keine Kammer war, sondern eher eine Art Tunnel. Ein dämmriger Tunnel aus Zement, der sich von der Tür aus nach rechts und links erstreckte.

Meinst du, sie haben es bis zum Tunnel geschafft?, hatte Betty gesagt. Vielleicht sollte er es sich noch einmal überlegen. Ein dünner Lichtstreifen war unter der Tür zum Werkzeugraum sichtbar. Und Betty war irgendwo dort auf der anderen Seite.

Randy schaute wieder in den Tunnel. Vielleicht, aber nur vielleicht, gab es dort einen Ausgang. Als White den Keller betreten hatte, hatte Randy gesehen, dass es draußen in Strömen goss – und wenn er irgendwo Regenwasser hereinströmen sah, konnte er vielleicht eine Luke oder so etwas finden.

Er sah sich in beide Richtungen um, und weil er keinen Grund fand, eine zu bevorzugen, entschied er sich spontan für links und ging los, das Gewehr schussbereit in der Hand.

Er hatte ein Gewehr; das war die Hauptsache.

Dann dämmerte ihm, dass die schwache Beleuchtung des Tunnels lediglich durch den Türspalt kam; vor ihm war der Tunnel stockdunkel und hinter ihm auch.

Er war vielleicht 20 Schritte gegangen, als ein lautes *Klang* durch den Tunnel lief. Wie eine Luke, die aufgeklappt wurde. Irgendwo hinter ihm. Er wandte sich um. Zu weit weg und zu dunkel, um irgendetwas zu erkennen.

Etwas fiel in den Tunnel. Etwas Schweres. Und es konnte rennen: *tapp, tapp, tapp, tapp.* Es kam genau auf ihn zu. Ein ruhiges, aber schweres Atmen jagte die hallenden Schritte.

Randy wirbelte herum und rannte um sein Leben.

12

Leslie wusste nicht, wie sie ihre gegenwärtige Situation beurteilen sollte: Entweder war sie der Bestie entkommen oder sie hatte einfach den Sprung ins Leere gewagt und war vom Regen in die Traufe gekommen.

Oder vielleicht in die Hölle. Ganz ehrlich, sie wusste es nicht.

Auf ihrer panischen Flucht vor Pete war ihr die geöffnete Kellertür wie ihre einzige Chance erschienen. Die Tatsache, dass man ihnen geraten hatte, den Keller nicht zu betreten, war ihr völlig entfallen. Erst der Gestank hatte ihr Bettys Warnung wieder ins Gedächtnis gerufen. Der Geruch nach faulen Eiern traf sie mit voller Wucht, sobald sie einen Fuß auf den Zementboden des Kellers gesetzt hatte. Doch da war es schon zu spät. Sie hörte Petes Grunzen über sich und wusste, dass er ihr auf den Fersen war. Leslie warf einen kurzen Blick zurück und rannte dann den Korridor hinunter und an drei Türen vorüber, bevor sie nach links in einen weiteren Flur abbog und versuchte, ihre Atmung unter Kontrolle zu bringen.

Irgendwie wurde sie das Gefühl nicht los, dass sie weitaus mehr als nur einen gewöhnlichen Keller betreten hatte. Die Räume zum Beispiel – es gab viel zu viele davon, und wenn sie all diesen Fluren glauben konnte, dann erstreckte sich der Keller über eine viel größere Fläche als das Haus darüber.

Doch im Augenblick verdrängte der Impuls, vor dem Mann zu fliehen, der hinter ihr die Treppe hinunterstapfte, jede Vorsicht aus ihren Gedanken. Es spielte kaum eine Rolle, dass Wasser in den Durchgang hinabtropfte, den sie gerade passierte, und dass dieser nur hier und da von einer schwächlichen Glühbirne beleuchtet wurde. Ihr fiel auch nur am Rande auf, dass es viel zu viele Türen gab. Die Erkenntnis, dass sie sich bereits verirrt hatte, geisterte nur einmal ganz kurz durch ihren Kopf.

Sie eilte auf Zehenspitzen vorwärts, um eine Ecke, durch eine Tür, in einen engeren Flur, der in einer Art T-Kreuzung mit einer Tür links und einer rechts endete. Leslie entschied sich für die rechte.

Sie stürmte in den Raum, ohne wirklich darauf zu achten, wie dieser aussah. Rasch schloss sie die Tür hinter sich und war sich dabei ziemlich sicher, dass man diese von der anderen Seite nicht entriegeln konnte. Doch sie war zu angespannt, um es auszuprobieren.

Dann wandte sie sich um und betrachtete den Raum, in dem sie sich befand. Ihr stockte der Atem.

Nicht vor Angst.

Nicht, weil sie beinahe einen Herzinfarkt erlitt.

Ihr Herz begann zu rasen. Sie war schon einmal hier gewesen, das hätte sie schwören können. Ein Déjà-vu, so stark, dass sie es nicht von der Realität trennen konnte.

Sie stand auf einem prächtigen Orientteppich. Purpur und Orange waren die dominierenden Farben, doch diese wurden schnell von einer überwältigenden Flut von Farben verdrängt, die in einem fensterlosen Kellerraum eigentlich unmöglich so leuchten konnten. Es waren kräftige Farben – Grün, Blau und Rot. Doch nicht sie zogen Leslie an. Es war die Beschaffenheit des Raumes, die sie unerwarteterweise irgendwie beruhigte. Er schien sie zum Wahnsinn zu treiben – und doch fühlte sie sich irgendwie sicher. Es war, als würde sie ein vertrautes Monster vor sich sehen und wissen, dass sie ihm auf jeden Fall überlegen war und dies hier überleben würde. Sie war also tatsächlich sicher und hatte alles unter Kontrolle.

Dieser Raum verlieh ihr neue Kraft. Sie war schon einmal hier gewesen und war all den Schrecken entkommen, die er enthielt. Tatsächlich war dieser Raum der Grund gewesen, warum sie überhaupt angefangen hatte, Psychologie zu studieren. Die Faszination, die das menschliche Gehirn auf sie ausübte, hatte begonnen, weil sie selbst unbedingt verstehen wollte, wie man das erleiden konnte, was sie als junges Mädchen mitgemacht hatte, ohne daran zu zerbrechen, wie das Millionen von anderen Frauen geschah.

Ein riesiges Bett mit einem abgewetzten Baldachin aus rotem Samt stand an der Wand. Vorhänge an beiden Seiten. Eine dicke, lavendelfarbige Tagesdecke, die mindestens ein Dutzend Löcher aufwies – von Ratten hineingefressen.

Sie trat einige Schritte näher und legte ihre Hand auf die Decke, die ein Patchwork aus Samt und Satin war. Nein, das war nicht nur ein Produkt ihrer Fantasie – sie war wirklich hier, in einem Raum am Ende eines Labyrinths aus Fluren, und sie empfand offenbar so große Angst, dass sie unter Halluzinationen litt.

Rote, purpurne und blaue Stoffbahnen waren an der Decke befestigt worden, um den schimmeligen Zement zu verdecken, der trotzdem in großen Streifen hindurchschien. Der Raum wurde durch mehrere Lichterketten erhellt, die hinter den Stoffstreifen verliefen – offenbar ein Versuch, eine anheimelnde Atmosphäre zu erzeugen.

Es gab eine weiße Kommode mit einem Spiegel darauf, ein Möbelstück mit pinkfarbenen Ornamenten, wie es vielleicht in einem Kleinmädchenzimmer gestanden haben mochte. Es sah dem Schminktisch verdächtig ähnlich, den sie in ihrem eigenen Zimmer gehabt hatte, als sie neun Jahre alt gewesen war.

Die Wände waren mit gemalten Porträts, Spiegeln, Ziertellern und Kerzenhaltern bedeckt. Massenweise Kerzenhalter und sicher ein Dutzend Kerzen. Ein großes Pentagramm war zwischen zwei Haltern an die Wand gemalt. Das überraschte sie nicht.

Die beiden Einrichtungsgegenstände, die Leslie außerdem sofort ins Auge fielen, waren die beiden Flipper auf der gegenüberliegenden Seite des Raumes. Einer war ein Batman-Flipper, der andere hatte Barbie-Design. Neben diesen beiden Geräten war an der Wand eine riesige Drehscheibe befestigt, wie man sie im Zirkus bei Messerwerfern sehen konnte.

Der süße Duft von Rosen, gemischt mit Vanille, erregte ebenfalls ihre Aufmerksamkeit. Leslie sah sich nach der Quelle des Duftes um, verblüfft über die seltsame Mischung aus Angst und Sehnsucht, die sie empfand. Die Hälfte ihres Bewusstseins schrie ihr zu, sie solle wegrennen, dieses Haus und seine bizarren Bewohner verlassen. Doch die andere Hälfte schlug vor, dass sie tief durchatmen und ihre Nerven von dem Aroma beruhigen lassen sollte. Ihre Großmutter hatte früher gern Potpourris in ihrem Haus aufgestellt, und der Duft hatte Leslie irgendwie immer getröstet, selbst in den schlimmsten Zeiten.

Wie jetzt gerade.

Es musste eine Erklärung für die seltsame Vertrautheit des Raumes geben. Wenn sie sich etwas beruhigt hatte, würde ihr sicher alles klarwerden. Das sagte sie sich immer und es funktionierte auch immer.

Leslie ging zu dem Schminktisch hinüber und beugte sich zu dem Potpourri hinab, um daran zu riechen. Der Duft von Lavendel und Vanille schlich sich tief in ihre Nebenhöhlen. Keine Spur mehr von Rosen. Sie schloss die Augen und atmete langsam aus. Starke Emotionen wallten in ihr auf, und einen Moment lang dachte sie, sie würde anfangen zu weinen. Sie schluckte, ihr Kinn zitterte und sie biss sich auf die Unterlippe.

Denk nach, Leslie, denk nach! Du lässt dich von deinen Gefühlen überwältigen! Sie war aus einem bestimmten Grund hier, oder? Vier so unterschiedliche Reisende konnten wohl kaum ihren Weg in ein solches Haus finden, ohne dass sie von einer Art Plan geleitet wurden. Wer auch immer dieser Killer war, er gehörte nicht zu der Kettensägen-Massaker-Sorte, sondern er war ein großer Denker. Viel größer.

Ein weiterer Geruch mischte sich in den Vanilleduft und Leslie öffnete die Augen. Neben einer Kerze stand eine Schale mit einer Art Nachtisch, irgendein Pudding. Ohne nachzudenken, entzündete Leslie die Kerze mit Hilfe eines Streichholzes aus der Schachtel, die daneben lag.

Der Pudding lockte sie. Sie nahm die Schale in die Hand und roch daran. Hmmm – Vanillepudding mit Karamellsoße. Wieder dachte Leslie nicht darüber nach, sondern tippte einen Finger hinein und probierte. Der süße Geschmack des Karamells war unverwechselbar. Gierig stieß sie vier Finger in den Pudding und schaufelte sich eine große Ladung davon in den Mund. Ein kleiner Klecks fiel ihr hinunter und blieb an ihrer roten Bluse kleben. Sie nahm ihn mit dem Finger ab und aß ihn ebenfalls auf.

Einen kurzen Augenblick lang erschreckte sie das, was sie gerade getan hatte. Es war unverzeihlich und irrational. Warum konnte ausgerechnet sie, die immer alles unter Kontrolle hatte und stets von Logik und Rationalität geleitet wurde, sich nicht im Zaum halten und futterte Pudding in diesem seltsamen Zimmer?

Vermutlich wäre es am besten, wenn sie die Schale wieder auf den Tisch stellte und sich nach einem Ausweg umsah.

Stattdessen stöhnte sie leise und ließ einen Finger in ihrem Mund wie ein Kleinkind, das sich kurz vor dem Essen etwas Süßes aus dem Schrank geklaut hatte, obwohl es ganz genau wusste, dass seine Mutter das nicht gerne sah.

Noch immer war der Geruch nach Karamell so stark und der verbotene Geschmack so süß, dass die Regeln förmlich danach schrien, gebrochen zu werden, vor allem, wenn der Rest des Lebens sowieso die Hölle war.

Sie hielt inne, den Finger immer noch im Mund. Die Klarheit ihrer Erkenntnis schnitt durch ihr vernebeltes Bewusstsein. Sie war eine erwachsene Frau von Ende 20, kein Mädchen, das sich vor dem Essen noch einen Pudding ergaunert hatte. Schlimmer noch, sie war eine erwachsene Frau in einem Keller, der Pete gehörte ...

Die Tür zur Kammer öffnete sich hinter ihr. Leslie ließ die Schale auf den Tisch fallen und wirbelte keuchend herum.

Pete stand in der Tür, die Augen fest auf Leslie gerichtet. Sie hatte Pudding im Mundwinkel und an ihren Fingern. Pete glotzte ihren Mund an, ihre Hände, die hinter ihr stehende Schale. Doch er lächelte nicht. Nicht mal ein Grinsen war zu sehen, das ihr verriet, dass er irgendwelche bösen Hintergedanken hegte. Er kam auch nicht auf sie zu. Er starrte sie einfach an, als sei sie ein Reh, das im Scheinwerferlicht eines Autos stand.

Die Zeit schien stillzustehen.

„Das ist mein Zimmer", sagte Pete endlich mit stolzer Stimme. Er ließ die Tür los und trat herein.

Petes Zimmer.

„Gefällt dir mein Zimmer?", fragte Pete wie ein erwartungsvolles Kind.

Leslie stand vor einer schwierigen Entscheidung. Sollte sie mitspielen oder ihm ins Gesicht spucken?

Sie warf einen langen Blick auf die verschlossene Tür zu Petes Rechten. Dann auf Pete selbst, der auf eine Antwort wartete. Doch sie war am Leben. Und sie hatte bisher immer alles überlebt, indem sie klug gehandelt hatte. Indem sie die Spielchen mitgespielt hatte. Heute war einfach ein weiterer Tag in dem großen Spiel, obwohl diese Runde ungewöhnlich harte Anforderungen an sie stellte.

Der Geist bezwang den Körper. Das Leben wurde im Kopf gewonnen und verloren, so war das nun einmal. Und so stand sie nun hier vor einem Mann, der im Augenblick noch stärker im geistigen als im körperlichen Sinne ihr Gegner war. Und sie hatte eindeutig den stärkeren Geist von ihnen beiden.

„Ja", sagte sie. „Ja, Pete. Dein Zimmer gefällt mir."

Pete strahlte wie die Sonne, eilte zum Bett hinüber und glättete die Tagesdecke. Dann hob er eine Kerze auf, die zu Boden gefallen war, und steckte sie beflissen wieder in ihren Halter, während er Leslie nicht aus den Augen ließ.

Dann verschränkte er seine Arme hinter seinem Rücken, als wollte er sagen: *So, nun ist alles vollkommen.*

„Wir müssen leise sein", sagte er und seine Augen irrten unruhig zur Tür. „Mama wird uns hören. Sie darf hier nicht rein."

Die Kerze, die er gerade wieder in den Halter gesteckt hatte, fiel erneut heraus und schlug auf dem Boden auf. Er schien es nicht zu bemerken. Seine Augen waren ausschließlich auf Leslie gerichtet.

In diesem Augenblick wurde ihr klar, dass sie sich nicht wirklich von ihm bedroht fühlte. Er war doch nur ein übergroßes Kind. Dann erinnerte sie sich daran, wo sie war, und die Angst kehrte zurück – eine neue Form der Angst, die mehr von dem genährt wurde, was außerhalb dieses Raumes lag, als von Pete selbst.

Stewarts Gesicht tauchte vor ihrem inneren Auge auf. Er schien fest entschlossen, dem Killer die geforderte Leiche zu liefern. Betty war vielleicht ihre beste Chance, dem allem zu entrinnen. Waren die anderen überhaupt noch am Leben? Oder waren sie in der Kühlkammer hingerichtet worden?

Sie konnte auch Jack sehen, der sich seinen Weg freischoss. Jack? Ja, natürlich Jack. Randy besaß nicht genug Rückgrat, um irgendjemanden zu retten – das wusste er sogar selbst. Sie benutzte ihn, und er benutzte sie, doch in Zeiten wie diesen war Randy absolut unbrauchbar. Jack … sie spürte, dass Jack ein ganz anderes Kaliber war.

Der Gedanke überraschte sie. Wünschte sie sich, Jack würde jetzt hereinstürmen und Pete den Schädel spalten?

Ja, das tat sie zweifellos, doch solange nichts dergleichen zu erwarten war, musste sie wohl oder übel mitspielen. Millionen von Jahren der Evolution hatten das menschliche Gehirn zu einem erstaunlich erfindungsreichen Überlebensinstrument geformt, das zu viel mehr in der Lage war, als das normale Leben ihm abverlangte. Sie hatte von Dutzenden von Fällen gelesen, die diese Tatsache unterstrichen, und jetzt würde auch sie zu einem solchen Fall werden.

Sie lächelte und verschränkte ebenfalls die Hände hinter dem Rücken. „Dein Zimmer gefällt mir sehr, sehr gut."

Pete errötete. Er ließ sich in einen großen Lehnstuhl sinken, beugte sich dann vor und schaute sie an, als wüsste er nicht so recht, was er mit seinem Fang anstellen sollte.

Leslie machte eine große Schau daraus, dass sie sich den Raum näher ansah. Sie berührte die Kerzen, befühlte die Tagesdecke, roch an anderen Potpourris, die in Keramikschalen herumstanden.

Sie konnte seinen Blick auf sich spüren, doch er war nicht bedrohlich. Sie hätte erwartet, dass sie in einer solchen Lage nackte Panik erfüllen würde, doch das war nicht der Fall. Vielleicht war sie über dieses Stadium bereits hinaus.

Der Schwefelgestank schien ein wenig nachgelassen zu haben. Vielleicht lag das an den Potpourris. „Woher hast du diese ganzen Potpourris?", fragte sie Pete.

Eine seltsame erste Frage von einer Gefangenen, aber gar nicht so dumm. Schließlich musste sie das Spiel unter Kontrolle behalten. Ihn ablenken, sodass sie die Oberhand gewann, sobald sich die Gelegenheit bot.

„Die was?"

„Das hier", sagte sie und hielt eine Schale hoch. „Das riecht gut."

Seine Augen blieben auf sie gerichtet. Er blinzelte nicht. „Das ist für dich", sagte er. In seiner Stimme lag so viel Ernsthaftigkeit, so viel Unschuld.

„Danke. Wo hast du es her?"

„Aus dem Haus", sagte er.

„Du meinst, von oben?"

„Manchmal. Es gibt noch andere Häuser. Magst du die Bilder?"

Sie stellte das Potpourri ab und sah sich die Porträts näher an. „Ja, die sind schön. Kennst du diese Leute?"

„Nein. Aber jetzt werde ich ja nicht mehr allein sein."

Womit er wohl sagen wollte, jetzt hatte er ja sie. Leslie fühlte eine Ohnmacht nahen, doch das würde vergehen. Sie musste das Gespräch unbedingt in der Hand behalten.

„Besonders gut gefällt mir der Schminktisch. Er erinnert mich an …" Sie verstummte, als sie vor den Spiegel trat. Sie konnte sich nicht sehen. Der Spiegel zeigte den Raum hinter ihr, aber nicht sie selbst.

Sie drehte sich um. „Was ist denn mit dem Spiegel los?"

„Der geht nicht", sagte er.

„Aber …" Sie schaute wieder in den Spiegel. „Aber er zeigt doch die anderen Dinge. Warum kann ich mich denn nicht selbst sehen?"

„Er ist kaputt", erwiderte er.

Leslie schauderte und rieb sich mit den Händen über die nackten Arme. So etwas hatte sie noch nie gehört. Vorsichtig streckte sie eine Hand aus und berührte das Spiegelglas. Fühlte sich normal an.

„Darf ich dir ein paar Fragen stellen, Pete?", erkundigte sie sich und sah ihn dabei an.

„Ja, wir können uns unterhalten. Das würde mir gefallen." Er stand auf, machte den Reißverschluss seines Overalls auf und zog sich das T-Shirt über den Kopf. Dann ließ er seinen Bizeps spielen und grinste dabei über beide Ohren. „Meinst du, dass ich stark bin?"

Sie war so verunsichert, dass sie nicht antwortete. Sein Lächeln verblasste.

Leslie konnte gerade noch verhindern, dass sie sich irgendwelche Anzeichen ihres Ekels anmerken ließ. „Ja. Ja, du bist sehr stark."

„Ich könnte dich werfen", sagte er, neu ermutigt.

„Ja, ich schätze, das könntest du."

„Guck mal!" Er rannte zur Kammertür, riss sie auf und zerrte einen großen Sack Hundetrockenfutter heraus. „Müsli. Davon wird man stark!"

„Ich ... ja, das stimmt. Wie lange lebst du schon hier?"

„Willst du auch stark werden?"

„Vielleicht. Aber können wir uns erst unterhalten?"

Er trug den Sack zu ihr, wobei er unablässig mit kindlichem Staunen in ihre Augen blickte. Dann ergriff er ihre linke Hand und legte sie auf seine Brust. Er spannte den Brustmuskel an.

Es gab keinen Raum, um sich peinlich berührt zu fühlen. Auch keine Notwendigkeit. Sie spielte sein Spiel, und das bedeutete, dass sie tat, was er von ihr erwartete. Natürlich nur bis zu einem gewissen Punkt.

Leslie bewegte ihre Finger auf seiner Haut und fühlte den harten Muskel darunter. „Wow", kommentierte sie und ein kleiner Teil von ihr meinte es auch so. Seine Brust war fest und glatt; vielleicht hatte er sie rasiert. Helle Haut, beinahe durchscheinend, aber man sah keine Adern. Seine Haut war sehr weich, weicher als ihre eigene. Doch direkt darunter lagen steinharte Muskeln.

Sie knetete sie und ließ ihre Hand zu seiner Schulter wandern, wo sich die Muskeln wie Bänder teilten. Was tat sie da? Sie zog die Hand zurück und war über ihre eigene momentane Faszination entsetzt.

Sofort verbarg sie ihre Ablehnung hinter einem Lächeln. „Du bist so stark!"

„Danke", sagte er. Aber er rührte sich nicht. Sein Atem roch abgestanden.

Leslie senkte ihren Blick, eifrig darauf bedacht, diesen Moment hinter sich zu lassen und seine Aufmerksamkeit auf etwas anderes zu richten. „Also, wie lange lebst du schon hier?"

„Willst du auch so stark werden wie –"

„Wenn du willst, dass ich deine Frau werde, dann muss ich mehr über dich wissen, oder?"

Ihre Herausforderung erwischte ihn völlig unvorbereitet.

„Bitte", sagte sie. „Ich will einfach nur ein bisschen mehr von dir erfahren."

Er war verunsichert und machte einen Schritt rückwärts. „Schon lange."

„Und wo warst du vorher?"

Er runzelte die Stirn, als würde er versuchen, sich zu erinnern. „Im Zirkus. Wir sind damit rumgereist und haben lustige Sachen gemacht. Aber dann hat Stewart einen Mann getötet und Mama auch. Und ich hab auch einen umgebracht. Hast du so was schon mal getan?"

„Nein. Ich glaube nicht, dass es eine gute Sache ist, einen Menschen zu töten."

„Aber man muss stark sein."

„Wie viele Menschen hast du schon umgebracht?"

Er zuckte die Achseln, dann grinste er. „White tötet auch Leute. Er ist stark."

Sie musste ihn dazu bringen weiterzureden. „Wer ist White eigentlich?"

„White?"

„Ja. Wer ist er?"

„Ich glaube, er tötet uns, wenn wir das Mädchen nicht umbringen."

„Welches Mädchen?"

„Susan."

„Hier unten versteckt sich ein Mädchen?"

Das Licht in Petes Augen erlosch. Sein Gesichtsausdruck verwandelte sich von jungenhafter Unschuld in Verwirrtheit.

„Du magst Susan nicht, hm? Warum nicht?" Leslie war in die Rolle der Therapeutin zurückgefallen, ohne darüber nachzudenken.

„Sie ist noch schlimmer als White!"

„Schlimmer als der Killer? Was macht sie denn?"

Seine Augen verdunkelten sich, sie schienen tiefer in ihre Höhlen einzusinken, und er starrte sie an, als wäre er krank. „Man kann ihr nicht trauen", sagte er. Dann kniff er die Augen zu und begann zu schreien. Leslie hielt die Luft an vor Schreck und wich zurück. Doch ebenso schnell, wie er seinen Gefühlen freien Lauf gelassen hatte, beruhigte sich Pete auch wieder.

Er öffnete die Augen und starrte sie verloren an.

Hat irgendjemand diesen Schrei gehört? Oh bitte, Jack, sag mir, dass du das gehört hast!

„Warum möchte White, dass du sie umbringst?", fragte sie.

Keine Antwort. Nur dieser leere Blick.

„Ich muss diese Dinge wissen, wenn ich deine Frau werden soll!"

Pete verweigerte immer noch jede Antwort.

„Warum kannst du diese Susan denn nicht finden? Das ist doch dein Keller, euer Haus!"

„Ich möchte nicht mehr reden."

Leslie wusste, dass sie ihn verlor, doch sie drängte ihn weiter: „Du musst mir alles sagen. Ich muss mehr über dieses Mädchen wissen. Ich muss –"

„Nein!" Sein Gesicht lief rot an.

Sie hatte ihn zu weit getrieben. „Tut mir leid. Ich werde nicht mehr von ihr sprechen."

Sie starrten sich eine unendlich lange Weile schweigend an. Pete hatte immer noch den Sack mit dem Hundefutter in den Händen. Er griff hinein und zog einen Napf mit dem Zeug heraus, dann ließ er den Sack fallen.

„Dir hat mein Pudding geschmeckt", sagte er. „Es war Vanillepudding. Ich mache dir noch welchen."

Er eilte zur Kammer, holte von irgendwoher eine Schüssel mit Wasser und warf den Inhalt des Hundenapfs hinein. „Das wird dich stark machen – wie mich!"

Leslie blinzelte das unappetitliche Gemisch an. Sie warf einen Blick auf das Schüsselchen, aus dem sie vor wenigen Augenblicken den Pudding gegessen hatte. Es war dasselbe Zeug gewesen!

„Hier, iss!" Er schob ihr die Schüssel vors Gesicht.

Leslie musste sich abwenden, als ihr ein übler Geruch in die Nase stieg. Das war nicht einfach Hundefutter, es war verrottetes Hundefutter! Sie dachte daran, wie sie gierig ihre Finger hineingesteckt hatte, und erbleichte.

„Äh – ich hatte ja schon etwas davon", entgegnete sie.

„Aber du musst ganz viel davon essen. Mama sagt, das macht dich so stark wie mich", wiederholte er. „Nun iss es."

„Nein … nein, wirklich, ich kann nicht!"

„Ich weiß doch, dass du es magst! Guck!" Er fischte etwas Brei mit den Fingern heraus und stopfte ihn sich in den Mund. „Lecker, siehst du?" Er hob den Sack wieder auf und hielt ihr die Abbildung eines großen, saftigen Steaks unter die Nase, die offenbar Hunde anregen sollte, diese spezielle Marke zu fressen.

„Ich werde kein Hundefutter essen", sagte sie. „Ich mag kein Hundefutter."

Sein Gesicht fiel in sich zusammen und sein Unterkiefer klappte herunter. Sie hatte ihn verletzt. Doch an diesem Punkt war die Grenze erreicht. Sie würde sich über ihn erbrechen, wenn sie nur noch einmal an dem Zeug riechen musste!

„Iss es", flehte er. „Meine Mama hat mich gezwungen, das zu essen, und jetzt bin ich stark."

Sie starrte ihn schweigend an. Pete grub wieder seine Finger in den Brei und kam mit einer Portion auf sie zu. „Hier, bitte … bitte!" Er drückte es ihr mitten ins Gesicht.

Sie wandte sich ab und schob seine Hand weg. „Hör auf! Ich –"

Er griff eine Strähne ihres Haares und versuchte, ihr den Brei gewaltsam in den Mund zu stopfen. „Du hast es doch eben auch gegessen, ich hab es doch gesehen! Los, iss!"

Sie schlug panisch um sich. „Hör auf!"

Die Schüssel flog ihm aus der Hand und landete verkehrt herum auf dem Boden. Pete starrte die Bescherung entsetzt an. Sein Gesicht verfinsterte sich und er warf ihr einen zornigen Blick zu. Leslie musste nicht auf die Inhalte ihres Psychologiestudiums zurückgreifen, um zu wissen, dass sie einen furchtbaren Fehler begangen hatte.

Er erhob seine Faust wie einen Hammer und ließ sie auf ihren Kopf niedersausen. Sie taumelte unter dem Schlag und sank in die Knie. Pete stieß einen langen, lauten Schrei aus. Dann kratzte er den Brei vom Boden zusammen und schaufelte ihn wieder in die Schüssel. Er stellte diese vor Leslie hin.

„Du bist meine Frau. Iss das!"

13

Zuerst war Jack sich nicht sicher, ob er noch am Leben war. Sein Herz hämmerte, seine Lungen pumpten Luft – sein Atem echote durch die dunkle Kammer, in die er hineingesaugt worden war.

Vielleicht war er ohnmächtig. Er war hart genug gegen die Wand geprallt, um das Bewusstsein zu verlieren. Doch er merkte, dass sich seine Hände und Füße bewegten und die kühle, feuchte Zementoberfläche absuchten.

Waren seine Augen offen? Ja, das waren sie. Es war nur einfach absolut stockfinster hier drinnen. Jack kämpfte sich auf die Knie, dann setzte er sich hin und versuchte, einen klaren Kopf zu bekommen. Wo war Randy?

Langsam rekonstruierte er die Ereignisse, die dazu geführt hatten, dass er hier gelandet war. Betty und Stewart, der Killer, das Haus, der Keller. Die schwarze Kammer – falls er sich in einer Kammer befand.

Kein Summen. Nichts als das Geräusch seines eigenen Atmens.

Er erhob sich auf seine zittrigen Beine und tastete suchend herum. Hinter ihm befand sich eine Wand aus Zement. Keine Tür, so weit er fühlen konnte.

Er drehte sich mit ausgestreckten Armen vorsichtig um sich selbst. Nichts. Dann machte er einen Schritt, hatte aber sofort keine Ahnung mehr, in welche Richtung er ging. Nicht ohne Licht.

Das Feuerzeug. Er wühlte in seiner Tasche, erfühlte es zwischen den Ersatzpatronen und holte es raus. Das war ja eine Spitzenidee gewesen, die Patronen und das Feuerzeug in derselben Tasche aufzubewahren! Das Feuerzeug ging beim zweiten Versuch an.

Ein langer Gang mit einem rauen Zementboden und einer gewölbten Ziegeldecke verlief in beide Richtungen. Die Tür … da.

Er drehte sich wieder um und versuchte, die Tür zu öffnen, doch sie war verschlossen – fest verschlossen. Im Augenblick war kein Sog zu spüren, aber was hatte ihn dann hier hineinbefördert?

Sagt nicht, wir hätten euch nicht gewarnt!

Jack fühlte eine neue Welle der Angst durch seinen Körper jagen. *Willkommen in meinem Haus!* Was war, wenn White etwas über dieses Haus wusste, das niemand von ihnen erahnen konnte? Was war, wenn es überhaupt nur um das Haus ging? Nicht um White, nicht um ihre Gastgeber – nur um das Haus?

Er versuchte, den Gedanken abzuschütteln. Das machte keinen Sinn. Ein Haus war ein Haus. White hingegen war ein durchgeknallter Psychopath, der von nackter Mordlust getrieben wurde. Das Haus mochte ein Teil seines kranken Drehbuchs sein, aber sie mussten die wahre Bedrohung vor Augen haben – aus Fleisch und Blut, nicht aus Zement und Ziegeln.

Sie. Genau. Er musste die anderen wiederfinden.

Jack atmete tief durch und konzentrierte sich darauf, das Zittern seiner Hände zu unterdrücken. Die Stille, die Reglosigkeit, das Nichtwissen, was als Nächstes passieren würde – all das zehrte an ihm. Er sollte diesen Tunnel hinunterrennen und einen Ausweg suchen. Stattdessen stand er wie angewachsen da und hing seinen Gedanken nach.

Gedanken, in die sich langsam immer mehr Hysterie einschlich. Ihm wurde klar, dass er viel zu tief atmete. Rasch schloss er den Mund und atmete durch die Nase.

Das Feuerzeug wurde heiß und er ließ es ausgehen. Um ihn herum wurde alles wieder schwarz. Er wartete eine Weile, dann machte er das Licht wieder an.

Beide Seiten des Tunnels sahen gleich aus, also ging er nach rechts. Der Sog war von irgendwoher außerhalb des Hauses gekommen, vielleicht durch eine Öffnung, ein Fenster oder so etwas. Wenn er diesen Ausgang fand, konnte er sich vielleicht an White vorbeimogeln, sich bis zum Highway durchschlagen und mit der Polizei zurückkommen.

Doch er wusste, dass Leslie nicht so lange überleben würde, obwohl sie eine starke Frau zu sein schien. Vielleicht hatte er sich deshalb entschlossen, ihr nachzugehen.

Randy war ihm herzlich egal. Traurig, aber wahr. Er war zu dem Schluss gelangt, dass der Mann ein selbstsüchtiger Sack war.

Stephanie gehörte auch in diese selbstsüchtige Kategorie. Er war sich nicht sicher, was er für Stephanie empfand, aber im Moment war es ihm ehrlich gesagt vollkommen gleichgültig, ob sie in diesem Wandschrank blieb oder nicht. Sie konnte ein Mal im Leben ihre eigene Entscheidung treffen und dann die Konsequenzen über sich ergehen lassen. Wie lange sollte er sie noch vor sich selbst beschützen? Er würde zu ihr stehen, wie er das immer getan hatte, aber es wurde immer schwieriger ...

Jack hielt inne. Er war eigentlich kein verbitterter Mensch. Oder? Nein. Es war Stephs Schuld, dass das hier passierte. Er schnaubte wütend. Das Geräusch echote durch den Tunnel. Das Flämmchen des Feuerzeugs erhellte nur ein paar Meter in beide Richtungen, dahinter herrschte die Finsternis. Warum rannte er nicht? Er hatte wirklich keinen Anlass, einen Sonntagsspaziergang durch diesen Tunnel zu machen.

Er ließ das Feuerzeug wieder ausgehen. In diesem Augenblick der absoluten Finsternis kehrte die Panik, die er zuvor empfunden hatte, brüllend wieder an die Oberfläche zurück, und es gab nichts, was er dagegen tun konnte.

In diesem Haus befand sich etwas Böses.

Er musste einen Weg hier heraus finden, bevor das Feuerzeug endgültig leer war. Wie lange war er jetzt schon hier unten? Jack machte das Feuerzeug an und joggte los.

Von irgendwoher erklang ein lang gezogener Schrei. Jack fuhr zusammen. Der Schrei schien endlos zu sein, ein kehliger Laut, der sich eher nach einem Mann als einer Frau anhörte.

Dann endete er abrupt.

Jack rannte weiter, blieb dann aber plötzlich stehen, als der Tunnel vor einer Holztür endete. Er versuchte, den Knauf zu drehen: abgeschlossen. Wie so ziemlich jede andere verdammte Tür in diesem elenden Keller.

Jack rannte in die andere Richtung zurück. Er brauchte wesentlich weniger Zeit, um das andere Ende des Tunnels zu erreichen.

Wieder eine Sackgasse. Dieselbe Art von Tür. Ebenfalls abgeschlossen.

Wie war das möglich? Woher war dieser Sog gekommen? Er war hereingekommen, also musste es auch einen Weg heraus geben.

Das Feuerzeug würde nicht mehr ewig brennen. Wie lange hielten diese Dinger eigentlich normalerweise? Der Gedanke, für immer in einem finsteren Zementtunnel festzusitzen, erfüllte ihn mit einer neuen Dringlichkeit. Etwas, das Panik verflixt ähnlich war.

Er sah sich nach der Tür um, durch die er hereingekommen war. Vielleicht konnte er wieder ins Arbeitszimmer gelangen. Nachdem er wieder am anderen Ende des Tunnels angekommen war, hielt er verwirrt inne. Die Tür schien verschwunden zu sein.

Unmöglich. Er eilte noch einmal zurück, das Feuerzeug in der einen Hand, die andere schützend davor, damit der Luftzug es nicht ausblies.

Doch es blieb dabei: Die hölzernen Türen an den Enden des Tunnels waren abgeschlossen. Er trat dagegen; sie machten jedoch einen sehr soliden Eindruck. Er rüttelte wild am Türknauf. Ohne Erfolg.

Ein letzter Sprint zur entgegengesetzten Tür besiegelte seinen Eindruck von seiner Lage: Es gab keinen Ausweg.

Von irgendwoher drang Gesang an sein Ohr. Dieselbe Stimme, die er schon ein paar Mal gehört hatte. Eine süße Melodie setzte sich in seinem Kopf fest.

Die Flamme begann zu flackern. Er musste den Rest Benzin aufsparen – wofür, wusste er zwar nicht, aber der Gedanke, dass er vielleicht keine Reserve mehr hatte, erfüllte ihn mit Schrecken.

Jack ließ sich mit dem Rücken an der Wand entlang zu Boden gleiten. Der Tunnel versank wieder in Schwärze, während er versuchte, seinen rasenden Pulsschlag zu beruhigen.

Es gab Zeiten, da war es ganz praktisch, wenn man ausgebildete Psychologin war; so zum Beispiel, wenn sie durch schlichte mentale Manipulation ihre Entscheidungen und ihre Vergangenheit rechtfertigen konnte. Und es gab Zeiten, da erwies sich ihre Ausbildung als ebenso nützlich wie ein Doktortitel im Steineklopfen – nämlich jetzt. Leslie bewegte diesen Gedanken in einem Winkel ihres Unterbewusstseins.

Ihr Kopf schmerzte. Ein Teil von ihr war ja bereit, Petes kindliche Erwartungen zu erfüllen, doch ein anderer Teil konnte sich einfach nicht dazu durchringen, den ekelhaften Brei zu essen. Im Gegensatz zu ihm war sie kein Kind, dem ein Verhaltensmuster antrainiert worden war, bevor seine Persönlichkeit richtig ausgeformt gewesen war. Ihr Verstand hatte schon vor langer Zeit gelernt, dass es nicht gut war, Nahrung zu sich zu nehmen, die wie etwas roch, das seit Langem tot war. Ihr Hals zog sich bereits zusammen – sie hätte das Zeug nicht mal hinunterwürgen können, wenn ihr Leben davon abgehangen hätte. Was es ja vielleicht auch tat.

Sie sank vor der Schüssel auf die Knie und begann zu weinen.

Das schien Pete etwas zu erweichen. Er wich zurück und beobachtete sie einige Sekunden lang. Dann wurden aus den Sekunden Minuten.

„Bitte", meinte er schließlich, „ich will dir nicht wehtun, aber du musst eine gute Ehefrau sein und deinen Pudding essen. Er wird dich stark machen. Oder willst du sterben?"

Ihr Schluchzen war zu heftig, als dass sie hätte antworten können.

„Nicht weinen, bitte nicht weinen!" Er klang ziemlich panisch.

„Ich kann das nicht essen", brachte sie heraus.

„Aber du bist schuldig", sagte er. „Wenn du deine Sünde nicht aufisst, wird sie dich aufessen, das sagt Mama immer. Du hast doch den Pudding schon gegessen. Ich hab's gesehen. Jeder, der ihn mal probiert hat, mag den Pudding."

Was hatten diese Leute nur immer mit ihren Sünden? „Ich bin nicht schuldig!", rief sie, inzwischen wütend. „Es ist mir völlig egal, was diese Hexe, die sich deine Mutter nennt, dir eingetrichtert hat. Das ist total krank!"

Während sie ihn anschrie, war ihr dennoch bewusst, dass sie tatsächlich diesen Pudding gegessen hatte. Und zwar mit Genuss. Und sie hatte auch vorher schon solche Dinge gegessen – immer und immer wieder. Wie ein Schwein, das sich in seinem eigenen Unrat wälzt.

Der Gedanke machte sie vollends wütend. „Wenn deine Mutter dich dazu gezwungen hat, das hier zu essen, ist sie ein Schwein."

Er legte sich die Hände über die Ohren und ging nervös auf und ab. „Nein, nein, nein, nein. Schuldig, schuldig. Du musst es essen, du musst es essen."

„Dann muss ich mich übergeben! Ich kann nicht –"

Er kauerte sich vor sie. Verzweiflung stand auf seinem Gesicht geschrieben. „Bitte, bitte!" Er kniete sich hin und hielt wieder eine Handvoll Brei hoch. „Guck, es geht!" Eifrig stopfte er sich die stinkende Masse in den Mund. Seine Augen flehten sie an. Auf seiner Stirn stand ein Schweißfilm.

Also gut. Der Geist bezwingt den Körper. Diesen Unrat zu essen war ein lebenswichtiger Teil von Petes psychischem Gleichgewicht. Anscheinend auch ein Teil seiner Religiosität. Für ihn so real wie Himmel und Hölle. Sozusagen eine Erweiterung der gesellschaftlichen Beschäftigung mit den in Wirklichkeit nicht existierenden Mächten von Gut und Böse.

Leslie hatte Religiosität noch nie so gehasst wie in diesem Moment.

Sie musste es versuchen; sie musste ihm wenigstens zeigen, dass sie ihm gefallen wollte.

„Bist du unschuldig?", fragte er.

„Ja", sagte sie.

Er stand auf, offensichtlich schockiert über das, was sie gesagt hatte. Offenbar entsetzte ihn diese Behauptung bis ins Mark. „Dann bist du besser als ich?"

Sie wusste nicht, wo das hinführen sollte. Wenn sie sich ihm weiterhin widersetzte, würde er sie vielleicht wieder schlagen. „Nein."

„Warum isst du dann nicht mit mir?"

„Okay. Okay, ich werd's versuchen."

Sein Gesicht entspannte sich.

Leslie starrte die Schüssel an. Sie steckte widerstrebend drei Finger in die Pampe und fischte eine etwa pralinengroße Menge heraus. Sie hatte eben eine ganze Schale voll von dem Zeug gegessen und genossen – und sie wusste, dass es nichts anderes gewesen war. Doch jetzt zog sich ihr Magen bei dem Anblick und Geruch des Hundefutters zusammen und sie schmeckte Säure in ihrem Mund. Ihre Hand begann zu zittern.

Sie versuchte es wirklich. Sie schloss die Augen und hielt die Luft an, dann führte sie die Hand zum Mund, öffnete ihn – und würgte.

Nach dem Tag ohne Essen war ihr Magen leer und all ihr Würgen brachte nichts zutage. Sie schüttelte den Brei von ihren Fingern, sank auf die Seite und begann wieder zu schluchzen.

Pete ging mit geballten Fäusten auf und ab und murmelte: „Schlechte Ehefrau!"

Dann kam er mit zwei großen Schritten auf sie zu, ergriff ihren Gürtel mit der einen und ihren Oberarm mit der anderen Hand und hob sie auf, als wäre sie eine Barbiepuppe.

Er warf sie aufs Bett und ging zu der großen Drehscheibe. „Du musst es lernen", sagte er.

„Was machst du da?"

„Du musst es lernen."

Er ergriff sie wieder und brachte sie zu der Scheibe. Dann band er ihre Hände fest und danach ihre Fußknöchel. Wollte er sie etwa auspeitschen?

„Bitte …"

Pete holte eine Handvoll Dartpfeile aus einer Dose, drehte die Scheibe und trat zurück.

Leslies Welt begann sich zu drehen.

„Sag mir, was du gelernt hast", rief er. Zweifellos spielte er das nach, was seine Mutter mit ihm angestellt hatte. Doch selbst dieser Gedanke konnte Leslies Mitleid nicht erregen.

„Stopp! Ich habe es kapiert. Ich bin schuldig!"

Entweder war Pete nicht überzeugt oder er wollte noch ein bisschen spielen. Er warf den ersten Pfeil.

Dieser bohrte sich in Leslies Oberschenkel. Sie begann zu schreien.

14

Zwei Geräusche erreichten Jack, als er in der schwarzen Stille saß. Das erste war ein entfernt klingender Schrei. Dieses Mal von einer Frau. Das zweite war erneut das leise Summen. Es klang deutlich näher als der Schrei.

Er entzündete das Feuerzeug und stand auf, wobei er sich lauschend vorbeugte. Kam das Geräusch aus den Leitungen?

Er ging in die Mitte des Tunnels und hielt wieder inne.

Hmm, hmm, hmm. Nein, keine Leitungen. Das war eindeutig ein menschliches, melodisches Summen; es klang nach einer Kinderstimme, schwach, aber klar. Fast, als befände sich das dazugehörige Kind im Tunnel!

„Hallo?"

Seine Stimme echote durch die Dunkelheit und das Summen verstummte.

Er tastete sich langsam durch den Tunnel. Seine Nerven lagen blank. Das Summen kam von irgendwo vor ihm und etwas nach rechts. Wie war das möglich? Er war doch schon mehrmals den ganzen Tunnel abgegangen!

Plötzlich tauchte im Lichtkreis des Feuerzeugflämmchens eine kleine Tür auf. Wie hatte er diese nur übersehen können? Oder war das die Tür, durch die er hereingezogen worden war und die plötzlich wieder aufgetaucht war?

Jack hob das Feuerzeug ein Stückchen höher. Die Tür war eindeutig kleiner als die, durch die er hereingekommen war, höchstens anderthalb Meter hoch. Er blieb davor stehen. Wieder ertönte das Summen.

Hmm, hmm, hmm.
Dann Stille.
„Hallo?", flüsterte Jack. Trotzdem klang seine Stimme in dem leeren Gang unangenehm laut.
Mit wild pochendem Herzen legte er seine Hand auf den Türknauf. *Das ist doch lächerlich, Jack. Mach sie einfach auf.* Er drehte den Knauf herum und zog daran.
Eine kleine Vorratskammer. Darin entdeckte er ein Mädchen, das auf dem Boden saß und sich gegen die hintere Wand lehnte. Sein Gesicht war blass und seine Augen waren geschlossen.
Tot.
Die Flamme in Jacks Hand erlosch und ließ die Finsternis zurückkehren. Er lechzte nach etwas Licht und versuchte, das Feuerzeug wieder in Gang zu bringen. *Komm schon! Komm schon!* In einer winzigen Kammer zu stehen und ein totes Mädchen vor sich zu haben war nicht der richtige Augenblick, um –
Das Feuerzeug flammte wieder auf.
Die Augen des Mädchens waren jetzt offen. Sie starrten ihn an, schienen aber nichts zu sehen. Matte, graue Augen.
Jack schrie auf und taumelte ein paar Schritte nach hinten. Er knallte die Tür zu und prallte gegen die hintere Wand des Tunnels.
Hmm, hmm, hmm.
Wieder das Summen? Dann lebte sie also noch? Warum hatte sie dann so tot ausgesehen? Aber wie konnte sie summen, wenn sie tot war? *Du verlierst den Verstand, Jack. Sie lebt!*
Trotzdem widerstrebte es ihm, die Tür erneut zu öffnen. Es kam ihm vor wie –
Ja, wie was? Sie war ein Opfer wie er, gefangen und auf seine Hilfe angewiesen. Und sie hatte sie gerufen, seit sie dieses Haus betreten hatten. Aber warum schrie sie nicht um Hilfe?
Hmm, hmm, hmm.
Jack ging wieder zu der kleinen Tür, schluckte seine Ängste hinunter, riss die Tür auf – und sprang zurück.
Die Vorratskammer war verschwunden. Stattdessen blickte er in einen kleinen Raum, der mit allerlei Trödel vollgestopft war und von einer Öllampe erleuchtet wurde. Das Mädchen stand

nun und hielt ein Brett schlagbereit vor sich. Sein Gesicht war sehr blass und schmutzig, aber nicht tot, und seine Augen waren braun und klar, keine grauen Gräber. Sein dunkelbraunes Haar war im Nacken zusammengebunden. Es war vielleicht 12 oder 13 Jahre alt, aber sehr klein, höchstens einen Meter fünfzig.

Die Kleine blinzelte und schien ihn zu taxieren. Doch sie machte keinen verängstigten Eindruck. Entschlossen, sich zu verteidigen, wenn es nötig war, aber nicht ängstlich. Nach den verknäulten Decken und leeren Getränkedosen zu urteilen versteckte sie sich schon seit längerer Zeit hier drin.

„Geht ... geht es dir gut?"

Das Mädchen murmelte etwas, aber er konnte ihre Worte zunächst nicht verstehen. Er war sich nicht sicher, ob sie bei klarem Verstand war.

„Sehe ich etwa so aus?", wiederholte sie. „Wie heißen Sie?"

„Jack. Ich ..." Er warf einen Blick in den Tunnel. „Ich sitze hier fest."

Sie ließ das Brett sinken, ging zum Tunnel und spähte sorgfältig in beide Richtungen. Dann sah sie ihn an. Sie schien in Ordnung zu sein.

„Wer bist du?", fragte Jack.

Wieder sagte sie zuerst etwas Unverständliches, dann hielt sie inne und sprach deutlich: „Susan. Sind Sie allein?"

„Nein. Wir sind zu viert."

Sie ging zu Jack, ließ das Brett fallen und legte ihre Arme um seine Taille. Ganz fest klammerte sie sich an ihn.

Er legte ihr eine Hand auf den Kopf und kam sich ungeschickt vor. Sie war eindeutig ein Opfer derselben Umstände, die auch ihn und die anderen gefangen hielten. Er ließ das Feuerzeug ausgehen und schloss sie in die Arme.

„Gott sei Dank", murmelte sie. „Gott sei Dank!"

Er wollte etwas sagen, um sie zu trösten, aber er war so am Ende, dass ihm einfach nichts einfiel. Alles, was er tun konnte, war, ihr über das Haar zu streichen und seine eigene Verzweiflung zurückzudrängen.

„Alles wird gut", flüsterte sie. „Jetzt wird ..." Den Rest konnte er nicht verstehen.

Was für eine seltsame Aussage. Das arme Kind war vermutlich völlig durcheinander. Allein der Gedanke, was sie wohl hierherverschlagen hatte ... oder was sie hier hielt ...

„Ich ... du hast ausgesehen, als würdest du schlafen oder ... oder so etwas, als ich vorhin die Tür aufgemacht habe", sagte Jack. „Dann hast du plötzlich gestanden. Und hast du die ganze Zeit gesummt? Warum hast du nicht um Hilfe gerufen?"

Susan wich ein wenig zurück. „Mit diesem Haus stimmt etwas nicht", entgegnete sie. „Das haben Sie doch sicher auch schon gemerkt, oder?"

„Was meinst du? Was stimmt nicht?"

„Es spukt!"

Jack glaubte nicht an Gespenster oder Spukgeschichten. Es war nun einmal einfach eine Tatsache, dass es so etwas nicht gab. Nicht geben konnte. „Wie lange bist du schon hier drin?", erkundigte er sich.

Sie sah zu einer der verschlossenen Holztüren hinüber. „Wir sollten uns beeilen. Sonst finden sie uns vielleicht."

Die Angst des Mädchens war offenbar in Verzweiflung umgeschlagen. Hatte der Killer ihr etwas angetan? Hatte er sie als Teil seines perversen Spiels hier gefangen gehalten? Jack musste schlucken.

„Weißt du, wie man aus diesem Tunnel herauskommt?"

Sie griff in eine Tasche vorne an ihrem weißen Baumwollkleid und zog einen Schlüssel heraus, den sie ihm hinhielt. „Sie wissen nichts von diesem Raum hier."

Jack seufzte erleichtert. „Kluges Mädchen! Okay, weißt du, wo dieser Tunnel hinführt?"

„Ja. Aber wir müssen schnell sein."

„Kennst du das ganze Haus?"

„Nein."

Jack zögerte einen Sekundenbruchteil. Konnte er ihr trauen? Natürlich konnte er das; sie saßen in einem Boot. Er konnte ihr unmöglich in die Augen sehen und ihr nicht vertrauen.

„Weißt du, wo Pete ist? Oder Leslie?"

„Wer ist Leslie?"

Natürlich. „Eine von uns vieren. Ich bin mir ziemlich sicher, dass sie irgendwo hier unten ist." Jack schüttelte den Kopf. „Was für ein Keller ist das überhaupt?"

„Ein total seltsamer, würde ich sagen."

„Allerdings. Warte mal – weißt du auch, wie man das Haus verlassen kann?"

„Wissen Sie es denn nicht?"

Also hatte sie gehofft, er würde sie in Sicherheit bringen. „Nein. Noch nicht." Sie nickte. Bemerkenswert gefasst, wie er fand.

„Wir müssen zuerst Leslie finden."

„Dann folgen Sie mir."

# 15

Stephanie saß in ihrem Wandschrank und zitterte. Und weinte. Ihre Lage war einfach völlig ...

Ihr fehlten die Worte, um ihre Lage angemessen zu beschreiben. Tödlich, vielleicht. Sie würde sterben. Oder sie war schon tot und in der Hölle. Die Hölle, vor der die Priester sie in ihrer Kindheit gewarnt hatten.

Sie konnte nicht mehr klar denken. Es war dunkel; sie musste bloß die Augen aufmachen, um sich daran zu erinnern. Abgesehen von einem entfernten Rauschen, das vielleicht das Trommeln des Regens sein konnte, war das Haus vollkommen still. Doch Betty und Stewart waren irgendwo da draußen. Sie hatte gehört, wie die beiden aus der Kühlkammer entkommen waren. Sie hatte sie herumschleichen hören, manchmal sogar gerochen, wenn sie in ihrer Nähe waren. Sie hatten einmal direkt vor dem Wandschrank innegehalten, hatten diesen aber nicht geöffnet. Stephanie wusste nicht, warum. Irgendwie konnte das alles nicht real sein, aber von diesem Gedanken konnte sie sich selbst nicht so recht überzeugen.

Das Haus schien lebendig zu sein und nach ihr Ausschau zu halten. Ob die Bewohner nur Exzentriker, das Produkt von zu viel Inzucht oder der Teufel selbst waren, spielte keine Rolle. Nach Stephanies Einschätzung befanden sie sich im Speiseraum und warteten nur darauf, dass sie sich irgendwie verriet.

Sie murmelte ein leises Gebet: „Oh Gott, oh Gott, oh Gott." Aber im Grunde meinte sie: *Ich werde dich umbringen, Jack. Ich hasse dich! Ich hasse dich! Ich hasse dich dafür, dass wir uns je begegnet sind, dass du mein Leben ruiniert hast, dass du mich in dieses Haus geschleift hast, dass du mich in diesem Wandschrank alleingelassen hast! Dafür, dass du mir die Schuld am Tod unserer Tochter gibst. Dafür, dass du verbittert und unversöhnlich bist. Und für die Art und Weise, wie du Leslie ansiehst.*

Doch ihre Nerven waren zu zerrüttet, um einen so langen Gedankengang zu fassen, deshalb komprimierte sie alles in einer Art Pseudo-Gebet: *Oh Gott.*

Seit sie ihren Fuß in dieses dunkle Loch gesetzt hatte, hatte sie tausend solcher Gebete gemurmelt. Sie hatte sogar versucht, sich an irgendwelche Kindergebete aus grauer Vorzeit zu erinnern, doch es wollte ihr nichts einfallen. Ehrlich gesagt gab sie sich sowieso nicht der Illusion hin, dass irgendein höheres Wesen wirklich vom Himmel hinunterschauen, seine Hand durch das Dach strecken und sie aus diesem Loch befreien würde.

Sie brauchte etwas, woran sie sich klammern konnte, und das war nicht Jack. Es war auch kein Lied. Innerhalb weniger Minuten, nachdem Jack sie in dem Schrank alleingelassen hatte, war ihr klargeworden, dass diese kindische Fluchtmöglichkeit in dieser speziellen Realität nicht funktionierte. Tatsächlich fand sie sogar die Idee, jetzt zu singen, richtiggehend abstoßend.

Irgendwie waren ihre nackten, wilden Emotionen tröstlich. Sie zog sich richtig an dem Hass hoch, den sie auf Jack empfand.

Sie hasste ihn für seine Verbitterung.

Sie hasste ihn dafür, dass er sie nicht verließ, obwohl er nur zu gut wusste, dass sie nichts anderes verdient hatte.

Sie hasste ihn, weil er Leslie suchte. Am Ende verführte diese Schlampe ihn noch!

Sie hasste ihn, weil er sie in diesem dunklen Loch zurückgelassen hatte, bis sie verrottete.

Sie hasste ihn dafür, dass er sie so wütend machte, denn das bedeutete, dass sie immer noch etwas für diesen sturen, dickköpfigen Esel empfand!

Sie war wieder einmal übergeschnappt, das merkte sie genau. Zum ersten Mal war es vor einem Jahr passiert, als sie auf das Loch in der gefrorenen Oberfläche des Sees starrte, wo eine Sekunde zuvor noch ihre Tochter gestanden hatte.

Es war nicht ihre Schuld gewesen, das hatten alle gesagt. Auf dem Eis hatte doch eine Schneeschicht gelegen und sie kam aus dem Süden – sie hatte keine Ahnung, dass das Eis zu dünn war. Sie hatte Melissa auf die vermeintlich unberührte, glatte Schneefläche gestellt, um ein Foto von der Kleinen in ihrem niedlichen gelben Mantel zu machen. Sie hatte nicht ahnen können, dass ausgerechnet in diesem Augenblick die Batterien der Kamera ihren Geist aufgeben würden. Nur einen Moment lang hatte sie ihre Aufmerksamkeit von Melissa abgewandt, nur etwa 30 Sekunden, in denen sie neue Batterien eingelegt hatte.

Seit der Tragödie hatte sie jeden wachen Augenblick damit verbracht, die ganze Sache zu verdrängen – das wusste sie leider nur zu genau. Alles würde gut werden. Sie musste mit ihrem Leben nur einfach weitermachen. *Leg ein Lächeln auf und sing ein Lied.* Doch hier, wo es in der Enge der Kammer nur sie selbst und sonst nichts anderes gab, wurde ihr klar, dass das alles nur Unsinn war.

Gebt mir eine Leiche und ich drücke möglicherweise bei Regel 2 ein Auge zu.

Sie hatte bereits eine Leiche vorzuweisen – Melissa –, aber das würde der Killer wohl nicht gelten lassen. Als dieser Wüstling Stewart sie vorhin alle als Atheisten bezeichnet hatte, musste Stephanie ihm Recht geben. Sie dachte eigentlich schon, dass sie an Gott glaubte. Zumindest hatte sie das als Kind getan. Doch sie hatte einmal jemanden sagen hören, dass man der christlichen Religion angehören, aber trotzdem ein „Praxis-Atheist" sein könne. Also jemand, der zwar an Gott glaubte, aber seinen Geboten nicht gehorchte. Selbst Dämonen glaubten an Gott und zitterten vor ihm, stand das nicht sogar in der Bibel?

Jetzt zitterte Stephanie ebenfalls. Nicht, weil sie sich für einen Dämon hielt, sondern weil sie ziemlich sicher war, dass das, was da draußen im Haus herumschlich, etwas Dämonisches war.

Ihr Problem war, dass sie sich nicht völlig sicher war, ob sie an Gott glaubte. Und der einzige Dämon, den sie kannte, war sie selbst.

Und Jack.

„Oh Gott, oh Gott, oh Gott!"

16

Randy rannte gerade mit voller Geschwindigkeit durch die Finsternis – nur weg von den trampelnden Stiefeln! –, als er gegen die Wand prallte. Er war nur ein paar Sekunden vorwärtsgestürmt, als es auch schon krachte! Er taumelte nach hinten, landete auf seinem Hintern und war vor Schreck wie gelähmt. Das Gewehr fiel klappernd zu Boden, aber er tastete rasch mit den Händen danach.

Er brauchte dieses Gewehr wie die Luft zum Atmen. Das Messer hatte er zwar auch noch, aber er hoffte, dass Stewart überhaupt nicht nahe genug an ihn herankommen würde, dass die Klinge ihm etwas nutzen würde. Und falls das Gewehr nicht funktionierte, konnte er es immer noch als Keule benutzen. Der alte Stewart konnte noch ein oder zwei Dinge von ihm lernen.

Einige Male war er versucht gewesen, einfach anzuhalten, sich umzudrehen und das Gewehr abzufeuern. Allein die Tatsache, dass er wieder klar denken konnte, war schon ermutigend. Auf eine seltsame Weise fühlte er sich im Moment lebendiger als in all den Jahren, in denen er den harten Kerl gespielt hatte. Warum eigentlich?

Es war die Angst. Eiskalte Angst, die ihn mit Adrenalin vollpumpte. Keine Panik, nur nackte, unnachgiebige Angst. Die Art von Angst, die einen dazu bringt, im Stockdunkeln zu rennen.

Gegen eine Wand.

Randy fand das Gewehr und kämpfte sich auf die Füße. Etwas Kühles rann ihm über die Lippen. Schweiß, Rotze oder Blut.

Er drehte sich zu den heranstampfenden Stiefeln um, die seiner Meinung nach zu Stewart gehören mussten. *Ich hab einen, Betty!* Irgendwie glaubte Randy nicht, dass White seine Beute einen Tunnel hinunterjagen würde. Er würde vermutlich einfach am anderen Ende auftauchen.

Randy zog panisch am Abzug herum und hielt den Lauf des Gewehrs ungefähr in der Höhe, in der der Türgriff sich von hinten in seinen Rücken bohrte. Türgriff? Randy fasste nach hinten, drehte den Knauf, öffnete die Tür und ging rückwärts hindurch.

Oder vielmehr stolperte hindurch. Denn der Raum dahinter lag etwas tiefer und bestand aus einem flachen, länglichen Bassin. Randy stürzte rücklings in eine Pfütze.

Gräuliches Licht fiel durch einen Schacht zu seiner Linken auf die Wasseroberfläche. Es musste ein Abwasserkanal oder ein Wasserspeicher oder so etwas sein. Das Wasser strömte von rechts nach links und war vielleicht zehn Zentimeter hoch. Seine teuren Schuhe waren total durchweicht.

Die trampelnden Füße wurden langsamer. Randy warf sich nach links, als auch schon ein Schuss durch den Tunnel hallte und das Wasser rechts von ihm aufwirbelte.

Ein frustrierter Laut folgte dem Lärm. Kein Schrei, mehr ein gutturales Grunzen. Es war Stewart, es musste Stewart sein, und der Laut erinnerte Randy daran, warum er kein Bedürfnis danach hatte, den Mann wiederzusehen.

Randy platschte auf den Lichtschacht zu. Dahinter schien ein anderer Raum zu liegen und er konnte eine weitere Lichtquelle ausmachen. Er musste sie erreichen, bevor Stewart um die Ecke kam ...

Bamm!

Einige Schrotkugeln erwischten Randy an der linken Schulter und er schrie vor Schmerz auf. Dennoch schaffte er es in den angrenzenden Raum und schob sich um die Ecke, bevor ein dritter Schuss ihn erreichen konnte. Stewart platschte nun ebenfalls durchs Wasser, aber langsamer.

Er ließ sich Zeit.

Wieder eine nackte Glühbirne an der Decke. Wasser lief an den Wänden herab. In diesem Raum stand es mindestens 30 Zentimeter tief und schwappte gegen alte Ölkanister, abgebrochene Werkzeugstiele und einen kaputten Bohrer. Ein Grubenhelm mit zerbrochener Lampe schwamm ebenfalls vorbei.

Ein Rohr mit etwa einem halben Meter Durchmesser verschwand in der gegenüberliegenden Wand. In der anderen Wand sah er eine Tür. Ein großes, oben abgerundetes Holzding, das gut in ein mittelalterliches Verlies gepasst hätte.

Randy lugte vorsichtig um die Ecke. Kein Zweifel, es war Stewarts ochsengleiche Statur, die sich da durch den Kanal bewegte, und er hielt das Gewehr schussbereit vor sich. Er war vielleicht noch 15 Meter von Randy entfernt.

Dieser hatte jetzt zwei Möglichkeiten: Er konnte ausprobieren, ob das altertümliche Gewehr noch funktionierte, oder er konnte nachsehen, was sich hinter dieser Tür befand. Das Einzige, was ihn irritierte, waren Stewarts offensichtlich zögernde Schritte. Was wusste dieser, das er nicht wusste?

Ach, egal. Randy rannte zu der Tür und riss sie auf – er empfand tatsächlich so etwas wie Dankbarkeit dafür, dass sie nicht abgeschlossen war.

Doch damit war es schnell vorbei, denn hier kam Stewart genau auf ihn zugelaufen, diesmal nur noch zehn Meter entfernt. *Wie –?!* Stewart nahm das Gewehr in die eine Hand und benutzte die andere dazu, seinen Gürtel aufzuschnallen und aus der Hose zu ziehen. Das war doch total verrückt; der Mann hatte ein Gewehr, wozu brauchte er da noch einen Gürtel?

Randy war so entsetzt über die optische Täuschung, dass er das alte Gewehr abfeuerte, ohne zu zielen.

Klick. Das Gewehr funktionierte nicht!

Randy schlug die Tür wieder zu und taumelte rückwärts. Wie war das möglich? Zwei Stewarts? Oder war das eben White gewesen? Er hatte sich alles nur eingebildet – nein! Stewart kam noch immer von der anderen Seite her auf ihn zu.

Jetzt geriet Randy in Panik. Dies war das Ende. Der einzige andere Ausweg war …

Er wirbelte zu dem großen Rohr herum. Eigentlich müsste er dort hindurchpassen. Ohne weiter nachzudenken, stürzte Randy zu der Öffnung, warf das Gewehr voran und kletterte hinterher.

Er hatte ziemlich breite Schultern und passte nur knapp in das Rohr, doch er wand sich wie ein Aal und kam etwa zwei

Meter weiter in einem anderen Raum heraus, in dem wiederum Wasser stand. Unter und über der Rohröffnung befanden sich in den Zement eingelassene Trittsprossen. Hier gab es zwei Lichtquellen: das Rohr, durch das er gekommen war, und ein Gitter direkt über ihm, durch das er den Nachthimmel erkennen konnte.

Das Gitter befand sich in einer Zementdecke. Wasser lief durch zwei dünnere Rohre in den Raum. Regenwasser? Sämtliche Wände bestanden aus Zement. Es gab keine anderen Öffnungen. Was war dies für ein Raum? Eine Art Wassertank?

Etwas schnitt den Lichtstrom aus der großen Röhre ab.

Stewart kam ihm nach? Randy wirbelte herum und sah sich panisch nach einem Ausweg um. Nichts. Er befand sich in einem verschlossenen Grab. In das Wasser strömte. Und zwar schnell.

Und Stewart näherte sich ihm durch den einzigen Ausgang.

Randy tastete suchend nach seinem Gewehr. Er hatte es durch die Röhre hinaufgeworfen und gehört, wie es ins Wasser geklatscht war. Jetzt war es wirklich nur noch als Keule zu gebrauchen, aber eine Keule war besser als nichts.

Das Wasser stieg rasch an.

Seine Finger stießen gegen etwas, das er für den Gewehrlauf hielt, und er riss es aus dem Wasser – musste jedoch feststellen, dass er einen Spaten in den Händen hielt. Na, auch gut.

Randy brüllte auf und stieß das scharfe Spatenende in die Röhre. Der Gedanke, dass er mit einem Spaten nach seinem Vater schlug, ließ ihn erzittern, aber er hatte schließlich keine Wahl, oder? Der riesige Mann würde ihn töten.

Aber Stewart war nicht sein Vater. Er verlor wohl den Verstand.

Eine Ladung Blei traf seine Seite. Er sprang nach hinten und zur Seite und zerrte an seinem Hemd. Nur eine Fleischwunde. Er hatte Glück gehabt. Der nächste Schuss würde ihn in Hackfleisch verwandeln.

Der Mann kam näher, das Gewehr voran, und Randy hatte nichts als einen Spaten. Er würde Stewart das Gewehr aus der Hand reißen, wenn der Lauf aus der Röhre kam.

Randy erkannte, dass ihm das Wasser jetzt schon bis zur Taille reichte. Und dass es eigentlich durch die Röhre abfließen sollte, die Stewart jetzt blockierte.

Dieser gab einen frustrierten Grunzlaut von sich. Er kam nicht so recht voran. Randy lauerte darauf, dass der Gewehrlauf aus der Röhre auftauchte.

Und das Wasser stieg stetig.

Während er im hüfttiefen Wasser wartete, begann Randy sich ein Szenario auszumalen, das ihm mehr Angst einjagte als das Gewehr. Nicht, dass er sich mit dem Tod gut ausgekannt hätte, doch von allen Todesarten, die er sich bislang ausgemalt hatte, war Ertrinken für ihn eindeutig die schrecklichste.

Stewart fluchte frustriert.

Der Gewehrlauf blitzte kurz an der Röhrenöffnung auf und Randys Vision vom Ertrinken verblasste schlagartig. Er hob den Spaten, wartete, bis der größte Teil des Gewehrs sichtbar war, und ließ dann das Werkzeug niedersausen.

Metall krachte gegen Metall. Ein Blitz erhellte die Kammer, und Bleikugeln gruben sich in die Zementwände, ohne Schaden anzurichten.

Nach den Geräuschen zu urteilen, die Stewart in der Röhre von sich gab, bezweifelte Randy, dass er genügend Platz hatte, um nachzuladen.

Er packte den Gewehrlauf mit beiden Händen und zog mit aller Kraft daran. Das Gewehr kam frei und Randy taumelte nach hinten.

Er hatte eine Waffe! Und zwar eine, die auch funktionierte. Die Rettung war greifbar nah! Er lud durch.

Stewarts Hände tauchten ebenfalls in der Öffnung der Röhre auf, und er versuchte, sich herauszuziehen. Randy konnte seine Augen im Dunkel der Röhre sehen; sie waren angsterfüllt.

Er hielt dem Mann den Gewehrlauf vor die Nase und wollte schon abdrücken, als sein Sinn fürs Praktische die Oberhand über seine Gefühle gewann. Das Letzte, was er jetzt gebrauchen konnte, war eine Leiche, die die Röhre verstopfte. Denn das Wasser stieg immer noch.

„Hilf mir!", brüllte Stewart.

Dir helfen?

„Ich stecke fest!"

Randy wusste, dass Stewarts massiver Torso kein Gramm Fett an sich hatte. Es lag nicht an mangelnder Kraft, dass er nicht weiterkam. Er steckte wirklich fest.

Randy war zu verblüfft, um zu reagieren. Vor wenigen Sekunden war er noch bereit gewesen, dem Mann das Gehirn wegzublasen, und jetzt bat derselbe Mann ihn um Hilfe.

„Die Kammer wird überflutet! Du musst mich zurückschieben!"

„Sie müssen wahnsinnig sein."

„Bitte!" Stewart wand sich und versuchte freizukommen. „Wir gehen sonst beide drauf! Los, mach schon!"

Randy blickte hinauf zu dem Gitter. Der Regen strömte zwischen den Stäben hindurch, die sehr massiv aussahen und mit Stahlbolzen gesichert waren. Es gab keine Möglichkeit, auf diesem Weg hinauszukommen. Dann schaute er wieder hinunter in die Röhre und auf Stewarts wackelnden kahlen Kopf.

Stewart gab plötzlich ein grauenerregendes Brüllen von sich, einen vollkommen unmenschlichen Laut. Sein Körper begann zu zittern. Und dann war es plötzlich vorbei und er starrte Randy einfach nur an.

„Bitte", sagte er. „Ich schwöre dir, wenn du mich nicht aus dieser Röhre herausbekommst, wirst du ertrinken. Und jetzt schieb mich zurück!"

„Sie haben versucht, mich umzubringen!", rief Randy, als wäre dies eine hilfreiche Information.

„Ich bringe dich hier raus. Ich schwöre, dass ich dir den Weg nach draußen zeige. Du hast keine Ahnung, wie dieser Keller funktioniert, weißt du? Keine! Du steckst hier drinnen fest, bis du verrottest. Aber ich kenne den Weg. Jetzt komm schon, schieb! Bitte, du musst mich hier irgendwie rauskriegen!"

Vielleicht konnte Randy den Kerl ja erschießen, wenn er ihn aus dem Loch herausgequetscht hatte. Eines war jedenfalls sicher: Stewarts Körper versperrte den Abfluss. Wenn es ihm nicht gelang, sich aus dieser Röhre zu befreien, würden sie beide ertrinken.

Randy steckte den Gewehrlauf in die Röhre. „Nehmen Sie das, und versuchen Sie selbst, sich nach hinten zu schieben. Und denken Sie dran, mein Finger ist am Abzug!"

Der Mann umklammerte den Gewehrlauf und drückte. Doch es war Randy, der sich bewegte, nicht Stewart.

„Du musst mich schieben!", sagte Stewart.

„Wie denn?"

"Mein Kopf. Du musst deine Hände auf meinen Kopf legen und drücken!"

Die Idee, mit beiden Händen auf diesen kahlen Schädel zu drücken, schien Randy irgendwie obszön. Das Wasser hatte nun seine Brust erreicht und begann, in die Röhre zu schwappen.

Randy wollte nicht riskieren, dass das Gewehr nass und somit unbrauchbar wurde, deshalb legte er es auf eine der Trittstufen, die sich über dem Loch in der Wand befanden. Dann klemmte er seine Füße hinter eine der unteren Stufen, lehnte sich in die Röhre und platzierte beide Hände auf der Glatze des Mannes, der ihn eben noch in der Absicht verfolgt hatte, ihn zu töten.

"Denken Sie dran, ich habe das Gewehr!"

"Drück!", schrie Stewart.

Randy drückte. Er konnte 400 Pfund beim Bankdrücken bewältigen und übte jetzt ungefähr einen ebenso starken Druck auf Stewarts Kopf aus. Jedes normale Genick wäre gebrochen.

Der Mann bewegte sich ungefähr fünf oder sechs Zentimeter nach hinten, dann blieb er mit einem Schmerzensschrei wieder stecken.

"Was?"

"Meine Schulter! Ich glaube, ich habe mir den Arm ausgekugelt!"

"Sie stecken fest", konstatierte Randy.

"Ich weiß, dass ich feststecke, du Sünder!"

"Regen Sie sich ab. Ich versuche, uns hier rauszubringen."

Sie schrien jetzt beide. Wasser lief in die Röhre.

"Was wäre, wenn ich versuchte, Sie hochzuziehen?"

"Ich werde niemals hier rauskommen ..." Der Mann wimmerte jetzt. "Bitte, du musst mir helfen! Versuch es noch mal!"

Randy versuchte es, aber es zeigte sich rasch, dass es keinen Sinn hatte, solange Stewarts breite Schultern die Röhre ausfüllten.

Randy dachte kurz an das Messer, das er in seinem Gürtel hatte. Vielleicht konnte er Stewart rausschneiden? Ihn erschießen und dann stückweise aus der Röhre ziehen?

Er erwog diesen Gedanken ernsthaft. Randy hatte noch nie jemanden verletzt oder getötet. Weder in Notwehr noch im Krieg oder bei einer anderen Gelegenheit. Und ganz sicher nicht jemanden, der in einer Röhre feststeckte und um Hilfe bettelte, ganz gleichgültig, ob er vielleicht der Teufel selbst war.

Plötzlich war sich Randy nicht sicher, ob er es tun konnte. Der Gedanke, dieses Gewehr in die Röhre abzufeuern und Stewart das Licht auszublasen, war grauenvoll. Es stand vollkommen außer Frage. Randy fühlte Panik in sich aufsteigen.

Ruhig, alter Junge. Atme erst mal tief durch. Gebt mir eine Leiche. Das könnte sie sein. Es ist doch bloß Selbstverteidigung. Du tust es oder du stirbst. So einfach war das.

„Bitte …"

„Halt's Maul!", brüllte Randy.

„Bitte …"

Stewarts eigene Worte kamen Randy wieder in den Sinn: *Du magst Wasser, nicht wahr?*

Wasser. Vielleicht hatte er nicht das Zeug dazu, den Mann eigenhändig zu töten, aber er konnte ihn ertrinken lassen. Tot oder lebendig, Stewart steckte fest. Doch Randy hatte ein Messer. Und einen Spaten.

„Bitte!" Die Stimme des Mannes wurde zunehmend undeutlicher, denn das Wasser strömte jetzt in die Röhre und umspülte seinen Kopf. „Bringen Sie mich hier raus!"

Randy begann, unkontrollierbar zu zittern.

17

„Ich gebe es ja zu! Ich bin schuldig! Hör auf! Hör auf!"

Leslie schluchzte, gar nicht so sehr vor Schmerz wegen der zwei Pfeile, die in ihrem Körper steckten, sondern mehr aus Angst vor weiteren Verletzungen.

Er war ein zurückgebliebenes Kind, und sie war das Spielzeug seiner Wahl, ein kleines Hündchen, das er zum Gehorsam zwingen würde. Wenn es so etwas wie Dämonen gab, dann war Pete zweifellos einer, gefangen im Körper eines Mannes und dem Wesen eines Kindes.

Pete hielt das Rad an, als sie aufrecht stand.

„Versprichst du es?", fragte er.

„Ich verspreche es."

„Sag es noch mal."

„Ich bin schuldig."

„Wie die Sünde selbst."

„Wie die Sünde selbst!"

„Zeigst du mir, wie böse du bist?"

Was soll das bedeuten? Leslie atmete tief durch. *Was will er damit sagen?*

„Wirst du das Müsli jetzt essen?"

Seine Mutter hatte ihn gezwungen, das vergammelte Hundefutter zu essen, um ihn daran zu erinnern, dass er genauso verkommen war wie das Zeug, das er aß. Und indem er immer wieder die Annahme geschluckt hatte, dass er böse war, war er tatsächlich böse geworden. Oder genauer, er glaubte, dass er böse war, und deshalb wies er ein vollkommen antisoziales

Verhalten auf – was ihrer Definition von „böse" entsprach. Leslie war sich inzwischen absolut sicher, dass er in nächster Zeit nicht von diesen falschen Überzeugungen abzubringen sein würde.

„Ja", schniefte sie. Es auszusprechen brachte eine gewisse Erleichterung mit sich. „Das werde ich, und es tut mir leid, dass ich so eine ungehorsame Ehefrau war."

Er starrte sie an. Dann bildete sich ein blödes Lächeln auf seinem Gesicht. „Okay."

Er band sie los und setzte sie auf den Boden. Dann ging er zu der Schüssel mit dem Hundefutter.

„Könntest du vielleicht zuerst diese Pfeile entfernen?", fragte Leslie und schleppte sich zum Bett. Das Adrenalin hatte ihre Schmerzen gedämpft, doch nun begannen die Wunden in Arm und Oberschenkel zu pochen. Sie hätte die Pfeile auch selbst herausziehen können, doch sie wollte, dass er es tat. Sie würde alles tun, um ihn aufzuhalten.

Pete kam zum Bett herüber und ließ die Schüssel zunächst einmal dort, wo sie war. Leslie legte sich nach hinten, unsicher, ob sie sonst nicht wieder zusammenklappen würde.

Er setzte sich neben sie und griff nach ihrem Arm. Doch er zog den Pfeil nicht heraus. Ganz leicht berührte er ihre nackte Haut und fuhr sanft mit dem Finger darüber.

Statt vor seiner Berührung zurückzuschrecken, begrüßte sie sie. Vielleicht … vielleicht, wenn sie sich bei ihm einschmeichelte … wenn sie ihn mit gespielter Zärtlichkeit entwaffnete … Wann hatte er wohl zum letzten Mal so etwas wie eine liebevolle Berührung bekommen? Von einer Frau sicher nie.

Leslie hob ihren anderen Arm und legte ihre Hand auf die seine. „Ich werde dir eine gute Ehefrau sein. Würde dir das gefallen?"

Seine Atmung wurde unregelmäßig.

„Zieh ihn raus!"

Behutsam zog er den Dartpfeil aus ihrem Muskel. Sie bemerkte nur am Rande, wie gut sie die Schmerzen ausblenden konnte. Vermutlich war sie einfach schon längst über den Punkt hinaus, an dem man etwas so Triviales wie Schmerz überhaupt wahrnahm. Er hatte versucht, sie dazu zu bringen, vergammeltes Hundefutter zu essen, und er hatte sie mit Pfeilen beworfen –

im Grunde nichts so Schlimmes wie die Dinge, die sie sich ausgemalt hatte, falls sie White in die Hände fiel. Doch sie fühlte sich verletzt, nein, schlimmer – zerrissen. Sie zog tatsächlich in Erwägung, aufzugeben und sich ihm ganz hinzugeben.

Warum? Damit sie das Hundefutter nicht essen musste? Nein. Weil sie das verzweifelte Bedürfnis verspürte, sich an jemandem festzuklammern. Sich selbst in etwas anderem zu verlieren als in ihrer eigenen zerbrochenen Seele.

Die Wahrheit ergab für sie keinen Sinn, noch nicht. Nichts, das sie in ihren Psychologiebüchern gelesen hatte, hatte sie auf die Emotionen vorbereitet, die jetzt durch ihr Bewusstsein rasten, während sie auf dem Bett lag.

Pete zog den Pfeil aus ihrem Oberschenkel.

Leslie bemerkte, dass sie den Geruch nicht mehr wahrnehmen konnte. Vielleicht hatte sie sich auch nur daran gewöhnt.

„Du bist so hübsch", sagte Pete langsam.

Sie hob die Hände und ließ die Finger über seinen Kopf gleiten, gleichzeitig abgestoßen und erfreut über ihre Fähigkeit, es trotzdem zu tun.

„Und du bist so stark." In ihrem Kopf drehte sich alles.

„Das kommt von dem Müsli, das macht mich stark", entgegnete er.

„Mich macht Liebe stark", erwiderte Leslie.

Das brachte ihn erst einmal zum Schweigen. Seine Augen suchten die ihren. „Liebst ... liebst du mich?"

„Ich bin deine Frau, nicht wahr?"

Pete lehnte seinen Kopf an ihren Nacken. „Du bist meine Frau."

Er saß einfach nur da, über sie gebeugt, bewegungslos, ahnungslos. Sie war für ihn nichts weiter als ein neues Lieblingsspielzeug. Seine Wange war an die ihre gedrückt und sie konnte den ekelhaft süßlichen Schweiß an seinem Hals riechen. Was tat sie hier eigentlich?

Leslie wandte den Kopf ab und seufzte tief.

Pete richtete sich auf und runzelte die Stirn. Dann erhob er sich, ging zu dem Kleine-Mädchen-Schminktisch hinüber, zog eine Schublade auf und begann, darin herumzuwühlen.

Leslie schluchzte leise. Sie befand sich im Grunde in mehr oder weniger derselben Lage wie ein endloses Meer von anderen Menschen, die in ihren privaten Gefängnissen aus Missbrauch, Alkohol, Sex, Geld und jeder anderen Art von Abhängigkeit oder Sucht festsaßen, die sie gleichzeitig zerstörte und tröstete. Sie war nicht schlechter oder besser dran als jeder andere, der hinter weißgetünchten Wänden lebte und die Probleme vor den Nachbarn in seinem Keller verbarg.

Pete kam mit einem Seil zurück.

„Möchtest du noch Pudding, Leslie?"

Randy rührte sich nicht. Er wusste, dass Stewart sich in dem Schacht wand, der nun komplett unter Wasser stand. Die Schreie des Mannes waren vom Wasser verschluckt worden und dann schließlich verstummt.

Vater war tot. Tot, tot, tot, er musste tot sein. Und das Wasser stand Randy jetzt auch schon bis zum Hals. Wenn er nicht hinuntertauchte und den Korken namens Stewart aus der Röhre zog, würde auch er ertrinken.

Er hatte einen Spaten. Einen Spaten unter Wasser zu benutzen könnte sich als schwierig erweisen, deshalb sollte er jetzt wohl langsam damit beginnen. Doch der Gedanke, wirklich da runterzugehen und auf Stewarts Torso einzuhacken, brachte eine seltsame Mischung aus Angst und Eifer mit sich, die ihn lähmte.

Tatsache war, dass er es tun wollte. Tatsache war aber auch, dass er nicht sicher war, ob er es tun konnte. Tatsache war außerdem, dass das Wasser ihm nun bis an die Nase reichte, und in wenigen Minuten würde es den Raum komplett ausfüllen.

Randy holte tief Luft und tauchte mit dem Spaten in der Hand. Er öffnete die Augen, doch das Wasser war trübe. Er würde nach der Röhre und nach Stewarts Kopf tasten müssen.

Die Aussicht, sein Werk mit dem Spaten aufgrund eines Tastbefunds beginnen zu müssen, trieb Randy an die Oberfläche zurück. Noch immer strömte Wasser herein.

Er japste nach Luft und spürte eine neue Welle der Panik in sich aufsteigen. Er musste es tun. Er musste da runtergehen und Stewarts toten Körper auseinanderhacken. Der Mann war sowieso tot, um Gottes willen!

Randy tauchte erneut, tastete nach dem Loch – und fühlte nichts als die glatte Wand. Suchte er etwa an der falschen Seite? Wie …?

Das Wasser begann, um ihn herumzuwirbeln. Er kämpfte sich nach oben und kam prustend wieder an die Oberfläche. Er brauchte nur einen Moment, um zu begreifen, dass der Tank sich leerte, und zwar rasch.

Wasser strömte an ihm hinunter und floss mit dem Rest der bräunlichen Brühe in Richtung Röhre. Er stand reglos da, mit gespreizten Beinen, und hielt den Spaten fest umklammert.

Die große Röhre, die Stewart vor wenigen Augenblicken noch verstopft hatte, war frei. Stewarts Körper war hinausgespült worden. Vielleicht hatte der Druck des ansteigenden Wassers ihn befreit?

Randy wollte kein Risiko eingehen – auf keinen Fall, nicht jetzt. Vorsichtig spähte er durch das Loch und sah sich nach Stewart um. Es war ja durchaus möglich, dass der Mann keineswegs tot war, sondern irgendwo da draußen auf ihn lauerte.

Doch dann sah er die Leiche. Sie lag auf dem Boden, wo sie offensichtlich das Wasser hingespült hatte. Randy beobachtete den Körper eine volle Minute lang, bevor er beschloss, dass dieser definitiv tot war. Er holte das Gewehr von der Trittsprosse und warf es mitsamt dem Spaten durch die Röhre nach unten. Dann quetschte er sich selbst durch das Loch.

Er hatte den Mann umgebracht, oder? *Du magst Wasser, Stewart, hm? Findest du das jetzt etwa auch noch lustig?*

Was nun? Er musste hier raus, bevor alles überflutet wurde. Und was war mit diesem zweiten Stewart, den er von der anderen Tür aus gesehen hatte? Sein Gehirn spielte langsam verrückt. Das musste es wohl sein.

Also zurück auf „Los". Es gab zwei Wege aus diesem Raum. Er überprüfte das Gewehr. Eine Schrotladung saß noch in der Kammer. Die Tatsache, dass niemand Stewart zu Hilfe gekommen war oder auf Randy gewartet hatte, als er aus der Röhre kroch, war ein gutes Zeichen.

Dabei hätte es ihm gerade gar nichts ausgemacht, ein paar von Stewarts Komplizen gegenüberzustehen. Er hatte eine Waffe. *Nur zu, greift mich doch an!*

Er stand in dem schmutzigen Wasser und dachte nach. „Was

machst du jetzt, Randy?", sagte er leise zu sich selbst. „Du sitzt ganz schön in der Tinte."
Ist das wirklich so?
„Ja, das ist so. Du hast ihn doch gehört – es gibt keinen Ausweg."
Ist das wirklich so?
„Hör dir mal selber zu! Meinst du wirklich, du hast noch eine Chance?"

Wie auch immer. An den eigentlichen Tatsachen hatte sich nichts verändert. Er musste die anderen finden. Er musste Leslie finden. Falls sie überhaupt noch am Leben waren, was er bezweifelte. Das Wichtigste aber war, dass er einen Weg fand, wie er an White vorbeikam. Nichts würde nach heute mehr so sein wie vorher, das war sicher. Nichts, niemals.

Er ging zu der Tür, durch die er zuerst hereingekommen war, und lugte um die Ecke. Leer. Doch dahin würde er nicht zurückgehen.

Er durchquerte den Raum und ging zu der anderen Tür, was bedeutete, dass er an Stewart vorbeimusste. Er hielt das Gewehr auf den Körper gerichtet, der mit dem Gesicht nach unten dalag. Vielleicht sollte er einfach eine Ladung auf ihn abfeuern, nur um ganz sicherzugehen. Andererseits hatte er nur noch einen Schuss. Und der Lärm erregte vielleicht die Aufmerksamkeit von wem auch immer, der noch hier herumschlich.

Randy schob sich vorwärts, den Finger am Abzug und bereit – absolut bereit. Der Körper regte sich nicht. Er streckte den Fuß aus und stieß ihn vorsichtig an. Tot, ganz sicher. Er drehte den Körper mit dem rechten Bein um.

Das Licht war schwach, aber es gab keinen Zweifel – das waren Stewarts großer, kahler Kopf, die hässliche Narbe und sein schmuddeliger Arbeitsoverall. Eine dünne Rauchfahne stieg aus Stewarts Mundwinkel auf. Schwarzer Rauch?

Randy machte einen Schritt nach hinten und starrte die seltsame Erscheinung an. Dieser Rauch verkörperte etwas Böses, aber Randys Gehirn war wie betäubt, und es gelang ihm nicht, dieses Geschehen logisch zu erklären. Vielleicht hatte White sich hereingeschlichen und Stewart aus nächster Nähe erschossen. Der Rauch konnte irgendwie durch Schießpulver entstanden sein.

Er blickte aus der Tür in den Tunnel hinein. Niemand zu sehen.

Randy war sich nicht sicher, ob das gut oder schlecht war. Es gab keinen Hinweis darauf, dass Stewart erschossen worden war. Er war ertrunken!

Randy durchsuchte Stewarts Taschen und fand eine kleine Plastikdose mit Munition. Gut, definitiv gut! Jetzt hatte er also das Gewehr und etwa 15 Patronen. *Jetzt könnt ihr kommen!*

Er füllte die Kammern, dann trat er in den Tunnel.

Mit dem Gewehr in der Hand hatte er nicht so viel Angst, wie er gedacht hatte. Dieses Schwein umzubringen hatte sich angefühlt wie –

Ein raues Flüstern kam aus dem Tunnel: „Gib mir eine Leiche, Randy!"

Er wirbelte herum und feuerte das Gewehr mit einer Hand ab. Es riss ihm beinahe den Arm ab. Aber da war niemand.

Tatsächlich ... tatsächlich war da auch keine Leiche. Stewarts Körper war verschwunden! War sein Komplize zurückgekehrt? War das möglich?

„Der da zählt nicht", ertönte die Stimme erneut von hinten.

Randy ließ den Spaten fallen, drehte sich um und hatte den Schuss schon abgefeuert, bevor das Gartengerät den Boden berührte. Nichts als leerer, schwarzer Raum.

„Ich verliere den Verstand", flüsterte Randy.

Interessant. Es machte ihm gar nicht viel aus, den Verstand zu verlieren. Er war nicht mal traurig.

„Gott helfe mir, ich verliere den Verstand!"

18

Das Mädchen namens Susan führte Jack durch einen kurzen Flur, der in den ersten Raum mündete, den Jack und Randy betreten hatten, nachdem sie die Treppe hinuntergekommen waren – der Raum mit den vielen Sofas.

Jack war verwirrt über die Tür, durch die sie hereinkamen. Er konnte sich nicht erinnern, dass sie vorhin schon da gewesen wäre. Die vier Sofas waren dieselben, ebenso wie die Gemälde an den Wänden und der bauchige Herd.

Susan eilte durch den Raum auf die Haupttür zu. Sie bewegte sich selbstsicher, aber gleichzeitig auch vorsichtig. Jack beobachtete sie und war unsicher, wie er es finden sollte, auf ein so unschuldiges und dennoch so kundiges Kind gestoßen zu sein, das einerseits wirkte, als sei es hier geboren, andererseits aber offenbar ebenfalls ein Opfer war.

„Warte mal."

Die Kleine drehte sich herum. Da es in diesem Raum etwas heller war, konnte er sehen, dass ihr Kleid abgewetzt und zerrissen war. Braune Schmutzspuren verunzierten ihre Wangen. „Ja?"

„Ich kann mich nicht daran erinnern, dass dort ein Flur war." Er deutete mit dem Kopf zu der Tür hinüber, durch die sie eben hereingekommen waren. „Ich hätte schwören können, dass dahinter nur eine Abstellkammer war!"

„Es ist verwirrend, ich weiß", sagte sie.

Jack ging an ihr vorbei zur Haupttür. „Na ja, wohl eher unheimlich."

„Unheimlich", pflichtete sie ihm nickend bei.

Er öffnete die Tür und schaute in den Hauptflur hinaus. Die Treppe verschwand zu seiner Linken nach oben.

Das Mädchen sagte etwas, aber Jack dachte nur an eines: dass er die Treppe hinaufmusste. Er blickte den Flur hinab, sah, dass die anderen Türen alle geschlossen waren, und stürmte die Treppe hinauf. Die Tür nach oben war zu. Er rüttelte daran, doch sie war abgeschlossen. *Na, toll.*

„Sie ist abgeschlossen", sagte das Mädchen. Sie stand unten an der Treppe. „Wir dürfen uns hier draußen nicht erwischen lassen."

Jack hämmerte gegen die Tür. „Stephanie!"

Wenn sie immer noch in dem Wandschrank saß, hörte sie ihn nicht – oder sie reagierte nur nicht. Doch so, wie er sie kannte, war sie abgehauen und lag jetzt tot draußen auf dem Gehweg.

„Wir müssen hier weg", beharrte das Mädchen. „Ich weiß vielleicht, wo deine Freundin ist."

Er sprang die Treppe hinunter. „Durch welche Tür müssen wir?"

Sie ging bereits zur letzten auf der linken Seite, öffnete sie und rannte hindurch. Dahinter ging es einen weiteren Flur entlang, der von einer Reihe kleiner Lämpchen erhellt wurde, die an einem langen Kabel hingen, was Jack absurderweise an Weihnachtsbaum-Lichterketten erinnerte. Er folgte Susan um drei Ecken herum.

Susan trat durch eine niedrige Tür und duckte sich in eine Art Höhle. Die niedrige Decke hing voller Leitungen. Sie eilte vorwärts, gebückt, um sich nicht den Kopf zu stoßen.

„Hier rein", flüsterte sie und deutete auf eine weitere kleine Tür. „Die führt in die Kammer."

Jack stand vor der Tür und versuchte, wieder zu Atem zu kommen. „In welche Kammer?"

„Die, in der er sich versteckt."

„Wer?"

„Der Langsame."

Pete? „Wo sind wir, Susan?"

„Im Keller", sagte sie.

„Das ist mir klar. Ich meine dieses Haus. Ein Killer ist hinter uns her, um Himmels willen! Wir sind in eine Autofalle geraten und spazieren in dieses nette Anwesen, das so schön versteckt liegt und dessen idiotische Bewohner nur auf das nächste unglückliche Opfer warten. Und dann tauchst du plötzlich auf."

Sie starrte ihn mit diesen großen Augen an. „Aus dem Keller rauszukommen ist ein Problem."

Okay, dann würde er sich also später darum bemühen, ihre Situation zu verstehen. „Du meinst, wir sitzen hier fest? Wie bist du denn nach hier unten gekommen?"

„Du hättest nicht runterkommen sollen."

„Glaub mir, wenn ich eine Wahl gehabt hätte, hätte ich das auch nicht getan!" Er blickte zur Tür. „Wir können Leslie doch nicht einfach ihrem Schicksal überlassen. Was ist hinter dieser Tür?"

„Sie führt in eine Kammer."

„Und dann?"

„Mit diesem Haus stimmt etwas nicht, Jack. Man sieht Dinge. Wenn du einfach da reinspazierst, bringt er dich um."

„Wer? Pete? Woher weißt du, dass er sie hat?"

Ihre Augen verrieten ihm, dass sie das eine oder andere über Pete wusste.

„Wie bist du hierhergekommen?", fragte Jack wieder.

Sie zögerte. „Ich bin seit drei Tagen hier unten. Du bist nicht der Einzige, der ihnen in die Falle gegangen ist."

„Also bist du ihnen entwischt?"

Sie starrte ihn wortlos an. *Blöde Frage, Jack. Natürlich ist sie ihnen entwischt.* Ihre klaren Augen suchten seinen Blick. Er spürte das Gewicht ihres Leidenswegs. Jetzt fühlte er sich für ihre Rettung ebenso verantwortlich wie für die von Leslie, obwohl er eigentlich keine Ahnung hatte, was er tun sollte.

Jack sah wieder zu der kleinen Tür hinüber, die zu Petes Kammer führte. *Und ein Kind soll sie führen ...* Wo hatte er diesen Satz schon einmal gehört? Vielleicht in einem von Stephanies Liedern? Susan war ein Kind, schon fast erwachsen, aber unschuldig. Wie Melissa ...

Er verbot sich, weiter darüber nachzudenken.

„Okay. Ich werde mal schauen, was ich rausfinde. Bist du sicher, dass ich von hier aus in eine Kammer komme?"

„Die andere Tür könnte offen stehen."

Er nickte und griff nach dem hölzernen Riegel, der die Tür verschloss.

„Vielleicht sollte ich mitkommen", sagte sie.

„Nein. Gibt es wirklich keinen Weg aus diesem Keller?"

„Es muss jemand sterben", entgegnete sie ruhig.

Also war auch sie ein Teil dieses kranken Spiels! *Gebt mir eine Leiche und ich drücke möglicherweise bei Regel 2 ein Auge zu.*

Susan gestikulierte zu den Schatten zu ihrer Linken. „Da hinten gibt es einen Schacht. Aber das Haus ist verkehrt, denk dran."

„Du meinst ..."

„Es ist böse."

Böse. Ein Spukhaus. Er wusste nicht so recht, was er davon halten sollte. Klar, böse, aber was bedeutete das wirklich? Im Moment bereitete ihm mehr Kopfzerbrechen, wie er diesen Leuten entkommen konnte, die mit Fleischermessern und Schrotflinten hinter ihm her waren.

„Okay. Ich werfe nur einen Blick hinein und bin sofort zurück." Er hob den Riegel an.

„Jack?"

„Was?", flüsterte er.

Ihre Hand berührte die seine. „Versprich mir, dass du mich nicht verlässt!"

Jack drehte sich um und sah, dass ihre Augen voller Tränen standen.

Er zog ihren Kopf zu sich heran und küsste sie auf den Kopf. Wieder musste er an seine Tochter denken. „Ich verlasse dich nicht. Das verspreche ich dir. Und Leslie lasse ich auch nicht im Stich. In Ordnung?"

„In Ordnung."

„Bleib, wo du bist."

Jack öffnete die Tür und streckte den Kopf in die Kammer. Jede Menge Zeug häufte sich an den Wänden auf. Direkt vor Jacks Nase hingen ein paar muffig riechende Klamotten.

Jack zog den Kopf wieder zurück. „Ich gehe rein, damit ich an den Sachen vorbeisehen kann."

Susan sagte nichts.

Er betrat die Kammer und schob zwei alte Jacken auseinander. Zuerst sah er aus einem Dutzend dünner Risse in der

Tür Lichtstrahlen. Dann hörte er die gedämpfte Stimme eines Mannes. Pete.

Was bedeutete, dass Leslie sich vermutlich auch in diesem Raum aufhielt.

Jack sah sich nach einer Waffe um – irgendetwas, das man zum Zuschlagen benutzen konnte. Er entdeckte ein Brett mit einem Griff. Ein Kricketschläger. Er hatte keinen Schimmer, was ein Kricketschläger hier zu suchen hatte, aber im Grunde war es ihm auch gleichgültig. Das Ding war jedenfalls da, wenn er es brauchte.

Er wühlte sich durch die Klamotten, zwang sich, ruhiger zu atmen, und lugte durch einen der größeren Risse in der Tür.

Zuerst sah er nur Pete, der auf der Kante eines Bettes saß und offenbar redete. Doch dann stand dieser auf und verschwand aus Jacks Blickfeld, sodass Jack freie Sicht auf das Bett hatte.

Leslie war an Armen und Beinen an die Bettpfosten gefesselt und trug noch immer ihre weiße Hose und die rote Bluse. Sie wurde von unbeherrschten Schluchzern geschüttelt.

Jack starrte sie an und war einen Augenblick lang vor Schreck wie gelähmt.

„Jetzt sei eine brave Frau und iss", sagte Pete dann und ging mit einer Schüssel an Jacks Tür vorüber. Er holte mit der Hand eine unappetitlich aussehende Masse heraus. Offenbar hatte er sie festgebunden, um sie dazu zu zwingen, dieses Zeug zu essen!

Jack wusste nicht, was geschehen war, dass Leslie zu dem zitternden Wrack auf dem Bett geworden war, aber ihm fiel auf, dass er ebenfalls bebte. Vor Ekel? Nein, vor Zorn.

19

Stephanie kämpfte zum hundertsten Mal gegen die Versuchung an, den Wandschrank zu verlassen und nach Jack zu suchen, als Lärm aus dem Speisezimmer an ihr Ohr drang. Sie schrak zusammen. War sie eingedöst? Ein gedämpfter Schrei erreichte sie.

„Stephanie!"

Wer war das? Sie riss die Augen in der Dunkelheit weit auf und lauschte. Wer hatte sie gerufen? Das war doch Jack!

Etwas quietschte. Sie hielt den Atem an. Das kam von der Wand dort drüben, oder? Die Tür des Wandschranks war links von ihr und die Wand rechts.

Ein lang gezogenes Knirschen, als führe jemand mit dem Fingernagel eine Tafel entlang. Dann brach das Geräusch ab. Sie vernahm Schritte, die eine Treppe hinunterrannten. Oder hinauf? Haute Jack etwa ab?

„Jack!", schrie sie. Ihre Stimme klang in dem kleinen Raum erschreckend laut. „Jack!"

Jetzt stand Stephanie vor einer Entscheidung. Sie konnte den Wandschrank verlassen und die anderen suchen, oder sie konnte hier sitzen bleiben, wie sie es die letzten … wie lange war sie nun hier? Minuten oder Stunden? Ihr Handy war immer noch in ihrer Handtasche im Aufenthaltsraum.

„Jack, wag es ja nicht, mich wieder alleinzulassen!" Sie fluchte.

Er war weg.

Sie biss die Zähne zusammen und spürte, wie die nackte

Wut von ihr Besitz ergriff. Der Zorn fühlte sich unnatürlich an, doch er brachte ihr einen Hauch Wärme und Mut, die Art von Kraft, die man empfindet, wenn man eine üble Situation in die Hand nimmt. Ihr Atem ging schwer, doch im Moment war es ihr gleichgültig, wer sie hörte. Sie orientierte sich neu in ihrem Verlies. Mäntel, Stiefel. Die Hinterwand des Schrankes. Die Seiten. Sie berührte etwas Kaltes und Metallisches, das umfiel, dabei an der Wand entlangschabte und mit einem Krachen auf dem Boden landete. Sie bückte sich danach und untersuchte es mit den Fingern. Ein Brecheisen oder so etwas.

Die Fleischeraxt erschien vor ihrem inneren Auge, nur dass diesmal sie sie in den Händen hielt und nicht Stewart. Sie schwang die Waffe ... vielleicht, um Jack damit zu treffen? Oder –

Sie rief sich zur Ordnung. Da flüsterte doch jemand vor der Tür? Jack?

Doch es konnte nicht Jack sein, weil es mehr als eine Stimme war und diese aus mindestens zwei verschiedenen Richtungen kamen.

Etwas kitzelte sie am Knöchel und glitt ihr Bein hinauf. Ein langes, reptilienartiges Etwas.

Oh Gott, oh Gott, oh Gott! Es war eine Schlange und sie wand sich ihr Bein hinauf!

Stephanie wagte nicht, sich zu rühren oder das Vieh wegzureißen. Stattdessen füllte der Wandschrank sich mit einem schrecklichen, tierischen Schrei. Ihrem eigenen.

Der Boden unter ihren Füßen bewegte sich. Alles wimmelte von Schlangen; kalten, glitschigen Schlangen.

Ein Ort tief in Stephanies Unterbewusstsein erhob sich aus dem Totenreich. Der Ort, an dem Horror und Wut mit dem nackten Überlebenstrieb zusammenstießen. Der Ort, an dem es keine Regeln gab, keine absoluten Wahrheiten, keinen Gott, keinen Teufel. Nur Stephanie. Der Ort, an dem selbst die größte Todesgefahr gemeistert werden konnte, wenn nur die geringste Möglichkeit bestand, sich zu retten.

Ihr Schrei wurde zu einem Knurren. Sie ließ das Brecheisen fallen und bewegte sich vorwärts. Mit aller Kraft warf sie sich gegen die Tür und sprang aus dem Wandschrank. Sofort wirbelte sie herum, um die Schlangen zu zertreten. Doch der

Schrank war leer. Sie waren abgehauen. Stephanie brüllte noch einmal, nur so als Zugabe.

Stephanie wurde bewusst, dass sie im Flur neben dem Speisezimmer war, aus dem das Flüstern gekommen war. Langsam drehte sie sich um die eigene Achse. Die waren anscheinend auch geflüchtet. Oder nie da gewesen.

Das Haus knirschte. Es war das quietschende Geräusch, das sie auch im Wandschrank gehört hatte, nur dass es jetzt aus allen Richtungen gleichzeitig zu kommen schien.

Stephanie traf ihre Entscheidung aus einem Gedankenwirrwarr heraus, der zu komplex war, um ihn zu verstehen. Doch sie handelte schnell. Sie ging zur Kellertür, drehte den Knauf und zog daran. Verschlossen. Ein Riegel. Sie öffnete ihn, riss die Tür auf und marschierte die Stufen hinunter.

Jack war irgendwo da unten und sie hatte ihm ein oder zwei Dinge zu sagen. Zum Beispiel, dass sie die Nase voll hatte. Dass sie jetzt sofort nach Hause wollte, Killer hin oder her. Dass er seinen selbstgerechten Dickschädel –

In diesem Augenblick fiel die Tür hinter ihr ins Schloss und Augenblicke später schnappte auch der Riegel zu. Stephanie hielt mitten auf der Treppe inne und blinzelte panisch. Ihr ganzer Mut hatte sie verlassen.

„Oh Gott, oh Gott, oh Gott …"

20

Er war nicht sicher, ob es wirklich sinnvoll war, einen Kricketschläger schwingend aus der Kammer zu stürmen, aber er brauchte unbedingt etwas, das er in der Hand halten konnte, um seinen Zorn zu befriedigen, also schnappte er sich den Schläger.

Doch in seinem Übereifer bewegte er sich zu schnell und zog außer dem Schläger noch etwas mit. Und dieser Gegenstand gab ein lautes *Klang* von sich.

Einen Moment lang kam alles zum Stillstand. Pete hörte mit seinem Gemurmel auf. Leslie hörte auf zu strampeln. Und Jack hörte auf zu atmen.

Er vernahm in der Stille des Raumes das Ticken seiner Uhr, die – so kam es ihm jedenfalls vor – viel schneller tickte, als sie es normalerweise tat.

In diesem Augenblick wurde ihm sein Marschplan klar. Er musste es tun und er musste es jetzt tun.

Jack stürmte mit der Schulter voran gegen die Tür; den Kricketschläger hatte er angriffsbereit erhoben. Welcher Mechanismus auch immer die Tür geschlossen hielt, er gab unter Jacks Gewicht nach, und dieser taumelte in den Raum.

Pete hatte keine Zeit, sich zu ducken. Das dicke Brett zischte durch die Luft und knallte mit einem lauten *Krach* auf seinen Schädel nieder.

Der junge Mann grunzte, taumelte und fiel auf Hände und Knie.

Jack hatte das Bett erreicht und riss an dem zerfaserten Seil, mit dem einer von Leslies Knöcheln an den Bettpfosten gefesselt war. Doch auch ihre Hände waren angebunden und Pete kämpfte sich bereits wieder auf die Füße.

Jack holte erneut mit dem Schläger aus.

Wumm!

Diesmal traf er Pete voll in den Bauch, eigentlich keine Stelle, die diesen umwerfen würde, aber er hielt ihn zumindest auf. Jack hob drohend den Schläger. „Zurück!"

„Schlag noch mal zu!", kreischte Leslie. „Töte ihn!"

Jack zuckte zusammen. Ihn töten? Er hatte noch nie in seinem Leben einen Menschen in dieser Absicht angegriffen. Nicht, dass er dafür nicht gute Gründe gehabt hätte.

Leslie versuchte fieberhaft, ihre Hände zu befreien.

Pete machte einen schwerfälligen Schritt.

Jack schwang den Schläger. Dieser prallte an Petes Arm ab und sauste auf sein rechtes Knie herab. Etwas brach und es war nicht der Schläger.

Pete blinzelte und schaute auf sein Bein herab.

„Beweg dich!", fuhr Jack ihn an. „Los, an die Wand!"

„Töte ihn, Jack!"

„Hör auf zu schreien!"

Er musste nachdenken, schließlich konnte er den Mann nicht einfach zu Tode prügeln. Doch vielleicht konnte er ihn überwältigen und an das Bett fesseln.

„Töte ihn!" Leslie war immer noch hysterisch. Eines ihrer Handgelenke begann zu bluten, als sie wie rasend an den Fesseln riss.

„Reiß dich zusammen!", zischte Jack sie an. Dann wandte er sich wieder an Pete. „Komm schon, beweg dich!"

Pete hinkte zu der großen Drehscheibe. „Sie ... sie ist meine Frau", sagte er.

„Halt's Maul!" Jack ging zum Bett. „Und rühr dich bloß nicht."

Mit einer Hand versuchte er erneut, Leslies Fesseln zu lösen.

„Du musst ihn töten, Jack", flüsterte diese. „Wir können ihn nicht einfach so entkommen lassen."

„Schschsch, ist schon in Ordnung."

„Nein, es ist nicht in Ordnung!"

Er rannte zur anderen Seite des Bettes hinüber und zerrte auch dort an dem Seil, ließ Pete dabei aber nicht aus den Augen. Der Mann bewegte sich auf die Tür zu.

„Ich hab dir gesagt, du sollst dich nicht rühren!"

Aus den Augenwinkeln heraus nahm Jack eine Bewegung an der Tür wahr. Zwei Riegel gab es auf dieser Seite und beide hatten flache Metallknäufe.

Und beide Knäufe bewegten sich lautlos und schienen wie von selbst die Tür zu öffnen.

Jack hielt wie erstarrt inne. Wie zum –

Pete grunzte wieder und humpelte auf die Tür zu.

„Jack!", schrie Leslie.

Die Tür schwang nach innen auf, und im Türrahmen tauchte Betty auf, die ein Gewehr auf sie gerichtet hatte. Irgendwas an ihr war verändert. Etwas Böses blitzte aus ihren Augen. Es war der Blick einer Frau, die genug davon hatte, immer nur die nette Gastgeberin zu spielen.

„Zurück", zischte sie leise.

Jack ließ den Schläger fallen und hob die Hände. „Schon gut."

Das alles ging viel zu schnell. Sie würde schießen.

„Stewart hat Recht. Ihr seid alle Sünder", sagte Betty.

Pete hechtete nach vorn und schlug den Gewehrlauf mit beiden Händen genau in dem Augenblick zur Seite, als Betty abdrückte, sodass die Bleiladung den Bettpfosten links neben Jack zu Sägespänen verarbeitete.

Leslie zerrte an ihrer verbliebenen Fessel. „Jack!"

„Du darfst meine Frau nicht töten!", brüllte Pete.

Betty hob das Gewehr und ließ den Kolben auf Petes Kopf niedersausen. *Bonk!* Dieser sank auf die Knie, während Jack den Rest von Leslies Fesseln abriss.

„Sie müssen beide sterben!", sagte Betty.

In diesem Augenblick ertönte eine leise Stimme aus der Kammer, die sie alle innehalten ließ. „Nein, das müssen sie nicht."

Jack warf den Kopf herum. Susan stand in der offenen Tür und hatte den Blick aufmerksam auf Betty gerichtet, deren Gesicht vor Schreck ganz blass geworden war.

„White ist es, der sterben sollte", fügte Susan hinzu und trat in den Raum. Sie sprach ganz ruhig, aber ihre Augen waren weit aufgerissen.

Jack hielt eine Hand hoch. „Susan …"

Das Mädchen sprach Betty an. „Du weißt, dass White keinen Grund mehr hat, dich noch länger am Leben zu lassen, wenn du mich tötest. Sobald ich tot bin, bringt er die anderen um. Das ist doch der Deal, oder? Und wenn sie tot sind, seid ihr dran."

Betty stand wie vom Donner gerührt da.

Susan blickte nun Jack an. „Aber jetzt kann sie mich noch nicht töten, weil White mich noch für sein Spiel braucht."

Langsam erwachte Betty aus ihrer Erstarrung, doch Susan warf sich auf sie, bevor die alte Frau handeln konnte.

„Susan! Nicht!"

Die Kleine prallte mit Betty zusammen, die daraufhin rückwärts in den Flur taumelte. Leslie rollte sich vom Bett und rannte in Richtung Kammer.

Jack war von dem seltsamen Bild, das sich ihm bot, wie gelähmt. Das zierliche Mädchen in seinem mitgenommenen Sommerkleid warf sich auf die viel größere Frau. Die drei Tage in diesem Keller hatten offenbar ihre Selbstschutzmechanismen ziemlich verschärft.

Sekunden später fiel die Tür hinter Susan und Betty ins Schloss und das Gewehr entlud sich mit einem lauten Krachen.

„Jack!", warnte Leslie.

Pete hatte sich aufgerappelt und schleppte sich in Leslies Richtung.

Jack schwang sich über das Bett und warf sich gegen Pete, der gegen die Wand krachte.

„Los, in die Kammer!", rief Jack.

Leslie befand sich bereits darin und kletterte rasch durch die Hintertür in den niedrigen Durchgang.

„Nach rechts!", flüsterte Jack und überholte sie. „Folge mir!"

Er griff nach Leslies Hand und rannte auf der Flucht vor Petes Gebrüll, der seine Wunden ignorierte und sich durch die Kammer wühlte, in gebückter Haltung weiter.

Wenige Meter später stießen sie auf ein Gitter, das einen

schmalen Schacht versperrte. Genau da, wo Susan es angekündigt hatte. Ein Belüftungsschacht oder etwas Ähnliches. Jack riss das Gitter auf.

„Du zuerst", zischte er.

Leslie krabbelte an ihm vorbei, streckte den Kopf in die Öffnung, dann zog sie ihn wieder heraus und sah ihn mit weit aufgerissenen Augen an. „Du lässt mich doch nicht allein, oder?", stieß sie mit einem lauten Keuchen hervor.

„Keine Sorge, ich bin direkt hinter dir."

Leslie kletterte in den Schacht.

Jack blickte genau in dem Augenblick nach hinten, als Pete in den Durchgang polterte. Der junge Mann sah sich um, schien sie aber nicht zu entdecken und verschwand in die Gegenrichtung.

Jack kroch ebenfalls in den Schacht und zog das Gitter wieder hinter sich zu.

21

Stephanie empfand solche Angst, dass diese schon wieder in Zorn umzuschlagen begann, während die junge Frau durch den Keller irrte.

Ein Raum nach dem anderen, ein Flur nach dem anderen. Sie achtete gar nicht auf die Gemälde, die seltsamen Einrichtungsgegenstände oder die Pentagramme. Tatsächlich *musste* sie all das ignorieren, um die Kontrolle nicht völlig zu verlieren, denn sie wusste genau, dass sie nur eine Haaresbreite davon entfernt war, einfach zurückzurennen, und sie war sich ebenfalls bewusst, dass die Tür nach oben verschlossen war.

Ihr war klar, dass sie unter Umständen Stewart über den Weg laufen würde, bevor sie auf die anderen stieß, aber dieses Risiko nahm sie hin. Im Moment wäre es ihr lieber gewesen, sie würde zuerst Randy finden und nicht Jack. Oder wäre das ein Fehler? Jack war eindeutig der sturste Mensch auf der Welt. Er würde niemals nachgeben. Ehrlich gesagt brauchte sie ihn, schon allein, weil sie überleben wollte.

Randy dagegen war der Typ Mann, der fähig war, alles zu tun, was nötig war, um voranzukommen. Was bedeutete, dass Randy vielleicht ihr Ausweg war, falls Jack sie hängen ließ.

Was Leslie anging, so konnte diese ruhig verrotten, soweit es Stephanie betraf. Und nach Petes Blicken beim Abendessen zu urteilen, tat sie das vielleicht schon.

Hör doch nur mal zu, was du da gerade denkst!

Sie hatte in den letzten Minuten beschlossen, dass sie die neue Stephanie mochte, die sich von ihren Verdrängungsmechanismen und von ihrer krampfhaften „Alles-wird-gut"-Mentalität verabschiedet hatte. Sie wollte nie mehr so sein! Sie hatte den Schmerz mit einer Tsunamiwelle der Wut ertränkt und sie fühlte sich so lebendig wie schon seit Langem nicht mehr. Sie konnte unzählige Songs darüber schreiben. Im Augenblick verspürte sie genug Power, um jeden umzuhauen, der sich ihr in den Weg stellte – egal, ob Mann oder Frau. So hatte sie sich noch nie gefühlt.

Sie betrat einen langen Flur mit Zementwänden und bemerkte zum ersten Mal das Wasser, das von den Wänden rann.

Wasser? Sie hielt inne. Es sammelte sich in Pfützen auf dem Boden. Das Haus stöhnte. Ihre Entschlusskraft geriet ein wenig ins Wanken. Vielleicht hätte sie doch nicht hier herunterkommen sollen. Doch zur Umkehr war es jetzt wohl etwas zu spät. Sie erblickte eine Tür, die offen stand.

Sie streckte den Kopf hindurch, entdeckte, dass dies offenbar ein Kartoffelkeller oder Ähnliches war, und ging hinein.

Im selben Augenblick fiel die Tür mit einem lauten Krachen hinter ihr ins Schloss. Stephanie wirbelte erschrocken herum – ein Luftzug hatte sie wohl zugeschlagen. Sie war nicht bereit, darüber nachzudenken, ob es nicht doch irgendetwas anderes gewesen war. Die Tür zu ihrer Rechten stand weit offen. Jemand war scheinbar vor Kurzem bereits diesen Weg gegangen.

Stephanie zögerte, dann ging sie durch die offene Tür in einen weitaus engeren Flur. An dessen Ende sah sie wieder eine einladend geöffnete Tür.

Sie war drei Schritte in diese Richtung gegangen, als ein neuerlicher Knall sie zusammenfahren ließ.

Die letzte Tür war ebenfalls hinter ihr zugefallen.

Stephanie wirbelte herum und rannte auf die offene Tür zu.

※

Jack ließ sich auf den Boden des mittelgroßen Heizraums fallen und untersuchte diesen in aller Ruhe. Leslie stand rechts von ihm und betrachtete aufmerksam die Leitungen, die aus den beiden großen Boilern herauskamen und in der Decke verschwanden. Eine einzelne Glühbirne an der Decke verströmte ein schwaches Licht, wie in den meisten Räumen hier unten. Gegenüber den Boilern gab es zwei Türen.

Jack sah dies alles, ohne es wirklich wahrzunehmen. Seine Gedanken waren bei Susan. Er hatte seine gesamte Willenskraft aufbringen müssen, um nicht zurück in Petes Zimmer zu rennen und nachzusehen, ob sie es geschafft hatte. Er konnte irgendwie nicht fassen, was sie getan hatte. Fast verzweifelt klammerte er sich an den Hoffnungsschimmer, dass ihre Annahme richtig gewesen war und die Verrückten sie am Leben gelassen hatten, weil sie der große Köder war. Vielleicht wussten sie etwas, das er nicht wusste.

Wie auch immer, er hatte sie im Stich gelassen. Er hatte versprochen, sie nicht zu verlassen, und obwohl er es nicht absichtlich getan hatte, so war sie doch weg – vielleicht war sie sogar tot, aber mit Sicherheit wieder eingesperrt. Oder es war ihr doch gelungen, erneut zu fliehen.

Einen Moment lang schienen weder Leslie noch er in der Lage, sich zu bewegen. Nicht wegen dieses Raumes, sondern wegen alledem, was gerade geschehen war.

Die neben ihm stehende Leslie schlug die Hände vor das Gesicht und begann, leise zu weinen. Er hob eine Hand, um sie tröstend zu berühren, doch dann hielt er inne, weil es vielleicht unpassend war. Sie wandte sich ab, ging ein paar Schritte weg und kam dann wieder zurück. Sie sah ihn nicht an; sie lehnte sich nur gegen ihn und ließ ihren Kopf auf seine Schulter sinken. Der Schmerz über das Geschehene schien ihm die Kehle zuzuschnüren, und er räusperte sich, um den Knoten in seinem Hals loszuwerden. Dann legte Jack einen Arm um sie.

„Tut mir leid", sagte er. „Tut mir so leid."

Sie schlang die Arme um ihn und klammerte sich an ihn wie eine Ertrinkende. Das Schluchzen schien sich zu verstärken.

„Leslie …" Sein Arm zitterte, doch das würde sie wohl kaum bemerken, da sie am ganzen Körper bebte.

Er war plötzlich ganz eifrig darauf bedacht, sie zu trösten. Dieser Wunsch entsprang nicht nur dem körperlichen Begehren – vielleicht sogar überhaupt nicht –, er entsprang den blank liegenden Nerven. Er entsprang den dunklen Fluren und diesem elenden Keller. Er entsprang der Erinnerung daran, wie sie auf Petes Bett gelegen hatte.

Er entsprang dem Wissen, dass sie in dem kranken Spiel dieses Killers gefangen waren.

Jack drückte sie fester an sich. „Tut mir so leid …"

Sie unterdrückte ein Schluchzen und küsste ihn auf den Hals. „Nein, nein, ist schon okay." Erneut küsste sie seinen Hals, dann seine Wange, und klammerte sich fest an ihn. „Es muss dir nicht leidtun. Danke, dass du gekommen bist. Danke!" Ihre Hände zerrten an seinem Hemd und sie küsste ihn noch einmal.

Dann begann sie wieder zu weinen.

Sie waren zwei verlorene Seelen, die gemeinsam dem Tod von der Schippe gesprungen waren, nur um dann der schrecklichen Wahrheit ins Gesicht zu sehen, dass sie vermutlich trotzdem sterben mussten, bevor die Nacht vorüber war. Leslie, die kluge Psychologin, und Jack, der desillusionierte Schriftsteller, der sie gerettet hatte.

Da standen sie nun allein in diesem Heizungsraum, während das Haus um sie herum knarrte und knirschte.

In diesem einen Augenblick klammerte Jack sich an sie, als wäre sie das Leben selbst. Zum ersten Mal seit Monaten erinnerte er sich daran, wie es war, eine andere Person als seine Tochter zu lieben. Sie waren beide Opfer – seine Tochter ein Opfer von Stephanies Gedankenlosigkeit und Leslie das eines sadistischen Irren.

Leslie umfasste sein Gesicht und küsste ihn auf den Mund. Sie presste ihre Lippen auf die seinen, bis es wehtat. Dann bedeckte sie wieder seine Wangen und seinen Hals mit Küssen.

„Ich liebe dich, Jack! Ich liebe dich!"

Jack blinzelte und schob sie sanft von sich. „Schschsch."

„Ich liebe dich …"

Er löste behutsam ihre Arme von seinem Hals. „Nein, ist schon in Ordnung. Du meinst das nicht wirklich so …"

Das brachte sie zur Besinnung. Sie ließ die Arme sinken, wandte sich ab und bedeckte ihr Gesicht mit den Händen.

„Ich kann es verstehen", fügte er hinzu. „Ich weiß, wie du dich fühlst."

„Du hast keine Ahnung, wie ich mich fühle!", zischte sie und wirbelte herum. „Hast du eine Vorstellung davon, was ich durchgemacht habe?"

„Nein, aber es ist klar, dass du jetzt total durcheinander bist. Ich kann deine Lage nicht ausnutzen!"

Sie starrte ihn an, suchte seinen Blick. Dann glättete sich ihre Miene und sie blickte zur Seite. „Tut mir leid."

In diesem Moment sah Jack das Elend seiner gescheiterten Ehe so deutlich vor sich, dass er völlig den Blick für das verlor, was Stephanie und er vielleicht einmal gehabt hatten. Wie lange war es her, dass Stephanie solche Leidenschaft an den Tag gelegt hatte, so viel Rückgrat? Die Bitterkeit, die er ihr gegenüber empfand, wurde durch die Tatsache, dass sie ihre Schuld an dem Geschehen leugnete, noch verstärkt. Er war sich nicht mehr sicher, warum er überhaupt die ganze Zeit bei ihr geblieben war.

„Nein, ist schon okay, wirklich." Er legte ihr eine Hand auf den Rücken. „Ich will nicht –"

„Was um alles in der Welt macht ihr denn da?"

Sie fuhren erschrocken herum. Ein Mann, der von Kopf bis Fuß triefend nass war und ein Gewehr über der einen sowie einen Spaten über der anderen Schulter trug, starrte sie von der Tür her an.

„Randy?", fragte Leslie ungläubig.

Er kam herein und trat die Stahltür mit dem Absatz zu. „Antworte mir, verdammt noch mal!"

„Du lebst!", rief Jack. Randy sah aus, als wäre er durch die Kanalisation geschwommen. Seine Haare klebten an seinem Kopf, seine farblich aufeinander abgestimmte Kleidung war einheitlich braun und die Nieten seiner nagelneuen Jeans waren ausgerissen und hatten neben den Taschen Löcher hinterlassen.

„Enttäuscht?", schrie Randy mit hasserfüllter Stimme. „Ich *wusste* es!" Er stapfte wütend auf sie zu, blieb dann in der Mitte des Raumes stehen und warf den Spaten hin. „Da bin ich mal eine Stunde weg, kämpfe ums nackte Überleben, und dann komme ich zurück und was muss ich da sehen?"

„Randy ...", begann Leslie und wich von Jack zurück.

„Es ist nicht so, wie du denkst", fügte Jack hinzu und spürte, wie sich sein Widerwille gegen den Mann verstärkte.

„Was du nicht sagst!" Seine Augen wirkten glasig. „Ich zeig dir gleich, was ich denke!"

„Ich bin … entführt worden, Randy", sagte Leslie.

„Hat er dich vergewaltigt?"

Sie schrak vor seiner Grobheit zurück. „Nein, aber im Grunde ist es genauso schlimm."

„Dann hab ich Neuigkeiten für dich. Die halbe Welt denkt, dass immer der Onkel daran schuld ist. Das gibt uns allen eine so gute Entschuldigung dafür, uns als die hilflosen Opfer zu fühlen."

„Randy!" Einen Moment lang dachte Jack, sie würde auf ihren Freund losgehen und ihm die Augen auskratzen. Als sie weitersprach, zitterten ihre Lippen. „Du bist ja krank!"

„Du hast den guten Onkel Robert nie umgebracht, Leslie, oder? Nein. Aber weißt du was? Ich hab's getan. Nur nicht Onkel Robert, sondern Papa Stewart, und ich kann dir garantieren, dass ich's gründlich gemacht habe." Randy grinste.

„Stewart ist tot?", fragte Jack.

Er hatte seine ganze Aufmerksamkeit auf Randy gerichtet und nicht auf die Türen gegenüber den Boilern geachtet. Doch nun schwang die zweite plötzlich auf und Stephanie stürzte herein. Sie keuchte vor Erschöpfung.

Hinter ihr knallte die Tür von allein zu. Sie drehte sich mit weit aufgerissenen Augen um, dann schaute sie die anderen an. „Habt ihr das gesehen?"

Jacks Gedanken überschlugen sich. Stephanie hier. Stewart tot. Randy durchweicht.

Stephanies blaues Spitzentop klebte verschwitzt an ihrem Körper, und ihr langes blondes Haar war strähnig, aber so hatte sie vor einer Stunde auch schon ausgesehen.

„War bloß ein Luftzug", sagte Leslie und starrte die Tür an.

„Dann ist das ein komischer Luftzug, der mir durch den ganzen Keller gefolgt ist", entgegnete Stephanie. Sie ging auf Jack zu und funkelte ihn an. „Ich habe ewig in diesem Wandschrank gehockt!"

„Jetzt beruhige dich erst mal und –"

„Wag es ja nicht, mir vorzuschreiben, was ich tun soll!" Ihr Gesicht war rot angelaufen und ihre Arme wirkten steif. „Du hast gesagt, du bist gleich zurück. Du hast es geschworen! Das ist über eine Stunde her!"

Er blinzelte überrascht. Einen solchen Sturm der Entrüstung

hatte er in Anbetracht der Situation nicht erwartet. „Ich war ein klein wenig beschäftigt."

Stephanie warf Leslie einen Seitenblick zu. „Ja, das kann ich mir lebhaft vorstellen."

„Ich habe sie auf frischer Tat ertappt", sagte Randy.

„Was soll das heißen?"

„Das soll heißen, dass Leslie und Jack anscheinend alles andere im Sinn hatten als den bösen Wolf, als ich hereinkam."

„Halt die Klappe!", schnauzte Jack ihn an. „Sieh mal, Stephanie, hier unten ist alles ein bisschen kompliziert, okay? Ich bin nur ein paar Minuten weg gewesen …" Er sah auf seine Uhr. Das konnte doch nicht sein?! Er schüttelte die Uhr. Sie tickte. Musste wohl kaputtgegangen sein, als er in den schwarzen Tunnel gesaugt worden war. „Weiß jemand, wie viel Uhr es ist?"

Leslie blickte auf ihre Uhr. „Fast Viertel nach drei."

Die vier sahen sich wortlos an.

„Das ist unmöglich", sagte Randy schließlich. „Wir sind doch höchstens seit einer halben Stunde hier unten!"

„Auf meiner Uhr ist es auch Viertel nach drei."

Stephanie griff sich mit der Hand an die Stirn und ging auf und ab. „Dann habe ich also vier Stunden in diesem Schrank verbracht? Ich kann nicht glauben, dass du mir das angetan hast, Jack. Ich kann einfach nicht –"

„Ich kann nicht glauben", äffte Randy ihre hohe Stimme nach und legte ebenfalls affektiert den Handrücken an die Stirn. „Hör dir doch mal selbst zu, Püppie. Meinst du etwa, deine Situation war schlimmer als die unsere, hm? Eins kannst du mir glauben: Wir haben weniger als drei Stunden, um hier rauszukommen, sonst sind wir tot. Hast du das etwa vergessen?"

Stephanie lehnte sich gegen die Tür und blickte finster drein.

Jack sah zu ihr hinüber, dann setzte er zu einem neuerlichen Erklärungsversuch an. „Pete …" Er hielt inne. Schließlich wollte er sich nicht auf Leslies Kosten rechtfertigen.

„Pete was?", fragte Randy.

„Ich bin okay", sagte Leslie und sah Jack an.

„Natürlich", meinte Stephanie. „Wer wäre das nicht, wenn Jack ihn rettet?"

„Würdest du bitte einfach mal den Mund halten?", warf Jack ein. Randy und Stephanie wussten nur zu gut, was Pete im Sinn gehabt hatte, als er Leslie im Speisesaal beäugt hatte. Zumindest dämmerte die Wahrheit langsam in Randys Dickkopf. Stephanie hingegen wusste sehr gut Bescheid, es schien ihr aber herzlich egal zu sein.

Jack ging zu der Tür, durch die Stephanie hereingekommen war, und schloss sie ab. „Wir sind alle noch am Leben", fasste er zusammen und ging zu der zweiten Tür. Soweit er sehen konnte, war dies der einzige Weg hinein oder hinaus, den Schacht mal ausgenommen.

„Und nur um das zu klären: Leslie und ich haben eben einfach nur ganz gewöhnliche menschliche Emotionen geteilt, die man empfindet, wenn man knapp dem Tod entronnen ist. Wenn einer von euch damit ein Problem hat, dann hebt euch das für morgen auf."

Er schloss auch die zweite Tür ab und wandte sich wieder den anderen zu. „Jetzt müssen wir uns erst mal überlegen, wie wir die nächsten drei Stunden überleben."

22

03:43 Uhr

Sie stritten und spekulierten etwa dreißig Minuten herum, bis sie klären konnten, was in den letzten Stunden eigentlich geschehen war. Endlich hatten sie wenigstens die entscheidenden Details geklärt – das hoffte Jack jedenfalls, obwohl er bezweifelte, dass Randy wirklich so einsichtig war, wie er vorgab.

Doch selbst als sie sich darüber ausgetauscht hatten, was jedem Einzelnen von ihnen widerfahren war, hatten sie noch immer keine Ahnung, was eigentlich los war.

Was hatte Jack in den schwarzen Tunnel gesaugt?
Was war an Stephanies Bein hinaufgekrochen?
Was war mit Stewarts Leiche passiert?
Wer war Susan und was war aus ihr geworden?
Die Fragen nach dem Warum waren noch beängstigender: Warum öffneten und schlossen sich Türen von allein? Warum konnten sie sich nicht in den Spiegeln sehen? Warum hatte der Killer sie nicht in den Keller verfolgt?

„Dazu kann ich euch was sagen", unterbrach Randy ihre Überlegungen. „Er ist uns gefolgt. Ihr habt es nur nicht mitbekommen."

Leslie runzelte die Stirn. „Okay, vielleicht hat er auch hier einen psychischen Zugriff auf uns, aber ..."

„Ich spreche nicht von Psychokram. Er ist körperlich anwesend. Ich habe ihn reinkommen sehen!"

„Du hast was?!", stöhnte Jack auf.

Randy setzte sich auf einen Kanister und legte sich das Gewehr über die Knie. Er starrte Jack an, der aufgehört hatte, hin- und herzugehen. Leslie und Stephanie saßen auf einer Stahlplatte, die aus einem der Boiler herausragte.

„Die Hintertür", sagte Randy. „Ich habe beobachtet, wie er von draußen hereingekommen ist."

„Welche Hintertür? Warum hast du uns nichts davon erzählt?"

„Die ist ohnehin verriegelt. Und es ist ja nicht so, dass ich wüsste, wo er jetzt ist. Aber er ist hereingekommen."

„Und dieses unwesentliche Detail hattest du nur kurz vergessen, ja?", zischte Leslie.

Randy funkelte sie an. „Das ist nicht wichtig. Wir haben ganz andere Probleme."

„Wie zum Beispiel?"

„Wie zum Beispiel die Frage, wie wir hier rauskommen."

„Du meinst, wie wir *lebend* rauskommen, nicht wahr?", entgegnete Leslie. „Was bedeutet, dass es gut wäre zu wissen, wer unsere Feinde sind und wo sie sich aufhalten!"

„Wie ich schon sagte – wir haben ganz andere Sorgen als White." Randy nahm das Gewehr und lud mit einer Hand nach. „White ist nur eine Person. Einen einzelnen Mann können wir auf jeden Fall überwältigen. Aber wir müssen uns ja auch fragen, warum Stewart verschwunden ist."

„Weil du halluziniert hast", sagte Leslie.

Randy zupfte an seinem nassen Hemd. „Das nennst du eine Halluzination?"

„Du hast Stewart ertrinken lassen", meinte Leslie. „Hast du schon mal jemanden ertränkt, Randy? Ich glaube nicht. Weißt du, warum sie die Infanteristen beim Militär in der ersten Woche durch die Hölle schicken? Damit sie dann später nicht anfangen, Gespenster zu sehen, wenn sie wirklich mal in eine Schlacht müssen. Das Gehirn ist ziemlich zerbrechlich. Es geht leicht kaputt. Du solltest dich selbst fragen, ob du deshalb vielleicht ein total anderer Mensch geworden bist, seit wir dieses Haus betreten haben."

Randy starrte sie an, ohne zu antworten. Das war eine gute Frage. Sogar er selbst hatte bemerkt, was der Stress bei ihm ausgelöst hatte.

„Sie hat nicht Unrecht", sagte Jack. „Denk darüber nach. Du sprichst total sachlich davon, wie Stewart gestorben ist, ohne mit der Wimper zu zucken, und keinem von uns macht das etwas aus. Man erreicht einfach einen Punkt, an dem man innerlich dichtmacht, stimmt's? Das Problem ist, dass wir jetzt im Moment noch nicht zumachen dürfen."

„Entschuldigt mal", unterbrach Stephanie ihn, „aber wollen wir dieses Psychogeschwafel überhaupt hören? Habt ihr nicht mitbekommen, was Randy gesagt hat? Der Killer ist hier, hier unten, in unserer Nähe! Menschen werden sterben! Was meint ihr, worum es hier wirklich geht? Doch wohl um mehr als ein bisschen Hundefutter!"

Jack hätte ihr am liebsten eine Ohrfeige verpasst. Sie war eindeutig nicht mehr ganz bei Trost. Andererseits hatte er sie lange nicht mehr so lebendig, so voller Emotionen gesehen. Die Mischung aus Bekanntem und Unbekanntem ließ ihn zögern.

Leslie ignorierte den grausamen Seitenhieb. „Ich sage ja nur, dass wir uns zusammenreißen müssen und nicht zulassen dürfen, dass die Umstände uns kleinkriegen."

„Und ich nehme mal an, die Schlangen haben auch nur in meinem Kopf existiert", mutmaßte Stephanie.

„Vermutlich ja."

Stephanie starrte sie wortlos an. Vielleicht wusste sie es wirklich nicht.

Jack begann wieder, auf und ab zu gehen. „Okay, lasst uns das methodisch angehen."

„Ich glaube, die Frage ist, ob das, was zu passieren scheint, auch wirklich passiert", sagte Leslie. „Die Antwort bestimmt, wie wir weiter vorgehen."

„Wie das?"

„Nehmen wir zum Beispiel Stephanies Schlangen. Wenn es reale Schlangen sind, müssen wir sie mit einem Messer oder so was erledigen. Wenn sie nur in ihrer Vorstellung existieren, dann muss Stephanie die Augen schließen und sie aus ihrem Kopf verbannen."

Das machte Sinn. Stephanie schnaubte entnervt.

„Okay", sagte Jack. „Das sehe ich auch so. Was ist sonst noch passiert, das in diese Kategorie passen könnte?"

„Ich kann nicht glauben, dass wir wirklich –"

„Bitte, Stephanie, versuch doch einmal, mehr als nur deinen Mund zu benutzen. Mach jetzt einfach mal mit, ja?"

Sie presste die Lippen aufeinander und warf ihm böse Blicke zu. Er musste zugeben, dass sie in diesem Wandschrank wieder zu ihrem alten Mut zurückgefunden hatte. Zumindest lief sie jetzt nicht mehr weg. Er empfand einen gewissen Respekt dafür.

„Randy, hast du etwas gesehen, das vielleicht nur ein Trick oder eine Täuschung gewesen sein könnte?"

„Ich sehe das wie Stephanie: keine Ahnung, was uns das helfen soll."

„Was wäre, wenn du zum Beispiel denken würdest, du hättest ein Schloss an einer Tür gesehen, und du würdest dich abwenden – und in Wirklichkeit stand die Tür offen und du hättest rausgehen können?", meinte Leslie.

„Ich habe gehört, wie er die Hintertür abgeschlossen hat. Ich habe den Riegel gesehen!"

„Was ist mit dem Gewehr?", sagte Jack und deutete auf Randys Schoß. „Wir könnten das Schloss zerschießen."

Alle schauten ihn mit aufkeimender Hoffnung an. Randy erhob sich mit leuchtenden Augen. „Ich wusste doch, dass diese Knarre uns den Weg hier heraus ebnen würde! Wir blasen die Tür einfach weg!"

„Moment", unterbrach Jack ihn und hob eine Hand. „Lasst uns erst mal darüber nachdenken."

„Was gibt es da nachzudenken?", erkundigte sich Stephanie. „Randy hat Recht."

„Zunächst mal, Stephanie: Du bist die Haupttreppe hinuntergekommen, nicht wahr? Weißt du, wie du zurückkommst? Findest du es nicht ein wenig seltsam, dass du rein zufällig hier bei uns gelandet bist? Die Flure hier unten haben keinerlei Logik, aber du spazierst hier einfach so rein?"

Sie sah ihn nur wortlos an.

„Ich stimme euch zu, dass es ein guter Plan sein könnte, mit dem Gewehr zu dieser Hintertür zu gehen", sagte Jack. „Falls wir sie wiederfinden. Aber lasst uns nicht unsere Chancen ruinieren, indem wir überstürzt handeln. Also noch mal: Welche von den Dingen, die wir gesehen haben, waren vielleicht nur das Produkt unserer Fantasie?"

In diesem Augenblick schien das Haus über ihnen wieder zu stöhnen und alle schauten nach oben.

Nach einem Moment senkte Leslie wieder den Blick. „Da. Der Wind bewegt das Haus. Wir hören ein Geräusch, doch unsere Nerven liegen schon so blank, dass wir mehr erwarten und hochschauen. Stressinduzierte Erwartungshaltung, so nennt man das."

„Was ist mit den Spiegeln?", fragte Jack.

„Das müssen Trickspiegel sein", sagte sie. „Pete hat mir erzählt, dass sie mit einem Zirkus herumgereist sind. Hat jemand eine Reflektion von etwas gesehen, das sich in genau derselben Entfernung zum Spiegel befand wie er selbst? Randy?"

„Du meinst im Vordergrund? Hm, jetzt, wo du es sagst ... nein. Jack und ich konnten unser Spiegelbild nicht sehen, aber alles im Raum hinter uns."

„Jack?"

„Das stimmt. So hatte ich das noch gar nicht gesehen."

„Ich weiß ganz sicher, dass man Spiegel so herstellen kann, dass sie innerhalb eines bestimmten Abstands kein Licht reflektieren."

Jack spürte förmlich, dass Stärke den Raum wie ein Kraftfeld durchflutete. Sie hatten eine Waffe, sie hatten Antworten – zwei Dinge, die vielleicht hätten verhindern können, was in dieser Nacht bereits passiert war. Er beschloss in diesem Moment, nie mehr ohne Waffe unterwegs zu sein.

„In Ordnung. Und was ist mit Stewarts verschwundener Leiche?"

Randy sah alle der Reihe nach an. *Von Minute zu Minute wird er wieder klarer,* dachte Jack.

„Gut, ich war ein bisschen fertig." Randy schloss die Augen, hob das Kinn und atmete tief durch. Stille senkte sich über sie. Seine Verletzlichkeit war beinahe körperlich spürbar.

Ein langer, ungemütlicher Moment verging.

Randy holte noch einmal tief Luft, dann sah er sie an. „Als Jack in diesen Tunnel gesaugt worden war und ich in diesem immer weiter steigenden Wasser landete, ist irgendwas in mir durchgeknallt. Ich war so gut wie tot. Ihr habt keine Ahnung, wie es ist, wenn man jemandem beim Ertrinken zusieht und sich dabei überlegt, wie man ihn am besten zerstückeln kann."

„Ich bin sicher, das war sehr schlimm", sagte Leslie. Sie ging zu ihm und ergriff mit einer tröstlichen Geste seine Hand. „Du wirst darüber hinwegkommen."

Irgendwie störte es Jack, dass sie zu dem anderen Mann ging, und zwar nicht, weil er sie für sich selbst begehrte. Er traute Randy einfach nicht. Allein der Gedanke, dass sich irgendjemand ihm näherte, machte Jack nervös.

„Nun gut", warf er ein, „also war anscheinend ein Teil von dem, was wir erlebt haben, ein Produkt unserer überstrapazierten grauen Zellen. Was mich angeht, könnte es durchaus sein, dass ich in diesen Tunnel gesprungen bin. Es wäre möglich, dass ich mir den Sog nur eingebildet habe."

Leslie sah Randy an. „Vielleicht hast du eine Leiche gesehen, weil du so sehr wolltest, dass er tot ist. Das wäre nicht so ungewöhnlich."

Er runzelte die Stirn. „Vielleicht …"

Jack hob eine Braue. „Und der Gestank?"

„Wir haben uns offenbar über all den Ereignissen so daran gewöhnt, dass wir ihn nicht mehr wahrnehmen. Das ist doch schon mal ein Anfang."

Jack atmete tief durch und ging wieder auf und ab, wobei er sich über das Gesicht rieb, um klar zu werden. „Also noch mal ganz langsam. Wir werden alle von einem Serienkiller namens White, der eine Schwäche für Psychospielchen hat, in dieses Haus gelockt. Er hat im Laufe der letzten Jahre wer weiß wie viele andere Leute umgebracht und treibt sich jetzt im Hinterland von Alabama herum, wo sich nur selten jemand hinverirrt. So weit alles richtig?"

Leslie griff den Faden auf. „Wir sind nicht die ersten Opfer in diesem Haus. Das letzte war Susan, die aber entkommen konnte. Unsere Gastgeber arbeiten augenscheinlich mit White zusammen, doch die Pleite mit Susan hat ihr Verhältnis verändert und übt einen gewissen Druck auf Betty und Stewart aus. Doch das passt White gut ins Konzept, weil er ja will, dass andere das Töten übernehmen. Er hat vor, seine Opfer dazu zu zwingen, die Strafe für ihre Sünden selbst zu zahlen. Wie ist das?"

„‚Gebt mir eine Leiche'", sagte Randy.

„Regel Nummer 3", ergänzte Jack.

„Ich glaube, dass White das auch im Tunnel gesagt hat."

Leslie drehte sich zu ihm um. „Du hast seine Stimme gehört? Wann wolltest du uns das erzählen?"

„Ich habe zumindest gedacht, dass ich ihn gehört habe. Wie dem auch sei – du hast Recht. Er will, dass wir uns gegenseitig umbringen. Darum geht es doch, oder?"

Genau darum ging es. Das war ihnen inzwischen allen klar, dachte Jack. „Also war es die ganze Zeit sein Plan, uns ins Haus und in diesen Keller zu locken, der offensichtlich viel mehr ist als nur ein Keller. Wie erklärt ihr euch diesen Ort? Ich werde irgendwie nicht schlau daraus."

„Tunnel, Schächte, Wassertanks", überlegte Leslie. „Vielleicht ist das Haus auf eine stillgelegte Mine oder so etwas gebaut worden?"

„Was sollte denn in einer Mine mitten in Alabama abgebaut werden?", warf Randy ein.

„Oder", meldete sich Stephanie zu Wort, „es war viel mehr als eine Mine, vielleicht eine Art Katakombensystem. Unterirdische Behausungen oder Fluchtwege von Sklaven? Vielleicht befinden wir uns ja auch in einem riesigen Massengrab!"

Randy lachte leise in sich hinein.

„Bitte lasst uns versuchen, bei der Sache zu bleiben", sagte Leslie. „Wir sind ja hier nicht in einem der ‚Poltergeist'-Filme gelandet."

Stephanie zuckte die Achseln. „Ich meinte ja nur ..."

„Der Punkt ist doch, dass White uns von Anfang an manipuliert hat", fuhr Leslie fort. „Er hat uns hier mit vier anderen Leuten eingesperrt. Acht Menschen, die er gegeneinander aufgehetzt hat. Der Letzte, der übrigbleibt, hat gewonnen ... oder so ähnlich. Betty, Stewart und Pete sind in dieser Hinsicht ebenso Opfer wie wir."

„Aber sie zählen nicht", unterbrach Randy sie.

„Was??"

„Auch das hat die Stimme gesagt."

Die anderen starrten ihn an.

„Warum zählen sie nicht?", fragte Jack.

„Weil sie wie er sind?", vermutete Randy. „Weil sie zu seinem Team gehören?"

„Aber Susan sagte doch, White würde sie töten, wenn sie sie gehen lassen. Wie man es auch dreht und wendet, seine Absicht scheint es zu sein, heute Nacht alle Anwesenden zu töten. Oder uns dazu zu bringen, dass wir es gegenseitig tun."

„Und einen haben wir schon erledigt", sagte Randy.

„Dann müssen wir nur noch Betty und Pete umbringen", meinte Stephanie.

„Nein, wir müssen hier rauskommen", korrigierte Jack sie.

„Aber wenn sie uns dabei im Weg stehen, pusten wir sie weg", sagte Randy. „Ich garantiere euch, wenn einer von diesen Perversen mir vor die Flinte kommt, ist er tot."

Leslie schaute ihn an.

„Was? Siehst du das anders?"

„Nein. Wenn du Pete triffst, jag ihm eine Ladung in die Eier. Mit schönen Grüßen von mir."

In Anbetracht der Umstände konnte Jack ihr diesen Wunsch nicht mal verübeln.

„Also werden wir hier irgendwie rauskommen, ja?", erkundigte sich Stephanie.

„Jetzt, wo Stewart aus dem Weg ist, haben wir vielleicht eine Chance", sagte Leslie.

„Und wenn wir draußen sind – was dann?", hakte Randy nach.

„Wenn wir es nicht schaffen, White vorher außer Gefecht zu setzen, wird er uns folgen."

„Vielleicht könnten wir diesen Pick-up benutzen?"

„Der ist hinüber. Wir werden versuchen müssen, uns zu Fuß zur Straße durchzuschlagen."

„Meint ihr, dass vielleicht irgendjemand unsere Autos gefunden und das der Polizei gemeldet hat?", fragte Stephanie. „Ich meine, möglich wäre das doch, oder? Dieser Bulle auf dem Highway wusste zum Beispiel, dass wir hier entlangfahren, und er hat gesagt, das sei sein Heimweg. Es ist bestimmt nur eine Frage der Zeit, bis er vorbeikommt. Die einzige Frage ist, ob er aufkreuzt, bevor der Tag anbricht."

„Wir müssen Susan finden", sagte Jack.

Niemand reagierte.

„Ich meine es todernst. Wir können hier nicht ohne Susan abhauen."

„Nun, dann haben wir ein kleines Problem, oder?", meinte Randy. „Wir wissen nicht, wo diese Susan ist. Und wenn du

Recht hast, dann erwarten die, dass wir nach ihr suchen. Wir würden also genau in Whites Sinn handeln. Er ist ja kein Idiot. Er weiß, dass jemand dieses niedliche kleine Mädchen retten will."

„Was ist denn dein Problem?", schnauzte Leslie ihn an. „Sie ist genauso ein Opfer wie wir. Du kannst sie doch nicht einfach im Stich lassen!"

„Na, deiner Theorie zufolge ist auch Betty ein Opfer. Willst du sie ebenfalls retten?"

„Sie ist aber auch eine kaltblütige Mörderin!"

Randy schüttelte frustriert den Kopf.

„Wie willst du denn dieses Mädchen hier unten finden?", fragte Stephanie. „Du hast gesagt, dass sie sich seit Tagen versteckt."

„Mach, was du willst", sagte Randy. „Wenn du sie findest – schön. Dann nehmen wir sie gern mit. Aber wir können nicht alle hier unten bleiben und nach ihr suchen. Wir müssen hier raus!"

Das klang irgendwie richtig. Doch für Jack war es trotzdem falsch. Er suchte Leslies Blick. Sie wussten beide, dass Susan ihnen das Leben gerettet hatte.

Ein langgezogenes Kreischen erfüllte den Heizungsraum. Jack sah sich nach der Quelle des Geräusches um, konnte aber nichts entdecken. Es war, als wären die Wände aus Holz und ein starker Wind würde die Planken mit großer Kraft in eine Richtung verbiegen.

„Seht ihr?", kreischte Stephanie. „Das habe ich auch gehört! Und ihr meint, das hätte nur in meinem Kopf stattgefunden?"

Das Geräusch ließ endlich wieder nach. Selbst Leslie keuchte sichtlich.

„Mit diesem Kasten stimmt etwas nicht", stellte Randy überflüssigerweise fest. „Wir müssen endlich hier raus. Und zwar sofort!" Er nahm das Gewehr auf und ging auf dieselbe geschlossene Tür zu, durch die er hereingekommen war.

„Warte mal, wir haben uns noch gar nicht auf einen Plan geeinigt", sagte Jack.

„Wir gehen durch die Türen, das ist der Plan."

„Welche Türen? Wer geht wo lang? Und was ist, wenn etwas schiefgeht? Lass uns doch mal eine Sekunde nachdenken!"

Randy drehte sich um. Sein Gesichtsausdruck besagte deutlich, dass er nicht so weit gedacht hatte. Stephanie hatte Anstalten gemacht, ihm zu folgen; das passte ja – sie tickten ähnlich: *Wir müssen hier raus, also gehen wir! Nach uns die Sintflut!*
Wie in ihrer Ehe ...
Das Kreischen kam wieder, dieses Mal nicht ganz so laut, aber genauso lange. Es war das unnatürlichste Geräusch, das Jack je gehört hatte. Unwillkürlich begann er zu zittern.
Bevor Randy wieder losstürmen konnte, machte Jack noch einen Einwurf: „Bist du sicher, dass dein Gewehr mit dem fertig wird, das dieses Geräusch hervorbringt – was auch immer es ist?"
„Hör doch auf!", sagte Leslie. „Wir haben es hier nicht mit Geistern zu tun, um Himmels willen! Verhaltet euch endlich wie Erwachsene!"
„Womit haben wir es denn zu tun?", verlangte Stephanie zu wissen, und Jack war tatsächlich dankbar, dass sie diese Frage stellte. „Einer seltsamen Form von Massenhysterie?"
„Was weiß ich denn!? Vielleicht sind es die rostigen Leitungen? Das Haus ist starkem Wind ausgesetzt und es ist voller uralter Leitungen. Woher soll ich wissen –"
„Das Geräusch kommt aus den Wänden, nicht von den Leitungen", beharrte Stephanie.
„Schallwellen können sich manchmal merkwürdig verhalten", sagte Leslie.
„Und die Wunden in deinem Gesicht und an deinen Händen? Glaubst du immer noch, dass das Zufälle waren? Oder war es vielleicht mehr als nur die Dartpfeile?"
Leslies Gesicht wurde eine Spur blasser. „Was meinst du damit?"
Stephanie starrte sie nieder. „Ich weiß es nicht. Aber du weißt es genauso wenig, oder? Und trotzdem bestehst du darauf, dass es auf gar keinen Fall irgendetwas Übernatürliches ist, was hier vorgeht. Woher willst du das so genau wissen?"
Leslie antwortete nicht.
„Also ...?"
„Okay. Vielleicht geht hier ja wirklich etwas Unerklärliches vor sich. Von mir aus kannst du das auch übernatürlich nennen. Per Definition ist das Übernatürliche ja einfach nur das, was

sich unserem Verständnis des Natürlichen entzieht." Sie funkelte Stephanie wütend an. „Ich bin mir auch nicht sicher, ob es so etwas wie Geister gibt oder nicht. Eine Art natürliche Existenz nach dem Tod – wer weiß. Aber wenn ihr jetzt hier panisch herumrennt, weil ihr glaubt, dass euch ein böser Geist auf den Fersen ist, wird uns das alle nur ins Grab bringen. Wir dürfen nicht den Kopf verlieren!"

„Genau das habe ich ja vor", schoss Stephanie zurück. „Mir ist mein Kopf lieb und teuer und deshalb will ich hier raus!"

„Du und Randy, ihr wolltet eben hier rausstürmen, ohne euch einen richtigen Rettungsplan zu überlegen. Das ist genau die Art von idiotischem Verhalten, die auf irgendwelche überspannten Ideen zurückgeht."

Jack fand, es sei an der Zeit einzuschreiten. „Also, du hältst es durchaus für möglich, dass es in diesem Haus nicht mit rechten Dingen zugeht?", fragte er Leslie. „Weil nämlich Susan –"

„Ich weiß, was Susan gesagt hat!" Leslie sah ihn wütend an.

„Hey, ganz ruhig bleiben!", sagte Jack und hielt ihrem Blick stand.

Sie wandte die Augen ab.

„Wenn White weiß, dass es in diesem Haus nicht mit rechten Dingen zugeht …"

„Sprich es doch einfach aus, Jack", sagte Leslie. „Du meinst, es spukt hier drin, nicht wahr? Sag es doch."

„In Ordnung. Also, wenn White weiß, dass es in diesem Haus spukt, vielleicht weil hier unten wirklich mal Sklaven umgebracht worden sind oder so …" Es war ein komisches Gefühl, diese Möglichkeit überhaupt in Betracht zu ziehen. „… und sogar du gibst zu, dass das sein könnte, auch wenn wir es nicht begreifen können …"

„Ja."

„… dann würde es doch in unserem Interesse liegen herauszufinden, wie wir mit diesem Spukhaus umzugehen haben, oder?"

Die anderen glotzten ihn an.

„Ich weiß, dass das blöd klingt, aber reden wir nicht genau davon? Wir wissen ein bisschen über den Killer, soweit man Serienmörder eben verstehen kann, und wir wissen ein bisschen über Stewart, Betty und Pete. Wir verfolgen den Plan, die

Türen aus den Angeln zu schießen und uns zur Straße durchzukämpfen. Aber was ist mit dem Haus?"

„Du meinst, das Haus könnte uns davon abhalten rauszukommen?", fragte Leslie.

„Ich will nur sicherstellen, dass wir alle Eventualitäten bedacht haben, bevor wir etwas versuchen."

„Ich glaube nicht an Spukhäuser", sagte Randy.

„Ich auch nicht", pflichtete Leslie ihm bei und sah ihn an. „Aber es ist nun mal so, dass dieses Haus … sagen wir, ungewöhnlich ist. Darauf hatten wir uns doch gerade geeinigt. Hast du nicht zugehört?"

Er ignorierte sie.

„Wenn ich Jack richtig verstanden habe, ist die Frage doch, wie wir mit einem Spukhaus umgehen, nicht wahr?"

„Genau."

Niemand hatte einen Vorschlag. Sie waren alle zu beschäftigt damit, sich diese Ungeheuerlichkeit vorzustellen. Und ganz offensichtlich hatte niemand von ihnen irgendeine Ahnung, wie man mit so etwas umgehen sollte.

„Hat vielleicht jemand zufällig Weihwasser dabei?", fragte Stephanie.

„Was bedeutet überhaupt ‚spuken'?", fragte Randy. „Das heißt doch wohl, dass hier irgendjemand oder irgendetwas herumgeistert. Also sollten wir diesen Geist vertreiben. Oder vernichten."

Wieder begann das Kreischen, dieses Mal noch lauter als zuvor. Und länger. Sie konnten nichts tun, als es sich anzuhören und sich dabei anzusehen, ohne einander Trost spenden zu können.

„Rostige Leitungen", meinte Jack, als es endlich aufhörte.

Niemand sagte etwas dazu.

„Wir gehen zuerst zu dieser Hintertür", beschloss Jack. „Kannst du uns hinführen, Randy?"

„Ich denke schon."

Jack nickte. „Falls wir getrennt werden und nicht dort hinkommen, treffen wir uns wieder hier."

„Und wenn ein Teil von uns rauskommt?", fragte Randy.

„Dann versucht ihr, euch zur Hauptstraße durchzuschlagen."

„Was ist, wenn wir durch die Hintertür nicht herauskommen?", fragte Leslie.

„Dann probieren wir es mit der Innentür an der Haupttreppe."

„Erst schießen, dann Fragen stellen?", meinte Randy.

Jack verstand das Unausgesprochene. Er nickte und nahm den Spaten auf, den Randy fallen lassen hatte. „Wenn wir Betty, Pete oder White begegnen – erst schießen, dann Fragen stellen. Am besten unterhalb der Gürtellinie."

Randy nickte ebenfalls. „Okay. Okay. Dann also los!"

Er führte sie durch die Tür, durch die er hereingekommen war, das Gewehr schussbereit an der Hüfte.

23

03:53 Uhr

Sie gingen schnell und leise im Gänsemarsch hintereinander her, Randy vorneweg, gefolgt von Stephanie und Leslie. Jack bildete mit Randys Spaten bewaffnet die Nachhut.

In dem Augenblick, als sie den Tunnel betraten, in dem Randy Stewart zuletzt gesehen hatte, spürte Randy wieder dieses Gefühl von Selbstvertrauen, das auch seine Flucht vor Stewart beflügelt hatte. Das Gewehr war geladen, und er hatte noch elf Ladungen in der Box, die er Stewart abgenommen hatte. Randy fragte sich, ob er das Zeug dazu hatte, das zu tun, was nötig war, wenn es hart auf hart kam. Er hatte in dieser Nacht einiges gelernt, und eines davon war die Erkenntnis, dass es gar nicht so einfach war, jemandem eine Waffe an den Kopf zu halten und abzudrücken.

Ja, doch, er hatte das Zeug dazu. Er würde es nicht gerade öffentlich bekanntgeben, aber er nahm an, dass er es tun könnte. Und jetzt war er derjenige, der die anderen durch die dunklen Gänge führte – und zwar ohne übermäßige Angst zu verspüren.

Nach Randys Einschätzung waren sie erst seit fünf Minuten unterwegs, als sie den Raum erreichten, in dem Stewart ertrunken war. Sie bewegten sich immer noch sehr langsam, um keinen Lärm zu machen. Es war sehr still.

Die abgerundete Holztür stand noch offen. Randy hielt inne.

„Was ist?", flüsterte Stephanie hinter ihm.

„Hier habe ich ihn gesehen … er lag da drüben." Randy blinzelte.

„Stewarts Leiche?"

„Ja."

„Was ist los?", wollte auch Leslie wissen.

„Sie ist immer noch weg", sagte Randy.

Die Flüchtenden sahen sich an, dann blickten sie zurück in den Tunnel. Genug der Worte. Also hatte Randy einen Moment lang den Kopf verloren. Oder White hatte die Leiche weggeschafft. Randy stieg rasch über die Wasserschwelle in den Raum, um den anderen zu zeigen, dass der Ertrunkene auch wirklich ertrunken war.

„Mach langsam", wisperte Stephanie.

Wenn du nicht langsam die Klappe hältst, sorge ich dafür, dass du schweigst. Aber das war bloß ein Gedanke. Er bedeutete eigentlich gar nichts.

Randy konnte jetzt das Wasser sehen. Die große Röhre, die in den Tank führte. Er watete durch das knöcheltiefe Wasser auf die Mitte zu. Dann drehte er sich zu den anderen um. Ihm war bewusst, dass er grinste, aber es war ihm gleichgültig.

Die anderen waren in der Tür stehen geblieben und starrten nach unten.

„Hier ist es passiert", sagte Randy.

Sie sahen ihn an, ohne Zustimmung oder Ablehnung zu signalisieren. Doch das war ihm Bestätigung genug.

„Wollt ihr sehen –"

„Bring uns einfach hier raus!", zischte Leslie.

In Ordnung, also gut. Er wandte sich nach links und stieg über eine weitere Schwelle in den anschließenden Durchgang. Nach einigen Metern ging er rechts durch die Tür, gegen die er geprallt war und die jetzt offen stand. Licht fiel durch die Öffnung in den vorher dunklen Raum.

Doch die Tür, die in den Vorratsraum führte, in dem er das alte Gewehr gefunden hatte, war abgeschlossen.

„Zu", sagte er. „Diese Tür führt zu dem Durchgang mit der Hintertür."

„Und was machen wir jetzt?", fragte Stephanie.

Am besten steckst du dir die Hand in den Mund und lässt sie da drin. Wieder so ein Gedanke. *Tststs.*

„Wir blasen sie weg", sagte er.

„Das könnten die anderen hören", gab Jack zu bedenken.

„Vielleicht. Aber andererseits trennen uns eine Menge Wände. Auf der anderen Seite der Tür ist eine Art Vorratskammer. Ich denke, das geht klar."

Bevor jemand weitere Einwände erheben konnte, hob Randy das Gewehr, richtete es auf das Türschloss und ...

„Randy ..."

... drückte ab. *Bumm!*

Mann, war das laut hier drin!

„Da", sagte er und drückte die Tür auf.

Sie betraten die Vorratskammer und hielten inne, um zu lauschen. Nichts. Allerdings klingelten ihnen auch gewaltig die Ohren von dem Schuss.

„Hier entlang!"

„Ich komme nicht mit", sagte Jack.

Randy drehte sich zu ihm um. „Was soll das heißen?"

„Zeig mir, wo die Tür ist. Dann mache ich mich zuerst auf die Suche nach Susan. Ich muss es wenigstens probieren."

Randy zuckte die Achseln. „Wie du willst."

Sie hielten sich alle in dem Durchgang auf und sahen bereits die Hintertür, als sie die gedämpften Stimmen vernahmen.

Stephanie keuchte. Randy legte ihr rasch die Hand über den Mund. Den Flur entlang, an der Tür vorüber, die zu dem Arbeitszimmer mit dem einsamen Schreibtisch, dem Pentagramm und dem seltsamen Spiegel führte. Betty.

„Beeilt euch!" Randy wollte zur Hintertür stürmen, doch eine Hand hielt ihn am Ellbogen fest.

„Gib mir eine Minute. Susan muss bei ihr sein", sagte Jack.

„Spinnst du? Wir sind doch fast da!"

„Ihr müsst auf mich warten!"

„Auf keinen Fall."

„Wenn du dieses Schloss auch zerschießt, hören sie es garantiert, und dann habe ich keine Chance mehr. Gib mir eine Minute!"

„Und wenn ich auf dich warte und du kommst dann brüllend den Flur hinuntergerannt mit dem Mädchen auf den Armen und Betty ist dir mit ihrer Knarre auf den Fersen? Dann sind wir alle dran."

„Gib mir eine Minute! Sie hat Leslie das Leben gerettet!"

Er sagte es, als wäre das Grund genug. Vielleicht war es das auch, aber in Randys Gehirn war wieder Nebel aufgezogen. Er hatte ein Gewehr, sie waren in diesem Durchgang einigermaßen geschützt – eine Minute mehr oder weniger würde da nicht schaden.

„In Ordnung, eine Minute – dann gehen wir. Wir warten an der Tür."

„Ich gehe mit ihm", flüsterte Leslie.

„Ganz wie du willst."

Randy und Stephanie standen in dem Durchgang, der zur Hintertür führte. „Idioten!", zischte Randy und blickte Jack und Leslie nach. „Sie werden noch dafür sorgen, dass wir alle umkommen!"

„Meinst du?"

„Garantiert!"

„Vielleicht sollten wir dann einfach gehen", sagte Stephanie.

Ihr Vorschlag überraschte ihn ein wenig. „Du meinst, einfach abhauen und sie ihrem Schicksal überlassen?"

„Na ja, wir würden natürlich die Polizei verständigen, nicht wahr?"

Er dachte über diese Idee nach. Es war kein Plan, mehr eine Jeder-kämpft-für-sich-Strategie. Oder jedenfalls er und Stephanie für sich.

Jack und Leslie bewegten sich immer noch zögernd auf die Tür am anderen Ende des Durchgangs zu. Wenn dieses Mädchen nicht wäre, wären sie schon längst aus diesem Grab heraus.

„Das kann ich nicht", sagte Randy schließlich.

Stephanie schlang ihre Arme um sich und sah sich nervös um. „Mir gefällt das hier nicht. Wir sollten abhauen."

„Sei still. Ich habe ihnen eine Minute eingeräumt, nicht mehr. Also –"

Plötzlich öffnete sich die Tür hinter ihnen. Randy hörte Stephanie vor Schreck stöhnen und wirbelte herum. Es war Pete, der einen Arm um ihren Hals geschlungen hatte. Mit der anderen Hand hielt er ihr den Mund zu und zerrte sie durch die Tür.

Randy schwenkte das Gewehr herum, zielte auf sie und stand kurz davor, Stephanie einfach eine Ladung Schrot zu verpassen. Das war nämlich das erste Problem – Stephanie war im Weg. Das zweite war, dass Jack Recht hatte; ein Schuss würde allen im Haus verraten, wo sie waren.

Pete bückte sich durch die niedrige Tür und war Sekunden später verschwunden. Randys Puls hämmerte in seinem Kopf. Er blickte den Flur entlang und sah, dass Jack jetzt fast an der Tür zum Arbeitszimmer angelangt war und nichts von dem mitbekommen hatte, was Stephanie zugestoßen war.

Er konnte Jack und Leslie nicht warnen, ohne Gefahr zu laufen, Betty auf sie aufmerksam zu machen, was wohl kaum in ihrem Sinne war. Entweder musste er Pete mit Stephanie entkommen lassen, oder er musste ihnen nach, bevor sie außer Sicht waren.

Randy fluchte leise und eilte dann auf die Tür zu. Er konnte Stephanies Schreie, die durch Petes Hand auf ihrem Mund gedämpft wurden, hören – vor ihm, irgendwo rechts. Dann stöhnte sie ein letztes Mal und verstummte.

Pete hatte keine Waffe; Randy hatte eine – das war der entscheidende Unterschied.

Der Knall einer zuklappenden Tür erschütterte die Luft.

Pete war unbewaffnet und musste sich noch mit Stephanie abplagen, also sollte Randy doch wohl in der Lage sein, ihn zu überwältigen. Er musste den Überraschungseffekt ausnutzen. Er würde den Typen abknallen, bevor dieser überhaupt merkte, dass er verfolgt wurde.

Randy erreichte die Tür, die gerade erst zugefallen war. Er öffnete sie und steckte den Kopf hindurch. Es gab zwei Richtungen, und er konnte nicht beurteilen, in welche Pete gegangen war. Doch wenn er Jack und Leslie richtig verstanden hatte, konnte er sich ungefähr vorstellen, wo Petes Versteck war. Und Randy war ziemlich sicher, dass dieser auf dem Weg dorthin war.

Wieder nach rechts. Er trabte um die Ecke und einen Flur hinunter, den er bisher noch nicht gesehen hatte. Die Ledersohlen seiner ruinierten Schuhe klatschten laut auf dem Zementboden. Na, wer jagte jetzt wen?

Vor ihm ging es nur nach links. Er verlangsamte nicht einmal seine Schritte. Doch er entfernte sich immer weiter von der Hintertür. Und irgendwo hier unten war auch White.

Diese beiden Gedanken kamen ihm gleichzeitig in den Sinn, wie ein Schuss aus einer doppelläufigen Flinte, und sie bohrten sich in seine Brust wie etwas, das er seit Stewarts Tod nicht mehr empfunden hatte:

Angst.

Er verlangsamte seine Schritte, und sein Herz klopfte so laut, dass er nicht mehr klar denken konnte. Sie waren so nah dran gewesen! Ein einziger Schuss auf dieses Schloss und sie hätten hinaus in den Regen rennen können. Mit dem Gewehr in der Hand! Randy zweifelte nicht daran, dass er es geschafft hätte.

„Du blöde, blöde, blöde ..." Ihm wollte kein Wort einfallen, mit dem er angemessen beschreiben konnte, was er im Moment von Stephanie hielt. Dennoch war er gezwungen, ihr zu helfen.

Oder vielleicht doch nicht? Er hielt inne. Blickte über seine Schulter zurück. Eigentlich konnte er auch einfach zurückgehen. Sie alle lassen, wo sie waren, und sich mit seinem Gewehr auf den Weg zur Straße machen. Zu den Handys, die Leslie und er in ihrem Auto gelassen hatten. Hilfe rufen und zurück in die Stadt fahren.

Irgendwo vor ihm vernahm er erneut Stephanies Schreie. Pete hatte also die Hand von ihrem Mund genommen. Was vermutlich bedeutete, dass er sein Versteck erreicht hatte.

Randy bewegte sich erneut vorwärts, doch seine Entschlusskraft war angesichts seiner Angst und der Enttäuschung über die verpasste Chance fast bis gegen null gesunken. Jeder Schritt führte ihn weiter in diesen verdammten Keller hinein, weiter weg von der Tür. Jack und Leslie würden wahrscheinlich das Mädchen holen, zurück zur Tür eilen und draußen sein, während er noch hier drinnen versuchte, Jacks blöde Tussi zu retten.

Er beschleunigte seine Schritte, achtete jetzt aber darauf, dass seine Sohlen nicht mehr so viel Lärm machten. Wie Pete sich so schnell davongemacht hatte, war ihm ein Rätsel – allein schon wegen der Gehirnerschütterung, von der ihm Jack jedenfalls erzählt hatte.

Randy kam um eine weitere Ecke und stand vor einer Tür,

durch deren Ritze gelbliches Licht fiel. Der Flur ging noch weiter, doch dies musste es sein.

Er ging vorsichtig auf die Tür zu. Er wollte Angst und Schrecken verbreiten, das sah jedenfalls der Plan vor, erinnerte er sich – doch er hatte gerade nicht die Kraft dazu.

„Bitte ..." Er konnte Stephanies gedämpftes Flehen durch die Tür hören. „Bitte ... ich tue alles, was du willst ..."

„Du könntest meine Frau werden", schlug Pete vor.

Sie antwortete nicht.

Randy beugte sich etwas nach vorne und lauschte. Er wusste nicht, wo genau sie sich in dem Raum aufhielten, und die Ritzen in der Tür waren nicht breit genug, dass er hindurchspähen konnte. Wenn Stephanie den Typen ablenken würde ...

„Kannst du das bitte hinlegen?", bat sie ihren Entführer gerade.

Randy schreckte zurück. Hatte Pete etwa doch eine Waffe?

„Ich will, dass du dein Müsli isst", sagte Pete.

Randy blickte erneut den Flur hinunter. Er konnte immer noch abhauen.

„Das ... das da?", fragte sie mit Entsetzen in der Stimme.

Wenn er jetzt zurückging, konnte er es noch hinausschaffen. Jack und Leslie waren vermutlich schon draußen. Vor seinem inneren Auge konnte er schon sehen, wie die Tür weit offen stand, während Betty zornig in den Regen hinausbrüllte.

„Es macht dich so stark wie mich."

Sie zögerte und begann, leise zu weinen.

„Bist du sicher?", sagte sie dann.

„Ja, ja! Leslie war ein böses Mädchen!"

„Leslie hat dein Müsli nicht gegessen?"

„Leslie war ein böses Mädchen."

„Und wenn ich das esse, bin ich ein gutes Mädchen?", erkundigte Stephanie sich mit brüchiger Stimme.

„Dann bist du meine Ehefrau."

„Und wirst du auch gut zu mir sein?"

„Wenn du so stark sein willst wie ich, musst du das Müsli essen. Weil du nämlich schuldig bist."

„Ja, ich bin schuldig."

Randy blinzelte. Sie war anpassungsfähig, das musste man ihr lassen.

„Okay, siehst du?"

Sie aß das Zeug? Randy legte die linke Hand auf den Türknauf und drehte ihn ein ganz klein wenig. Es war nicht abgeschlossen. Er zog daran. Kein Riegel.

Stephanie schluchzte nun leise.

„Du wirst ganz stark werden", sagte Pete.

Randy beschloss, jetzt hineinzugehen, denn im Augenblick war die ganze Aufmerksamkeit des Mannes mit der Schwäche für vergammeltes Hundefutter zweifellos auf Stephanie gerichtet.

Pete stand mit einer Schüssel in der Hand vor Stephanie, die drei Finger im Mund hatte. Ihr Gesicht war tränenüberströmt.

Randy drückte ab. *Bumm!* Eine Ladung Schrotkugeln bohrte sich in Petes Seite. Dieser ließ die Schüssel fallen, doch er brach nicht zusammen.

Durchladen, noch mal abdrücken – *Bumm!*

Diesmal sank der Mann auf die Knie.

„Komm schon!", schrie Randy. „Lass uns abhauen!"

Sie sah ihn verblüfft an, dann sprang sie vom Bett. Allerdings stürzte sie sich nicht gerade weinend vor Dankbarkeit in seine Arme, sondern taumelte mit leichenblassem Gesicht durch die Tür nach draußen.

Sie folgte ihm in vollem Tempo durch die Flure. Randy konnte an nichts anderes mehr denken als daran, wieder zu der Hintertür zu gelangen. Plötzlich fiel ihm ein, dass er nach dem letzten Schuss nicht nachgeladen hatte. Er hielt kurz inne und holte dies nach. Dabei war er sich vage der Tatsache bewusst, dass Stephanie zurückfiel, doch er nahm keine Rücksicht darauf.

Er bog um eine weitere Ecke und erreichte den Tunnel, der zur Hintertür führte.

Doch weiter kam er nicht. Er befand sich nicht allein im Tunnel. Der Mann mit der Maske war auch bereits dort und starrte ihn an. Er stand nur ein paar Meter von ihm entfernt, die Arme locker herunterhängend, der Trenchcoat offen, und glotzte durch die schwarzen Löcher in seiner Maske.

Ein Gefühl der Übelkeit stieg in Randy auf. Er hätte am liebsten das Gewehr hochgerissen und ein Loch in diese Maske geschossen. Doch er konnte sich nicht bewegen.

Und es gab keine Spur von Stephanie.

„Hallo, Randy", begrüßte ihn White mit ruhiger Stimme. „Du bist wie ich, deshalb wirst du diesen Wettkampf auch gewinnen."

Er hörte immer noch nichts von Stephanie; wo blieb sie nur?

„Ich brauche eine Leiche", fuhr White fort. „Ich glaube, Jack wird versuchen, dich umzubringen. Du bist Abschaum, das wissen alle."

Randy hatte plötzlich das Gefühl, dass er nichts mehr sehen konnte. Whites Hals zuckte.

„Eine Leiche. Gib mir eine Leiche, bevor er dich tötet."

„Ich ... ich kann doch nicht einfach ..."

„Wenn du sie nicht umbringst, stirbst du!"

Sie? Er konnte nicht klar denken. „Leslie?"

„Selbst die Unschuldigen sind schuldig, Randy."

Stephanie hatte Randy aus den Augen verloren, aber sie war zu benommen, um ihm nachzurufen, er solle auf sie warten. Er war zurückgekehrt, um sie zu retten – da würde er sie doch wohl jetzt nicht im Stich lassen.

Ihr Magen rebellierte gegen die ekelhafte Pampe, doch es war eine seltsam süße Form von Ekel. Wie das Gefühl, die Raupe am Boden der Mezcal-Flasche im Mund zu haben. Nein, schlimmer, viel schlimmer ... es war, als hätte sie einen Mundvoll Erbrochenes von jemand anderem heruntergeschluckt. Doch dieses Erbrochene war mit einem Halluzinogen versetzt gewesen, das ein Wohlgefühl in ihre Nervenbahnen sandte.

Der Ekel bezog sich im Grunde auf sie selbst. Auf ihre Bereitschaft, alles zu tun, was Pete von ihr verlangte. Alles. Und auf ihr Bedürfnis, von ihm angenommen zu werden.

Ihr wurde klar, dass ihr das, was sie getan hatte, ganz natürlich vorgekommen war. Ihre Krankheit, ihre Sünde, der Wunsch, sich selbst zu retten und dabei alle Prinzipien über Bord zu werfen. Auf Kosten ihres Selbstwertgefühls. Die Erkenntnis verursachte Schwindelgefühle.

Sie hatte sich in sich selbst zurückgezogen, um sich vor ihrem Schmerz zu schützen, und sie hatte nicht die Macht, sich selbst zu retten.

Etwas von dem Brei hing ihr noch im Hals. Plötzlich verursachte dies nur noch Ekel. Sie hielt inne, beugte sich vor und erbrach sich. Dann wischte sie sich den Mund ab und stolperte weiter.

„Randy?"

Als sie ihn endlich einholte, stand Randy mit dem Rücken zu ihr da. Das Gewehr hielt er in der Hand, doch der Lauf zeigte auf den Boden. Er drehte sich zu ihr um. Einen Moment lang dachte sie, dass er sich verändert hatte und anders aussah.

„Kommst du?"

Sie beeilte sich. „Ja." Noch einmal spuckte sie aus, um den üblen Geschmack im Mund loszuwerden.

Randy lief weiter.

Als sie den Flur erreichten, aus dem Pete Stephanie weggeschleppt hatte, stand die Tür, auf die Jack und Leslie zugegangen waren, weit offen. Die Hintertür war noch immer verriegelt und von den beiden war nichts zu sehen.

„Komm schon", sagte Randy und stürmte auf die Hintertür zu. „Wenn wir draußen sind, rennen wir direkt in den Wald, nicht vorne um das Haus herum. Wir suchen uns Deckung, und dann überlegen wir uns, wie wir zur Straße kommen, okay?"

Sie antwortete nicht.

Randy hob das Gewehr, zielte auf das Türschloss und drückte ab.

„Gehen wir."

Er ging zur Tür und riss das zerschmetterte Schloss mit zitternden Händen ab. Die Tür ließ sich leicht öffnen. Hatten sie es etwa geschafft?

Randy wirbelte herum, ergriff Stephanies Ellenbogen und zerrte sie grob hinaus.

Das Problem war nur, dass sie gar nicht draußen waren.

Stephanie blinzelte mehrmals, doch sie sah immer nur das eine: Sie waren im Heizungsraum mit den großen Boilern.

Die Tür fiel hinter ihr ins Schloss.

„Oh Gott, oh Gott, oh Gott!"

24

03:59 Uhr

Jack ließ sich vor der Tür auf ein Knie sinken und spürte schon kurze Zeit später, dass Leslie von hinten gegen ihn prallte. Sie beugte sich vor, und von ihrem Gesicht konnte er ablesen, dass etwas geschehen sein musste.

„Sie sind weg!" Er folgte ihrem Blick den Flur hinab. Sie waren tatsächlich fort. Sie hatten Randy und Stephanie vor weniger als einer Minute verlassen, und Randy hatte versprochen, auf sie zu warten. Doch jetzt gab es keine Spur mehr von den beiden. Und die Hintertür war noch immer verschlossen.

Ein entfernter, gedämpfter Schrei drang an sein Ohr. Stephanie! Hatte jemand sie entführt? Pete oder White?

Einen Moment lang war er hin- und hergerissen zwischen dem Wunsch, ihr nachzujagen, und der Verpflichtung, Susan zu finden, die vermutlich hinter dieser Tür wartete. Randy war ebenfalls verschwunden. So sehr Jack dem Mann auch misstraute, jetzt entschloss er sich zu glauben, dass dieser Stephanie retten würde.

Und Jack würde sich um Susan kümmern.

Er hatte sich lange Gedanken darüber gemacht, während Leslie und er allen inneren Widerständen zum Trotz durch den Tunnel geschlichen waren. Je mehr er an Susan dachte, desto mehr setzte er sie mit seiner Tochter Melissa gleich. Es war ihre Unschuld, nicht ihr Alter, die sie einander so ähnlich machte.

Er war nicht in der Lage gewesen, seine Tochter vor dem Tod zu bewahren, doch er würde alles in seiner Macht Stehende tun, um Susan zu retten. Er war schon immer ein sturer, loyaler Typ gewesen, doch sein Entschluss, dieses Mädchen jetzt mitten in diesem Chaos zu retten, überraschte sogar ihn selbst.

Er wandte sich an Leslie. „Ich kann Susan nicht im Stich lassen. Ich finde raus, wo der Ausgang ist, und dann suche ich sie."

Sie sah ihm in die Augen. „Ich komme mit dir."

„Nein."

„Ja." Sie ließ sich nicht beeindrucken. „Du bist ein guter Mensch, Jack."

Jetzt waren sie also hier und hatten das überraschende Glück gehabt, Betty schnell zu finden. Ob das nun ein Vorteil war, würden sie bald herausfinden.

Leslie kauerte sich an die gegenüberliegende Wand und beobachtete Jack.

„Das macht keinen Sinn", sagte Betty gerade hinter der Tür. „Nicht das kleinste bisschen Sinn. Warum sollte jemand seinen Hals für dich riskieren? Die kommen nicht!"

„Jack wird kommen", erklang Susans Stimme.

„Sie haben doch immer noch keine Ahnung, in was sie hier hineingeraten sind; das ist dir doch auch klar, oder? In ein paar Stunden sind sie alle tot."

„Dann wirst du auch sterben."

Jack vernahm ein Klatschen. Fast wäre er hineingestürmt, doch er hatte noch immer keinen Plan ausgearbeitet. Sehr vorsichtig schob er die Tür einen Spalt auf.

Das Arbeitszimmer, wenn man es so nennen konnte, war noch genau so, wie er es in Erinnerung hatte, mit dem einsamen Schreibtisch und dem großen Spiegel. Betty stand mit dem Rücken zu Jack vor dem Spiegel. Sie hatte eine Bürste in der Hand und kämmte Susans langes, zerzaustes Haar.

Sie hatte keine Waffe. Zumindest sah er keine.

Betty zerrte Susan herum, sodass diese ihr ins Gesicht sah. „Meinst du, ich weiß nicht das eine oder andere übers Töten? Die Schuldigen sterben. Das bedeutet, dass auch White nicht gegen das Sterben gefeit ist, wenn es so weit ist. Er hat getan, was er tun konnte, um das Haus zum Leben zu erwecken, aber wir waren immer noch zuerst hier!"

„Wenn der Morgen kommt, wirst du tot sein", entgegnete Susan ruhig.

Diesmal machte sich Betty nicht die Mühe, sie zu ohrfeigen. Sie riss nur brutal an der Bürste. „Aber dann wirst du schon lange tot sein, Schätzchen. Du hast Recht, sie werden kommen. Aber es ist nicht so, wie sie denken!"

Jack wusste, dass er jetzt reingehen sollte, aber ihr Gespräch fesselte ihn so, dass er sich nicht bewegen konnte.

„Sie sind stärker, als du denkst", erwiderte Susan.

„Wenn sie so stark wären, würden sie sich nicht von dir verschaukeln lassen, nicht wahr? Sie wissen doch nicht mal, wo hinten und wo vorne ist. Und wie das Spiel wirklich läuft."

Susan antwortete nicht. Konnten Bettys Worte wahr sein? War es möglich, dass Susan in Wirklichkeit mit White zusammenarbeitete?

„Ich kapiere sowieso nicht, was die alle in deinem hübschen Gesicht sehen." Betty quetschte Susans Wange mit ihren groben Fingern und beide sahen in den Spiegel. Was eigentlich komisch war. „Mir ist egal, was White sagt – ich denke immer noch, wir hätten dich töten sollen, sobald du einen Fuß in dieses Haus gesetzt hattest."

Betty drückte immer fester zu. Susan wimmerte.

Jack zuckte zurück und bemühte sich, seine Atmung unter Kontrolle zu bekommen.

„Ist sie ... ist sie auf unserer Seite?", fragte Leslie. Sie hatte es also auch gehört.

„Wem traust du – Susan, die ihren Hals für dich riskiert hat, oder Betty?", flüsterte Jack.

„Aber Betty hat ihr offensichtlich nichts getan!"

Er dachte einen Moment darüber nach. „Betty hatte ihre Gründe, sie am Leben zu lassen. Und Susan hat dich gerettet!"

„Es könnte alles ein Teil des Spiels sein."

„Nein! Wir können sie nicht im Stich lassen, selbst wenn sie nur eine Figur in diesem Spiel ist. Ich gehe jetzt rein."

Sie schaute zur Tür. „In Ordnung. Aber sei vorsichtig."

Jack atmete tief durch, drückte vorsichtig die Tür auf und trat, den Spaten hoch erhoben, in den Raum.

Doch Betty wirbelte bereits herum und benutzte Susan als Schutzschild. Statt der Bürste hatte sie plötzlich ein Messer in der Hand, das sie gegen Susans schmalen Hals presste. Susan erblickte Jack und ihre Mundwinkel hoben sich leicht.

„Das wird aber auch Zeit", begrüßte Betty ihn und grinste so breit, dass ihre langen Pferdezähne entblößt wurden. „Lass den Spaten fallen."

„Tu's nicht!", rief Susan.

„Ich sagte: Lass ihn fallen!"

Leslie trat hinter Jack in den Raum hinein. „Töte sie, Jack!"

„Ich zähle bis drei. Wenn du dann das Ding nicht fallen lässt, schlitze ich ihr den Hals auf!", drohte Betty.

„Und was dann?", wollte Jack wissen und kam mit fest zusammengebissenen Zähnen auf Betty zu. „Was dann, du krankes Geschöpf? Ich sage dir, was dann passiert: Ich sorge dafür, dass dies das Letzte ist, was du in deinem Leben tust!"

Betty wich zurück und zog Susan mit sich.

„Du kannst nicht zulassen, dass ich sie töte, und das weißt du auch", sagte Betty. Doch in ihren Augen lag jetzt ein Hauch von Angst. „Sie ist das Einzige, was dich am Leben hält! Sie ist ein Teil des Spiels. Das wirst du noch merken, das schwöre ich dir."

„Hör nicht auf sie", warf Susan ein.

Betty ließ das Messer aufblitzen und Susan stöhnte. Blut lief aus einem kleinen Schnitt an ihrem Kinn. „Was ist denn eigentlich los, seid ihr aus der Hintertür nicht rausgekommen? Dein Spaten wird dir hier nichts nützen, Süßer!"

Leslie ging auf die andere Seite des Raumes und stellte sich rechts von Betty hin.

„Ich weiß nicht, was du glaubst, worum es bei diesem kranken Spielchen geht", sagte sie. „Aber Stewart ist tot, und White will, dass wir dich auch töten. Willst du das? Ein Blutbad hier unten? Er wird nicht eher ruhen, bis wir alle tot sind. Das muss dir doch auch klar sein."

Betty lächelte. „Ihr meint also, Stewart sei tot? Oh ja, er ist ertrunken, aber er hat starke Lungen."

„Lass das Messer fallen", forderte Jack sie auf. „Wenn du sie tötest, werde ich dir den Kopf abhacken, das verspreche ich dir. Lass sie los!"

„Hey, es ist White, den wir aufhalten müssen!", sagte Leslie. „Wir sollten zusammenarbeiten, nicht gegeneinander!"

Bettys Augen schweiften zu Leslie. Jack trat näher. Der Gedanke, Betty tatsächlich umzubringen, erwies sich als wesentlich sperriger, als er angenommen hatte. Und dann bestand immer noch die Gefahr, dass sie es irgendwie schaffen würde, Susan zu töten.

Leslie ging noch einen Schritt näher. Sie versuchte, sicher aufzutreten, doch sie zitterte erbärmlich.

„Leslie?", fragte Jack.

„Warum glaubst du, dass du deine verzerrten Ansichten einem kleinen Jungen eintrichtern und trotzdem damit davonkommen kannst, hm?", zischte sie verbittert. *Sie ist kurz vor dem Überschnappen,* dachte Jack. *Sie redet wohl von Pete.*

„Leslie ..."

„Du bist schuldig, Betty. Du bist genauso schuldig wie wir alle. Und deine Sünden sind gerade dabei, dich einzuholen!"

Leslie ging hinter Betty vorbei. Das Gesicht der älteren Frau war angespannt. Sie beobachtete Leslie wie ein Raubvogel. Es war das erste Mal, dass sie nicht ganz Herr der Lage zu sein schien.

„Glaubst du an die Hölle, Betty? Ich nicht. Aber wenn ich dich so ansehe, dann wünsche ich, ich könnte daran glauben, denn was auch immer die Hölle ist – sie ist wie für dich gemacht. Und für deinen Sohn. Entweder schließt du dich uns an und kämpfst mit uns gegen White oder wir machen jetzt und hier Schluss mit dir. Wie gefällt dir das?"

Jack war nur noch einen knappen Meter von Betty entfernt. Doch diese hatte ihr Messer immer noch fest an Susans Hals gepresst.

Ihr Blick schwenkte von Leslie zu Jack und wieder zurück. Plötzlich ließ sie Susan los, warf das Messer hin und hob beide Hände. Susan duckte sich nach rechts weg.

„Hör mir zu, Jack", sagte Susan. „Wer Ohren hat zu hören ... Kannst du mich hören?"

„Okay, ihr habt gewonnen", sagte Betty. „Ich weiß ..."

„Töte sie, Jack!", sagte Leslie.

Susan redete ebenfalls, aber Jack konnte ihre Worte nicht verstehen. Die Stimmen wirbelten in seinem Kopf durcheinander.

„... wie man White töten kann", sagte Betty. „Ich kann euch zeigen ..."

„Töte sie!", schrie Leslie.

„… wie ihr ihn erledigen könnt."

Susan beendete einen langen Monolog. „Und wenn das keinen Sinn macht – nun, das soll es auch nicht unbedingt."

Was? Jack sah Susan und Leslie an. „Was?"

„Wie, was?", wiederholte Leslie verständnislos.

„Was hat sie gesagt? Susan, meine ich."

Leslie sah zu dem Mädchen hinüber. „Gar nichts."

Stille. Bettys Kopf fuhr herum und ihr Lächeln kehrte zurück. Jacks Nerven waren zum Zerreißen gespannt. Hatte sie irgendetwas gesehen oder gehört? Jetzt spielte ihm seine Fantasie auch schon Streiche.

Er versuchte, die gegenwärtige Situation wieder in den Blick zu bekommen. Leslie war rechts von ihm und versuchte, ihn dazu zu bringen, dass er Betty in die ewigen Jagdgründe schickte. Susan stand links von ihm und sah ihn nur schockiert an. Betty in der Mitte, die Hände erhoben und nervös lächelnd.

„Töte sie!", kreischte Leslie.

Jack schlug zu. Er hörte ein Knacken. Bettys Schädel. Das Spatenblatt hatte sie mit genug Kraft getroffen, um sie rücklings in den Spiegel zu schleudern. Das Glas zersplitterte.

Betty stürzte auf den Boden. Ein dünner Blutstrom rann aus ihrem Ohr.

Alle starrten sie ungläubig an. Schwarzer Rauch stieg aus der Wunde empor.

„Folgt mir!", rief Susan. „Schnell!" Sie rannte auf die Tür zu, die in den Raum mit den vier Sofas führte.

Jack erblickte das Gewehr, das Betty in Petes Zimmer mitgebracht hatte. Es lehnte am Tisch. Jack ließ den Spaten fallen und nahm die bessere Waffe an sich.

„Hinten hinaus", rief Leslie. „Susan!"

„Nein, Susan hat Recht", entgegnete Jack. „Wir sind näher an der Innentreppe. Lass uns da raufgehen. Komm!" Diesmal würde er das Schloss zerschießen.

Er rannte hinter Susan her, die bereits den Flur erreicht hatte, der zur Treppe führte, als Jack in das seltsame Wohnzimmer kam. Leslie folgte ihm dicht auf den Fersen.

Wenn Randy Recht hatte und White sich im Keller befand, dann mussten sie oben sicher sein. Sie konnten irgendwie aus dem Haus gelangen. Und dank des Gewehrs würde er keine Probleme mit verschlossenen Türen haben.

Jacks Herz hämmerte in seiner Brust. Sie würden es schaffen!

Was war mit Stephanie und Randy? Hoffentlich waren sie längst durch die Hintertür entkommen. Er hatte Susan und Leslie bei sich und würde diese beiden retten.

Er preschte in den Flur und wäre beinahe gegen Susan geprallt, die innegehalten hatte und in die von der Treppe wegweisende Richtung starrte.

„Komm schon, lass uns –"

Leslie schrie.

Jack wirbelte herum und sah, dass sie in dieselbe Richtung schaute wie Susan. Ihr Gesicht war leichenblass. Jack drehte sich um.

Der Killer beobachtete sie aus dem Schatten heraus. Regungslos stand er dort. Der schwarze Trenchcoat hing offen herunter, die Maske verdeckte sein Gesicht mit Ausnahme der Schlitze für Augen und Mund. Das Gewehr war lässig auf den Boden gerichtet.

„Eine Leiche", sagte er und seine Stimme klang hinter der Maske wie tot. „Die Alte zählt nicht."

White begann, auf sie zuzugehen.

„Folgt mir!", schrie Susan. Sie drückte die gegenüberliegende Tür auf und rannte hindurch.

Whites Gewehr ging mit einem lauten Knall los. Die Ladung traf die Tür hinter Susan und schmetterte sie wieder zu. Wenn man aus den bisherigen Erfahrungen schließen durfte, war sie vermutlich abgeschlossen.

„Erschieß ihn!", schrie Leslie.

Jack riss das Gewehr hoch und feuerte wild gegen die Wand. Seine Arme waren schwach. Alles, woran er denken konnte, war, endlich hier herauszukommen. Die Treppe hinauf, durch die Tür. White hob sein Gewehr erneut.

„Beeil dich!"

Jack sprang die Treppe hinauf, immer drei Stufen auf einmal nehmend, während Leslie hinter ihm herrannte. Sie hatten Susan nicht bei sich, das war ihm bewusst, doch er wusste, dass sie sehr bald beide tot sein würden, wenn sie diese Tür nicht erreichten.

Bumm! Whites nächste Ladung schlug in die Wand neben Jack ein.

Dieser lud im Laufen nach, zielte auf das Türschloss und drückte ab, noch bevor er die Tür erreicht hatte.

Der Rückstoß schleuderte ihn gegen Leslie, die ihn jedoch auf die Tür zuschubste. Die hatte sich aus dem zerschmetterten Riegel gelöst und schwang auf.

„Geh schon, los!"

Er sprang durch die Tür, stolperte über die Schwelle und stürzte bäuchlings auf den Boden.

Leslie hinter ihm atmete hörbar ein. „Was ... was ist das?"

Jack blickte hoch. Eine Tür zu seiner Rechten flog plötzlich auf, und Randy und Stephanie rannten heraus, total atemlos und mit ungläubigem Blick.

Dann nahm Jack den Rest des Raumes wahr. Und es war nicht der Flur, den er zu sehen erwartet hatte.

Sie befanden sich wieder im Heizungsraum.

„Oh Gott, oh Gott, oh Gott", murmelte Stephanie.

25

04:25 Uhr

Leslie bemerkte sofort, dass der Heizungsraum sich verändert hatte. Es waren große, rote Buchstaben an die Wände geschmiert worden:

Der Lohn der Sünde ist eine Leiche.

Randys Nasenlöcher blähten sich vor Zorn. Stephanie blinzelte vor Angst. Was auch immer mit den beiden geschehen war, es hatte sie verändert, dachte Leslie. Ihr war sehr wohl bewusst, dass auch ihr eigener Verstand sich zu verabschieden drohte, aber das hielt sie nicht davon ab zu erkennen, was in den anderen vor sich ging. Jack schien der Einzige von ihnen zu sein, der noch ganz bei sich war.

Sie war etwas überrascht darüber, wie wenig sie jetzt für Randy empfand. Und Jack hatte nicht auf ihre Annäherungsversuche reagiert; sie hatte auch nichts anderes erwartet. Doch wenn es jemanden gab, der sie hier herausbringen konnte, war es vermutlich Jack.

„Gib mir die Knarre", zischte Randy und starrte Jack an.

„Irgendwas stimmt hier nicht", sagte Leslie verwirrt.

„Gib mir das Ding!", wiederholte Randy und streckte die Hand danach aus.

Leslie ging an den Wänden entlang und sah sich die rote Schrift an. „Wie ist das möglich? Ich kapier das nicht. Irgendetwas Übersinnliches geschieht hier, oder?"

„Ich dachte, du wärst zu schlau, um an Übersinnliches zu glauben", warf Stephanie bissig ein.

„Das bin ich auch." Und das stimmte. Aber wie konnte sie

leugnen, dass das, was gerade geschehen war, aus rein physikalischer Sicht zwar völlig unmöglich, aber dennoch passiert war?
„Das bin ich auch. Aber das Haus scheint irgendwie zu wissen, was wir vorhaben, noch bevor wir es selbst wissen! Und es kennt uns!"
„Es kennt uns?"
Sie sah Stephanie an. „Unsere Schwächen. Unsere Ängste. Die Dinge, die wir –"
„Ich sagte, gib mir die Knarre!", brüllte Randy und hob sein Gewehr an.
Leslie wurde wütend. „Jetzt hör doch auf!"
„Ich traue ihm nicht", stieß Randy hervor.
„Kapierst du denn nicht, was hier los ist, du Idiot? Wir sind wieder im Heizungsraum. Und wir arbeiten gegeneinander. Wir machen uns gegenseitig fertig!" Sie wusste, dass sie sich unklar ausdrückte, aber sie fuhr dennoch fort: „Es weiß, was es tut! Unser eigenes Unterbewusstsein spielt uns Streiche, und es weiß, was uns verfolgt!"
„Da magst du Recht haben, aber ich traue Jack trotzdem nicht."
Stephanie blinzelte Leslie an. „Glaubst du das wirklich?"
„Hast du eine bessere Erklärung? Diese ganze Nummer hier hat eine spirituelle Ebene. Und eine ganz persönliche. Ich meine, wir müssen diesem Killer auf einer anderen Ebene begegnen, um seine Psychose zu befriedigen. Er muss glauben, dass wir auf einem geistlichen Level reagieren, oder …" Sie brach ab. Sie hatte keine Ahnung, was nach „oder" kam. „Das ist der reine Unsinn!"
„Ich werde dir meine Waffe nicht geben", sagte Jack und musterte Randy misstrauisch. Er sah nach, wie viele Ladungen noch in der Kammer waren. Nur eine. Gut, dass er nachgesehen hatte. Er fischte die übrige Munition aus seiner Tasche und lud nach.
Leslie ging zu Randy und drückte seinen Gewehrlauf nach unten. „Du verlierst den Verstand! Hörst du mich, Randy? Krieg dich wieder ein!"
„Seid ihr beiden völlig verrückt?", verlangte Stephanie zu wissen. „Wir sind in diesem Haus gefangen und ihr streitet euch um Gewehre?"

Randy warf ihr einen Blick zu, dann ließ er die Waffe sinken und lud sie ebenfalls nach.

„Wenn du immer noch denkst, dass sich das hier alles nur in unseren Köpfen abspielt", giftete Stephanie, „dann bist du diejenige, die erschossen gehört!"

Leslie ignorierte sie einfach. Nichts, was irgendeiner von ihnen sagte, konnte sie jetzt noch überraschen. Und Stephanie hatte in einer Sache Recht: Sie waren gefangen.

Jack durchbohrte Randy geradezu mit seinen Blicken. „Was ist da unten passiert? Wie seid ihr hierher zurückgekommen?"

„Durch die Hintertür", sagte Randy.

„Bist du sicher, dass es eine Tür war?"

„Ich habe White durch diese Tür hereinkommen sehen. Natürlich bin ich sicher."

„Wie seid ihr denn hier reingekommen?", fragte Stephanie.

„Durch die Tür an der Innentreppe. Das hier sollte eigentlich das Erdgeschoss sein."

„Wir sitzen in der Falle", stellte Leslie fest.

„Aber nur in unseren Köpfen", ätzte Jack.

Sie ignorierte auch ihn.

Das Haus stöhnte.

„Und das sind keine Leitungen", sagte Stephanie. „Das Haus lebt!"

Es war eine so offensichtliche Wahrheit, dass niemand etwas dagegen sagen konnte.

Leslie ging zu einem der Boiler hinüber und legte die Hand daran. Dann klopfte sie mit den Fingerknöcheln dagegen, als wolle sie überprüfen, ob er real war. Sie drehte sich mit gerötetem Gesicht wieder zu den anderen um.

„Es gibt keinen Weg hinaus, oder?"

Ihre Augen ruhten auf Randy, der die Wand anstarrte.

Der Lohn der Sünde ist eine Leiche.

Hausregel Nummer 3: *Gebt mir eine Leiche und ich drücke vielleicht bei Regel 2 ein Auge zu.*

Der Killer wollte einen Toten als Bezahlung für ihre Sünden. Fanatischer religiöser Quatsch, aber Leslie wurde das Gefühl nicht los, dass sie alle sterben würden, wenn sie nicht nach seinen Regeln spielten.

Was sollte sie also tun? Ihre Sünde töten? Pete den Kopf

wegpusten? Oder ihn küssen und alles tun, was er wollte, sozusagen als ein Zeichen dafür, dass sie ihr Verhalten bereute?

Die Hinterwäldler zählten nicht; sie alle wussten das. Sie wussten auch, dass White sie längst hätte töten können, wenn er gewollt hätte.

Und genau aus diesem Grund war Leslie der Meinung, dass dieser ganze Religionsmist aus zivilisierten Ländern verbannt gehörte. Sie unterdrückte nur mühsam einen frustrierten Aufschrei.

Jack umklammerte das Gewehr noch etwas fester. Augenscheinlich war Randy derjenige, der am ehesten bereit war, Whites Wunsch zu erfüllen. Und was war mit ihm selbst? Wenn es hart auf hart kam, wäre er dann bereit, einen von ihnen zu töten, um die anderen drei zu retten? Trotz des Geschwafels mit den Regeln vermutete Jack, dass White sich nicht mit einer Leiche zufriedengeben würde. Er erinnerte sich an die Zeitungsausschnitte. Ganze Familien waren abgeschlachtet worden.

Andererseits war Jack nicht sicher, dass er es nicht doch tun würde, vor allem, wenn es sich um Notwehr handelte. Was ihn verwirrte, war dieses Zeug mit dem „Lohn der Sünde". Vielleicht hatte Leslie Recht und der Killer war religiös motiviert? Was auch immer hier mit ihnen geschah, war mindestens ebenso spirituell oder psychisch bedingt wie physisch.

Das Problem war, dass Jack keine Ahnung hatte, was das alles bedeutete. Wie wurde man mit einem Killer – oder in ihrem Fall mit einem Haus! – fertig, der einem die eigenen Vergehen vor Augen hielt?

Einfach tun, was er sagte? Eine Leiche. Vielleicht Randys Leiche?

„Es gibt nur einen Ausweg", sagte Stephanie.

Das grausame Quietschen von Metall auf Metall quälte ihre Ohren. Jack riss genau im richtigen Augenblick den Kopf hoch, um zu sehen, wie etwas durch die Schatten zwischen zwei großen Leitungen über ihnen hindurchfiel.

Sein Pulsschlag schoss in die Höhe. Es war ein Körper an einem dicken Seil. Er stürzte herab, wurde dann von dem Seil abgefangen und baumelte von dem Henkersknoten um seinen Hals herab.

Leslie sprang mit einem erstickten Schrei zur Seite. Das Seil knirschte unter dem Gewicht des Körpers, und er drehte sich unendlich langsam herum, bis alle sehen konnten, wer es war.

An dem Seil hing – so tot wie ein Sack Steine – Randy Messarue.

Randy?

Sie waren alle zu verblüfft, um sofort zu reagieren. Eine Stimme brüllte durch Jacks Gehirnwindungen und versuchte, ihm klarzumachen, dass diese Leiche dort gewisse wichtige Hinweise gab, aber er war zu geschockt, um sie zu vernehmen.

Randys tote Augen waren geschlossen und sein Mund stand leicht offen. Aus dem Spalt kam eine dünne schwarze Rauchfahne, die von dort aus auf den Boden sank, wo sie sich verteilte.

Jetzt endlich traf Jack die volle Bedeutung dieser Leiche wie ein Achtzehntonner aus dem Nichts. Wenn Randy tot war, wer stand dann neben ihm?!

White?

Er reagierte einem Impuls folgend, riss das Gewehr hoch und herum und zielte auf Randy, der seinen toten Doppelgänger vollkommen schockiert anstarrte.

„Lass die Waffe fallen!", schrie Jack.

„Was?"

„Du sollst die Knarre fallen lassen!" Seine Arme zitterten. War sein Gewehr überhaupt geladen? Er sah schnell nach. „Mach schon!"

Randy hatte das Gewehr locker in einer Hand, der Lauf zeigte zu Boden. Er wandte sich zu Jack um und in seinen Augen stand die nackte Angst geschrieben. „Was ist –"

„Was tust du, Jack?", wollte Stephanie wissen.

Ich lasse zu, dass dieser Killer mich manipuliert. Ich werde langsam dazu gedrängt, für ihn zu töten. Ich setze mich in dasselbe Boot wie er. Ich werde gezwungen, mein wahres Ich zu erkennen. Ich bin böse. Wir alle sind böse. Der Lohn der Sünde ... ist der Tod. Eine Leiche ...

Die Gedanken schossen durch seinen Kopf und waren Augenblicke später wieder verschwunden. Sie waren im Moment für ihn sowieso nicht von irgendeinem Nutzen.

„Das ist nicht Randy", sagte Jack und nickte zu dem lebendigen Randy hinüber. „Randy ist tot."

„Du ... du denkst, das da bin ich?", fragte Randy, immer noch wie betäubt.

Jack antwortete ihm nicht. Sie alle hatten dieselbe logische Schlussfolgerung getroffen, auf die auch er gekommen war. „Lass ... die ... Waffe ... fallen!"

Stephanie trat einen Schritt zurück, die Augen unverwandt auf Randy geheftet.

„Das hier bin ich!", rief Randy und schlug sich mit der freien Hand auf die Brust. „Das ist irgendein Trick! Er versucht, euch dazu zu bringen, dass ihr mich umbringt. Eine Leiche – er hat mir gesagt, dass ihr das tun würdet! Er hat mir gesagt –"

„Wann hat er dir das gesagt, Randy? Wenn du dieses Gewehr auch nur einen Millimeter hebst, schieße ich sofort. Und nur zu deiner Information: Ich habe es bereits getan – ich habe vor wenigen Minuten Betty getötet. Und ich kann dasselbe jederzeit wieder tun."

Der Mann starrte ihn jetzt zornig an. „Wenn das da ich bin, wer soll ich dann sein? Eine Erscheinung?" Seine Augen wanderten hilfesuchend zu den anderen. „Glaubt ihr auch, dass ich nicht echt bin? Ich habe doch eben Stephanie gerettet ..."

Doch nicht einmal Stephanie trat zu seiner Verteidigung ein.

„Er könnte White sein", sagte Leslie.

„Ja, das wäre möglich", pflichtete Jack ihr bei.

„Ich bin nicht White!"

„Und ich bin nicht bereit, ein Risiko einzugehen", meinte Jack.

Randy starrte Leslie verbittert an. „Jetzt ist also nicht nur das Haus verflucht, sondern der Killer kann auf magische Weise in jeder Gestalt auftreten? Und das von einer überzeugten Atheistin?"

„Ich weiß nicht mehr, was ich glauben soll. Aber es gibt dich zweimal und einer von euch kann nicht echt sein", sagte Leslie.

„Was ist, wenn der da die Erscheinung ist?", fragte Stephanie und deutete auf die Leiche.

„Sieh nach, Leslie", fügte Jack hinzu.

Sie sah unsicher aus, ging dann aber doch langsam zu dem hin- und herschwingenden Körper hinüber. Jack sah aus den Augenwinkeln heraus, wie sie vorsichtig die Hand hob und die Leiche berührte. Der Körper pendelte stärker und drehte sich dabei, während das Seil leise knirschte.

„Real", sagte Leslie.

„Das war die Leiche von Stewart auch, als ich sie gesehen habe", insistierte Randy. „Und von der ist auch Rauch aufgestiegen. Das ist bestimmt das Zeichen! Ich sage euch, ich bin nicht White!"

Jack kam ein Gedanke. Er hatte allen Grund, einfach abzudrücken, nicht wahr? Wenn Randy tatsächlich White war, würde er aus reiner Notwehr handeln. Wenn Randy wirklich Randy war, würde Jack in angenommener Notwehr handeln. Und sie hätten ihre Leiche.

Der plötzliche Drang, es zu tun, ließ seinen Zeigefinger erzittern, obwohl seine Argumentation selbst ihm ziemlich schwach vorkam.

„Warum sollte ich Stephanie retten, wenn ich White wäre?", fragte Randy. „Sag mir das!"

Jack warf einen Blick auf Stephanie. „Ja, wie war das? Was ist da hinten passiert?"

„Er … ja, er hat mich gerettet!"

„War er für dich je außer Sicht? Gab es einen Moment, in dem White ihn getötet haben könnte?"

Sie sah Randy mit aufgerissenen Augen an. „Äh … ja."

Randys Augenbrauen schossen in die Höhe. „Was?"

„Als du vor mir um die Ecke verschwunden bist. Er könnte dich da getötet und deine Gestalt angenommen haben. Du hast dich danach auch wirklich etwas seltsam verhalten."

„Du meine Güte, hör doch nur mal, was du da sagst! Er hat schließlich damit gedroht, mich umzubringen."

„Dir gedroht? Inwiefern? Was hat er gesagt?", verlangte Jack zu wissen.

„Dass er mich töten würde, wenn ich nicht zuerst dich töte. Dass du versuchen wirst, mich umzubringen. Was du ja auch tust. Dass die Zeit knapp wird. Dass die Dämmerung kommt."

Leslie keuchte: „Sie ist weg!"

Jack sah sich suchend um. Die Leiche war fort. Mit Seil und allem. Sie hatten sich das Ganze nur eingebildet? Unmöglich!

Hinter ihnen öffnete sich eine Tür und Fußtritte erklangen. Jack wirbelte herum. Die Tür knallte zu. Was er dann sah, ließ seine Knie erbeben.

Randy und Stephanie waren soeben in den Raum gestolpert. Die Stephanie und der Randy, die sich bereits im Raum befanden, starrten ihre Zwillinge entgeistert an. Sie waren absolut identisch, bis hin zu den Gewehren, die beide Randys in der Hand hielten.

„Randy?" Leslies Stimme war angespannt.

Jack trat zurück und warf Leslie einen Blick zu. Doch es war nicht nur Leslie, die er sah.

Neben ihr stand eine weitere Leslie.

Und ein zweiter Jack.

26

04:31 Uhr

Jacks Knie begannen zu zittern.

Im Raum waren nun acht von ihnen: zwei Leslies, zwei Stephanies, zwei Randys – und zwei Jacks. Alle sahen vollkommen schockiert aus, der zweite Jack inbegriffen, der sein Gewehr so fest umklammert hielt, dass seine Fingerknöchel weiß hervortraten.

Und es war klar, dass vier von ihnen nicht echt waren. Oder?

Die Stephanie, die gerade hereingekommen war, wimmerte.

Als würden sie auf ein unausgesprochenes Signal reagieren, hoben die beiden Randys und die beiden Jacks ihre Waffen und verursachten eine klassische Patt-Situation. Die Randys zielten auf die Jacks und die Jacks zielten auf die Randys.

Jack wurde klar, dass er den kleinen Vorteil, den er gehabt haben mochte, nun eingebüßt hatte. Er hätte die Sache beenden sollen, als er noch Zeit dazu hatte, denn jetzt ging es nicht mehr – nicht, solange er keine Ahnung hatte, wer echt war und wer nicht.

Die beiden Randys keuchten. Jeden Moment würde eine der Waffen losgehen.

„Ganz ruhig", sagte Jack.

„Keiner rührt sich", fügte der andere Jack hinzu.

„Was ist hier los?", fragte die neu hinzugekommene Stephanie zitternd.

Niemand machte sich die Mühe zu antworten. Einige unendliche Sekunden lang starrten sie einander schweigend an. Das Haus stöhnte erneut, laut und weit entfernt über ihren Köpfen.

Der andere Jack brach schließlich das Schweigen. „Wir haben ein Problem", stellte er fest. „Niemand macht eine hastige Bewegung, klar? Verhaltet euch alle ruhig."

„Wer bist du?", fragte die neue Leslie und sah Jack an. „Wie bist du hier hereingekommen?"

„Durch die Tür."

„Das kann nicht sein. Jack und ich sind vor ein paar Minuten durch die Tür gekommen und der Raum war leer. Wir waren zuerst hier."

Unmöglich. Doch offensichtlich glaubte sie das wirklich.

„Vier von euch sind nicht real", sagte der neue Jack. Er schwenkte sein Gewehr zwischen Randy und Jack hin und her. „Fangen wir mit dir da an. Leg die Waffe hin."

Auf Jacks Stirn brach Schweiß aus und lief an seinen Schläfen hinunter. Der neue Jack übernahm die Führung, als sei er der echte. Jacks Verstand neigte sich bedenklich zur Seite. Sein Finger am Abzug verkrampfte sich, und er zwang sich dazu, wieder lockerer zu lassen.

Die beiden Randys schwenkten einer nach dem anderen ihre Waffen auf ihn. Nun blickte er in drei Gewehrläufe.

„Ganz ruhig bleiben", sagte er. „Niemand macht eine hastige Bewegung."

Hatte das nicht eben der andere Jack gesagt?

„Wir müssen das hier abklären. Leslie?"

Diese antwortete nicht. Er warf ihr rasch einen Seitenblick zu. „Erklär's ihnen!"

„Was soll ich ihnen erklären?" Ihr Blick irrte hektisch umher. „Ich weiß nicht, was du meinst."

„Dass wir echt sind, um Himmels willen!"

„Ich ... ich weiß nicht, wer von euch der echte Jack ist!"

„Bist du verrückt? Wir waren doch eben hier drin mit dieser Leiche ..."

„Welcher Leiche?", fragte die neue Leslie.

„Ruhe!", schrie Randy.

White hatte Randy gesagt, dass er Jack töten solle. Würde das Gewehr einer Geistererscheinung tatsächlich funktionieren?

„Er wird uns umbringen", sagte Jack und schaute zu dem anderen Jack hinüber. „Du weißt das, nicht wahr? Und weil er nicht weiß, welcher von uns der Richtige ist, wird er uns einfach beide abknallen."

Der neue Jack dachte über diese Aussage nach, dann richtete er sein Gewehr wieder auf Randy. Der neue Randy zielte auf den neuen Jack und wieder hatten sie sich gegenseitig matt gesetzt.

„Er ist dafür verantwortlich!", rief Leslie. Welche es war, konnte Jack nicht mehr sagen. Überhaupt hatte er keine Ahnung mehr, wer nun wer war. Er wusste nur, dass er der echte Jack war. Doch der andere Jack schien sich ebenfalls für den echten zu halten. Was war, wenn er Recht hatte?

„White manipuliert uns!", meinte eine der Leslies. „Er treibt uns dazu, uns gegenseitig zu töten, weil wir denken, dass der andere nicht echt ist. Aber sicher wissen können wir das nicht!"

„Sie hat Recht", stimmte die andere Leslie zu. „Er will unbedingt eine Bezahlung für alle Verfehlungen eintreiben, und die ist in seinem kranken Hirn nun mal der Tod."

Die Hoffnungslosigkeit der Situation trieb Jack in den Wahnsinn. Er konnte das Zittern seiner Hände nicht mehr abstellen.

Wenn sie alle einmal vernünftig miteinander reden könnten …

Ihm fiel auf, dass es ziemlich unsinnig war, mit einer Geistererscheinung vernünftig reden zu wollen. Und Randy war auf Blut aus. An diesem Punkt konnte man mit keinem der Randys mehr vernünftig reden.

„White hat mir gesagt, dass genau das passieren würde", setzte Randy mit einem bösartigen Grinsen hinzu. „Er sagte, Jack würde mich töten, wenn ich ihn nicht zuerst töte. Keine Chance, Superheld!"

„Tu's nicht", sagte der neue Jack.

„Tu es", meinte der andere Randy. „Er hat seine Knarre auf den falschen Randy gerichtet."

Der erste Randy brauchte nur einen Moment, um den Sinn dieser Worte zu erfassen. „Willst du damit sagen, dass ich entbehrlich bin, weil du denkst, nur du seist echt?"

„Ich will damit sagen, dass die Situation unentschieden ist.

Irgendjemand muss sterben, und das werde ganz sicher nicht ich sein."

Jeder von ihnen war davon überzeugt, dass er real war. Wenn einer der Randys gewusst hätte, dass er selbst nicht der echte war, hätte er das Blutbad längst begonnen – er hätte schließlich keine Angst haben müssen, selbst umzukommen.

„Wir können nicht sagen, wer von uns echt ist", meinte der neue Jack. „Ich bezweifle, dass die Waffe eines Geistes wirklich schießt. Wir könnten also zur Überprüfung alle einmal gegen die Wand feuern."

Falls seine Schlussfolgerungen zutrafen.

„Und was dann? Töten wir dann die, deren Waffen nicht geschossen haben?", fragte Randy, der immer noch ein bösartiges Grinsen im Gesicht hatte. „Warum ballern wir nicht einfach aufeinander und sehen dann, wer noch steht, wenn der Rauch sich gelegt hat?"

„Ganz einfach – weil du dann tot sein könntest!", entgegnete Jack. Er ließ sein Gewehr etwas sinken. „Ich stimme Jacks Vorschlag zu."

Nach ein paar Augenblicken des Nachdenkens senkten auch die beiden Randys ihre Waffen. Einer richtete sein Gewehr auf die Wand und drückte ab. *Bumm!* Der Schuss hallte noch im Raum nach, als ihm schon der zweite folgte, denn auch der zweite Randy hatte sein Gewehr abgefeuert. Wie ein Mann richteten sie danach die Läufe wieder auf Jack. Dann schwenkte einer von ihnen zu dem anderen Jack hinüber, der seinerseits auch wieder sein Gewehr anhob und zielte.

Jack tat es ihm gleich.

„Wie ich schon sagte", murmelte ein Randy, „wir sollten es einfach drauf ankommen lassen."

„Was vermutlich bedeutet, dass du nicht der echte Randy bist", sagte Leslie. „Du willst uns nur alle zu einem Massaker treiben."

„So, das denkst du also? Weißt du, was ich denke? Dass ich White vor mir sehe." Seine Augen waren auf Jack gerichtet. „Und die einzige Möglichkeit, das zu klären, besteht darin, eine Ladung Blei in seinen Wanst zu pumpen."

„Es gibt noch eine Möglichkeit", sagte der andere Randy.

Sie warteten.

„Aus Stewarts Leiche ist schwarzer Rauch ausgetreten. Ich glaube inzwischen, dass diese Leiche ebenso wenig real war wie der Gehängte eben. Und ich glaube, dass diese unechten Leichen schwarzen Rauch absondern."

„Betty war aber äußerst real und sie hat auch Rauch ausgestoßen", warf Jack ein. „Offenbar hat der Rauch etwas mit dem Totsein an sich zu tun."

„Oder mit Verletzungen", sagte Leslie. „Das Zeug tritt aus den Wunden aus, nicht wahr?"

„Willst du damit sagen, dass wir uns alle mal anritzen sollten?"

Randy zuckte die Achseln. „Bist du etwa zu feige dazu?"

„In Ordnung. Wir schneiden uns – unter einer Bedingung", stimmte Jack zu. „Wir geben alle unsere Waffen ab. Wenn nichts geschieht, bekommen wir sie zurück. Leslie kann sie ja eine nach der anderen an sich nehmen."

„Und was hält Leslie dann davon ab, uns umzunieten?", wollte Randy wissen.

Würde der echte Randy so etwas sagen? Ja, vielleicht.

„Einverstanden?", drängte Jack.

„Einverstanden!", sagte Jack.

Der eine Randy zögerte, doch der andere stimmte zu, gefolgt von beiden Leslies und Stephanies.

Der Schweiß lief nun in Strömen von Jacks Schläfen herab. Er war sicher, dass einer von ihnen durchdrehen würde, wenn sie nicht bald etwas unternehmen. Und er war sich nicht mehr sicher, ob es nicht vielleicht er selbst sein würde.

Einem Impuls folgend reichte er Leslie sein Gewehr. „Hat jemand ein Messer?"

Beide Randys hatten eines. Natürlich. Der echte Randy hatte es ja aus der Küche mitgenommen. Einer von ihnen schob sein Messer mit dem Fuß zu Jack hinüber, ohne das Gewehr zu senken. Seine Augen glitzerten verdächtig.

Jack hob das Messer auf und streckte seine Hand aus. Er hielt die Schneide über seine Handfläche und sah die anderen an. „Wir tun es alle. Wenn jemand sich weigert, beweist er damit, dass er nicht real ist. Falls das hier funktioniert, werden diejenigen, die schwarzen Rauch von sich geben, gefesselt. Sie werden nicht einfach abgeknallt! Einverstanden?"

Alle nicken.

Weil er absolut sicher war, dass aus seiner Wunde kein Rauch aufsteigen würde, hatte Jack keine Schwierigkeiten mit dem Test. Doch er war sich nicht sicher, ob Randy sich genauso bereitwillig in die Hand schneiden würde.

„Halte das Gewehr auf Randy gerichtet, Leslie."

„Das war aber nicht Teil der Ab-"

„Jetzt ist es eben so", unterbrach Jack ihn. „Ausgleichende Gerechtigkeit. Betrachte sie einfach als Unparteiische."

Leslie hielt das Gewehr so, dass beide Randys im Schussfeld waren.

Jack nickte. Dann legte er die Klinge in seine Handfläche und drückte zu. Doch das Messer war nicht so scharf, wie er angenommen hatte, und er musste es mehrmals hin- und herziehen, bis es seine Haut durchtrennte.

Blut lief aus dem Schnitt. Er hielt die Hand hoch. Noch nie war der Anblick von herabströmendem rotem Blut so beruhigend gewesen.

„Zufrieden?"

Er warf das Messer wieder zu Randy hinüber, das mit einem lauten Klappern zu dessen Füßen landete. „Du bist dran."

„Warum ich?"

„Ausgleichende Gerechtigkeit, wie gesagt. Bist du nervös? Leslie, nimm seine Waffe."

Die Tür hinter Randy öffnete sich und Susan erschien im Türrahmen. Ihre Augen waren weit aufgerissen und ihr Atem ging keuchend.

Jack warf rasch einen Blick auf die anderen, um ihre Reaktion zu beobachten. Sie sahen alle gleichermaßen erstaunt aus. „Geht es dir gut?"

„Was macht ihr hier?", wollte sie wissen. „Ihr werdet ... das eine töten ..." Ihre Stimme kam irgendwie nicht richtig bei Jack an. Sie schien Aussetzer zu haben wie eine defekte CD.

Keiner von ihnen hatte die Waffe sinken lassen.

„Ist sie real?", erkundigte sich Stephanie. „Vielleicht ist sie ja nicht die echte Susan?"

„Es gibt sie aber nur einmal", bemerkte Leslie.

„Vielleicht sollten wir ihr auch in die Hand schneiden", sagte Randy.

Susan blickte zu der Schrift an der Wand hinüber:
Der Lohn der Sünde ist eine Leiche.

„Vielleicht verdient ihr es alle, heute zu sterben. Das ist es doch, was er will. Dass ... wir alle tot. Ich dachte ... aber jetzt glaube ich, ihr wollt uns nur alle umbringen. Ihr ..." Ihre nächsten Worte waren unverständlich. „Ihr ... den Weg nach draußen ... hasst ... Blut."

Susan schaute sie erwartungsvoll an, als hätte sie gar nicht gemerkt, wie bruchstückhaft ihre eigene kleine Rede gewesen war. „Nur die, die Augen haben zu sehen, werden die Wahrheit erkennen", fuhr sie fort. „Ich glaube, ihr seid alle blind wie ... das ... Ende ... Jack wird ihn tö- ... Herz ... zu sterben."

„Sie steckt mit White unter einer Decke", meinte eine der Leslies.

Ein Schauer lief Jack den Rücken hinunter. Was wäre, wenn Susan wirklich auf Whites Seite stand? Das würde erklären, wie es ihr gelungen war, so lange zu überleben.

Er griff nach seinem Gewehr. Schwarzer Rauch kam aus der Wunde in seiner Handfläche.

Er erstarrte und war von dem surrealen Anblick vollkommen gelähmt. Schwarzer Nebel, der aus der Wunde quoll und vertikal nach unten rann, wo er sich wie flüssiges Quecksilber ausbreitete.

Wie war das möglich? Er war nicht er selbst? Der andere Jack war der echte Jack? Sein Blick begegnete dem von Leslie, der ebenfalls nackten Schrecken widerspiegelte.

„Ich habe es dir doch gesagt, Jack", sagte Susan. „Ihr seid alle schuldig ... ihr ..."

Doch der Rest ihres Satzes wurde von einem lauten Klagelaut übertönt, der alles um sie herum in Schwingungen versetzte.

Eine dicke schwarze Rauchwolke kam aus dem großen, runden Belüftungsschacht an der Wand, durch den der erste Jack und die erste Leslie in diesen Raum gekommen waren. Der Rauch sah genauso aus wie der, der aus Jacks Hand quoll. Eine tintenschwarze Wolke quoll zunächst seitlich aus dem Schacht, sank dann direkt zu Boden und breitete sich rasch in ihre Richtung aus.

Zwei Gedanken prallten in Jacks Gehirn aufeinander. Der

erste war, dass Randy ihn jetzt mit an Sicherheit grenzender Wahrscheinlichkeit umbringen würde. Und dann den anderen Jack, von dem er nun annahm, dass er der rechte Jack war.

Der zweite war, dass seine einzige Überlebenschance darin bestand, der immer noch vollkommen schockiert auf den Rauch starrenden Leslie das Gewehr zu entreißen.

Der schwarze Nebel hatte nun seine Füße erreicht und ließ einen stechenden Schmerz seine Beine hinauffahren.

Die Leslies schrien auf, die Randys taumelten in dem aussichtslosen Versuch rückwärts, der rasant anwachsenden Rauchdecke auszuweichen.

Der Nebel berührte nun die Tür, an der Susan stand, und warf sie ihr vor der Nase zu. Wenn sie wirklich auf Whites Seite stand, dann überließ sie sie nun ihrem Schicksal.

Jack machte einen Schritt nach vorn und nahm Randys Gewehr aus Leslies Hand. Er wandte sich um, wobei er fest damit rechnete, jeden Augenblick eine Ladung Blei in den Körper gejagt zu bekommen – obwohl er nicht sicher war, ob er das überhaupt noch wahrnehmen würde, da der Rauch nun in seinem ganzen Körper stechende Schmerzen hervorrief. Er wirkte wie eine ätzende Säure.

Der andere Randy sah, was Jack getan hatte, und zielte erneut auf ihn.

Jack warf sich nach links und feuerte dabei auf Randy.

Der Nebel schlug über seinem Kopf zusammen, bevor er sehen konnte, ob und wie viel Schaden er angerichtet hatte. Der Knall eines weiteren Schusses hallte in seinen Ohren. Er lud nach und feuerte blind in die Richtung, aus der der Schuss gekommen war.

Dann füllte sich der Raum mit einer ganzen Serie von Schüssen, die wie Donnergrollen klangen, als mehrere Gewehre aus allen Richtungen in schneller Folge abgefeuert wurden.

Schreie und Stöhnen. Das Geräusch zu Boden stürzender Körper. Gewehre, die mit einem lauten Klappern auf den Zementboden fielen.

Dann nichts mehr außer dem lauten Klopfen von Jacks Herz, das gut zu dem Klingeln in seinen Ohren passte.

Ein Rauschen hüllte ihn ein. Der schwarze Nebel begann wieder in die Wand zurückzuweichen, aus der er gekommen war. Jack verhielt sich ganz still; der Rauch hatte alle seine Sinne verwirrt. Er war nicht verwundet, aber er war sich plötzlich nicht sicher, dass das gut war.

Er zitterte nun von Kopf bis Fuß, mehr aus Schock als aus Reaktion auf die durch den ätzenden Rauch verursachten Schmerzen.

Der Nebel sank jetzt weiter, sodass sein Kopf herausschaute. Leslie stand links neben ihm und starrte ins Leere. *Eine* Leslie.

Randy und Stephanie waren rechts von ihm. Beide wirkten geschockt. Ein Randy und eine Stephanie.

Dann war der schwarze Nebel ganz verschwunden. Keine Susan, keine Leichen. Jack, Randy, Leslie und Stephanie starrten einander schweigend an.

Es war Stephanie, die die Stille durchbrach. „Oh Gott", murmelte sie. Und an der Art, wie sie es sagte, erkannte Jack, dass es ein verzweifeltes Gebet sein mochte.

Er schaute auf seine Handfläche. Kein schwarzer Nebel, nur Blut. Doch während er die anderen anschaute, wurden Jack einige Dinge klar.

Er wusste nun, dass Randy ihn töten wollte.

Er wusste, dass er in der Lage war, Randy zu töten.

Er wusste, dass er schwarzen Rauch absondern konnte.

Und er wusste, dass er tatsächlich schuldig war – er hatte den Wunsch, Randy zu töten, er empfand Verbitterung gegenüber Stephanie und es gab noch hundert andere Flecken in seinem Leben. Und ihr Killer schien nicht der Typ zu sein, der auch nur einen davon durchgehen ließ.

Nicht ohne eine Leiche. Das war die Hausregel.

Ziel dieses Spiels war es, durch Töten zu überleben. Doch Jack war sich sicher, dass wirkliches Überleben nicht nur einfach eine Frage von Töten oder Getötetwerden war. Es ging in Wirklichkeit darum, die Strafe für ihre Schuld zu bezahlen, was auch immer das war. Es ging ebenso sehr um ihr Leben wie um ihren Tod. Welche Art von Wettkampf hatte nicht wenigstens zwei Mitspieler? Wenn dies ein Kampf zwischen Gut und Böse war, wo war dann das Gute?

Jack wusste es nicht. Und das war einer der Gründe, warum seine Knie wieder zu zittern begannen.

27

04:48 Uhr

Sie brauchten einige Minuten, um sich des vollen Ausmaßes ihrer Lage bewusst zu werden. Sie saßen wirklich und wahrhaftig in der Falle eines Killers, der nach seinem Gutdünken mit ihrem Leben spielen konnte, in einem Haus, das offenbar seinem Willen gehorchte.

Etwas war mit Stephanie geschehen, aber sie sprach nicht darüber. Ihr Atem roch nach Schwefel und sie war seltsam still.

Jack wollte Randy gegenüber nicht bedrohlich wirken, deshalb gab er Leslie sein Gewehr und bat sie leise, ein Auge auf Randy zu haben. Er überschlug sich fast in dem Bemühen, höflich zu dem Mann zu sein, weil er zu gut wusste, dass Randy nur nach einem Grund für eine Konfrontation suchte.

Das ließ Randy keine andere Wahl, als vor sich hinzubrüten und hin und wieder die Schrift an der Wand anzustarren:

Der Lohn der Sünde ist eine Leiche.

Noch immer versuchten sie, eine Erklärung dafür zu finden, warum die Doppelgänger aufgetaucht waren und der Nebel sie dann schließlich verschluckt hatte. Sie alle hatten dasselbe gesehen; das war immerhin ein Trost, wenn auch nur ein schwacher. Und alle stimmten darin überein, dass das Haus sie irgendwie dazu brachte, ihr wahres Ich zu zeigen. Vielleicht auch ihre verborgenen Sünden. Und letztlich hatte der Killer Recht damit behalten, dass in ihnen allen ein Mörder steckte.

Mit Leslies Hilfe hatten sie sich zumindest in diesem Punkt geeinigt. Doch trotz aller vernünftigen Gespräche und Bemühungen bot dieses gemeinsame Wissen keine Lösung. Wenn man verstand, dass man gerade dabei war, eine Klippe hinabzustürzen, ließ das noch lange keinen Ast wachsen, an dem man sich festhalten konnte.

„Wir sind geliefert", sagte Randy, als ihre zuvor so lebhafte Diskussion einen Augenblick stockte. „Es gibt keine anderen Alternativen – wir sitzen in einem verhexten Haus fest, das uns dazu bringt, Gespenster zu sehen – oder was auch immer das ist, was uns hier verfolgt." Seine Stimme klang resigniert. „Wir werden alle sterben."

Niemand widersprach ihm.

Jack ging zu Leslie hinüber und nahm unauffällig das Gewehr wieder an sich.

„Es gibt nur einen Weg, wie wir hier rauskommen", fuhr Randy fort.

Das Gewehr fühlte sich in Jacks Händen überraschend angenehm an. Das, was er über Randy wusste, brachte ihn halbwegs in Versuchung, die Sache hier und jetzt zu beenden. Schließlich hatte er allen Grund dafür; er wusste, dass der Mann vorhatte, ihn früher oder später zu töten.

„Und welcher wäre das, Randy?", fragte er und lud durch. Es waren nur noch zwei Ladungen übrig. Er würde gut aufpassen müssen.

„Du weißt genau, was ich meine", entgegnete Randy und schaute demonstrativ auf die Schrift an der Wand.

„Sag es mir." Jack sah ihm in die Augen und wünschte sich, er könnte in seinen Kopf schauen.

„Er will, dass einer von uns stirbt", meinte Randy und zog das Messer aus seinem Gürtel.

„Willst du mich töten, Randy? Hm? Ist es das?"

„Habe ich das gesagt?"

Sie starrten einander schweigend an.

„Ich sage lediglich, dass er uns so lange hier unten festhalten wird, bis einer von uns einen anderen umlegt. Jemand muss sterben. Entweder einer von uns oder das Mädchen."

„Das Mädchen? Wer hat denn etwas von dem Mädchen gesagt?"

„White. Die anderen zählen nicht – Betty, Stewart und Pete bedeuten nichts. Aber Susan …"

„Falls sie nicht mit ihm unter einer Decke steckt", erinnerte

Leslie ihn. „Außerdem ist sie nicht hier. Warum? Irgendetwas stimmt nicht mit ihr."

„Da hast du vielleicht Recht", sagte Jack. „Aber ich bin nicht bereit einzuräumen –"

„Nun, was bist du denn bereit einzuräumen?", verlangte Randy zu wissen. „Er will eine Leiche, also geben wir –"

„Glaubst du allen Ernstes, dass er zufrieden ist, wenn einer von uns einem anderen den Kopf wegbläst?", gab Jack bissig zurück.

„Ich glaube, dass er seinen eigenen Regeln treu bleibt", sagte Leslie. „Er wird uns vielleicht nicht alle davonkommen lassen, aber solange wir seinen Forderungen nicht nachkommen, wird er uns zumindest nicht umbringen. Wenn wir anfangen, uns gegenseitig zu töten, ist das Spiel vorbei."

„Wie viel Uhr ist es?", erkundigte sich Randy.

Jack blickte auf seine Uhr, deren Glasabdeckung einen Sprung hatte. „Acht Minuten vor fünf."

Randy lachte unbehaglich in sich hinein. Auf seiner Stirn stand ein Schweißfilm. „Noch eine Stunde. Wenn wir nicht bald eine Leiche vorzuweisen haben ..."

In diesem Augenblick hämmerte jemand an die Tür. Faustschläge und dann eine Stimme: „Sind Sie da drin? Machen Sie sofort die Tür auf!"

Eine Männerstimme. Nicht der vertraute Klang von Whites tiefem Bass hinter der Maske.

Stephanie wich von der Tür zurück. „Ist ... ist er das?"

„Vielleicht ohne die Maske", sagte Randy, erhob sich und zückte das Messer. Dann ging er auf die Tür zu.

Jack ergriff ihn am Arm. „Warte!"

Wieder war ein lautes Klopfen zu vernehmen. „Hier ist Officer Lawdale! Öffnen Sie sofort die Tür!"

Leslie sah Jack fragend an.

„Lawdale! Der Bulle, dem Steph und ich auf der Hinfahrt begegnet sind!"

Leslies Gesicht hellte sich auf. Sie rannte zur Tür, entriegelte diese und riss sie auf.

Officer Lawdale stand im Türrahmen, in derselben knapp sitzenden Uniform, die er auch am Vortag schon getragen hatte.

Er hatte einen Revolver in der Hand, den er in Ohrhöhe hielt und der nach oben zeigte. Nach einem kurzen Blick nach hinten kam Lawdale herein und schloss die Tür hinter sich.

„So, so, so", meinte er und sah sie der Reihe nach an. „In was für einen Schlamassel haben wir uns denn da hineingeritten?"

28

04:53 Uhr

Das Spiel hatte sich nicht geändert, aber die Atmosphäre. Zum ersten Mal verspürte Jack einen echten Hoffnungsschimmer. Lawdale war sicherlich ziemlich schräg, aber er strahlte Autorität und Selbstvertrauen aus – etwas, das sie alle dringend nötig hatten.

Das graue Hemd des Polizisten hatte Schweißflecken unter den Achseln, war aber darüber hinaus trocken; allem Anschein nach hatte der Regen aufgehört. Seine schwarzen Stiefel waren schlammverschmiert, Lawdale selbst aber vollkommen sauber. Er hatte seine Kopfbedeckung im Wagen gelassen, und so konnte man sehen, dass sein blondes Haar streichholzkurz geschnitten war. Bevor er ins Haus gekommen war, hatte er sich offenbar bis an die Zähne bewaffnet: Er trug eine Pistole an jeder Hüfte, zwei weitere im Gürtel, Messer an den Waden. Lawdale sah aus wie ein Wildwest-Revolverheld, der im falschen Jahrhundert zur Welt gekommen war.

Seines Wissens hatte niemand gesehen, dass er das Haus betreten hatte – was er getan hatte, ohne auf die angeforderte Verstärkung zu warten.

Nachdem er Leslie und Randy nach ihren Personalien befragt und sich vergewissert hatte, dass keiner von ihnen lebensbedrohlich verletzt war, verlangte Lawdale, dass sie ihm alles berichteten, was vorgefallen war – absolut alles. Die vier erzählten ihm in langen Schachtelsätzen, die immer wieder von seinen Bitten um Konkretisierung unterbrochen wurden, von der langen Nacht, die sie bereits hinter sich hatten. Während sich die ganze unglaubliche Geschichte vor ihm entfaltete, begann Lawdale, nervös auf und ab zu gehen.

Das Haus stöhnte und knirschte immer noch über ihnen, sodass Lawdale immer wieder zur Decke schaute. Er kommentierte die Situation nicht weiter, sondern berichtete ihnen, wie er Jacks Auto gefunden hatte. Seine Scheinwerfer hatten die Rückleuchten des Wagens im Gebüsch erfasst. Normalerweise hätte er dies nur gemeldet, ohne anzuhalten, doch er hatte Jacks Mustang erkannt.

„Dann können wir also hier heraus?", erkundigte sich Stephanie. „Sie sind ja auch irgendwie hereingekommen, nicht wahr?"

„Freuen Sie sich nicht zu früh, Kleine! Verstärkung ist angefordert, aber die brauchen mindestens eine Stunde bis hier heraus."

„Sie können uns also nicht einfach rausbringen?", jammerte Stephanie.

Er blickte wieder zur Zimmerdecke hinauf. „Sie sagten doch, dass hier irgendwo ein Killer herumschleicht. Sie sagten, Sie seien von drei Hinterwäldlern mit Knarren verfolgt worden. Sie sagten, in diesem Haus spuke es und es gebe keinen Weg nach draußen." Er sah Stephanie in die Augen. „Ich würde sagen, da wäre es doch ein klein wenig übereilt, wenn wir jetzt wild ballernd durch die Flure stürmen würden, oder? Geben Sie uns einen Augenblick, um eine Strategie zu entwickeln!"

Jack begann, den Mann langsam sympathisch zu finden, auch wenn er ein wenig, nun ja, kauzig war. Nicht einmal der bis zum Äußersten gereizte Randy würde es wagen, Lawdale einfach so über den Haufen zu rennen.

„Ich habe schon von diesem Typen gehört", fuhr Lawdale fort. „Ein Serienmörder, der sich schon seit ein paar Monaten hier herumtreibt. Auch bekannt als der Mann mit der Maske – was ja zu Ihrer Beschreibung passt. Seine Spur führte bisher nach Südosten. Keine Überraschung also, dass er jetzt hier auftaucht."

Lawdale klopfte sich mit seinem Schlagstock in die Handfläche. „Betty und Stewart sind also tot, sagen Sie?"

„Das glauben wir zumindest", entgegnete Randy.

„Aber auf jeden Fall schwer verletzt", fügte Lawdale fragend hinzu.

„Richtig."

„Und dieses Mädchen namens Susan verschwindet ständig wieder, was möglicherweise bedeutet, dass sie auf der Seite des Killers ist. Wobei ich bezweifle, dass ein Serienmörder viel Verwendung für ein Kind hat. Falls sie mehr ist als bloß ein Hirngespinst …"

„Wir haben sie uns nicht nur eingebildet!", warf Jack ein.

„Gut. Dann würde ich sagen, im Zweifel für den Angeklagten. Das Haus hingegen …" Sein Blick schweifte über die Wände.

Der Lohn der Sünde ist eine Leiche.

„… das Haus macht mir viel mehr Sorgen."

„Aber Sie glauben uns?", erkundigte sich Leslie.

„Wenn ich Ihnen nicht glauben würde, würde ich mir keine Sorgen machen, nicht wahr?" Er streckte seinen verspannten Nacken.

„Ein Geisterhaus", murmelte Stephanie.

„Könnte sein. Mit einem Mann wie White kann man kurzen Prozess machen, indem man eine Ladung Blei in ihn jagt. Aber das Übernatürliche … das ist eine andere Sache."

„Sind Sie religiös?", wollte Jack wissen.

„Kann ich nicht behaupten. Aber ich weiß eines: Wenn das, was Sie mir über dieses Haus erzählt haben, stimmt, dann würde es uns auch nicht helfen, wenn wir eine ganze Spezialeinheit da draußen stehen hätten!"

„Aber Sie sind doch auch irgendwie hereingekommen", warf Stephanie ein.

„Glauben Sie mir: Darüber habe ich mir schon viele Gedanken gemacht", sagte Lawdale. „Und das ist etwas, das auch Sie viel öfter tun sollten."

Er ging nach rechts, ohne sie anzusehen. „Wenn Sie versuchen, den Keller zu verlassen, landen Sie doch wieder hier unten. Türen fallen hinter Ihnen zu und öffnen sich vor Ihrer Nase. Als ob das Haus Sie kennen würde … Sie *wirklich* kennen würde. Habe ich Recht?"

„Ja, so in der Art", bestätigte Jack ihm.

„Das Haus wird Sie nicht herauslassen. Aber das bedeutet nicht, dass es nicht jemanden hereinlassen würde. Wie eine Fliegenfalle."

„White konnte erst nicht hinein", erinnerte sich Randy.

„Nach dem, was Sie mir erzählt haben, scheint er gar nicht hineingewollt zu haben – erst später dann in den Keller. Ich denke eher, er wollte Sie alle zuerst mal in den Keller kriegen, und zwar freiwillig."

Ähnliches hatte auch Jack vermutet, obwohl Lawdale aus einem anderen Blickwinkel an die Sache heranging.

Die nächsten Sekunden vergingen schweigend.

„Es ist möglich, dass ich wieder herauskommen kann", sagte Lawdale dann.

„Wie?", fragte Randy. Er stand auf, war offenbar neu motiviert. „Ich gehe mit Ihnen."

„Immer ruhig bleiben, Junge. Was ich sagen will, ist, dass der Mann mit der Maske nicht gesehen hat, dass ich hereingekommen bin. Ich habe den Pick-up im Eingang gesehen und das Erdgeschoss gemieden. Die Hintertür zum Keller auch; ich bin durch einen Schacht hereingekommen. Das hier war mal eine Mine, doch sie wurde stillgelegt, als man auf ein Massengrab stieß."

„Ein Massengrab?", sagte Stephanie und warf einen Blick in die Runde, der besagte: *Ich hab's euch ja gesagt!* „Das erklärt so einiges."

„Der Mann mit der Maske hat dieses Haus vielleicht irgendwie verhext – böse Mächte eingeladen oder so etwas, Aber Regeln sind Regeln. Hausregeln. Das Haus wird verhindern, dass irgendjemand hinauskommt – wenn es denn überhaupt weiß, wer hereingekommen ist."

„Sie meinen also, das Haus weiß nicht, dass Sie drin sind?", sagte Jack.

„Sie sind immer noch nicht der Hellste, nicht wahr, Jack? Aber Sie sind auf der richtigen Spur."

Leslie schloss die Augen, atmete tief durch und schüttelte dann den Kopf. „Ich kann nicht fassen, worüber wir hier reden. Was für ein Unsinn! Ein Haus kann keine Dinge wissen. Hört euch doch mal selbst zu!"

Ihre Ausbildung gewann wieder die Oberhand, dachte Jack. „Ich hatte den Eindruck, du hättest deine Ansichten ge-"

Sie bedeutete ihm mit der Hand zu schweigen. „Ich weiß, ich weiß – ja, ich habe gesagt, dass es vielleicht wirklich hier drin spukt." Sie gestikulierte wild mit der Hand. „Geister, Dämonen, übernatürliches Zeug und all das. Ich weiß! Das macht es aber nicht realer. Es ist eine Sache, so etwas generell für möglich zu halten. Aber über spezielle Einzelheiten und Regeln zu reden, das ist etwas ganz anderes. Als ob es einen höheren Zusammenhang geben würde … als ob das Haus tatsächlich denken könnte! Um Himmels willen, erzählt mir nicht, dass das nicht auch für euch ziemlich abgedreht klingt!"

Jack nickte. „Aber wir haben jetzt nicht die Zeit, uns Gedanken darüber zu machen, warum etwas passiert. Uns bleibt kaum mehr als eine Stunde."

„Und dann? Meinst du, dass das Haus uns dann totschlägt?", fragte Leslie.

„Irgendwie habe ich das Gefühl, es wird etwas persönlicher sein."

„Jetzt wollen wir mal nicht Äpfel mit Birnen vergleichen", sagte Lawdale zu Leslie. „Ich glaube auch nicht, dass das Haus selbst irgendetwas weiß. Aber die Geister oder Dämonen oder was immer es ist, das dieses Haus bewohnt – die wissen etwas. Und sie können offensichtlich das Haus nach ihrem Willen verändern. Und trotzdem hat es mich ohne Gegenwehr hereinkommen lassen?" Er schlug die Hände zusammen. „Die einzige Erklärung dafür ist, dass diese Mächte an Zeit und Raum gebunden sind und gerade mit euch beschäftigt waren, sodass ich unbemerkt hineinkonnte."

„Was bedeuten würde, dass Sie, angenommen Sie würden unbeobachtet zu einem Ausgang gelangen, vielleicht auch wieder hinauskönnten", sagte Leslie. „Darauf wollen Sie doch hinaus, oder? Immer davon ausgehend, dass es wirklich so läuft, wie Sie denken."

„Ich behaupte ja nicht zu wissen, wie es läuft. Ich nehme nur die offensichtlichen Fakten und ziehe daraus Rückschlüsse. Das sollten Sie doch aus Ihrer Arbeit kennen –"

„Wenn Sie gehen, komme ich mit", unterbrach Randy ihn.

„Und Sie", meinte Lawdale und drehte sich zu ihm um, „sollten als Geschäftsmann doch mit den Grundlagen der Logik vertraut sein, oder?"

Randy blinzelte ihn beleidigt an.

„Zählen Sie eins und eins zusammen, Junge. Mit wem auch

immer wir es hier zu tun haben: Die kennen Sie – und wären sofort zur Stelle!"

„Und warum sind sie dann nicht längst hier und bringen uns um?", verlangte Randy zu wissen.

„Vielleicht brauchen sie das gar nicht. Der Mann mit der Maske gibt uns ja genug Zeit, um uns gegenseitig umzubringen. Und die Regeln sind klar", sagte Jack.

„Wenn Sie herauskommen sollten, wie kommen wir dann ebenfalls hier heraus?", fragte Stephanie.

„Der Officer würde uns natürlich eine Tür öffnen", meinte Leslie und starrte Lawdale an. „Nicht wahr, Officer?"

„Falls ich Recht habe", erwiderte dieser. „Vielleicht lassen sich die Türen von außen öffnen. Vielleicht lassen sie einen aber auch nur rein, nicht raus."

Er blickte zu der Tür neben dem Boiler hinüber. Zwar hatte er den ersten richtigen Plan des Abends geliefert, aber er wirkte nicht mehr ganz so selbstsicher wie bei seiner Ankunft, fand Jack.

„Wenn ich unentdeckt herauskomme, werde ich einen Weg ins Erdgeschoss finden und die Kellertür öffnen – wie Sie sagten, liegt sie zwischen der Küche und dem Speisesaal, nicht wahr? Wenn Sie alle es schnell diese Stufen hinaufschaffen, während ich die Tür aufhalte, bekommen wir Sie vielleicht raus."

Sie starrten ihn unsicher an.

„Wenn wir erst mal aus diesem Keller heraus sind, sollten wir es hinkriegen zu flüchten. Der Keller scheint ja das Problem zu sein."

Er ging wieder auf und ab und seine Besorgnis war jetzt noch deutlicher zu erkennen. „Ich gestehe offen ein, dass ich es vielleicht nicht schaffe", meinte er schließlich und blickte wieder zur Tür. Dann zog er einen seiner Revolver und überprüfte ihn. „Reagieren diese Dinger auf Kugeln?"

„Ja."

Er lockerte erneut seinen Nacken. „Okay. Sagen Sie mir, was der beste Weg ins Erdgeschoss ist. Hintertür, Fenster, Schacht? Was meinen Sie?"

„Die Hintertür zur Küche", meinte Randy. „White hat sie von außen verriegelt. Wenn das nicht klappt …" Er zuckte die Achseln.

„Ich finde einen Weg hinein."

„White hat es nicht geschafft", sagte Stephanie.

„White hat es nicht gewollt", widersprach Jack ihr. „Hörst du denn gar nicht zu?"

Lawdale sah auf seine Uhr. „Neun nach fünf. Geben Sie mir zehn Minuten. Um genau –"

„So lange?", eiferte sich Stephanie.

„Mit einem Puffer für unvorhergesehene Ereignisse, ja. Wenn ich es schaffe, öffne ich die Innentür zum Keller um genau fünf Uhr neunzehn. Sie alle sollten dann oben an der Treppe stehen. Schaffen Sie das?"

Jack und Leslie verglichen ihre Uhren. Dann schaute Jack die anderen an, wobei er Randys starren Blick mied, und nickte.

Lawdale ging zur Tür, legte sein Ohr daran und lauschte einige endlos lange Sekunden. Dann atmete er tief durch und bückte sich. Er entriegelte die Tür und öffnete sie einen Spalt. Ein kurzer Blick nach draußen, dann schloss er sie wieder.

„Okay."

„Sind Sie sicher, dass Sie den Weg zurück finden?", fragte Leslie.

Der Polizist nickte leicht. „Ich habe ein paar Markierungen hinterlassen. Zehn Minuten!"

Morton Lawdale zog seine Waffe, dann öffnete er die Tür und verschwand gebückt rennend in der Dunkelheit des Flurs.

29

05:14 UHR

Sie verbrachten die ersten fünf Minuten der Wartezeit damit, einander davon zu überzeugen, dass Lawdales Plan funktionieren würde, doch sie hatten noch zu viele Fragen, um sich wirklich davon trösten zu lassen.

Lawdales Plan war ein Hoffnungsschimmer, nicht mehr. Und ein ziemlich blasser noch dazu. Aber Jack wusste, dass Randy ohne diese Hoffnung etwas Überstürztes getan hätte. Wie zum Beispiel ihn zu töten. Wenn der Polizist nicht aufgetaucht wäre, wäre vermutlich mindestens einer von ihnen jetzt bereits tot.

„Bist du sicher, dass du den Weg findest?", fragte Randy Jack. „Wie lange werden wir brauchen?"

„Die Treppe ist drei Flure von hier entfernt – ich bin die Strecke schon zweimal gegangen. Falls sich nicht wieder etwas verändert hat …"

„Na toll", meinte Stephanie.

„Hast du etwa eine bessere Idee?"

Stephanie und Randy rutschten nervös herum. Leslie hatte ihre Augen auf ihre Uhr geheftet und war sehr still geworden.

Das Haus stöhnte und knirschte weiterhin.

Und was war eigentlich mit Susan? Je mehr Jack über sie nachdachte, desto sicherer war er, dass auch sie nur ein weiteres unschuldiges Opfer war. Mit jeder Minute, die verstrich, wuchs seine Überzeugung, dass sie keinesfalls mit White unter einer Decke steckte.

„Noch eine Minute", sagte Leslie.

Jack ging zur Tür. „Dann kommt jetzt."

Sie verließen den Raum im Gänsemarsch. Jack, Leslie, Stephanie und Randy, der mit seinem Gewehr die Nachhut bildete, nur einen zuckenden Finger davon entfernt, dem ganzen Haus ihren Aufenthaltsort zu verraten.

„Ich glaube nicht, dass das klappen wird", meinte Stephanie. Sie sprach leise, aber ihre Stimme klang in dem leeren Flur erschreckend laut. Jack drehte sich zu ihr um und bedeutete ihr mit einer Handbewegung zu schweigen.

Sie brauchten dreißig Sekunden, um zu einer großen Holztür zu gelangen, die in den zweiten Flur führte. So weit, so gut. Doch der Flur, der vor ihnen lag, machte Jack größere Sorgen.

Jack drehte sich zu den anderen um. „Durch diese Tür; die Treppe ist rechts."

„Was ist das?", erkundigte Stephanie sich und zeigte auf den Boden.

Jack sah es sofort: Der schwarze Nebel, der sie im Heizungsraum heimgesucht hatte, drang durch den Spalt unter der Tür heraus.

„Das Zeug ist schon im Flur?", sagte Stephanie. „Wir können nicht –"

„Ruhe!", zischte Jack. „Wir gehen. Ignoriert einfach die Schmerzen; wir müssen so schnell wie möglich die Treppe erreichen."

Er ergriff den Türknauf. „Fertig?"

Dann riss er die Tür auf.

Stephanie war die Erste, die schrie. Sie waren wieder im Heizungsraum, der von gut einem Meter hohem schwarzem Nebel erfüllt war. Eine Faust schien sich in Jacks Magen zu rammen: Vier weitere Personen standen in dem schwarzen Dunst.

Ein Jack, ein Randy, eine Leslie und eine Stephanie, die ihnen wie vorhin mit Waffen gegenüberstanden. Aus der verletzten Hand des anderen Jack quoll schwarzer Nebel, der außerdem auch aus dem runden Schacht kam – genau wie schon zuvor.

Sie starrten sich gegenseitig an, so als ob sie selbst und nicht ihre Doppelgänger im Raum die Fälschungen seien.

Das Quartett im Raum fuhr bei Stephanies Aufschrei zusammen. Einen Moment lang standen sie alle acht wie versteinert da – vier vor der Tür und vier im knietiefen Nebel.

„Jack!", erklang Susans Stimme keuchend aus einem angrenzenden Flur. „Schnell! Folgt mir!"

Ohne abzuwarten, rannte sie den Flur hinunter und entfernte sich von ihnen.

Jack beschloss, ihr zu folgen. Wer auch immer sie war – er würde mit ihr gehen. Er knallte die Tür zu und rannte hinter dem Mädchen her.

„Was, wenn –"

„Ruhe! Wir haben keine Zeit!"

Sie folgten ihm auf den Fersen, während er zu Susan aufschloss. Durch einen Flur und zu einer weiteren großen Tür. Er erkannte, dass es sich dabei um dieselbe Tür handelte, die sie eben für den Durchgang zum Hauptflur gehalten hatten.

Susan riss die Tür auf. Nebel erfüllte den Flur; sie zögerte kurz, dann rannte sie hinein. „Schnell!"

In dem Augenblick, in dem Jack mit dem Nebel in Berührung kam, wusste er, dass sie in Schwierigkeiten steckten. Der ätzende Schmerz war nicht das Problem, den konnte er ertragen. Was ihm Sorgen bereitete, war etwas anderes: Das Haus hatte sich wieder verändert. Und diesmal ließ die Umwandlung sie alle fünf abrupt innehalten.

Sie befanden sich in dem Flur, in den die Innentreppe mündete. Jack wusste dies, weil er die Treppe zu seiner Rechten sehen konnte. Doch nun füllte die Treppe nicht mehr nur ein paar Meter in der Ecke, sondern fast die gesamte Länge des Flures aus.

Auch nach links hatte sich der Flur in Länge und Breite verdoppelt.

Doch es war nicht einmal die Tatsache, dass sie einige Dutzend Meter mehr Flur vor sich sahen, was sie dazu veranlasst hatte, innezuhalten. Der Mann, der zwischen ihnen und der Treppe stand, war der Grund.

Stewart.

Mit entsichertem Gewehr stand er da. Ihre plötzliche Ankunft hatte ihn erschreckt, doch er hatte sich rasch erholt und die Waffe auf sie gerichtet.

Bumm! Randy hatte gefeuert. Sein Schuss riss den Mann von den Füßen und warf ihn in den Nebel zurück, der den Flur bis in Kniehöhe erfüllte.

„Rennt!", schrie Susan. Sie stürzte auf die Treppe zu und hinterließ dabei Wirbel im Rauch.

Sie rannten hinter ihr her.

„Haltet nach anderen Ausschau!", rief sie.

Andere?

Jack sah zuerst ihre kahlen Hinterköpfe, als sie aus dem Nebel hochkamen. Sie erhoben sich langsam, als würde der Rauch sie gebären.

Der nun schon vertraute stechende Schmerz, den der Nebel verursachte, peitschte Jack vorwärts, und er schob die anderen weiter. „Los doch!"

„Die Tür ist nicht offen!", rief Leslie.

„Rennt!"

Die neuen Gestalten befanden sich vor ihnen, was Jack dazu zwang, sich an ihnen vorbeizuschieben. Ihre „Auferstehung" ging weiter, als sei sie ein sorgsam choreografierter Tanz. Sie alle blickten zur Treppe und damit von ihnen weg. Sie waren alle kahlköpfig, doch damit endete auch schon ihre Ähnlichkeit mit Stewart.

Es waren sechs.

Der Keller war also mit mehr verseucht als nur mit Stewart, Betty und Pete. Warum sie sich so langsam erhoben, wusste Jack nicht, doch er war sicher, dass sie Teil von Whites perfidem Spiel waren.

Susan hatte die Treppe bereits erreicht, stolperte an der ersten Stufe und eilte kurzerhand auf allen vieren weiter. Sie ließ den Nebel hinter sich. Randy war direkt hinter ihr, und die anderen folgten, ebenso eifrig darauf bedacht, von den Gestalten und dem Nebel wegzukommen.

Die Tür war immer noch geschlossen. Randy feuerte auf den Riegel, doch die Kugeln sprangen wirkungslos ab. Sie beschädigten noch nicht einmal die Lackierung. Jack war der Letzte, der den Treppenabsatz erreichte, wo Susan mit beiden Händen gegen die Tür hämmerte. Die anderen kauerten auf dem Absatz und schauten sich ängstlich um, die Gesichter blass und abgehärmt.

Jack wirbelte herum und merkte, wie sein Herz aussetzte. Die kahlen Köpfe waren jetzt so weit aus dem Nebel aufgetaucht, dass ihre Augen zu sehen waren. Und sie stiegen weiter.

Die Glatzen und Narben waren dieselben wie bei Stewart, doch die Augen nicht. Sie glühten in einem neonartigen Grün.

Stephanie hatte sich zu Susan gesellt und hämmerte ebenfalls gegen die Tür. „Lasst uns raus! Lasst uns raus!"

Tapp, tapp, tapp. Schwere Stiefel bewegten sich über den Betonboden des Flurs. Jack warf den Kopf herum und spähte zum anderen Ende des Ganges.

White kam den Flur hinab, mitten durch die aufsteigenden Klone hindurch. Sein Trenchcoat schleifte durch den Nebel. Durch die Maske konnte man seinen Gesichtsausdruck nicht sehen, aber sein Gang verriet, dass er sie erwartet hatte.

In dem Augenblick, in dem der Killer die Gestalten passiert hatte, erhoben sie sich plötzlich zu ihrer vollen Größe.

Jack hob das Gewehr. *Bumm!* White zuckte einmal, als ob er getroffen sei, ging dann aber unbeirrt weiter.

Stephanie kreischte nun in den höchsten Tönen. Alle fünf pressten sich gegen die Tür. Jack legte gerade wieder an, als die Tür in seinem Rücken nachgab. Er taumelte nach hinten.

Die Tür war offen?

Die Gruppe eilte in den Gang. Doch Jack hielt den Blick nach wie vor in den Keller gerichtet.

In dem Moment, als der Mann mit der Maske sah, dass die Tür aufgegangen war, hielt er inne. Doch statt sein Gewehr anzulegen und auf seine fliehende Beute zu schießen, stand er einfach nur unbeweglich da.

Jack ging als Letzter durch die Tür, rückwärts, die Augen weiterhin auf den Killer gerichtet.

„Schließ die Tür!", schrie Randy. Er sah, was Jack sah – eine Szene wie aus einem finsteren Horrorfilm:

Im letzten Augenblick, als sie gerade die Tür zuwarfen, schob White seine Maske hoch, um sein Gesicht zu enthüllen.

Es war das Gesicht eines Toten, der seit langer Zeit in seinem Grab lag – die Hälfte davon bis auf die Knochen entblößt. Whites Kiefer öffneten sich weit, so weit wie die Maske selbst, als er hinter ihnen herbrüllte.

Schwarzer Rauch quoll aus seinem Mund und rauschte auf die Tür zu.

In diesem Augenblick knallte diese endgültig zu. Randy schob den Riegel vor.

Eine Druckwelle traf die Tür von der anderen Seite mit so viel Gewalt, dass die Bohlen sich bogen und Randy und Jack gegen die gegenüberliegende Wand geschleudert wurden. Dünne Streifen schwarzen Nebels drangen durch die Spalten.

Doch die Tür hielt dem Druck stand.

Es gelang ihnen, sich wieder auf die Beine zu kämpfen, und sie starrten keuchend auf die Tür. Doch nichts bewegte sich.

„Äh, Leute?" Stephanies Stimme kam aus dem Speisezimmer. Sie klang dünn, gepresst, und es schwang Verwirrung mit.

Jack drehte sich zu ihr herum. Das Erste, was er bemerkte, war, dass einige der Lampen wieder brannten und genug Licht abgaben, damit alle das sehen konnten, was Stephanie sah.

Der zuvor so elegante Speisesaal sah jetzt so aus, als hätte ihn seit hundert Jahren niemand mehr betreten. Eine Staubschicht bedeckte Gemälde und Wände. Die Tapeten hingen in langen Streifen herab, und die meisten Möbel standen zwar noch darin, waren aber ebenfalls staubbedeckt. Die Polster der Stühle waren zerfleddert und offenbar von irgendwelchen Tieren zerfressen.

Der Tisch war von verrotteten Speiseresten bedeckt – dasselbe Essen, das sie vor wenigen Stunden noch verspeist hatten, und Würmer und Maden krochen darin herum. Der Gestank ähnelte dem Schwefelgeruch im Keller.

Jack ließ seinen Blick durch den Eingangsbereich schweifen, und ihm wurde klar, dass das Speisezimmer nicht der einzige Raum war, der sich verändert hatte.

„Es ist ... wie ist das möglich?", fragte Stephanie.

Niemand antwortete, während sie alle verblüfft versuchten, das Gesehene zu verstehen. Das Haus war tot. Ziemlich tot.

Aber es war eine Art von Tod, die offensichtlich andererseits doch noch sehr lebendig war.

30

05:20 UHR

Sie brauchten eine volle Minute, um sich von ihrem Schock zu erholen und wieder klar denken zu können.

„Bilden wir uns das nur ein?", fragte Jack. „Oder haben wir uns das vorhin eingebildet?"

„Ist das möglich?", wollte Stephanie wissen. „Ich meine, wir haben doch an diesem Tisch gegessen, oder?"

Niemand hatte irgendwelche Spekulationen zur Hand, von Antworten ganz zu schweigen.

„Das kann nicht real sein", sagte Lawdale, der die Tür für sie geöffnet hatte. „Ich bin schon hundertmal in diesem Haus gewesen!"

„Es *ist* real", erwiderte Susan zornig. „Ich habe euch doch gesagt, dass hier mehr passiert, als ihr merkt. Ich habe euch gesagt, dass sie böse sind." Sie sprach noch weiter ... oder doch nicht? Ihre Lippen bewegten sich noch einige Sekunden lang, doch es kam kein Ton heraus. Oder bildete sich Jack auch das nur ein?

Er starrte Susan in die Augen. „Sie? Meinst du Stewart?"

Sie sah ihn an und sprach weiter, doch er konnte sie nicht verstehen.

„Willst du damit sagen, dass sie Dämonen oder so etwas sind?"

„Das würde erklären, warum sie nach Whites Regeln nicht zählen", meinte Randy.

„Jetzt macht euch doch nicht lächerlich", sagte Leslie. „Dämonen, also wirklich! Hier geht es um –"

„Halt die Klappe, Leslie!", fuhr Randy sie an. „Entscheide dich endlich, an was du nun glaubst oder nicht. Wir haben keine Zeit mehr für dein Psychogefasel! Nenn es, wie du willst, aber wir haben ein echtes Problem! Und die Zeit läuft uns davon."

„… und er wird euch alle töten", sagte Susan, die offenbar jetzt erst zum Ende gekommen war.

Jack ging auf die Küche zu, dann hielt er inne und drehte sich zu Lawdale um. „Wie sind Sie eigentlich hereingekommen?"

„Durch die Hintertür."

Jack sah Lawdale zum ersten Mal, seit dieser die Tür geöffnet hatte, richtig an. Der Polizist hatte sein Uniformhemd ausgezogen und einen Streifen davon als Behelfsverband um eine Wunde an seinem Oberarm gebunden. Ein blutiges Stirnband zierte seinen Kopf. Sein T-Shirt, ein abgetragenes Teil mit *Budweiser*-Schriftzug, hing unordentlich aus seiner Hose über die Revolver in seinem Halfter herab.

„Was ist denn passiert?"

„Ich hatte ein paar Schwierigkeiten. Als ich mitten im Schacht steckte, hat jemand auf mich geschossen, und ich bin wieder herabgestürzt. Hat ein paar Minuten gedauert, um den Typen auszuschalten."

„Das könnte erklären, warum die gewartet haben. Aber warum haben sie uns gehen lassen?", überlegte Jack.

„Das nennst du ‚gehen lassen'?", warf Randy ein.

Stephanie begann plötzlich, in Richtung Küche zu rennen. „Sie haben uns gehen lassen, weil das Erdgeschoss nicht besser ist als der Keller!"

Jack folgte ihr rasch. Er erreichte die Küche genau in dem Augenblick, als Stephanie die Klinke der Hintertür ergriff. Sie drückte sie herunter, warf sich dann mit aller Kraft dagegen. Dann fingerte sie hilflos am Riegel herum.

„Sie ist zu!", rief sie.

Jack schob die junge Frau zur Seite und versuchte es selbst, doch die Tür bewegte sich keinen Millimeter.

„Sie ist abgeschlossen?", fragte Leslie hinter ihm.

Jack wandte sich zu Lawdale um. „Sind Sie sicher, dass Sie hier hereingekommen sind?"

Lawdale machte sich nicht die Mühe zu antworten.

„Tretet zurück", schnauzte Randy sie an. Blitzartig hatte er ein Kästchen mit Munition aus der Hosentasche gezogen, das Gewehr neu gefüllt und durchgeladen.

Jack und Stephanie eilten von der Tür weg. Der Schuss grub sich ins Holz und zertrümmerte das Schloss.

Jack versuchte noch einmal, die Tür zu öffnen.

Sie bewegte sich keinen Millimeter.

Er sah sich die Tür genauer an. Irgendwie schien sie gar keine richtige Tür zu sein, sondern vielmehr eine massive Mauer. Hinter den zerbrochenen Glasscheiben sah er Stahlgitter. Das war definitiv neu.

„Wir können doch sicher ein Loch hineinschießen", meinte Leslie, ohne wirklich von dem überzeugt zu sein, was sie gerade sagte.

„Wie viele Ladungen hast du noch, Randy?", erkundigte sich Jack.

Dieser sah in die Box. „Acht."

„In Ordnung, heb die lieber auf. Wo ist die Axt?"

Randy legte das Gewehr zur Seite und eilte zum Kühlraum. Er stieg über die herausgebrochene Tür und holte die große Axt, die Stewart benutzt hatte, um sich seinen Weg freizukämpfen.

Die anderen sahen schweigend zu, wie er zur Hintertür ging, weit ausholte und die Axt mit voller Wucht gegen das Fenster neben der Tür sausen ließ. Das Glas zersplitterte in tausend Stücke, doch das Stahlgitter dahinter hielt.

Es wies nicht einmal die kleinste Delle auf.

Möglich, dachte Jack. Guter Stahl konnte einem solchen Schlag standhalten. Doch in einem so alten Haus ... eher unwahrscheinlich ...

Randy holte erneut aus. Wieder verursachte er nicht einmal die kleinste Delle.

„Es ist genauso wie im Keller!", jammerte Stephanie.

„Ganz ruhig, regen Sie sich nicht auf", befahl Lawdale und trat einen Schritt vor. Er streckte die Hand nach der Axt aus und Randy reichte sie ihm. „Es muss einen Weg nach draußen geben. Wenn die Türen verstärkt worden sind, müssen wir eben durch eine Wand gehen!"

„Hier gibt's zu viele Wandschränke und Regale", meinte Lawdale und ging in den Speisesaal zurück. Doch dort gab es keine Außenwände, deshalb folgte er Jack zum Eingangsbereich. Die Wand um die Eingangstür herum war durch die Wucht des Aufpralls von Whites Pick-up nach innen gewölbt worden.

Sie starrten den Schaden staunend an. Vielmehr den fehlenden Schaden. Jack erinnerte sich an gesplittertes Holz, herumfliegende Bruchstücke, herausgebrochene Türrahmen. Auch nur Illusionen? Oder war dies hier die Illusion?

„Wenn ein so großer Wagen diese Wand nicht durchbrechen kann, dann hat unsere Axt wohl kaum eine Chance", stellte Randy ganz richtig fest. Er lud nach.

Doch Lawdale war noch nicht überzeugt. Er starrte die Wand fassungslos und paralysiert an. Dann begann er plötzlich, wie wild auf die Wand einzuschlagen: *Wumm! Wumm!*

Doch seine Schläge prallten einfach ab, ohne mehr als ein bisschen Farbe abzukratzen. Das Holz selbst blieb vollkommen unbeschädigt. Lawdale hielt keuchend inne, dann eilte er in den Aufenthaltsraum, zerrte das Sofa aus dem Weg und schlug wutschnaubend auf das Fenster ein.

Doch auch hier ohne Erfolg.

Er versuchte es wieder und wieder, bis er sich schließlich dem Kamin zuwandte und es dort probierte.

Mörtel stob auf, als die Axt auf die Ziegelsteine traf, aus denen der Kamin gemauert war. „Ha!"

„Das bringt nichts", rief Randy und nahm dem Polizisten die Axt ab. „Wir müssen es mit der Rückseite probieren." Er hieb mit der Axt gegen die Wand hinter der Feuerstelle.

Jack erkannte sofort an dem soliden Klang, dass es sinnlos war. Randy trat zurück und starrte in die Asche. Die alte Blechdose mit der Botschaft lag immer noch dort, wo Jack sie vor wenigen Stunden hingeworfen hatte.

Sie konnten alle die Schrift sehen, die sich über das ausgebleichte Etikett erstreckte:

Willkommen in meinem Haus.
Einige Regeln:
3. Gebt mir eine Leiche und ich drücke möglicherweise bei Regel 2 ein Auge zu.

Randy grunzte, warf die Axt hin und nahm sich sein Gewehr zurück.

„Was ist das?", fragte Lawdale und griff nach der Dose.

„Die Dose, von der wir Ihnen erzählt haben."

Stephanie raufte sich mit beiden Händen die Haare und war augenscheinlich völlig am Ende. Sie wandte sich mit flammendem Blick an Jack. „Wie ist das alles möglich? Wie kann es sein, dass mir das passiert?"

„Nicht so laut, junge Frau!", warnte Lawdale.

„Und zu was sind Sie denn gut?", schrie sie ihn an. „Sie hätten uns alle durch diesen Schacht rausbringen können, den Sie gefunden haben. Stattdessen kommen Sie mit diesem …", sie gestikulierte wild mit den Armen, „… diesem schwachsinnigen Plan, dank dem wir nun hier oben festsitzen!"

„Hast du vielleicht eine bessere Idee?", brüllte nun Randy Stephanie an.

Officer Lawdale hatte schneller eine seiner Pistolen gezogen, als Jack sehen konnte. Er warf die Dose in die Feuerstelle.

„Das nächste Mal, wenn einer von Ihnen mich anschreit, feuere ich direkt über dessen Kopf, damit Sie sehen, dass ich es ernst meine; beim nächsten Mal treffe ich dann ein Bein, um denjenigen wieder zur Vernunft zu bringen. Falls es Ihnen noch nicht aufgefallen sein sollte: Wir sind jetzt zu fünft. Und wir werden alle fünf die nächste Stunde überleben, so wahr ich hier stehe. Verstanden?"

„Sechs", sagte eine leise Stimme. Susan trat neben Leslie, die das Gesicht verzog. „Wir sind zu sechst."

„Sechs also. Das ändert nichts an meiner Aussage. Also, wir haben noch ungefähr eine Stunde, ist das richtig?"

„Nicht ganz", sagte Leslie und hielt ihre Uhr in Richtung Lampe. „Sonnenaufgang ist um sechs Uhr siebzehn. Zumindest hat man uns das ge-"

Etwas begann, an die Wand zu hämmern, vor der Jack gerade stand. Dieser schrak zusammen und wirbelte herum. Da, wieder: *Bumm, bumm, bumm,* und diesmal konnte er sehen, wie die Wand mit jedem Schlag erbebte. Das Speisezimmer.

Lawdale zog auch den anderen Revolver. „Okay, die Verstärkung wird jetzt jeden Moment hier sein. Wir sollten dem, der hinter alldem steckt, jetzt langsam mal die Hölle heißmachen.

Wir müssen nur so lange durchhalten, bis Hilfe kommt. Das bedeutet aber nicht, dass wir uns verkriechen sollten. Holen Sie Ihre Waffen!" Er durchquerte mit großen Schritten das Foyer.

Bumm, bumm, bumm!

„Ob das wirklich eine gute Idee ist?", warf Leslie ein.

„Sie sind die ganze Nacht nur weggerannt. Mir scheint, dieses Haus lebt von Ihrer Angst."

„Na ja, aber wir leben immerhin noch, oder?"

„Ich weiß nicht, ob Sie noch leben würden, wenn ich nicht gekommen wäre. Warten Sie hier."

Jack schaute zu Leslie hinüber und hob eine Augenbraue, dann folgte er Lawdale und Randy.

„Was ist, wenn es wieder versucht, uns zu trennen?", verlangte Stephanie zu wissen.

Bumm, bumm, bumm!

„Wartet!" Sie rannte hinter ihnen her.

„Ihr könnt uns nicht einfach allein lassen!" Leslies Einwand übertönte etwas, das Susan sagen wollte. Beide stürzten hinter Jack und Stephanie her.

Nach einem kurzen prüfenden Blick in das Speisezimmer ging Lawdale hinein und bedeutete den anderen, ihm zu folgen.

Das Hämmern hatte aufgehört.

Der Raum lag genau so da, wie sie ihn verlassen hatten. Leer.

„Also", sagte Lawdale, „von jetzt an –"

„Was ist das?", unterbrach ihn Leslie.

„Was ist was?"

Sie hob einen Finger an die Lippen und lauschte. Von ferne erklang ein Geräusch, das an eine uralte Schallplattenaufnahme erinnerte, die rückwärts abgespielt wurde. Unter ihnen. Vor ihnen.

Das Geräusch wurde lauter, unüberhörbar, aber unverständlich. Ein leises Klagen ertönte dahinter, wurde mal leiser, mal lauter. Jack betrat den Eingangsbereich. Das Geräusch kam von der Tür zum Keller.

Sie bildeten einen Halbkreis, lauschten dem seltsamen Geräusch und versuchten, die Wörter zu verstehen. Denn es war ganz eindeutig eine Stimme.

Die Tür beulte sich plötzlich nach innen.
Jack hielt die Luft an.
Bumm, bumm, bumm!
Alle sprangen unwillkürlich etwas zurück, als die Tür unter den Schlägen erbebte.

Ein tiefes Stöhnen vibrierte durch das ganze Haus. Schwarze Nebelfinger streckten sich unter der Tür hindurch und krabbelten über den Boden. Und dann brannten sie Wörter in die Oberfläche der Tür:

Eine Leiche …
Oder sechs Leichen …

Dann wurde der Rauch wieder durch die Holzspalten zurückgesaugt, das Geräusch verebbte und absolute Stille umgab sie.

Einige Sekunden lang rührte sich niemand.

„Okay", sagte Lawdale schließlich und trat zurück. Das Leuchten seiner Augen gab eine Spur von Panik preis. Als er sie im Heizungsraum gefunden hatte, hatte er den vollen Umfang der Schrecken dieses Hauses noch nicht gekannt. Jetzt wusste er Bescheid und man merkte es ihm an.

Doch dann schoss Jack der Gedanke durch den Kopf, dass der Ausdruck in dem Gesicht des Polizisten vielleicht alles andere als Panik war. Vielleicht lag auch eifrige Entschlossenheit darin. Möglicherweise sogar Sehnsucht. Was … was wäre, wenn Lawdale ein Bestandteil des Spiels war? Nicht Whites Part, sondern eine Art Gegenspieler? Das Gute, das kam, um das Böse zu bekämpfen?

Nein. Das konnte nicht sein. Sie hatten ihn viele Kilometer von hier entfernt auf dem Highway getroffen. Und sie alle konnten sehen, dass er derselbe Mann war, dem sie dort begegnet waren.

Lawdale sah sie an und seine Verunsicherung war ihm nun deutlich abzulesen. „Wir müssen hier raus. Notfalls reißen wir eben die ganze Bude ab, jedes einzelne Stockwerk, alles. Wir finden einen Ausweg."

„Es gibt keinen Ausweg", sagte Randy.

„Wir *finden* einen Ausweg!", beharrte Lawdale.

31

05:29 Uhr

Sie bewegten sich rasch, folgten den Anweisungen des Polizisten und teilten sich auf, um damit die Aufmerksamkeit des Hauses abzulenken und es zu verwirren. Doch Randy hatte keine Hoffnung, dass dieser Plan aufgehen würde. Stephanie hatte in irgendeinem Schrank ein Brecheisen gefunden, und er war mit ihr nach oben gegangen, weil er das Gefühl hatte, diese eine Verzweiflungstat müsse er noch probieren – doch eigentlich tat er es nur, um sich selbst ein bisschen Bedenkzeit zu verschaffen, bevor er das tat, was wirklich getan werden musste.

Es war erstaunlich, wie stark sich das Haus verändert hatte. Abgesehen vom Grundriss gab es kaum noch Ähnlichkeiten mit dem Anwesen, wie es zu Beginn des Abends ausgesehen hatte. Und dieses neue Haus schien zu wissen, dass das Ende nahe war. Es hatte sich sozusagen niedergelassen; die Ruhe vor dem Sturm.

Da nur noch etwas mehr als eine halbe Stunde vor ihnen lag, bis das Spiel endete, gab es lediglich eines, was getan werden musste: Töten. Die Frage war, wen. Jack – ja, aber Jack ließ Randy nicht aus den Augen und sein Gewehr zeigte immer in seine Richtung. Es war fast so, als hätte White auch Jack besucht und ihn gewarnt.

„Der Dachboden!", sagte Stephanie, die vom Treppensteigen außer Atem war. „Wir müssen den Dachboden finden."

Randy rannte in den nächstbesten Raum und riss sämtliche Türen und Schränke auf. Doch nichts sah nach einer Tür oder Klappe zum Speicher aus.

„Achtung!"

Er holte mit seiner Axt aus und ließ sie gegen das Fenster krachen, obwohl er wusste, dass es sinnlos war. Und so war es auch. Zerspringendes Glas, ein zermürbender Aufprall an den Stahlgittern. Er versuchte es noch einmal mit der Wand.

Die Wucht des Aufpralls fuhr durch seine Arme und ließ seine Zähne klappern. Er fluchte. Wenn das hier Fleisch und Blut wäre – zum Beispiel ein Kopf – würde die Axt hindurchschlagen, statt abzuprallen. Sie schlugen einfach auf die falschen Dinge ein.

Randy hatte sein Gewehr auf Lawdales Drängen hin unten in der Küche gelassen – sie konnten es sich einfach nicht leisten, Munition zu verschwenden, hatte er gesagt. *Benutzt die Axt, das Brecheisen, den Vorschlaghammer, den Jack in der Vorratskammer gefunden hat. Die Gewehre bleiben vorerst in der Küche.*

Randy war darüber nicht gerade glücklich. Nein, kein bisschen.

„Wo ist der verdammte Dachboden?", fragte Stephanie.

„Halt den Mund!"

Sie war zu sehr von Panik ergriffen, um eine Reaktion zu zeigen, sondern stürmte nur in den nächsten Raum. Randy schlenderte hinter ihr her. Die Zeit wurde knapp. Vielleicht sollte er einfach Stephanie erledigen und fertig. *Zipp, zapp, Rübe ab. Gebt mir eine Leiche …*

Doch der Geschäftsmann in ihm hatte einige Einwände. Wenn er Stephanie umbrachte und der Rest von ihnen davonkam, wie White versprochen hatte – wer würde dann für den Mord verantwortlich gemacht werden? Wenn das FBI eingeschaltet würde – und davon war auszugehen –, dann war er dran.

Außer, er hinterließ keine Zeugen – und tötete sie einfach alle. Doch er war nicht sicher, ob er dazu in der Lage war.

„Hier!", schrie Stephanie. „Ich habe ihn gefunden!"

In einen unbeleuchteten Dachboden zu krabbeln war zwar so ungefähr das Dümmste, was er sich im Moment vorstellen konnte … aber hatte sie ihn tatsächlich gefunden?

Dumm. Eine Spur von Panik drängte sich in sein Bewusstsein. Die Zeit lief ihnen davon. Was war, wenn Jack hier heraufschlich und ihm zuerst das Gehirn rauspustete?

Auf der Treppe erklangen Schritte, und Randy wandte sich noch rechtzeitig herum, um den Polizisten die Stufen hinaufhechten zu sehen.

„Gibt's was Neues?"

„Sie hat den Dachboden gefunden", sagte Randy.

Der Officer, der in einer Hand eine Taschenlampe hielt, eilte an Randy vorüber. Wie wäre es mit ihm? Wenn er den Pistolero-Cop umlegte und später aussagte, er habe Lawdale aufgrund der schlechten Lichtverhältnisse für White gehalten …? *Eine Leiche …*

War er in der Lage, einen Polizisten zu töten? Wenn es darauf ankam, musste er es vielleicht sein. Doch würde der Mann mit der Maske Lawdale akzeptieren? Er war keiner von den ursprünglichen vier.

Fünf. Susan. Betty hatte mehr als deutlich gemacht, dass White Susan tot sehen wollte. Vielleicht sollte Randy Susan töten?

Randy eilte hinter Stephanie her und sah, dass Lawdale auf einer Falltreppe stand, die er augenscheinlich von einer Klappe heruntergezogen hatte, die sich in der Decke über ihnen befand. Sie führte in einen dunklen Dachboden. Lawdale kämpfte sich mit der Lampe voran hinauf.

„Los, hoch mit Ihnen."

Randy ging vor Stephanie die Treppe hinauf und hielt die Axt fest umklammert. Plötzlich wurde ihm klar, dass die Axt eine beinahe ebenso gute Waffe war wie ein Gewehr. Er war sich nicht sicher, ob er wirklich dazu in der Lage war, aber es müsste funktionieren. Rasch tastete er nach dem Messer in seinem Hosenbund. Ein Messer machte die Sache vielleicht noch einfacher.

Der Dachboden war vollgestellt mit Gerümpel. Die Deckenverkleidung bestand aus alten, grauen Brettern. Nur durch ein einzelnes Giebelfenster gelangte ein dünner Lichtstrahl in den Raum und auch dieses war vergittert.

Der Polizist eilte zu Randy, schnappte sich die Axt und hielt ihm die Lampe hin. „Halten Sie das!"

Bevor Randy Protest einlegen konnte, hatte der Mann ihn auch schon überrumpelt, und Randy hielt nun eine nutzlose Taschenlampe in der Hand. Andererseits – wenn er das Licht kontrollierte, konnte er die Situation auch zu seinen Gunsten wenden.

Er spürte, dass ihm gerade die Kontrolle entglitt, ganz und gar diesmal, doch er ließ sie einfach fahren. Er musste sich dem Wahnsinn hingeben – oder sterben.

Lawdale hob die Axt und ließ sie gegen die Deckenverkleidung krachen.

Bong – sie prallte ab. Wie sollte es auch anders sein?!

Was unnatürlich war, war das plötzliche Ächzen und Kreischen, das direkt nach dem Schlag die Luft zerriss, laut genug, dass Randy es in seiner Brust spüren konnte. So, als ob der Dachboden der Ursprungsort der Geräusche gewesen sei, die sie die ganze Zeit gehört hatten.

Stephanie schrie fast genauso laut, und Randy war kurz davor, irgendetwas zu ergreifen und sie damit zu erschlagen, hier und jetzt. Stattdessen streckte er die Hand aus und verpasste ihr einen leichten Schlag mit der Taschenlampe. „Hör auf!"

Sie gehorchte. Das Haus verfiel gemeinsam mit ihr in Schweigen. Der Ausdruck in ihren Augen erinnerte ihn an den Augenblick, als sie aus Petes Kammer gekommen war.

„Geben Sie mir das Messer", verlangte Lawdale und streckte die Hand aus. Die Axt hatte er unter den anderen Arm geklemmt.

„Wozu?" Randy zog das Messer aus dem Gürtel, war aber nicht bereit, es vorschnell abzugeben.

„Um Himmels willen, geben Sie's mir einfach!" Lawdale griff nach dem Messer und begann, damit in den Spalten zwischen Deckenverkleidung und Dach herumzustochern. Doch das Einzige, was abbrach, war die Spitze des Messers. Lawdale fluchte, steckte sich das Messer in seinen Gürtel und griff erneut zur Axt.

In wildem Zorn begann er, auf die Wände einzuschlagen. *Bumm, bang, krach.* Dann an der Kopfseite und dem Fenster. *Krach, krach.*

Nichts.

Der Polizist stand mit dem Rücken zu Randy und Stephanie da und schaute schwer atmend nach draußen in den schwarzen Nachthimmel. Langsam ließ er die Axt sinken, bis der massive Keil des Werkzeugs nur noch knapp über dem Boden hing.

Das Haus stöhnte leise.
Lawdale stieß ein Keuchen hervor.
Randy und Stephanie starrten ihn wortlos an. Dieser zweite Ausraster des Polizisten hatte sie erschreckt.

„Wir werden alle sterben", sagte Lawdale, während er immer noch aus dem Fenster sah. Dann drehte er sich zu ihnen herum. „Der Mann mit der Maske hat nie ein Opfer davonkommen lassen, nie einen Fehler gemacht, nie einen Hinweis auf seine Identität hinterlassen, und das, obwohl seine Spur so breit ist wie der Mississippi, quer durch das Land, Haus um Haus. Jetzt wissen wir, warum, nicht wahr? Doch leider gibt es keine Möglichkeit mehr, es dem Rest der Welt mitzuteilen."

„Was meinen Sie damit, dass wir jetzt wissen, warum?", fragte Randy.

Der Cop sah zur Decke hinauf, die er gerade noch attackiert hatte, und sagte mit eindringlicher Stimme: „Alles beginnt mit der Erkenntnis; das ist immer so. Man muss wissen, worum es bei einem Spiel geht, ehe man es überhaupt gewinnen kann. Die Welt muss erfahren, womit sie es zu tun hat."

„Na, dann viel Glück bei der Verbreitung dieser Botschaft!"

Lawdale blickte ihm in die Augen. „Das Spiel dieses Killers ist ebenso sehr geistlicher wie physischer Natur. Das FBI – oder wer auch immer ihm in den Weg tritt – muss wissen, dass er nur geschlagen werden kann, wenn sie die Macht verstehen, die hinter ihm steht – das meine ich damit. Sie betrachten die Sache nicht aus der richtigen Perspektive. Sie müssen ihre Grundannahmen ändern, oder er wird einfach mit dem Töten weitermachen, und sie werden nie begreifen, wie er vorgeht."

Ist doch scheißegal, dachte Randy, verkniff sich jedoch diese Bemerkung. „Unsere Zeit läuft ab", sagte er stattdessen.

„Hören Sie eigentlich überhaupt nicht zu, Junge?" Lawdale hatte wieder begonnen, auf und ab zu laufen. „Es gibt keinen Ausweg. Das hier –" Er blickte zur Decke und suchte nach den richtigen Worten. „– diese ganze Töterei, dieses Haus … es geht um Gut und Böse und um das, was in uns ist. Doch die Welt da draußen weiß das nicht."

Sie hatten jetzt keine Zeit für philosophische Exkurse. Sollte Lawdale doch zu Leslie gehen, wenn er seine letzten Minuten mit Psychogebrabbel verbringen wollte. Er leuchtete dem Polizisten mit der Taschenlampe in die Augen. „Nun, wenn wir White nicht besiegen, wird sie es auch nie erfahren. Haben Sie auch ein paar richtige Ideen? Oder sind Sie nur ein Maulheld?"

Lawdale zögerte. „Vielleicht hat der Mann mit der Maske Recht. Vielleicht muss wirklich jemand sterben."

Randy spürte, wie sein Herzschlag sich beschleunigte.

„Jemand muss geopfert werden. Wir brauchen ein Opferlamm. Der Killer will frisches Blut. Unschuldiges Blut."

„An wen haben Sie da gedacht?"

Der Polizist blinzelte, dachte nach, dann schüttelte er den Kopf. „Ich weiß es nicht. Vielleicht muss sich einer von uns freiwillig opfern?"

„Was?", rief Stephanie. „Sie glauben also ernsthaft, dass jemand sich bereit erklären würde, für uns andere zu sterben?"

„Nicht nur für uns", sagte Lawdale. „Die Welt da draußen muss erfahren, was hier vor sich geht."

„Das können Sie vergessen", meinte Randy.

Der Cop sah ihn eine lange Weile wortlos an, und man sah, wie es hinter seinen Augen arbeitete.

„Das werden wir ja sehen", meinte er schließlich. „Denken Sie darüber nach. Wir haben nicht mehr viel Zeit. Wenn nicht jemand stirbt, sind wir alle dran." Er hob die Axt auf. „Es gibt keinen Ausweg."

Randy schluckte. „Das ist uns klar."

Lawdale nickte. Ohne ein weiteres Wort verließ er den Dachboden und nahm die Axt mit.

32

05:40 Uhr

Jack und Leslie waren unterdessen im Erdgeschoss von Raum zu Raum gelaufen und hatten nach irgendeiner Wand Ausschau gehalten, deren Struktur auch nur ein klein wenig schwach wirkte: ein Spalt in der Mauer, ein unvergittertes Fenster, ein Loch im Holz.

Der Plan des Cops war nicht viel mehr als ein letzter Strohhalm, aber Jack fiel nichts Besseres ein, und so trieb er die Suche mit gehetzter Dringlichkeit voran. Doch das Holz, die Mauern, die Fenster – das Haus und alles, woraus es gemacht war, weigerten sich einfach nachzugeben.

Und die ganze Zeit über raste die dritte Regel in seinem Kopf herum: *Gebt mir eine Leiche …*

Sie waren jetzt in der Vorratskammer hinter der Küche, dem letzten Raum, den es noch zu untersuchen galt, soweit Jack das beurteilen konnte. Doch auch hier sah es nicht hoffnungsvoller aus. Trotzdem holte Jack aus und schlug probeweise gegen die Regale.

Leere Dosen und Glasstücke flogen in alle Richtungen davon und der Vorschlaghammer prallte von der Wand ab. Nichts. Er hielt inne, seine Gedanken waren wie betäubt. Was nun? Wie viel Zeit hatten sie verschwendet? Mindestens zehn Minuten!

Leslie stand hinter ihm in der Tür; er konnte ihre Atemzüge hören. Das Haus stöhnte wieder. Lauter diesmal. Er schaute hoch. Was nun?

„Wir werden sterben", sagte Leslie.

Das war eine schlichte Feststellung. Jack wusste genau, wie

sie sich fühlte, denn ihm ging es ebenso. Es gab Zeiten, da trieb die Tapferkeit nur ihre Spielchen mit der Realität.

„Es ist hinter mir her", fügte Leslie hinzu. „Es zwingt mich dazu, das zu tun, was ich am meisten hasse!"

Wovon redete sie?

„Ich bin eine Hure, Jack. Darum geht es hier. Ich hasse mich selbst dafür und ich kann es nicht ändern. Und das weiß es."

„Wer, ‚es'?"

Sie sah sich um, ihre Augen waren groß und feucht. „Ich."

Er widersprach ihr nicht, obwohl er nicht der Meinung war, dass sie Recht hatte.

Das Haus bebte einen Moment lang heftig, dann beruhigte es sich wieder. Aus den Regalen fielen noch mehr Dosen und Gläser; sie rollten herum und zerbrachen zu ihren Füßen. Es fühlte sich an wie ein Erdbeben.

„Glaubst du an Gott, Jack?", flüsterte Leslie.

Er hatte in dieser Nacht selbst schon hundertmal über diese Frage nachgedacht, doch nur flüchtig. Er war sich nicht sicher, ob er an Gott glaubte.

„Ich weiß nicht", entgegnete er.

„Wenn es ihn gibt, wo ist er dann heute?" Sie schluckte. „In diesem Haus gibt es etwas Böses, irgendwelche übernatürlichen Mächte, an die ich bisher nicht geglaubt habe. Es gibt einen Massenmörder, der ein krankes, perverses Spiel mit uns spielt, aber wo ist Gott?"

„Irgendwo in einer Kirche, schätze ich", erwiderte Jack. „Dort sackt er das Geld der Armen ein."

„Es gibt keinen Gott!", rief Leslie verzweifelt.

„Jedenfalls keinen, der uns helfen könnte."

Irgendwo im Haus begann Susan zu schreien. Leslie wandte ruckartig den Kopf herum. Das Mädchen brüllte etwas, während es durch einen Flur oder vielleicht auch den Speisesaal rannte.

Wo war sie gewesen? Sie war zuerst mit Jack und Leslie gegangen und hatte dann einige Anmerkungen gemacht, die ihnen nicht unbedingt weitergeholfen hatten. Jack war nicht aufgefallen, dass sie sich von ihnen entfernt hatte.

Irgendwo im Haus klapperten Türen. Holz krachte. Susan schrie erneut.

„Sie steckt in Schwierigkeiten", sagte Jack. Er nahm den Vorschlaghammer und führte Leslie durch die Küche und den Flur an der Kellertür vorbei ins Speisezimmer.

„Susan!"

Ihre Schreie waren jetzt lauter. Sie rief ihnen von der Vorderseite des Hauses aus etwas zu. Jack rannte ins Foyer.

Das gesamte Mobiliar im angrenzenden Aufenthaltsraum sah aus, als sei es von einem Wirbelsturm durcheinandergeworfen worden. Alles lag kreuz und quer übereinander, war teilweise zerstört. Einige Stücke schienen der Schwerkraft zu trotzen und hingen an den Wänden; beispielsweise klebte ein unversehrter Stuhl über dem Kamin.

Susan stand in einer Ecke und presste sich gegen die Wände. Der große Schrank, der zuvor noch an der Wand gestanden hatte, bewegte sich auf sie zu. Seine Türen klappten auf und zu, nicht schnell, sondern genau synchron zu Susans Bewegungen, als wollten sie ihr den Weg abschneiden.

„Jack!", schrie sie. „Du musst mir zuhören! Du musst es aufhalten!"

Der Stuhl, der an der Wand gehangen hatte, löste sich und flog quer durch den Raum auf Jack zu. Dieser sprang ein paar Schritte zurück und schlug mit dem Vorschlaghammer nach dem Stuhl. Damit brachte er das Möbelstück zwar aus seiner Flugbahn, doch ein Bein erwischte ihn an der Schulter und schleuderte ihn nach hinten gegen Leslie.

„Hör mir …" Susans Ruf wurde durch den Lärm von einem Dutzend zuknallender Türen übertönt. Nicht nur einmal, sondern immer wieder: *Bamm! Bamm!* Jeder Raum, jeder Schrank, jede Kammer im Haus schien Teil dieser perfekten Choreografie zu sein.

Bamm! Bamm! Bamm! Bamm!

Der Schrank, der Susan in Schach hielt, hielt wenige Zentimeter vor ihr inne. Jack eilte hinüber, holte mit dem Vorschlaghammer aus und wollte gerade zuschlagen, als die rechte Tür aufklappte und ihn voll erwischte.

Er taumelte, stürzte und ließ seine Waffe fallen.

Bamm! Bamm! Bamm! Bamm!, donnerten die Türen.

„Der Hammer, Jack!", rief Leslie. „Pass auf!"

Sein Vorschlaghammer hatte sich in die Luft erhoben und

flog nun auf ihn zu. Jack krabbelte rückwärts. Der Hammer sauste selbstständig auf den Schrank zu. Auf Susan!

Bamm! Bamm! Bamm! Bamm!

„Jack!", rief Susan von irgendwo hinter dem Schrank, doch er konnte sie nicht mehr sehen.

Der Hammer schwebte nun über dem Schrank, über Susan, und seine Absichten waren unübersehbar.

Bamm! Bamm! Bamm!

Bumm!

Gewehrschüsse peitschten um sie herum. Der Vorschlaghammer wurde von einer Ladung Schrot erwischt. Der Griff splitterte, während der Keil gegen die Wand knallte und hinter dem Schrank zu Boden fiel.

Lawdale sprang über Jack hinweg, schnappte sich die Reste des Hammers und nahm sich den Schrank vor, bevor Jack überhaupt ganz begriffen hatte, dass er es war.

Der erste Schlag zerschmetterte die rechte Tür des Schranks. Die zweite Tür begann, sich zu bewegen, und der Polizist zertrümmerte sie mit dem nächsten Schlag. Brüllend wie ein Stier warf er sich dann gegen das schwere Möbelstück und warf es um.

Die klappernden Türen im Haus hörten zur gleichen Zeit mit ihrem Lärm auf:

Bamm!

Staubwolken stoben auf.

Stille senkte sich über sie.

Susan rannte.

Vorbei an Lawdale, vorbei an Jack, den Flur hinunter. „Du bringst uns noch alle um, Jack!", rief sie und war verschwunden.

Wovon redete sie? Was tat Jack denn, was sie alle umbringen würde? Oder war es etwas, das er *nicht* tat?

Eine Leiche.

Lawdale blickte ihn an und atmete betont langsam durch die Nase. „Sind Sie in Ordnung?"

„Ich lebe jedenfalls noch", sagte Jack und rappelte sich auf die Füße.

„Ich habe ihre Schreie gehört, aber ich musste erst noch das Gewehr holen, das ihr Jungs in der Küche gelassen hattet."

„Wodurch wurde das hier bloß verursacht?", fragte Leslie.
„Wodurch wird das alles hier verursacht? Durch das Böse. Das Haus hat einen eigenen Willen."
„Was denken Sie? Was ist mit Randy?"
„Der Dachboden hilft uns jedenfalls auch nicht weiter", sagte Lawdale und warf die Überreste des Hammers auf den Boden. Er schien den Antrieb verloren zu haben. „Ich denke, wir werden alle sterben."
„Danke für die Ermutigung, Officer, aber wir sind bereits zu unseren eigenen Schlussfolgerungen gekommen."
„Und die wären?"
Jack zögerte. „Es gibt keinen Weg nach draußen."
„Der Kluge baut sein Haus auf Felsen, hat unser Prediger immer gesagt", meinte Lawdale. „Unglücklicherweise hat derjenige, der dieses Haus gebaut hat, es auf einem Grab errichtet. Wenn wir dieses Grab nicht ans Tageslicht bringen, sind wir alle geliefert."
„Sie wollen das Massengrab aufdecken, auf dem das Haus steht?"
„Grab, Tod, Sterben, Beerdigung. Er ist offensichtlich der Meinung, dass wir alle den Tod verdienen. Einer von uns muss sterben. Das ist der einzige Weg."
Diese Aussage hätte Jack noch vor ein paar Stunden sprachlos gemacht. Doch er wusste nur zu gut, dass Lawdale seine Meinung auf den gesunden Menschenverstand gründete.
„Wir können nicht einfach jemanden umbringen", warf Leslie ein.
„Die Zeit ist beinahe abgelaufen. Jemand muss sein Leben opfern, damit der Rest von uns überleben kann – nicht nur wir hier drin, sondern auch die anderen da draußen. Wir müssen dem kranken Spiel dieses Irren ein Ende machen."
„Ein Selbstmord?"
„Nein, ich glaube nicht, dass er das akzeptiert; das passt nicht zu seinem Plan. Er will ja keine Feigheit sehen. Wer auch immer das Töten übernimmt, er muss es aus Bosheit tun, so wie er."
„Aber das ist Mord!"
„Wir sind keine Mörder!"
„Eigentlich nicht. Noch nicht. Aber das kann sich schon in

den nächsten Minuten ändern." Lawdale machte eine Pause, dann fuhr er fort: „Und wenn es so weit ist, wäre ich bereit, mich zu opfern, obwohl es vielleicht andere gibt, die eine bessere Wahl wären."

Sie starrten ihn an. Hatte der Polizist eben wirklich angeboten, für sie alle zu sterben?

„Ich habe es den anderen schon gesagt", murmelte Lawdale und stellte das Gewehr ab. „Ich werde jetzt nach Susan suchen. Fünfundzwanzig Minuten haben wir noch, Freunde. Was auch immer ihr tut, tut es schnell."

Er gab Jack das Gewehr, ging an ihnen vorüber und verschwand in dieselbe Richtung wie Susan.

Jack warf Leslie einen Blick zu, die hinter Lawdale herstarrte. Dann wandte sie sich mit weit aufgerissenen Augen an Jack.

„Irgendwie macht es Sinn", sagte dieser. „Rein logisch betrachtet."

„Hier ist aber nichts logisch", entgegnete Leslie. „Wir haben es hier mit einem klassischen Fall von Massenhysterie zu tun und er trägt seinen Teil dazu bei."

Jack ignorierte sie. „Vielleicht hat er Recht; es gibt eine bessere Wahl als ihn."

„Wer? Randy?"

Jack antwortete nicht.

Leslies Kiefer mahlten. „Er mag ja hier oben ein bisschen verwirrt sein" – sie deutete auf ihre Stirn –, „aber nicht mal Randy verdient es zu sterben."

„Wir können aber auch nicht einfach so tun, als würde nichts passieren", warf Jack ein. „White hat Randy immerhin gesagt, er solle mich töten!"

Sie starrte ihn wortlos an.

„Komm schon, Leslie. Du weißt so gut wie ich, dass Randy sehr wohl imstande ist, uns beide umzulegen!" Jack lehnte das Gewehr an die Wand. „Wenn Lawdale den anderen das erzählt hat, was er uns eben gesagt hat, garantiere ich dir, dass Randy mich schon im Visier hat."

Leslie blickte erneut den Flur hinab. „Du kannst ihn doch nicht einfach töten, um Himmels willen!"

„Und wenn er mich angreift, was soll ich dann deiner Meinung nach machen?"

Leslie atmete flach. „Pete hat mir gesagt, dass White das Mädchen tot sehen will", sagte sie. „Ich glaube, dass es bei dieser ganzen Sache nur um sie geht. Ich glaube, dass White sie überhaupt nur davonkommen lassen hat, damit wir jemanden haben, den wir töten können."

Jack sah sie an, als wolle er sie zwingen, das auszusprechen, was sie wirklich meinte.

„Ich will damit ja nicht vorschlagen, dass du Susan töten sollst", schnauzte sie ihn an. „Aber Randy versucht es vielleicht. Er ist zu feige, um sich mit dir anzulegen, aber vielleicht probiert er es mit dem Mädchen."

Das Haus begann erneut zu stöhnen. Ein unbeschreiblicher Schrei schien die Wände zu durchbohren. Weitere Schreie erhoben sich und mischten sich miteinander.

33

05:40 UHR

Stephanie war mit dem Plan nicht einverstanden, aber sie hielt Randy auch nicht auf. Wenn es einen anderen Weg gegeben hätte, hätte sie versucht, ihn davon abzuhalten, aber es gab für sie nun einmal nur eine Möglichkeit zu überleben – jemand anderes musste sterben, das hatte sogar der Cop gesagt.

Es klang irgendwie nicht richtig; sie wusste, dass es nicht richtig sein konnte. Doch etwas Richtigeres wollte ihr einfach nicht einfallen.

Ihre Hände hatten heute Nacht schon so häufig gezittert, doch jetzt konnte sie überhaupt nicht mehr damit aufhören. Sie fühlte sich bei dem Gedanken, dass sie jemanden töten mussten, ungefähr so schrecklich wie beim Essen von Petes vergammeltem Hundefutter. Doch in den letzten Stunden hatte sie gelernt, dass sie nicht gerade ein kerngesunder Mensch war.

Wenn sie daran zurückdachte, wie sie die Finger in diese ekelerregende Paste getaucht und etwas davon in ihren Mund gesteckt hatte, ließ dies eine Welle von Übelkeit in ihr aufsteigen.

Ganz tief in ihrem Inneren, wohin sie sich vor sich selbst geflüchtet hatte, war sie ein sehr krankes, sehr verkorkstes kleines Mädchen. Wenn es jemand verdient hatte, an diesem Tag an diesem Ort zu sterben, dann war das vermutlich sie. Jack konnte das bezeugen. Sie hatte ihn alleingelassen, als er sie am meisten brauchte, und sich in ihre Welt zurückgezogen, in der es nur Verdrängung und Selbstmitleid gab.

Eine Träne lief ihre Wange hinab. Sie folgte Randy aus dem

Raum in Richtung Treppe. „Bist du sicher, dass wir das tun sollten?"

Randy hielt an und drehte sich um. „Du kannst auch gern hier warten. Ich muss das Gewehr holen und das Mädchen finden, aber ich komme dann wieder, so, wie wir besprochen haben. Ich ziehe das auf keinen Fall allein durch. Ich will, dass Lawdale dabei ist, wenn ich abdrücke. Er wird uns decken."

„Und wenn er es nicht tut?"

Randy zögerte. „Dann müssen wir sie alle erledigen."

„Du hast nie gesagt –"

Das Haus schrie. Ein Dutzend einander überlagernde Schreie.

„Was ist das denn?"

Randy ignorierte sie und ging geduckt weiter.

Der Schrei klang, als käme er von einem Kind. Vielleicht war es Susan. Stephanie erschauderte. Und in diesem Augenblick verstand sie es.

Es war Susan. Der Mann mit der Maske wollte Susan. Er wollte, dass sie Susan töteten. Und Randy zufolge hatte Lawdale genau das gemeint, als er sagte, der Killer wolle frisches Blut.

Sie war eine zutiefst kranke Frau, und sie sollte Randy lieber aufhalten, statt hinter ihm die Treppe hinunterzuschleichen.

Doch ihr Leben war in den letzten Jahren zu sehr aus dem Ruder gelaufen, als dass sie in der Lage war, ihn aufzuhalten.

Sie eilten in die Küche, um das Gewehr zu holen. Doch die Waffen waren fort. Randy starrte mit gerötetem Gesicht vor sich hin. „Was nun?" Er rannte eine Weile planlos herum und suchte hinter dem Tisch und in den Ecken. „Er hat sie genommen! Er hat sie beide mitgenommen!"

„Randy, ich weiß nicht –"

„Du hast die Brechstange oben gelassen", sagte er und schob sich an Stephanie vorbei. „Wir erledigen sie mit der Brechstange."

05:49 Uhr. „Wir müssen gehen", sagte Jack. „Wir müssen es jetzt tun!"

„Und was hast du vor?"

Er wurde unsicher. Lawdale töten? Randy? Susan? Wut stieg in ihm auf. Er schlug mit der Faust gegen die Wand. „Das ist doch krank!"

„Jack", sagte eine leise Stimme.

Er wirbelte beim Klang von Susans Stimme herum. Sie stand in einem Türrahmen am Ende des Foyers. In der rechten Hand hielt sie die Maske des Killers.

Jack war zu verblüfft, um etwas zu sagen. Das Mädchen ließ die Maske fallen und diese fiel mit einem lauten Klappern zu Boden.

„Was ..." Er wusste nicht einmal, was er fragen sollte.

„Werdet ihr mir jetzt endlich zuhören?", sagte sie leise.

Jack machte drei Schritte und stellte sich neben Leslie, die Susan vollkommen verwirrt anstarrte. Es lag etwas Unheimliches in der Art, wie Susan aufzutauchen pflegte und wie sie jetzt dastand in ihrem mitgenommenen weißen Kleid mit der Maske zu ihren Füßen.

„Natürlich hören wir dir zu", entgegnete Leslie mit sanfter Stimme.

„Ihr müsst sehr gut aufpassen. Ich habe schon oft versucht, es euch zu erklären, aber ihr hört einfach nicht richtig zu."

„Ja, natürlich."

„Ich habe versucht, euch zu warnen, aber das Haus hält euch vom Zuhören ab."

„Wie meinst du das?"

„Es manipuliert euer Gehör. Es macht, dass ihr die Dinge nicht mehr richtig sehen könnt. Oder hören. Ich habe es die ganze Nacht versucht ... Werdet ihr jetzt hinhören?"

Jack starrte sie an. „Ich ... ich kann dich gut hören."

„Wir haben kaum noch Zeit. Wirst du zuhören?"

„Wer ... wer bist du?"

„Ich bin diejenige, die nach seinem Willen sterben muss. Aber wenn ihr mich tötet, werdet ihr sterben. Das müsst ihr mir glauben. Der einzige Weg, wie ihr dieses Spiel überleben könnt, besteht darin, ihn zu zerstören."

„Wie?"

„Ich kann es euch zeigen."

Wenn sie Recht hatte, dann hatten sie schon die ganze

Nacht eine Chance gehabt, diese Sache zu überleben, und sie hatten es bloß nicht begriffen. In diesem Augenblick war Susan ein Abbild vollkommener Unschuld. Seine eigene Tochter, Melissa, die die Hand nach ihm ausstreckte. Ein Engel des Lichts, gesandt, um ihn zu retten, auch wenn sie nur ein Mädchen war, das White entführt hatte. Doch in diesem Augenblick war sie mehr.

„Er versucht, mich zu töten, Jack."

Er wollte zu ihr eilen und seine Arme um sie legen und ihr sagen, dass er sie nie wieder verlassen würde, doch er schien sich nicht rühren zu können.

„Ich weiß." Endlich konnte er zu ihr gehen. „Aber das wird nicht –"

„Lawdale versucht, mich zu töten", sagte Susan.

Er hielt inne und blinzelte. „Was? Wer …"

„Lawdale. Der Mann mit der Maske, der sogar hier oben schwarzen Rauch von sich gibt. Ich habe dir schon vorhin gesagt, dass er mich töten will. Das ist das eigentliche Spiel."

In Jacks Kopf drehte sich alles. Eine neue Welle des Grauens erfasste ihn.

„Hast du mich gehört?", fragte sie.

„Bist du sicher? Lawdale?"

„Du wirst den Rauch sehen, Jack."

Eine Hand tauchte hinter dem Türrahmen auf und zog Susan an den Haaren. Sie schrie auf.

Randy trat heraus und grinste. Seine Augen blickten wild. „Bleib weg, Jack. Das ist unser einziger Ausweg und du weißt es."

„Randy?" Leslie drängte sich an Jack vorbei. „Randy, was hast du vor? Du musst verrückt sein, sie ist unschuldig!"

„Ich denke, genau das ist der Punkt, Frau Doktor", sagte Randy; dann an das Mädchen gerichtet: „Lass uns gehen, meine Kleine."

Er zerrte sie mit sich.

Jack dachte fieberhaft nach. Sein eigenes Gewehr stand noch am Schrank. Er wirbelte herum und schnappte es sich, dann rannte er zur Tür und streckte kurz den Kopf hindurch. Nichts zu sehen.

„Was machst du?", keuchte Leslie neben ihm.

Jack hielt inne und war plötzlich unentschlossen. Er konnte sich ja schlecht einfach den Weg freischießen, während Randy eindeutig im Vorteil war. Irgendetwas stimmte mit seinem Ellenbogen nicht. Er rollte den Ärmel seines Jeanshemds hoch und starrte auf seinen Arm, wo ihn die Schranktür erwischt hatte. Ein kleiner Schnitt blutete vor sich hin.

„Schwarzer Rauch", sagte er. „Im Keller habe ich Rauch abgesondert. Jeder, der böse war, tat das. Also wir alle. Aber hier oben ist es anders. Hier kann sich das Böse besser verbergen."

„Der Rauch ist nur im Keller? Ich verstehe nicht, warum ... wie –"

„Ich weiß es auch nicht", schnauzte er sie an. „Aber hier oben ist das Böse nicht so offensichtlich zu erkennen wie unten. Jedenfalls quillt hier kein Rauch aus meiner Wunde."

„Das sehe ich auch. Aber was hat das mit Lawdale zu tun?"

„Susan sagte, dass es bei ihm anders ist – dass er schwarzen Rauch absondert, egal, wo er ist."

„Wie?"

„Ich weiß es doch nicht! Ich weiß nur, dass wir Susan glauben müssen."

Es war viel zu viel Zeit vergangen. Jack rannte in Richtung Küche und gab einen Schuss ab. „Randy, das kannst du nicht machen! Wir brauchen sie!"

Doch es kam keine Antwort. Jack schlug alle Vorsicht in den Wind und stürmte mit Leslie auf den Fersen in die Küche.

Leer.

„Nach oben, schnell!"

Sie rannten wieder in den Aufenthaltsraum zurück, doch weiter kamen sie nicht.

Officer Lawdale stand im Durchgang und hielt ein großes, glänzendes Messer in der Hand. Randys Messer? Seine Augen waren weit aufgerissen und sein Gesicht kreideweiß.

„Die Zeit ist um", sagte er. Er stieß das Messer in den Tisch und sah Jack in die Augen. Sein Blick war bittend und ängstlich.

Er ähnelte White in keiner Weise.

„Ich will, dass du mich tötest", sagte er zu Jack.

34

05:53 Uhr

„Sie töten?"

„Wir können es nicht mehr länger aufschieben." Schweißtropfen traten unter dem blutigen Stirnband auf Lawdales Stirn hervor. „Einer muss sterben, damit die anderen überleben können, und ich bin dazu bereit. Tun Sie es jetzt, bevor ich es mir anders überlege!"

Jack hatte das Gewehr. Es würde kein Problem darstellen, dem Mann eine Ladung Schrot in den Bauch zu jagen. Wenn Susan Recht hatte, würde er damit White töten.

Wenn Susan nicht Recht hatte, würde er einen Polizistenmord begehen. Und die Wahrscheinlichkeit, dass sie im Unrecht war, war gar nicht einmal so gering. Sie war nicht unbedingt die durchschaubarste Person.

„Bist du taub, Kleiner?", zischte Lawdale und begann zu zittern. „Jemand muss jetzt sterben oder wir sind alle dran. Töte mich!"

Jack hob instinktiv sofort das Gewehr. Doch er brachte es einfach nicht über sich, den Abzug zu betätigen. Er konnte es einfach nicht; nicht, wenn er es nicht ganz genau wusste. Lawdale sah wie ein Mann aus, der eine Ehrenauszeichnung verdiente statt einer Kugel. Wie konnte er der Mann mit der Maske sein?

„Jaaaaaack!", rief Susan aus dem Obergeschoss, wo Randy sie offensichtlich hingebracht hatte.

Was war, wenn Susan doch mit White zusammenarbeitete und ihre einzige Hoffnung zerstören wollte, den Polizisten, der es geschafft hatte, sie aus dem Keller zu befreien, und der sich für sie opfern wollte?

„Jack?" Leslies Stimme klang unsicher.

Lawdale trat ärgerlich einen Schritt vor.

Eine kleine, aber wichtige Sache kam Jack in den Sinn: Er hatte nicht nachgeladen! Mit Leslie auf den Fersen bewegte er sich nach rechts und zwang Lawdale dazu, nach links hinüberzugehen.

„Randy wird Susan töten", sagte Jack mit rauer Stimme.

„Nicht, wenn du mich zuerst tötest, Jack." Lawdale kam nun direkt auf ihn zu. „Los doch, drück ab."

Bevor Jack dies tun konnte, ergriff Lawdale den Gewehrlauf mit beiden Händen und setzte ihn sich an die Stirn, genau unterhalb des Stirnbands. Dann presste er die Augen zu.

„Tu es, bevor er sie umbringt! Rette sie! Tu einfach so, als würdest du mich hassen. Lass der bösen Krankheit in deinem Inneren freien Lauf, Junge. Tu es!"

Jacks Hände zitterten wie Espenlaub. Er lud durch.

„Jetzt!", schrie Lawdale mit vor Angst geblähten Nasenlöchern.

Jacks Verstand schien sich zu verabschieden. Er umklammerte das Gewehr mit weiß hervortretenden Knöcheln und begann zu schreien: „Aaaaaahhhh!"

„Tu es endlich!"

Doch er konnte es nicht. Stattdessen zog er den Gewehrlauf nach oben und riss Lawdale das Stirnband herunter. Ein mehrere Zentimeter langer blutiger Schnitt kam zum Vorschein. Rot.

Kein Rauch.

Jacks Schrei blieb ihm im Hals stecken und er starrte die Wunde schockiert an.

Kein schwarzer Rauch. Er hatte Susan beinahe beim Wort genommen und einen unschuldigen Mann getötet!

„Bitte, Jack", flehte Lawdale jetzt, die Augen immer noch geschlossen. Er schien keine Ahnung zu haben, was Jack eben getan hatte. „Ich verliere langsam die Nerven..."

Kein schwarzer Rauch.

Er hätte dem Mann um Haaresbreite den Kopf weggeschossen, nur weil man ihm gesagt hatte, der Polizist sei der Mann mit der Maske. Doch es gab keinen Rauch!

Jack rührte sich nicht.

Lawdales Mund öffnete sich zu einem lautlosen Schrei. Seine Augen waren immer noch fest zusammengepresst, sein Gesicht vor Qual entstellt, und er zitterte. Der Mann war dabei zu zerbrechen. Und Jack ging es nicht anders. Er hätte ihn beinahe umgebracht!

Plötzlich quoll schwarzer Rauch aus Lawdales Kopfwunde und sank neben seinem rechten Auge nach unten – rabenschwarzer Rauch.

Wie ... wie war das ... was geschah hier?

Schwarzer Rauch!

Jack riss das Gewehr herum und wich zurück. Lawdales Augen waren immer noch geschlossen und sein Gesicht war ein Abbild nackter Angst. Er war das Bild eines Mannes, der auf den Tod wartete.

Das schwarze Zeug trat nun in Massen hervor. Zu Lawdales Füßen bildete sich ein dunkler See.

„Töte mich, Jack!", flehte er. Allem Anschein nach war er sich dessen nicht bewusst, was dieser gerade sah.

„Jack?", sagte Leslie. „Er gibt Rauch von sich, Jack."

Jacks Hände zitterten deutlich.

„Töte ihn, Jack!", sagte Leslie.

„Töte mich, Jack!", rief Lawdale.

„Ich ... ich ..."

„Drück ab!", befahl Leslie.

Er drückte ab.

Klick!

Lawdale stieß ein Keuchen aus. Er sah aus, als sei er unsicher, ob er erschossen worden war oder nicht.

Jack wich noch weiter zurück. Lud durch. Drückte erneut ab.

Klick!

Einen endlosen Moment lang hatte Jack das Gefühl, ersticken zu müssen. Jemand hatte die gesamte Munition mit Ausnahme einer Patrone aus dem Gewehr genommen, bevor er Susan vor der fliegenden Axt gerettet hatte.

Das konnte nur Lawdale gewesen sein – sodass das Gewehr leer gewesen war, nachdem er diesen Schuss im Foyer abgegeben hatte. Sodass Jack nur ein Klicken erntete, wenn er versuchen würde, ihn zu erschießen. Sodass Jack es nicht gebrauchen konnte, um Lawdale zu töten.

Das Gesicht des Mannes trug noch immer einen gespielten Ausdruck der Überraschung – offener Mund, geschlossene Augen. Jetzt klappte Lawdale den Mund zu und schluckte, dann senkte er den Kopf.

Und plötzlich riss er seine Augen auf, und Jack schaute in schwarze, pupillenlose Löcher, die ihm einen Schauer über den Rücken jagten. Er wusste ohne den Hauch eines Zweifels, dass er in Whites Augen blickte.

Es war ein schrecklicher Anblick, dieser große, muskelbepackte Mann mit dem streichholzkurzen blonden Haar, der mit gesenktem Kopf dastand, während schwarzer Nebel aus der Wunde an seinem Kopf quoll. Diese schwarzen Augen …

Schwarz.

Leslie schrie.

Whites Mund verzog sich zu einem dünnen Lächeln. „Man sollte sein Gewehr niemals unbeaufsichtigt herumliegen lassen, Jack!"

„Weg hier!" Jack warf sein Gewehr in Whites Richtung und sprang selbst nach rechts. Dabei schnappte er sich das Messer vom Tisch und wirbelte herum.

Aus den Augenwinkeln sah er, wie Lawdale das Gewehr mit einer minimalen Bewegung im Flug auffing. Jack warf das Messer und sah, dass es tief in den Bizeps des Mannes eindrang.

Lawdale verzog das Gesicht, aber mehr nicht. Das Gewehr, das er mit der Hand des nun verwundeten Arms hielt, ließ er nicht fallen. Er war ein Mann mit unvergleichlicher Selbstsicherheit. Und das aus gutem Grund – er hatte sein Spiel fehlerlos gespielt.

Doch er war offenbar verwundbar, und wenn man ihn verletzen konnte, konnte man ihn auch töten. Genau wie Stewart. White griff mit seiner freien Hand nach dem Messer.

Jack stürmte hinter Leslie ins Foyer.

Ein düsteres Lachen drang durch die Holzwand. „Sehr gut, Jack. Wut ist sehr gut."

Jack stürzte die Treppe hinauf. Susan hatte in Bezug auf Lawdale Recht gehabt, was bedeutete, dass ihre Aussage, White wolle sie alle töten, auch wahr sein musste.

„Randy!", schrie Leslie. „Tu es nicht! Warte!"

Ein Schrei.

War es zu spät?

Leslie rannte die Stufen hinauf, während Jack oben schon um die Ecke bog. „Randy!" Er preschte den Flur entlang und bog in den ersten Raum ab.

In Sekundenbruchteilen nahm er alles wahr. Das gelbliche Licht einer schwachen Glühbirne. Stephanie auf der einen Seite des Zimmers; Randy, der mit einer Brechstange auf eine verschlossene Wandschranktür einschlug.

„Lawdale ist der Mann mit der Maske!", rief Jack. „Lawdale ist der Killer!"

Randy trat gegen die Tür. Seine Gedanken waren auf eine einzige Sache ausgerichtet.

„Er wird uns alle töten, wenn Susan stirbt!", brüllte Jack.

Die Tür splitterte und brach in der Mitte ein. Staubwolken stoben in alle Richtungen. Jack sprang auf Randys Rücken und brachte ihn aus dem Gleichgewicht. Er taumelte gegen die Wand, wobei er wüst fluchte.

„Woher weißt du das so genau?", verlangte Stephanie zu wissen.

Man hörte nichts von White, was in diesem Haus allerdings nichts zu sagen hatte. Er konnte bereits hier oben sein.

Susan stürmte aus dem Wandschrank und aus Randys Reichweite, dann versteckte sie sich hinter Stephanie.

„Jack!", schrie Leslie von der Tür her und schaute in offensichtlichem Schrecken zur Treppe. Dann knallte sie die Tür zu und lehnte sich mit weit aufgerissenen Augen dagegen.

„Er kommt!"

„Ich glaube dir kein Wort", sagte Randy.

„Halt's Maul, Randy!", schnaubte Jack.

„Er wird uns alle töten", jammerte Stephanie.

Knöchel klopften an die Tür, und Leslie sprang weg, als habe sie einen Schlag bekommen. Sie rannte zu Jack und stellte sich hinter ihn. Sie hatten keine Gewehre. Keine Axt, keine Waffen außer der Brechstange.

Der Türknauf wurde langsam herumgedreht. Mit angehaltenem Atem sahen die fünf, wie die Tür mit einem lang gezogenen Quietschen aufging.

White stand in der Türöffnung, die Maske vor dem Gesicht wie bei all den anderen Malen, wenn sie ihn gesehen hatten, nur dass er jetzt das *Budweiser*-Shirt und die graue Polizeihose trug. Blut durchweichte einen Stofffetzen, den er sich hastig um seinen verwundeten Oberarm geschlungen hatte.

Er hatte Jacks leeres Gewehr in der einen und Randys Messer in der anderen Hand.

„Hallo", sagte er.

35

05:59 Uhr

Das Spiel hatte sich besser entwickelt, als Barsidius White selbst zu hoffen gewagt hatte.

Das Mädchen war immer noch am Leben, aber das würde sich bald ändern. Er genoss den Gedanken, dass alles genau so enden würde, wie er es vorgesehen hatte.

Er zog die Maske ab, die Susan vorhin hatte fallen lassen, und ließ sie achtlos zu Boden gleiten. Nachdem er sich einen Moment Zeit gelassen hatte, um ihre angespannten Gesichter zu mustern, sprach er sie gelassen an: „Setzt euch nebeneinander an die Wand."

Sie gehorchten und setzten sich.

Jetzt hatte er sie alle in einer Reihe vor sich. Die, die Stephanie genannt wurde, der, der Randy genannt wurde, die, die Leslie genannt wurde, der, der Jack genannt wurde. Und die, die Susan genannt wurde. Wie fünf Tauben im Käfig starrten sie ihren Herrn und Meister an.

White hingegen starrte Susan an. Das geheimnisvolle Mädchen, das ohne Warnung drei Tage zuvor im Haus aufgetaucht war. Ein vermeintlich leichtes Opfer, doch dann war es im Keller verschwunden, als sei das die ganze Zeit seine Absicht gewesen. Zunächst hatte er versucht, das Mädchen zu töten, doch dann hatte er etwas äußerst Irritierendes bei diesem Kind wahrgenommen.

Die Kleine war ein guter Mensch.

Nicht nur jemand, der gute Taten vollbrachte, um zu zeigen, wie wunderbar er war, sondern eine Person, die wirklich durch und durch gut war. Unschuldig. Die anderen waren alle „schuldig wie die Sünde selbst", wie er zu sagen pflegte.

Doch er war sich nicht sicher, ob Susan überhaupt zu einer Sünde fähig war. Sie hatte nicht ein einziges böses Wort von sich gegeben oder irgendeine Charaktereigenschaft offenbart, die nicht gut gewesen wäre. Er tötete die Sünder immer; er bewies ihnen, dass sie genauso schuldig waren wie sein mörderisches Ich; jeder Einzelne von ihnen hatte sich letztlich zum Mord hinreißen lassen, um seinen eigenen Hals zu retten.

Zum ersten Mal war ihm nun ein Spieler begegnet, der nicht ins Profil passte und deshalb sein Spiel gehörig durcheinanderbrachte.

Also hatte er Susan zu einem Bestandteil des Spiels gemacht. Jetzt hieß es nicht mehr nur: „Tötet euch gegenseitig, alle, die ihr schuldig seid wie die Sünde selbst!" Jetzt lautete der Marschbefehl: „Tötet diese Unschuldige, vernichtet die letzte Bastion des Guten unter euch, alle, die ihr schuldig seid wie die Sünde selbst!"

Sie starrte ihn ohne eine Spur von Angst an, dann öffnete sie den Mund: „Ich weiß, wie –"

In diesem Augenblick schoss White in die Wand neben Leslie, die daraufhin aufschrie.

Susan schloss den Mund wieder. Sie hatte verstanden. *Wenn du auch nur ein Wort sagst, töte ich einen von ihnen.*

Er holte eine kleine Rolle Paketband aus der Tasche, ging zu ihr hinüber und klebte einen langen Streifen über ihren Mund und um ihren Kopf herum. Dann band er auch ihre Hände zusammen. Er wusste nicht, wie gut das Haus weiterhin verbergen konnte, was sie sagte, doch er wollte nicht, dass sie hinhörten, vor allem nicht jetzt. Sie wusste zu viel.

Er nahm das Messer und ging vor ihnen auf und ab, wobei er das Geräusch genoss, das seine Stiefel auf dem Holzboden machten.

„Es ist jetzt Zeit, dass ihr erfahrt, welches Schicksal euch erwartet. Wir haben immer noch ein paar Minuten Spielzeit."

Sie starrten ihn an.

„Ich muss ein Geständnis machen", sagte er. „Officer Lawdale wird nicht kommen, um euch zu retten. Es sei denn, ihr versteht unter ‚Rettung' die Erlösung durch den Tod."

Sie rührten sich immer noch nicht. Tauben. Dumme Tauben.

„Ich hoffe, ihr wisst die beachtliche Sorgfalt zu schätzen, die ich in die Planung eures Todes gesteckt habe."

Jack und Leslie schauten ihn nur stoisch an. Randys Augen glitzerten. Stephanie wirkte verwirrt.

„Ich bin zum Haus des Polizisten gegangen, immerhin drei Kilometer die Straße hinunter, habe ihm den Hals durchgeschnitten und seinen Streifenwagen genommen. Damit wollte ich sicherstellen, dass ich genug Spieler für heute Nacht hatte."

„Sie … Sie werden uns töten?", fragte Stephanie.

„Wenn ihr euch nicht gegenseitig umbringt", sagte White. „Und wenn du noch mehr dumme Fragen stellst, bist du als Erste dran."

„Warum bringen wir es nicht gleich hinter uns?", verlangte Jack zu wissen.

Von ihnen allen konnte nur noch Jack klar denken. Der Mann war stark. Entschlossen. Er hatte den Tod seiner Tochter erlebt und war verbittert, aber auch gereift daraus hervorgegangen. Sein Tod würde am befriedigendsten sein.

„Geduld, Jack. Ich werde euch töten. Ich werde es tun, weil meine Augen schwarz sind. Willst du denn gar nicht nach meinen Augen fragen, Jack?"

Jack zögerte. „Warum sind sie schwarz?"

„Weil ich nicht wirklich ‚White' heiße. Tatsächlich bin ich Black, so schwarz wie der Tod, und dies ist der große Showdown. Gut gegen Böse, nur dass es in eurem Fall Böse gegen Böse ist. Im Grunde also gar kein echter Wettkampf zwischen gleichberechtigten Gegnern."

Er konnte an ihrem Gesichtsausdruck ablesen, dass keiner von ihnen verstand, was er sagte. Außer dem Mädchen. Was ihm Sorgen machte.

Mit einer lockeren Bewegung seines Handgelenks warf er das Messer. Es drehte sich zweimal und sank dann sauber in die Wand zwischen Jacks und Leslies Köpfen.

„Weißt du etwas über das Böse, Jack? Hmmm? Das schwarze Zeug?"

Jack antwortete nicht.

White hob sein Stirnband an und ließ den schwarzen Rauch

aus der Wunde heraussickern. Dieser quoll auf den Boden und begann, auf sie zuzukriechen.

„Böse ist das, was in euren Köpfen und euren Herzen ist. In mir ist es auch."

Er zog das Stirnband wieder herunter.

„Ich habe beschlossen, euch allen eine letzte Chance zu geben, diese ganze Angelegenheit hier zu kapieren. Die meisten Menschen sind ziemlich dumm. Sie mögen nette weiße Häuschen und große Kirchen mit bunten Glasfenstern und ziehen es vor, ihre Morde mit Blicken und Worten hinter dem Rücken der anderen zu begehen."

Er machte eine Pause.

„Willkommen in meinem Haus! Hier sind keine Geheimnisse erlaubt. Hier töten wir mit Gewehren und Äxten und Messern. Das ist blutiger als das, woran die meisten Leute gewöhnt sind, ja, aber es ist im Grunde weitaus weniger brutal."

Jetzt verstanden sie hoffentlich zumindest einen Teil des Spiels.

„Der Lohn der Sünde ist der Tod, und dieses Mal werden wir das dazugehörige Blut auch zeigen, was meint ihr? Keine bunten Glasfenster oder weißen Häuser mehr. Jetzt sind wir in Whites Haus und in Whites Haus folgen wir Whites Regeln. Den Hausregeln."

White hörte, wie sein eigener Atem schwerer ging, doch er beruhigte sich wieder.

„Ich gebe euch eine letzte Chance, um noch mal über Regel Nr. 3 nachzudenken. Das Mädchen hatte Recht, und zwar gleich in zweifacher Hinsicht: Ihr habt ihr nicht zugehört. Nun gut, das kann man auf das Haus schieben. Und ja, ich will, dass ihr sie tötet. Das Spiel wäre so lange weitergegangen, bis sie tot ist. Doch sie hat auch Unrecht. Wenn ihr sie tötet, werde ich die, die noch leben, auch wirklich am Leben lassen."

Er ließ diesen Gedanken ein paar Augenblicke auf sie wirken.

„Und wenn ihr sie nicht tötet, werde ich euch alle hinschlachten wie Lämmer. Alle fünf. Beginnend mit dem Mädchen, um euch zu zeigen, wie ihr es hättet machen sollen."

Randys Augen flackerten nach links, dann wieder zurück. Ein gutes Zeichen.

„Die Dämmerung kommt in Kürze. Ich lasse das Spiel niemals länger als bis zum Sonnenaufgang weiterlaufen."

Er holte ein Streichholz aus der Tasche, entzündete es an seinem Gürtel und warf es in den schwarzen Nebel, der zu seinen Füßen wallte. Dieser verbrannte mit einem *Wusch* wie Benzin. Das Licht des Feuers tanzte auf ihren erstarrten Gesichtern.

„Wie ihr sehen könnt, brennt dieses Zeug sehr gut. Beim ersten Tageslicht wird dieses Haus in Flammen aufgehen. Das ist in sechs Minuten. Damit bleiben euch sechs Minuten, um eure Wahl zu treffen."

Er ging zur Tür, hob die Maske wieder auf und verschwand nach draußen.

„Sechs Minuten."

White knallte die Tür zu und begann zu zittern.

# 36

6:02 Uhr

Während White redete, brannten sich seine Sätze in Jacks Gehirn und brachten etwas Licht in das Dunkel.

Böse gegen Böse. Jack kaufte White seine Behauptung nicht ganz ab. Wenn es das Böse gab, gab es auch das Gute, und diese beiden Mächte befanden sich hier offensichtlich in einer Art Krieg. Bis zu diesem Punkt hatten ihre Erlebnisse in diesem Haus wenig Ähnlichkeit mit einer Schlacht zwischen zwei Gegnern gehabt. Abgesehen vielleicht von der Begegnung mit den Doppelgängern im Heizungsraum. Doch vielleicht war genau das der Punkt. Er hatte die ganze Sache von der falschen Seite betrachtet. Die ganze Zeit hatte er nur die eine Seite gesehen, das Böse. Doch wo war das Gute?

Und was wäre, wenn die Konfrontation im Heizungsraum nur der Vorbote einer viel größeren Herausforderung gewesen war? Jack gegen Jack. Im Grunde war diese Nacht auch nur eine Steigerung des inneren Kampfes, den er jeden einzelnen Tag seines Lebens ausfocht. Er konnte nur einen Teil dieses Kampfes sehen, weil er sich nur einen bestimmten Teil zu sehen erlaubte. Doch was war, wenn es mehr gab?

Was war die Schuld, von der White so besessen zu sein schien? Was waren ihre Sünden?

Leslie schien gegen lang verborgene Dämonen aus ihrer Kindheit zu kämpfen, die in diesem unmöglichen Haus zum Leben erwacht waren. Randy … Randy war augenscheinlich von Macht und Kontrolle besessen. Stephanie war mit ihrer Neigung konfrontiert worden, die Wirklichkeit zu verleugnen, und war ohne diese Fassade verängstigt und schwach zurückgeblieben.

Und er selbst? Er versteckte sich hinter seiner Verbitterung und war auch nicht besser als die anderen.

Diese Gedanken rasten, trommelten, schrien in seinem Kopf herum, während der Mann mit der Maske weitersprach. Dann stellte White seine letzte Aufgabe, und diese bestand darin, jemanden zu töten.

„Sechs Minuten", sagte er und verschwand durch die Tür. Sie knallte zu wie schon hundert Türen vor ihr in dieser Nacht, doch dieses Mal hatte es eine solche Endgültigkeit, dass sich einen Moment lang keiner von ihnen rührte.

Und dann, als wollten sie White antworten, knallten im ganzen Haus sämtliche Türen zu – über ihnen, um sie herum. *Bamm!* Das Haus bebte und wankte.

Ein Echo blieb zurück. Etwas hatte sich im Haus verändert.

Jack wandte sich nach rechts und packte den Messergriff. Er sah, wie Randy nach der Brechstange langte, während er an dem Messer zog. Doch es saß bombenfest.

„Jack?"

Stephanie schaute ihn an, in ihren Augen lag ein verzweifeltbitterer Ausdruck.

„Hilf mir mal", sagte er.

Sie blinzelte, dann eilte sie an seine Seite. Ihre Hand legte sich über die seine um den Messergriff und sie zogen zusammen. In diesem Moment der Verzweiflung empfand er ihr gegenüber eine übermächtige Dankbarkeit. Und er hatte den Eindruck, dass sie etwas Ähnliches empfand. Sie taten kaum mehr, als auf die Schrecken zu reagieren, die sie in den letzten Stunden verfolgt hatten, doch in diesem Augenblick, als ihre Hände sich gemeinsam um die einzige Waffe schlossen, die sie vielleicht retten würde, verwandelten sich die Bitterkeit und die Verleugnung, die sie so lange voneinander ferngehalten hatten, in nebensächliche Irritationen.

Zum ersten Mal seit über einem Jahr hofften sie gemeinsam auf dasselbe: dass es ihnen gelingen würde, das Messer aus der Wand zu ziehen.

Doch es gab einfach nicht nach. Es saß so fest in der Wand wie eines der Stahlgitter vor den Fenstern. Jack, der immer noch auf dem Boden kniete, wandte sich um. Randy hatte das Brecheisen nun in der Hand, kauerte geduckt wie ein Tiger und grinste Jack diabolisch an.

„Reiß dich zusammen!", schrie Jack und schob Stephanie hinter sich.

Randys Augen schweiften zu Susan, die immer noch mit gefesselten Händen und zugeklebtem Mund dastand. Sie versuchte, durch das Klebeband hindurch zu schreien.

Jack ging zu ihr. „Alles ist okay, Susan", sagte er leise.

Sie beruhigte sich.

„Er wird uns töten, ganz egal, was wir tun", stellte Jack fest. „Denk doch mal nach – wir haben sein Gesicht gesehen. Wir wissen, dass er Lawdale ist; er kann uns gar nicht laufen lassen."

„Hör auf ihn, Randy", flehte Stephanie.

Dieser löste seine Augen von Susan und schaute zu Stephanie, scheinbar von ihrer Wandlung irritiert. „Ich gehe kein Risiko ein", meinte er. „Ich habe keine Lust, mein Leben zu verlieren, nur weil eure blöde Theorie nicht stimmt. Wenn ihr nicht zulassen wollt, dass ich sie töte – auch gut, dann nehme ich einen von euch!" Er schwang das Brecheisen.

„Was hast du vor, Randy? Willst du ihr mit dem Ding einen über den Kopf ziehen?"

Der Angesprochene blieb stehen, antwortete aber nicht. Zumindest schien er darüber nachzudenken. Jack reagierte, solange Randy abgelenkt war. Er riss mit einer raschen Bewegung das Klebeband von Susans Mund.

„Hör sie einfach nur an."

Randy starrte reglos vor sich hin.

„Fünf Minuten", wimmerte Leslie.

„Sag es ihm, Susan."

„Der Mann mit der Maske lügt euch an", begann Susan. „Er wird euch nicht alle gehen lassen. Selbst wenn ihr mich umbringt, werden zumindest einige von euch sterben."

„Das ist eine Lüge", rief Randy. „Wenn wir sie nicht töten, werden wir alle sterben. Sie will sich nur auf unsere Kosten retten!"

„Ich weiß, wie wir hier rauskommen können", sagte das Mädchen. „Das ist einer der Gründe, warum er will, dass ihr mich tötet."

„Siehst du, Randy?", fügte Jack hinzu. „Jetzt beruhige dich bitte."

Randy zögerte, dann stieß er mit zusammengebissenen Zähnen hervor: „Wenn sie wüsste, wie man rauskommt, hätte sie uns das längst verraten."

„Das habe ich ja versucht", sagte Susan. „Aber ihr hört mir ja nicht zu!"

„Wie kommen wir hier raus, Susan?", erkundigte sich Jack, während er mit einem Auge Randy beobachtete.

„Ich kann es euch zeigen", sagte sie. „Aber ihr müsst mir vertrauen."

„Sie wird uns alle in den Tod führen!", warf Randy ein.

„Wenn ihr hinseht und hinhört, könnt ihr immer noch gewinnen", sagte Susan.

„Denkt an diesen Spiegel", fügte Jack rasch hinzu. „Wir konnten uns selbst nicht darin sehen. Die Wahrheit war uns verborgen. Wir haben nicht wirklich hingesehen. Was sie sagt, macht Sinn. Um Himmels willen, hört ihr zu!"

„Welche Wahrheit?", wollte Randy wissen. „Die einzige Wahrheit, die ich im Moment kenne, ist das Wissen, dass White gleich in diesen Raum kommen und sie ohnehin töten wird. Vielleicht seid ihr bereit, euer Leben wegzuwerfen, weil sie das sagt, aber wir nicht, oder, Leslie?"

Sie schien zu schwanken, blickte von Randy zu Jack und wieder zurück. „Was ist, wenn sie versucht, uns auszutricksen?"

„Sie hat dir das Leben gerettet!", schrie Jack. „Was ist bloß mit dir los?"

Ihr Gesicht verzog sich und sie unterdrückte einen Aufschrei. Das hätte Jack vielleicht von Stephanie erwartet, aber nicht von Leslie.

Stephanie legte eine Hand auf seinen Arm.

„Die Zeit ist gleich abgelaufen", sagte Susan. „Ihr müsst euch entscheiden, wem ihr glauben wollt. Wenn ihr nicht mit mir kommt, werdet ihr alle sterben. Aber wir müssen jetzt losgehen."

„Das ist das Dümmste –"

„Du hörst nicht zu!", rief Susan. „Ich bin länger hier als ihr. Ihr müsst mir vertrauen oder ihr werdet sterben!"

„White wird uns *umbringen!*", schrie Randy.

Jack warf sich mit voller Wucht auf Randy. Das hatte dieser nicht erwartet und so war sein Gegenschlag nur schwach und das Brecheisen flog ziellos durch die Luft. Das Metallstück prallte an Jacks Rücken ab, während sein Kopf auf Randys Hüfte traf.

Die beiden Männer prallten hart auf den Boden, Jack zuoberst. Er war unter normalen Umständen kein Schlägertyp, doch das hier war alles andere als normal. Randy schlug wild um sich. Ein Knie traf Jacks Seite, und er merkte, dass er seinen Vorteil ebenso schnell wieder verlor, wie er ihn gewonnen hatte.

Jack tat das Einzige, was ihm in diesem Moment einfiel: Er brüllte, so laut er konnte, ein wütender Kampfschrei, der seine Adern mit Adrenalin vollpumpte.

Eine zweite Stimme gesellte sich zu seiner – Stephanie.

Er hörte Randy vor Schmerzen aufschreien und merkte, dass dieser sich herumrollte. Stephanie war mit voller Wucht auf seine Hand getreten, die das Brecheisen erneut ergriffen hatte. Jack sah zu, wie sie mit dem linken Fuß wie eine Weltklasseringerin auf den Boden trat und mit dem rechten Fuß kraftvoll ausholte. Sie trug Sandalen, doch die Spitze war hart, und Randy war noch immer auf den Knien und bot ihr ein ideales Ziel. Ihre scharfe Schuhspitze traf ihn genau an der Schläfe.

Er rollte betäubt auf die Seite.

Susan war bereits an Stephanies Seite. „Mach meine Hände los. Schnell!"

Die Angesprochene drehte Susan herum und zog am Klebeband.

„Jack?" Leslie beobachtete die Szene wie gelähmt.

Randy stellte noch immer eine Bedrohung dar, aber sie hatten keine Zeit, ihn zu fesseln.

„Folgt mir!", rief Susan.

Randy rappelte sich schon wieder auf die Beine.

Jack hielt Leslie eine Hand hin. „Komm!"

Sie zögerte, dann machte sie einen Schritt auf ihn zu. Jack eilte zu Susan und Stephanie, die bereits an der Tür waren.

„Fertig?", fragte Susan, eine Hand am Türknauf.

„Er kommt wieder auf die Beine", warnte Jack.

„Was auch immer passiert – bleibt dicht bei mir. Haltet die Augen offen. Lasst nicht zu, dass das Haus euch vom Weg abbringt."

„Wohin gehen wir?"

„Nach unten", sagte sie und zog die Tür auf.

Ein seltsamer Laut schien Jack zu verschlucken. Hinter der Tür lag nicht der Flur, sondern nur schwarze Finsternis.

Dann sah er die Treppe, den schwarzen Nebel, die nackten Glühbirnen ... und er wusste, dass diese Tür in den Keller führte. Das Haus hatte sich unter ihnen verschoben, als White die Tür zugeknallt hatte.

Angst schoss durch sämtliche Nervenenden in Jacks Körper.

„Folgt mir!", rief Susan und stürzte die dunkle Treppe hinab.

37

06:04 Uhr

Randy taumelte auf die Füße. Er war noch immer benommen. Seine Gedanken waren durcheinander und schwirrten, begleitet vom Rauschen eines gewaltigen Windes, wie dichter, schwarzer Nebel durch seinen Kopf.

Dann begriff er, dass das Geräusch nicht in seinem Kopf war, sondern aus der offenen Tür drang, durch die die anderen gerade verschwunden waren. Der Türrahmen gähnte wie ein offenes schwarzes Maul, das direkt in die Hölle führte.

In den Keller.

Er stand schwankend auf den Beinen und kämpfte gegen seine Verwirrung an. Susan folgen? Nur über seine Leiche! Die Idioten hörten doch tatsächlich auf ein Kind, das seit Tagen in diesem Haus gefangen war.

Er kämpfte sich auf unsicheren Beinen vorwärts und lugte nach unten. Leslie hatte auf halbem Wege innegehalten und starrte in den schwarzen Nebel, der den Kellerboden bedeckte. Die anderen waren bereits außer Sicht.

Leslie rührte sich nicht. Sie hatte offensichtlich die Nerven verloren. Es war schon merkwürdig, wie stark Randys Interesse an ihr in den letzten Stunden nachgelassen hatte. Merkwürdig war auch, dass er jetzt den Impuls niederringen musste, ihr einfach den Schädel einzuschlagen, wo ihr Hinterkopf ihm zugewandt war. Merkwürdig, dass er sie ebenso sehr hasste, wie er sich selbst hasste.

Wie viel Zeit blieb ihm noch? Er hatte noch Zeit, oder? Der Mann mit der Maske hatte nicht gesagt, dass die Zeit abgelaufen war, wenn sie den Raum verließen. Es konnten auch noch keine sechs Minuten vergangen sein. Er konnte sie immer noch einholen. Vielleicht war dieser Weg wirklich besser, weil sie nicht erwarteten, dass er ihnen folgte. Jedenfalls nicht so rasch. Wenn er das Mädchen tötete, würden die Stewart-Mutanten verschwinden, oder? Er würde White die Hand schütteln, und dann würde er diesen Ort als der einzige Mann verlassen, der seinen Kopf gebraucht hatte, um dem sicheren Tod zu entgehen.

Randy sah sich nach einer Waffe um und entdeckte das Messer in der Wand. Er nahm die Brechstange und rannte zur Wand, dann ergriff er das Messer und zog daran.

Es glitt heraus, als hätte es in Butter gesteckt.

Ein kleines Grinsen verzog seine Lippen. Na also, jetzt half White ihm. Oder das Haus. Wie auch immer – er tat also das Richtige.

Er eilte zur Treppe und hielt auf der Schwelle einen Augenblick inne. Der schwarze Nebel lag in dichten Schwaden auf dem Kellerboden. Keine Stewarts. Kein White. Nur Leslie, eine oder zwei Stufen weiter oben als noch vor wenigen Momenten.

Etwas regte sich im Nebel, schien direkt unter der Oberfläche zu schwimmen – er konnte die Bugwelle sehen, die sich langsam durch den Nebel bewegte.

Randy umklammerte das Messer mit der linken Hand, das Brecheisen mit der rechten und setzte einen Fuß auf die erste Stufe. Dann den anderen.

Er blieb zitternd stehen und war einen Moment lang unsicher. Dann zwang er sich, die Treppe hinunterzugehen.

Leslie betrachtete den wirbelnden Nebel und verharrte wie festgewachsen auf den Stufen. Jack und Stephanie waren Susan in den Nebel gefolgt, doch als sie vor ihr verschwunden waren, war Leslie klar geworden, dass sie es nicht tun konnte.

Nicht tun würde. Panik hatte von ihren Füßen Besitz ergriffen. Und von ihrem Gehirn. Susans Worte dröhnten durch ihren Schädel, doch Leslie konnte sie nicht glauben. In den Keller zu laufen war reiner Selbstmord. Und das alles nur wegen eines Mädchens, das gar nicht wissen konnte, wovon es redete.

Gleichzeitig konnte Leslie die Hinweise nicht ignorieren: das lebendige Haus, der Nebel. Während sie in diese Höllengrube starrte, war sie sich genau bewusst, was mit ihr geschah: Sie wurde mit ihren eigenen Sünden konfrontiert. Sie war als Kind missbraucht worden, doch als Erwachsene hatte sie selbst auch andere ausgenutzt, um ihre Bedürfnisse zu befriedigen.

Was war Missbrauch, wenn nicht das Beugen von etwas, das nicht gebeugt werden wollte? Jeder Psychologe konnte bestätigen, dass die Umstände einen Menschen nur so weit beeinflussen können, wie er selbst es zulässt. So, wie Schönheit im Auge des Betrachters liegt.

Und das Böse.

Sie war durch unzählige Betten gewandert und hatte Männer benutzt, um das Gefühl der Macht zu genießen, das sie dadurch empfand. Und schlimmer noch, sie hatte zugelassen, dass dieses Machtgefühl ihre Identität zu formen begann.

Die Schrecken dieser Nacht waren von der kleinen Stimme in ihrem Kopf noch unterstrichen worden, die ihr in den letzten zwei Stunden immer wieder etwas zugeflüstert hatte: Sie hasste Pete nicht. Auch nicht das, was er mit ihr gemacht hatte. Tatsächlich war sie in vielerlei Hinsicht wie Pete. Eine schreckliche Gemeinsamkeit verband sie. Diese Erkenntnis machte sie krank. Doch eigentlich war sie schon immer krank gewesen.

Kurz fragte sie sich, ob sie zu seiner Kammer gehen sollte. Nur um zu sehen, wie krank sie wirklich war.

Sie war, was sie war. Nichts konnte daran etwas ändern.

Leslie stand reglos da und starrte auf den wallenden schwarzen Nebel.

Jack folgte Stephanie dichtauf die Treppe hinunter, die Augen auf die Stufen vor ihnen gerichtet.

Susan stürzte sich in den Nebel, der ihr bis zur Taille reichte. „Kommt!"

Stephanie hielt auf der letzten Stufe inne, bevor der Nebel sie berührte. „Wird es wehtun?", fragte sie.

Susan rannte zu der ersten Tür, durch die Randy und Jack vor einer halben Ewigkeit gegangen waren. Jack stupste Stephanie an. „Geh! Geh einfach!"

Sie trat in den Nebel und schrie vor Schmerzen auf. Doch sie ging weiter, immer hinter Susan her.

In dem Augenblick, in dem Jacks Fuß die Oberfläche des Nebels durchbrach, schoss ein stechender Schmerz durch sein Bein, durch Schuhe und Socken. Er stöhnte und zwang sich weiterzugehen.

Er war das dritte Mal in diesem Nebel und diesmal war der Schmerz mit Abstand am größten. Stechender, größer.

Er taumelte in den Raum mit den vier Sofas. Susan knallte die Tür zu. „Seht ihr es jetzt?"

Jack blickte sich um. „Was?"

„Du schaust nicht richtig hin!", zischte sie ärgerlich.

„Wonach halten wir denn Ausschau?", wollte Stephanie wissen. „Sag es uns doch einfach!"

„Ich habe es euch schon gesagt."

„Was hast du –"

„Die Gemälde!", sagte Jack.

Die Bilder an der Wand hingen nicht mehr wirklich an der Wand – stattdessen schwebten sie in der Luft, etwa einen halben Meter von der Wand entfernt, bewegten sich langsam und schienen sie anzustarren, und zwar alle.

Und es waren alles Porträts von … von ihm! Seltsam und verzerrt, aber trotzdem unübersehbar er.

Das direkt vor ihm zeigte ihn ohne Augen. Das schiefe Grinsen auf diesem Gesicht ließ ihm einen kalten Schauer über den Rücken laufen.

Jack sank auf die Knie, die Augen immer noch auf die Bilder gerichtet. Alle zeigten ihn – erschreckende Porträts, die eigentlich gar nicht aussahen wie er. Whites Vorstellungskraft war genauso krank wie sein Spiel.

„Was siehst du?", fragte Stephanie.

„Das … die zeigen mich!", krächzte er.

„Das ist nicht das, was ich sehe. Ich sehe mich. Und es ist … grässlich!"

„Er macht das!"

„Nein!", sagte Susan. „White hat nichts damit zu tun."

Die Tür des Arbeitszimmers öffnete sich mit einem lauten Krachen und Jack stürzte keuchend herein.

Jack?

Er war genauso gekleidet, dieselbe Art von Jack wie im Heizungsraum, nur dass dieser Jack ihnen diesmal nicht die geringste Aufmerksamkeit schenkte. Es war, als würde er sie gar nicht sehen.

Er schloss die Tür und betrachtete rasch die Porträts.

„Das ... das bin ich!", flüsterte Stephanie. Sie sah ihre eigene Version von dem, was Jack sah. Beide meinten, sich selbst zu sehen.

„Versteht ihr jetzt?", fragte Susan. Ihre Stimme klang drängend, fordernd.

Doch Jack begriff es noch immer nicht. „Ich ... ich", er wusste nicht, was er sagen sollte.

Der neue Jack konzentrierte sich auf etwas, das sich auf der gegenüberliegenden Seite des Raumes befand. Sein Gesicht verzog sich zu einer wütenden Fratze und seine Hände ballten sich zu Fäusten – ein erschreckendes Abbild von Zorn und Bitterkeit.

Dann bewegte er sich wie ein Tiger durch den Raum, griff sich im Vorbeigehen eine Lampe und sprang mit einem geschmeidigen Satz über eines der Sofas.

Jack sah, worauf seine Aufmerksamkeit gerichtet war: Drei der Porträts in der hinteren Ecke waren keine Abbilder von ihm selbst. Sie zeigten Leute, die er aus der Verlagsbranche kannte – einen Agenten, der ihn im Stich gelassen hatte, bevor sein erster Roman erschienen war, und einen Kritiker, der denselben Roman verrissen hatte, als er endlich herausgekommen war.

Dann gab es noch ein Porträt, das Stephanie in einer dümmlichen Pose zeigte.

Der neue Jack stürzte sich schreiend auf das Bild von Stephanie. Er schwang die Lampe und ließ sie auf die Leinwand niederkrachen, wobei er Stephanies Gesicht zerstörte. Doch damit nicht genug. Er machte weiter, riss den Rahmen auseinander und zerbrach die hölzernen Seitenteile über seinem Knie.

Dann zerstörte er auch die anderen beiden Porträts und trampelte auf ihnen herum. Erst dann trat er zurück, vergewisserte sich noch einmal, dass es keine Bilder mehr im Raum gab, die ihm verhasste Menschen zeigten, und ging dann zornigen Schrittes hinaus, nicht ohne die Tür hinter sich zuzuknallen.

Als Jack erneut zu den Bildern hinüberblickte, die sein anderes Ich zerstört hatte, hingen diese bereits wieder in der Luft und zeigten sein eigenes entstelltes Gesicht.

„Verstehst du?", verlangte Susan zu wissen. „Wir müssen hier raus, aber ich kann uns nicht hinausbringen. Wenn es mein Haus wäre, könnte ich es, aber es gehört euch – jedem Einzelnen von euch. White hat es zu eurem Haus gemacht. Ihr müsst uns herausholen und es wird nicht leicht sein. Ihr müsst –"

„Ich versuche nachzudenken!", fiel Jack ihr ins Wort und sah sich um. „Mein Haus? Ich verstehe nicht ..."

Sein Blick fiel auf einen in Holz gerahmten Spruch an der Wand über den Porträts. Darauf stand ein altes Sprichwort, das in das Holz eingebrannt war: Zu Hause ist, wo dein Herz ist.

Und da begriff er, was Susan ihm sagen wollte.

„Dieses Haus spiegelt unsere Herzen wider!" Er blinzelte. „Es bezieht seine Kraft aus dem Bösen in uns!"

„Das versuche ich dir die ganze Zeit zu sagen", bestätigte Susan ihm.

„Es ist ein Spukhaus, das die Herzen derer spiegelt, die es betreten?", fragte Stephanie.

„Es ist besessen von einer Macht, die unsere Herzen kennt", sagte Jack. „Du siehst Bilder von dir und ich sehe meine. Unsere jeweiligen Erfahrungen sind unterschiedlich. Wir sind in einem Keller gefangen, der von White die Fähigkeit bekommen hat, das Böse in uns selbst zu zeigen."

„Wir haben also gegen unsere eigenen Herzen gekämpft?"

„Nein", sagte Susan. „Gegen das Böse in euren Herzen."

„Also das ultimative Haus des Schreckens!", erwiderte Jack und starrte die Porträts an. „Wir haben die ganze Zeit nur uns selbst gesehen!" Er wandte sich an Stephanie. „Unsere Sünden verfolgen uns."

„Es tut mir leid, Jack!" Ihre Augen waren feucht vor Angst und Reue. Doch er ließ nur die Reue zu sich durchdringen und spürte, wie sie ihm ins Herz drang. „Es tut mir so leid!"

„Nein." Jack ging zu ihr, immer noch erschreckt von dem Anblick, wie er ihr Bild mit so viel Hass zerstört hatte. So sah es also in seinem Herzen aus! „Ich bin derjenige, dem es leidtut.

Ich bin so dickköpfig gewesen." Er schloss sie in die Arme und hielt sie ganz fest. Dabei hoffte er verzweifelt, dass er diese Versöhnung nicht aus selbstsüchtigen Gründen herbeiführte.

Sie klammerte sich an ihn und weinte. „Es tut mir so leid, Jack!"

Er liebte sie noch immer. Von allem abgesehen, was heute Nacht geschehen war, liebte er sie noch. Diese Erkenntnis ließ ihn sie noch fester umarmen.

„Wir müssen uns beeilen", warnte Susan sie.

Jack sah das Mädchen an und seine neuen Erkenntnisse verstärkten noch den Drang zur Eile. Die Tatsache, dass keines der Bilder an der Wand sich verändert hatte, war ihm nicht entgangen.

„Wenn wir die Sünde überwinden, nehmen wir dann dem Haus seine Macht?"

Susan schaute ihn einige Sekunden lang nur an. „Nein. So funktioniert das nicht. Es geht nicht um die Sünden. Es geht um das Herz. Es geht um euch!"

Stephanie trat einen Schritt vor. „Das macht doch keinen Sinn! Wir sind doch, was wir tun."

„Folgt mir!" Susan ging zu der Tür, die zum Arbeitszimmer führte. „Ich zeige euch den Weg." Wenn Jack Recht hatte, ging sie jetzt in Richtung Hinterausgang.

Die Erkenntnis, dass all das Böse, das ihm in den letzten Stunden begegnet war, seine eigenen Taten und Wünsche widerspiegelte, machte ihm schwer zu schaffen. War er böse? Oder war das Böse in ihm so stark, dass er das Gute nicht mehr wahrnehmen konnte?

Susan? Sie war eines von Whites Opfern, das in die Welt des Killers gekommen war, doch sie war auch noch mehr. Sie war das Licht in dieser Dunkelheit, nicht wahr?

Ein Dutzend zusammenhangloser Sprichwörter wirbelten durch seinen Kopf. *Ein Haus, das in sich selbst zerstritten ist, wird untergehen. Liebe deinen Nächsten wie dich selbst. Das Licht scheint in der Dunkelheit und die Dunkelheit konnte es nicht auslöschen.*

Susan öffnete die Tür, atmete tief durch und trat dann zurück. Als er über ihre Schulter blickte, sah Jack das, was auch sie sah: Stewart, Betty und Pete standen vor ihnen, Gewehre im Anschlag. Schwarzer Nebel wallte um ihre Beine und sie starrten sie mit glühenden Augen an. Im Raum hinter ihnen waren unzählige andere Menschen – sie alle trugen Masken wie White und waren mit Äxten bewaffnet. Und alle waren wie Jack gekleidet.

Sie waren Jack!

„Sie sind ich!", schrie Stephanie.

Unmöglich. Unmöglich. Doch so real – sie standen direkt vor ihm.

Einen Moment lang bewegte sich niemand. Das Haus stöhnte. Hinter dem tiefen, gutturalen Geräusch lag ein grässlicher Schrei.

„Schuldig wie die Sünde selbst", sagte Betty und zeigte mit dem Finger auf sie. „Tötet sie!"

Die Jacks stürmten voran.

Susan knallte ihnen die Tür vor der Nase zu, drehte den Schlüssel herum und rannte an Jack vorbei. „Schnell! Kommt mit mir!"

Der Raum erbebte unter dem Splittern von Holz.

„Rennt!"

38

06:05 Uhr

Die Zeit schien stillzustehen, als Randy seinen Fuß auf die erste Stufe der Treppe setzte, die in den Keller hinabführte.

Angst ließ ihn innehalten – schreckliche Schockwellen von Panik, die sich anfühlten, als würden tatsächlich Wellen gegen seinen Körper krachen. *Wumm, wumm, wumm.* Seine Ohren klingelten unter ihrem Ansturm.

Leslie begann sich wieder zu bewegen, dieses Mal die Treppe hinab in Richtung auf den schwarzen Nebel.

„Leslie?"

Seine Stimme war rau und leise, deshalb versuchte er es noch einmal: „Leslie?"

Sie drehte sich zu ihm um, und er sah, dass Tränen ihre Wangen hinabliefen. Dann riss sie den Kopf wieder herum und ging die nächste Stufe hinunter. In den Nebel, der ihr bis zu den Knien reichte. Sie begann zu rennen und hinterließ kleine Strudel im Nebel.

Und dann war sie verschwunden.

Randy kämpfte sich ganz langsam die Treppe hinunter. Auf jeder Stufe traf ihn eine neue Welle der Angst. Was verwirrend für ihn war, denn er hatte angenommen, dass White genau dies von ihm wollte. Schließlich hatte er ihm das Messer zukommen lassen, nicht wahr?

Er ging einige Schritte mit etwas mehr Selbstvertrauen, dann hielt er genau vor dem schwarzen See aus Nebel inne. Diesmal traf ihn die Welle der Panik mitten ins Gesicht.

Stewart stand kahlköpfig und mit bösem Blick vor ihm.

Nein, nicht nur einfach Stewart, sondern gleich sechs Stewarts, alle auf ihre Weise einzigartig. Und alle mit Gewehren oder Äxten bewaffnet.

Randy stolperte eine Stufe nach oben und hob sein Brecheisen. Doch sie kamen ihm nicht nach. Richtig? Sie standen still, die Beine im Nebel, und starrten ihn reglos an.

Vielleicht stellten sie für ihn gar keine Bedrohung mehr dar? In mancherlei Hinsicht war er ja jetzt auf ihrer Seite und versuchte ebenso wie sie, das Mädchen zu töten. Er hatte einen Stewart umgebracht, also hatten sie vermutlich etwas Angst vor ihm. Oder besser gesagt gegenseitigen Respekt.

„Ich bin hinter Susan her", sagte er. Seine Stimme hallte im Flur wider.

Sie bewegten sich nicht und Randy auch nicht.

Das Haus begann zu stöhnen, dann zu schreien. Ein paar Sekunden lang war Randy versucht, die Treppe wieder hinaufzurennen.

„Hallo, Randy."

Er wirbelte herum. Der Mann mit der Maske stand am Kopf der Treppe, eingerahmt von einem grauen Licht, das aus einer übernatürlichen Quelle zu kommen schien. Er trug seine Maske und hielt mit beiden Händen ein Gewehr vor sich.

Randy öffnete den Mund, um White zu sagen, was er vorhatte – dass er nur noch ein paar Minuten brauchte, um sich um das Mädchen zu kümmern. „Ich –"

Weiter kam er nicht.

White senkte das Gewehr. „Mach's gut, Randy."

Randy wartete auf die Faust aus Blei, die ihn gleich treffen würde. Er spürte, wie seine Blase sich entleerte. Das Messer fiel ihm aus der Hand.

„Ich tue alles", sagte er und ließ auch das Brecheisen fallen. „Ich schwöre, dass ich alles tue, was Sie verlangen."

Noch immer erklang kein Schuss. Das war gut. Das war sehr gut. Also redete er weiter: „Alles, ich schwöre es – alles ... ich will ... ich tue alles!"

Kein Schuss. Der Mann mit der Maske hielt das Gewehr so, dass ein Schuss genau Randys Brust treffen würde. Doch er betätigte den Abzug nicht. Und White kam ihm nicht gerade wie jemand vor, der ohne Grund zögerte.

Das war ein gutes Zeichen, oder?

„Töte sie", sagte der Mann mit der Maske.

„Das tue ich! Ich schwöre, dass ich genau das tun werde."

Eine der Kellertüren hinter Randy flog auf und er riss seinen Kopf herum. Augenblicke später taumelte Leslie heraus, gefolgt von Stewart und einem anderen glatzköpfigen Hinterwäldler. Stewarts. Dämonen, soweit sie wusste.

„Leslie", rief der Mann mit der Maske. „Benutze das Messer."

„Randy?", schluchzte Leslie. „Was geschieht hier, Randy?"

White starrte Randy durch seine Maske an, dann trat er zurück und schloss die Tür zum Keller, damit Randy seine Befehle ausführen konnte. Oder umkam. Es hieß töten oder getötet werden, daran bestand kein Zweifel.

„Randy! Antworte mir!" Leslie war sowieso geliefert. Es war klar, dass sie das hier auf keinen Fall überleben würde. Er würde sie nun von ihrem Elend erlösen.

Doch Randys Beine zitterten wie Gummibänder, als er sich hinhockte und in dem schwarzen Nebel nach dem Messer tastete. Dann hatte er es gefunden und hob es auf.

„Randy, du kannst doch nicht im Ernst vorhaben, mich zu töten!" Leslies Gesicht verzerrte sich vor Angst. „Randy, Schatz … Randy?"

Er starrte auf das Messer in seiner Hand. Er empfand überhaupt nichts für sie – absolut nichts. Er würde es tun. Mehr war dazu nicht zu sagen. Er würde Leslie töten, weil er in Wirklichkeit zu Stewarts Team gehörte, und die Stewarts gehorchten White.

Randy ging durch den Nebel auf die Frau zu, die ihn ständig zu kontrollieren versucht hatte, ohne zu wissen, wie sehr er das hasste. Dies hier war sein Haus. Whites Haus. Stewarts Haus. Randys Haus. Leslie war hier nicht länger willkommen.

„Randy, hör sofort auf!", schrie sie. „Stopp!"

Randy blieb vor ihr stehen. Dann rammte er ihr das Messer in die Brust. Tief in ihre Brust. Und ließ los.

Sie taumelte einen Schritt zurück, die Augen weit aufgerissen, und fiel dann nach hinten in den Nebel. Randy fand den Ausdruck grenzenlosen Schreckens auf ihrem Gesicht sehr interessant.

Er blickte auf die Stelle im Nebel, auf die sie gefallen war, bis die dicke und ölige schwarze Decke sich wieder komplett geschlossen hatte. Als er dann zu dem Stewart schaute, der ihm am nächsten stand – derselbe Stewart, der ihn gejagt hatte und dann ertrunken war –, erwiderte dieser seinen Blick völlig ausdruckslos. Dann drehte er sich um und ging durch die Tür davon, gefolgt von den anderen.

Randy blickte sich in dem leeren Flur um und sah, dass er allein war. Stille. Alles war leer, so wie er selbst. Eine seltsame Taubheit legte sich über ihn. Er fühlte sich leer, benommen und ein bisschen schwindelig.

Mit einem Grunzen riss er sich zusammen und eilte durch die offene Tür hinter Stewart her. Dem Stewart, der in Wirklichkeit sein Vater war.

Ich bin zu Hause. Endlich zu Hause.

39

06:09 Uhr

Sie liefen im Gänsemarsch vom Aufenthaltsraum in den Flur. Susan immer als Erste, dann Stephanie, am Ende Jack. Der Flur war jetzt wieder so breit wie zu Anfang, die Treppe befand sich zu ihrer Linken.

Jack rannte blindlings dahin, die Beine taub vor Schmerz. Susan war sein einziger Orientierungspunkt. Durch die Tür, die Treppe hinunter, immer in dem gehetzten Bemühen, es noch rechtzeitig zu schaffen. Jack versuchte, halbherzig zu begreifen, was gerade geschah, doch er war kaum in der Lage, die vernünftigen Gedanken aneinanderzureihen, die dazu nötig waren.

Susan sprintete zwei Flure hinunter, und jedes Mal, wenn sie um eine Ecke bogen, donnerte hinter ihnen lautes Fußgetrappel heran. Wo führte die Kleine sie hin? White würde das Haus beim ersten Tageslicht niederbrennen. Wenn der Nebel so gut brannte wie das, was er ihnen oben demonstriert hatte, würde das Haus hochgehen wie ein Kanister Benzin – und sie mit ihm.

Das Haus war zu ihrer ganz persönlichen Hölle geworden. Doch vor ihnen lief eine junge Frau, die weitaus mehr wusste, als ihr zustand. Der Gedanke, dass sie irgendwie mit White unter einer Decke stecken könnte, erschien Jack jetzt vollkommen absurd. Susan war ihre einzige Hoffnung. Wenn sie starb, würden auch sie umkommen.

Folge mir, hatte sie gesagt, also folgte er ihr, vollkommen von ihr abhängig.

Sie betraten den Heizungsraum, schlossen die Türen hinter sich und waren schon halb die Leiter des Belüftungsschachts hinaufgeklettert, als das Geräusch von Äxten durch den Raum hallte, die gegen die Türen schlugen.

„Beeilt euch!", rief Jack keuchend. „Los, los!"

Stephanie stöhnte und kletterte schneller. „Wo gehen wir eigentlich hin?"

„Beeil dich einfach", sagte Susan.

„Sie werden sterben, oder?", verlangte Jack zu wissen. „Ich habe Betty getötet! Warum lebt sie immer noch?"

„Sie können sterben", sagte Susan, „aber Dämonen sterben nicht so einfach."

„Dämonen? Richtige Dämonen? Aber wie –"

„Beeil dich und sei still!"

Der niedrige Durchgang vor Petes Kammer war knietief mit schwarzem Nebel gefüllt und mit Jacks vollgestopft, die umherwanderten und durch ihre Blechmasken in die Schatten starrten.

Jack kletterte aus dem Schacht und beobachtete die Jacks, die sie im Halbdunkel offenbar nicht sehen konnten. Stephanie zitterte neben ihm. Er griff im Dunkeln nach ihrer Hand, berührte sie, hielt sie fest. Sie rückte näher an ihn heran.

Das Geräusch von Schritten auf der Leiter hinter ihnen hallte durch den Belüftungsschacht. Susan bedeutete ihnen, still zu sein, und schlich sich geduckt an der Wand entlang, vom Schatten verborgen, zur Ausstiegsklappe. Jack öffnete sie leise und konnte in den Flur schauen. Dieser war ebenfalls voller Jacks. Sie waren durch den hinteren Eingang gekommen und hatten die meisten Untoten umgangen, aber offenbar waren alle Hauptgänge des Kellers jetzt von Jacks und Stewarts überschwemmt, die sie jagten und bedrohten. Egal, wo sie hingingen, sie würden sich einer Armee des Bösen gegenübersehen.

Jack wollte Susan gerade darauf aufmerksam machen, als sie sich durch eine zweite Klappe zwängte, die er übersehen hatte. Er half Stephanie hindurch, dann schlüpfte er selbst durch den schmalen Schacht, der in einen weiteren Flur führte.

Kein Nebel. Keine Jacks.

Vielleicht wusste das Haus, dass White vorhatte, es niederzubrennen, denn mit jeder Minute, die verging, nahm sein

Stöhnen eine größere Dringlichkeit an, und höhere und tiefere Töne verbanden sich zu einem grässlichen Klagelaut, der zu- und abnahm.

„Hier entlang!" Susan stürmte den Flur hinunter zu einer Holztür, die oben abgerundet war. Das war eine der Türen, die in den dunklen Gang führten, in dem er Susan gefunden hatte.

Der sichere Ort.

Doch mit einem einzigen Streichholz konnte White das ändern. Und er würde es ändern.

Sie schlüpften in den Durchgang, verschlossen die Tür leise hinter sich und standen dann keuchend in der Dunkelheit.

„Was jetzt?", fragte Jack.

„Wir sind gerade in einem Halbkreis um den inneren Teil des Kellers herumgegangen", erklärte Susan schwer atmend. „Die Tür, durch die du vorhin eingesaugt wurdest, führt in das Arbeitszimmer."

„Die ist abgeschlossen ..."

„Nein, ist sie nicht. Du hast nur gedacht, sie wäre es. Doch wir haben ein viel größeres Problem."

„Und welches?"

„Wir müssen durch das Arbeitszimmer, um zum Ausgangstunnel zu kommen."

Ihre Stimmen hallten leise von den Wänden wider.

„Wenn wir dorthin gelangen, kommen wir dann auch aus der Hintertür raus?", fragte Stephanie.

„Die ist aber abgeschlossen", warf Susan ein.

„Und der Gang?", fragte Jack.

„Dort wartet er vermutlich auf uns – mit mehr von ihnen, als ihr zählen könnt."

„Und die Hintertür ist der einzige Weg nach draußen?", fragte Jack, der schockiert darüber war, dass sie so offen darüber sprach, wie schlecht ihre Chancen standen.

„Sie ist der einzige Weg."

„Aber das ist unmöglich! Es gibt keine Möglichkeit, an ihm vorbeizukommen!"

Stille senkte sich über den dunklen Gang.

„Er wird das Haus niederbrennen", flüsterte Stephanie.

„Folgt mir", sagte Susan und nahm ihre Hände.

Sie führte sie zügig in die Dunkelheit. Hier zu rennen war eine Sache, dachte Jack, aber mitten in sie hinein?

Er beugte sich zu Susan hinüber und jetzt keuchte er ebenso sehr vor Angst wie von ihrem schnellen Tempo. „Das ist doch verrückt! Sie werden uns töten!"

„Vielleicht", sagte Susan. „Und sie werden es definitiv tun, wenn du nicht auf ihre Bedingungen eingehst."

„Ich soll völlig unbewaffnet in eine ganze Horde von denen reinlaufen?" Er wusste, dass sie das nicht meinte, aber er hatte dennoch das Gefühl, er müsse das Ungleichgewicht der Kräfte betonen.

„Er hat Recht", meinte Stephanie. „Wir haben keine Chance gegen sie."

Susan zog sie weiter. „Hört auf, an sie zu denken. Ihr gesteht ihnen mehr Macht zu, als sie tatsächlich haben."

Sie sprachen abgehackt, während sie weiter in den Tunnel hineineilten.

„Aber sie sind real", sagte Jack. „Ihre Äxte sind echt!"

„Natürlich sind sie real. Ich sage ja auch nicht, dass du mitten in sie hineingehen sollst. Aber es gibt größere Mächte als das, was du sehen kannst."

„Gott? Willst du damit sagen, dass es bei alledem hier um Gott geht? Irgendein höheres Wesen hat das alles hier inszeniert?"

„Ihr habt es inszeniert!"

„Wovon redest du? Wir sind zufällig vorübergefahren, als wir in diese Straßenfalle geraten sind und in dieses Höllenhaus gelockt wurden!"

„Es ist euer Haus."

„Das ist doch verrückt."

„Es bezieht seine Kraft aus euch. Das hatten wir doch alles schon geklärt! Akzeptier es einfach, Jack! Du befindest dich mitten in einem Kampf von Gut gegen Böse."

„Ich habe zu Gott gebetet", sagte Stephanie. Es klang wie eine Frage.

„Gebetet? Aber glaubst du überhaupt an ihn? Wirklich? Und weißt du, wie wahre Liebe aussieht?"

„Liebe den Herrn, deinen Gott, von ganzem Herzen, mit ganzer Seele und mit all deiner Kraft", murmelte Jack. „Liebe deinen Nächsten wie dich selbst. Ist das nicht irgendein berühmter Lehrsatz? Von diesem Jesus?" Er zögerte, während sich die Erkenntnis wie Schneefall in seinen Gedanken ausbreitete. „Aber wie sieht Liebe in einem solchen Haus des Schreckens aus?"

„So, wie sie immer aussieht", sagte Susan. Dann fügte sie nach einer Pause hinzu: „Es geht nicht nur um das, was man tut, sondern um das, was man ist. Ihr müsst euch verändern. Und so verändert ihr auch das Haus. Ihr müsst es wirklich erkennen; Lippenbekenntnisse zählen in Zeiten wie diesen nicht viel."

Eine entfernte Tür öffnete sich ohne Vorwarnung und der Tunnel wurde mit Licht durchflutet. Einer der Jacks stand im Türrahmen und wurde von hinten mit einem gespenstischen Licht erleuchtet. Er gab ein Grunzen von sich und stürmte in den Tunnel, gefolgt von anderen seiner Art.

Susan floh zu einer anderen Tür in der Wand, die nun vom einfallenden Licht angestrahlt wurde. Jack spähte hastig in die Schatten. Da war die Kammer, in der er Susan gefunden hatte. Er konnte sie nicht sehen, aber sie musste dort sein, etwas weiter von der Tür zum Arbeitszimmer entfernt, auf das Susan nun zuging.

„Die Kammer!", flüsterte er.

Der eine Jack rief etwas; offenbar waren sie gesichtet worden.

„Wir haben keine Zeit für Versteckspielchen", schnaubte Susan. „Er wird das Haus anzünden!"

Doch Jack rannte trotzdem auf die Kammer zu. Er musste seinen Kopf klarbekommen. Susan zögerte nur einen kurzen Moment, dann folgte sie ihm. Alle drei stürzten in die Kammer, schlossen die Tür und versuchten, ihre Atmung unter Kontrolle zu bekommen. Mit etwas Glück waren sie im Schutz der Dunkelheit unbemerkt hereingekommen.

„Er wird das Haus niederbrennen", sagte Susan. „Du hättest mit mir gehen sollen."

„Wir sind hier doch völlig machtlos!", zischte Jack.

Sie legte die Hand auf den Türknauf. „Achte auf mich. Wenn ich losgehe, gehst du auch, und zwar schnell. Versuch, irgendeine Waffe aufzutreiben, egal, was. Okay?"

Er konnte die Schritte der Jacks hören, als sie näher kamen.

Vielleicht waren sie nicht gesehen worden, als sie diesen Raum betreten hatten. Aber ohne das Überraschungsmoment würden die Untoten sie überwältigen.

„Jack?"

„Pssst."

„Jack, ich kann nicht –"

Er legte eine Hand auf Stephanies Mund. „Schschsch! Doch, du kannst es. Wir müssen ihr vertrauen!"

„Ich weiß nicht –"

„Schschsch!"

Die Schritte kamen näher, immer näher. Und dann waren sie da.

Und gingen vorüber.

Susan wartete noch einen Moment.

„Jetzt!", flüsterte sie plötzlich.

Sie stieß die Tür auf, so fest sie konnte. Die Tür prallte gegen einen Körper. Ein lauter Klang hallte durch den Flur, als das Holz der Tür gegen das Metall der Maske krachte.

Susan sprang hinaus und Jack kam alles wie in einem Traum vor. Drei Ausgaben von ihm selbst mit Maske. Zwei davon ein paar Meter rechts von ihnen. Einer direkt vor Susan, sichtlich überrascht von ihrem forschen Eintritt. Die Axt, die er in der Hand gehabt hatte, fiel polternd zu Boden.

Einen Moment lang standen alle unentschlossen da. Und dann bewegte sich Susan – schnell und geräuschlos.

Jack sah zu, wie sie die Axt aufhob, bevor der untote Jack Zeit hatte zu reagieren. Sie schwang das Werkzeug mit aller Kraft, während dieser Jack endlich schaltete und zurückzuweichen versuchte.

Die Axt traf den Mann, durchdrang seine Brust, seinen ganzen Körper und kam auf der anderen Seite wieder heraus, als hätte er keine Knochen.

Doch er brüllte vor Schmerz. Der kehlige Schrei schwoll sofort zu einem schrillen Kreischen an, das Jack in den Ohren wehtat. Dann wurde der Mann sozusagen in sich zusammengefaltet und verwandelte sich in eine schlängelnde Säule aus schwarzem Rauch, die unter der Maske zusammensank, sodass die Maske zusammen mit der Axt auf den Boden fiel.

Doch es war kein Blut zu sehen. Jack dämmerte, dass diese

Doppelgänger seiner selbst aus dem Nebel entstanden. Dass sie der Nebel waren, der in diesem Haus von seinem eigenen Herzen genährt wurde. Der Nebel des Bösen.

Der menschlichen Natur.

Die beiden Jacks, die an der Kammertür vorübergegangen waren, kehrten nun vor Wut brüllend und mit gezückten Messern zurück. Jack blieb bei diesem Anblick beinahe das Herz stehen.

Einer von den beiden warf sein Messer. Es war ein Riesending, vielleicht einen halben Meter lang, und Jack beobachtete, wie es sich träge in der Luft drehte, von seiner Schulter abprallte und scheppernd auf den Boden fiel.

Schmerz schoss durch seinen Arm. „Schnell!", rief Susan und rannte zu der Tür, durch die Jack vorhin in den schwarzen Tunnel gesaugt worden war. Als das Mädchen die Tür zum Arbeitszimmer öffnete, befand sich, soweit sie sehen konnte, nur eine weitere Person in dem Raum. Doch es war kein Jack. Es war Stewart. Und dieser war mit einem Gewehr bewaffnet.

Jack blieb abrupt stehen und bemerkte nur am Rande, dass Stephanie gegen ihn prallte.

„Geh weiter!", schrie seine Frau. „Sie kommen!"

Und er ging weiter.

40

06:12 Uhr

Susan knallte die Tür hinter ihnen zu, sobald alle drei hindurch waren, schloss sie ab und schirmte so für den Moment ihre Rücken ab.

Doch ihre Rücken waren jetzt Jacks geringste Sorge.

Zuallererst war da Stewart. Und seine Knarre. Der Mann schaute sie von der Mitte des Raumes aus an, eher amüsiert als überrascht. Schwarzer Nebel bedeckte den Boden bis zu seinen Knöcheln.

Jacks zweite Sorge war ein vages Gefühl der Bedrohung, das von der immer noch wachsenden Erkenntnis genährt wurde, dass all die Schrecken in diesem Haus irgendwie aus seinem eigenen Inneren kamen. Aus seinem eigenen Herzen.

„Ich glaube", flüsterte er. „Ich glaube; ich schwöre es!" Doch er war sich nicht sicher, was das überhaupt bedeutete.

Stewart hatte sein Gewehr noch immer nicht angelegt. Er war sich offensichtlich ebenso bewusst wie Jack, dass eine Axt in den Händen eines Mädchens es auf diese Entfernung nicht mit einem Gewehr aufnehmen konnte.

Stephanies frustrierter Ausruf bei Stewarts Anblick war wie ein Dolchstoß.

Susan trat vor und hielt die Axt mit beiden Händen. Sie starrte Stewart an und schob sich zwischen ihn und Jack. Stephanie drängte sich dicht an Jack.

Irgendwo im Haus begannen wieder ein Dutzend Türen, im gleichen Takt zuzuknallen: *Bamm! Bamm! Bamm! Bamm!*

Doch Stewart rührte sich nicht. Susan stand vor ihm, ohne

ihn anzugreifen oder sich zurückzuziehen. Sie waren in einer Sackgasse angelangt.

Jack wollte fragen, was los war, was er tun sollte, was sie vorhatte, doch sein Mund war aus irgendeinem Grund nicht in der Lage, Wörter zu formen.

Eine endlose Zeitspanne lang starrten sie sich gegenseitig an. Der Boden bebte unter jedem Türknallen, als würde das Haus an alle, die sich darin befanden, Signale senden: *Wir haben sie! Wir haben sie! Wir haben sie!*

Dann hob Stewart ganz ruhig das Gewehr an und zielte auf Susan. Das Türknallen hörte gleichzeitig mit dem Lärm auf. Ein leichtes Lächeln zog Stewarts Mundwinkel nach oben.

„Das ist noch nicht das Ende, nicht wahr?", sagte Susan.

Stewarts Lächeln erlosch, bevor er seine Fassung wiederfand. „Das ist jetzt unser Haus", entgegnete er.

„Ist es das wirklich? Weißt du, wer ich bin?"

„Eine von denen."

„Bist du dir da sicher?"

Stewart antwortete nicht.

Die Tür ging auf und Betty kam herein. Und hinter ihr Pete. Bettys Kopf war mit roten Lumpen umwickelt. Jack war ziemlich sicher, dass sie aus mehr als nur Fleisch und Blut gemacht war. Entweder von Dämonen besessen oder selbst einer.

Trotzdem konnten diese Monster getötet werden; Susan hatte es gesagt.

Mutter und Sohn gesellten sich zu Stewart und starrten Susan an. Petes Blicke suchten über Jacks rechte Schulter hinweg die von Stephanie. In seinen Augen lag die pure Lust.

„Da ist sie, Mama", sagte er.

Dieser zurückgebliebene Idiot kannte auch nur ein Thema. Er besaß die emotionalen Fähigkeiten eines Stückes Holzkohle.

Betty ignorierte ihn. „Denk dran, er will die drei lebend!"

„Ihr werdet heute sterben", kündigte Stewart an. „Alle drei. Sie sterben immer."

„Das hast du mir vor drei Tagen auch schon erzählt", sagte Susan. „Und ich lebe immer noch."

„Lass die Axt fallen", forderte Betty das Mädchen auf.

Jack kämpfte gegen eine Panikattacke an. Wie sollte er aus

dieser Nummer rauskommen? Er dachte daran, ihr die Axt abzunehmen und die anderen einfach frontal anzugreifen.

Susan zögerte, dann stellte sie die Axt ab.

Ein Schauder lief Jack über den Rücken. Keine Faser seines Körpers war bereit, einen bewaffneten Stewart anzugreifen. Das wäre, als würde er sich sehenden Auges von einer Klippe stürzen.

Doch in diesem Augenblick ignorierte Jack das Zittern seiner Glieder, rannte an Susan vorüber, griff sich die Axt und stürmte auf Stewart zu.

Er hatte diesen schon fast erreicht, als Susans Schrei seine Ohren erreichte: „Nein, Jack!"

Nein, Jack? Er war schon bereit! Er musste etwas tun!

Jack brüllte, während er sich nach vorn warf und die Axt schwang.

Seltsam war, dass Stewart noch immer nicht schoss. Tatsächlich zeigte er keinerlei Anzeichen von Sorge, anders als die Jacks, die sie eben getötet hatten. Stewart war keine Reflektion von Jack.

Im letzten Augenblick, bevor die Axt ihr Werk vollbringen konnte, bewegte sich Stewart und trat ein wenig zur Seite. Jack wurde durch die schwere Waffe aus dem Gleichgewicht gebracht. Der Kolben von Stewarts Gewehr knallte gegen seinen Schädel, während die Axt ins Leere schlug.

Jack ließ den Axtstiel los, um sich mit beiden Händen abzufangen, doch schon bevor seine Knie mit einem knochenzermürbenden Knall auf dem Betonboden aufkamen, wusste er, dass die Kraft, von der Susan gesprochen hatte, weder aus Mut noch aus Dummheit erwuchs.

Er krachte auf den Boden und spürte, wie Stewarts Stiefel seine Schläfe traf.

„Idiot", zischte der Mann.

„Nicht!", schrie Susan und stürzte einen Schritt nach vorn.

Das Gewehr detonierte. „Bleib stehen!"

Jack kämpfte sich auf die Knie und blinzelte, um den Kopf klarzukriegen. Betty und Pete drängten Susan und Stephanie weg, die laut protestierte. Sie wurde mit einem lauten Klatschen zum Schweigen gebracht.

Susan schrie etwas, doch Jacks Aufmerksamkeit wurde auf

seine eigene Lage gelenkt, als Stewart ihn am Arm ergriff und auf die Füße zog. Dann schubste er ihn in die Mitte des Raumes.

Sie zwangen Stephanie und Susan, sich hinzuknien. Blut tropfte aus Susans Nase. Sie schaute Jack aus traurigen Augen an. Stephanies Wange war feuerrot, doch sonst schien sie unverletzt.

Stewart drückte Jack neben den beiden Frauen wieder auf die Knie hinunter.

„Warte auf mich!", flüsterte Susan.

„Halt deinen stinkenden kleinen –"

Susan sprang mit einem Schrei auf die Füße, während Stewart noch mit Jack beschäftigt war. „Jetzt, Jack!"

Jack wusste nicht genau, was sie von ihm erwartete, doch er warf sich mit aller ihm verbliebenen Kraft gegen Stewart.

Susan hatte bereits das Gewehr gepackt, als Jacks Kopf gegen den von Stewart prallte. Dessen linkes Ohr war alles, was zwischen ihren beiden Schädeln war, und dieses kleine Stück Fleisch war nicht für eine solche Beanspruchung gedacht.

Stewart schrie laut auf.

Jack schob sich vorwärts und versuchte, den Mann zu Fall zu bringen. Aus den Augenwinkeln heraus sah er, dass Pete seinem Vater zu Hilfe eilte.

Und er sah auch, dass Stephanie sich ihm wie eine Besessene in den Weg stellte. Sie rammte ihm ihr Knie so fest in seine Weichteile, dass es einen Elefanten in die Knie gezwungen hätte.

Auch Betty schrie jetzt, aber das war alles gleichgültig, denn nun fiel Stewart unter Jacks Ansturm um und Susan befand sich im Besitz des Gewehrs.

Sie drehte es herum, legte an und schoss eine Ladung Blei in die Decke, nur um klarzustellen, dass sie mit der Waffe umgehen konnte.

„An die Wand!", brüllte sie und zielte auf Bettys Kopf. Dann auf Pete. „Los, an die Wand!"

Jack rollte sich von Stewart herab und kam keuchend auf die Füße.

Einige Sekunden lang waren Betty, Pete und Stewart zu verblüfft über die Wendung der Dinge, um sich zu rühren.

„Los", sagte Susan.

Langsam gingen die drei zur Wand, die Augen gesenkt und sichtlich verwirrt darüber, wie es so weit hatte kommen können.

„Sieh nach, ob die Türen abgeschlossen sind", sagte Susan. „Schnell, Jack!"

Er war nicht sicher, was sie vorhatte, doch er rannte zur Haupttür und sicherte den Riegel.

„Ihr werdet es nie nach draußen schaffen", merkte Stewart mit wiedergewonnener Sicherheit an. „Und ihr seid in der Unterzahl."

„Halt den Mund", befahl Susan ihm.

Jack eilte zur nächsten Tür, die zum hinteren Ausgangstunnel führte. Die Augen hatte er immer auf Pete gerichtet, der seinen Blick selbst jetzt noch nicht von Stephanie lassen konnte. Der Riegel war schon zugeschoben.

„Wirst du sie töten?", verlangte Stephanie zu wissen. „Vielleicht sollten wir das einfach tun. Sie sind doch keine richtigen Menschen, oder?"

„Das würde uns nicht helfen", sagte Susan. „Wir müssen –"

Tapp, tapp, tapp.

Susan wandte den Kopf ruckartig zu der Tür hinter Jack herum. Eindeutig klopften da Fingerknöchel an das Holz, das sie vom Tunnel trennte.

Tapp, tapp, tapp.

„Egal, was passiert", sagte Susan, „denkt daran …"

Die Tür erbebte, dann bog sie sich unter dem Ansturm eines gewaltigen Drucks. Schwarzer Nebel drang durch die Spalten in das Arbeitszimmer.

„… dass das Licht die Dunkelheit immer durchdringt."

Die Tür wackelte nun furchterregend und beulte sich wieder nach innen, dieses Mal mehrere Zentimeter.

Jack beeilte sich und schnappte sich die Axt.

„Sieh nach, was mit der Kammer ist", befahl er Stephanie hastig.

Sie gehorchte.

Die Tür hinter ihnen – die, die zum Wohnzimmer führte – begann ebenfalls, zu klappern und sich nach innen zu biegen. Ebenso wie die dritte und vierte Tür.

„Das Licht scheint in der Dunkelheit und die Dunkelheit konnte es nicht auslöschen", sagte Susan. „Seht auf das Licht. Nur das Licht kann euch vor euch selbst retten."

„Was ist das?", fragte Stephanie und ließ ihre Augen von Tür zu Tür wandern.

„Er ist gekommen", entgegnete Susan.

Doch es klang nach mehr als einem „Er". Jack hatte den Eindruck, dass sämtliche Untoten – wie viele auch immer es sein mochten in diesem Haus, das er selbst erschaffen hatte – gekommen waren und von allen Seiten auf sie einstürmten, ohne ihnen einen Ausweg zu lassen.

„Jack", flüsterte Stephanie voller Angst. Ihre Augen wanderten immer noch unruhig zwischen den Türen hin und her. „Ich weiß nicht, was hier passiert!"

Die Fingerknöchel klopften erneut entschlossen an die Tür zum Tunnel.

Plötzlich flog die Tür auf. Schwaden von schwarzem Rauch strömten herein, aber sonst nichts. Die anderen drei Türen hörten auf zu wackeln.

Und dann kamen sie wie ein Rudel Hyänen – ein, zwei Dutzend Jacks. Die Hälfte von ihnen wandte sich nach rechts, die anderen nach links, sodass sie zwei Fronten bildeten.

Jack ging rückwärts zu Susan und Stephanie in die Mitte des Raumes. Noch immer kamen mehr von ihnen herein, dreißig oder vierzig jetzt, stauten sich in der Tür, starrten ihn an, die Waffen im Griff, aber abwartend.

Alle trugen Masken.

Abgesehen von einer Handvoll anderer, die Jack bereits im Flur gesehen hatte, waren es Doppelgänger von ihm. Nur er. Er sah sich selbst und der Anblick ließ seine Knie erzittern. Stewart, Betty und Pete sahen zufrieden grinsend zu.

„Susan?"

Das Mädchen hatte das Gewehr im Anschlag, aber sie schoss nicht. Was hätte auch ein Gewehr gegen so viele ausrichten können?

Stephanie klammerte sich an Jacks Arm. Das war das Gute an alledem hier, dachte Jack. Stephanie. Sie war da, machte dasselbe durch wie er. Sie würden zusammen sterben. Ein passendes Ende für das Elend, das sie so lange verfolgt hatte.

Die Augen aller Jacks waren auf ihn gerichtet. Keiner von ihnen wandte den Blick ab und eine ganze Weile blinzelte auch keiner von ihnen.

Dann teilten sich die Jacks vor der Tür, und Jack wusste, dass das Warten ein Ende hatte.

Der Mann mit der Maske trat durch die Tür.

41

06:14 Uhr

Die Geräusche im Raum verstummten. Der Mann mit der Maske kam auf sie zu und blieb wenige Meter von ihnen entfernt stehen, am Rande der Linien, die von den Jacks gebildet wurden.

Er betrachtete sie in stoischem Schweigen. In der rechten Hand hielt er sein Gewehr. Das Blut, das aus den Wunden an seinem Arm und seiner Stirn trat, hatte die Bandagen durchweicht, doch das hatte ihn nicht am Erscheinen gehindert.

Ein paar Sekunden lang starrte er sie einfach nur durch die Löcher in seiner Maske an. Seine Atmung ging laut und gleichmäßig.

„Der Lohn der Sünde ist der Tod", sagte er dann. „Am Ende zahlen sie ihn alle."

Susan unternahm keinen Versuch, das Gewehr auf ihn anzulegen. Die Axt fühlte sich in Jacks Hand klein und wenig hilfreich an. Sie hatten keine Chance.

„Lass das Gewehr fallen."

Susan ließ die Waffe los und diese fiel mit einem Klappern zu Boden.

Whites Augen wanderten zu ihnen und er schaute sie eine Weile an.

„Es tut mir leid, Jack", flüsterte Stephanie hektisch. „Das ist alles meine Schuld. Sie starren mich alle an ... es tut mir so leid."

Sie sah sich selbst – lauter Stephanies, keine Jacks, und die Blicke der Doppelgängerinnen verrieten ihr, dass sie schuldig war.

Jack bewegte sich auf zittrigen Beinen seitwärts, schob sich zwischen Stephanie und White. Sein Herz pochte so laut in seiner Brust wie das Knallen der Türen in dem Haus seines Herzens.

„Willkommen in eurem Haus", sagte der Mann mit der Maske. Er grunzte zufrieden. „Gefällt es euch?"

Ohne Umschweife hob er sein Gewehr. Die Stille saugte jedes Geräusch außer ihrem abgerissenen Atmen aus dem Raum. Die Jacks starrten vor sich hin.

„Töte sie", befahl der Mann mit der Maske.

Zuerst wusste Jack nicht, was der Mann wollte, und da dieser eine Maske trug, war es schwer zu beurteilen, wen er ansprach.

„Töte Susan", sagte White, „oder ich bringe euch alle drei um."

„Was?"

„Wenn du sie tötest, lasse ich dich und Stephanie gehen. So, wie ich Randy habe gehen lassen."

„Randy?" An diesen hatte Jack gar nicht mehr gedacht, seit sie im Keller waren. Er war freigelassen worden? Und was war mit Leslie?

„Frei wie ein Vogel", wiederholte White. „Töte sie."

Jack konnte kein Wort herausbringen. Er konnte Susan nicht töten. Und er konnte es auch nicht bleiben lassen und damit Stephanie dem Tod ausliefern.

Beide Möglichkeiten waren unverzeihlich.

Der Mann mit der Maske atmete weiter schwer und langsam. Jacks Gedanken drehten sich in einer verzweifelten Spirale um diesen unmöglichen Augenblick: Das war ihre letzte Chance. Die Dämmerung war gekommen. Der Mann mit der Maske log. Er würde sie sowieso alle töten. Er wollte schon die ganze Zeit, dass sie Susan umbrachten – aber vielleicht log er doch nicht? Jack verdankte Stephanie sein Leben. Er hatte ihr in diesem letzten Jahr voller Trauer das Leben sehr schwer gemacht. Sie verdiente es nicht, jetzt zu sterben. Er musste sie retten. Und das konnte er – mit einem Schlag dieser Axt in seiner Hand. Aber er konnte die Axt niemals gegen Susan erheben!

Diese Gedanken überlappten einander und verdrehten seinen inneren Kompass bis zur Unkenntlichkeit.

„Würden dreißig Silberlinge helfen?"
Wie bitte?
„Du weißt, dass du es tun kannst", sagte White zwischen zwei schweren Atemzügen. „Sie alle wollen, dass du es tust. Alle deine Ichs wollen das."

Wie auf Befehl fingen wieder alle Türen an, zu rattern und zu beben und sich nach innen zu beulen, und mehr schwarzer Nebel drang in den Raum.

Keiner der Jacks reagierte darauf. Alle Augen waren auf Jack gerichtet.

Die Türen sprangen nach innen auf, eingedrückt durch eine wahre Flut von Jacks, die sich wie ein Insektenschwarm in den Raum ergossen. Eine Armee von Schützlingen des Maskenmannes, die alle Jack waren und ihn unverwandt ansahen.

Stephanie schrie auf.

Jack sah, dass hinter ihnen, hinter den Türen, noch Hunderte, vielleicht Tausende von ihnen die Flure und Räume des Kellers erfüllten. Der Nebel hatte tausend Jacks geboren.

Sie füllten jeden Winkel des Raumes und ließen nur noch einen kleinen Kreis in der Mitte frei, in dem Jack, Susan und Stephanie standen.

Ihre Masken und Gewehre klickten und klackten, und ihre Schuhe klapperten, doch sie sagten nichts, sondern durchbohrten ihn nur mit ihren Blicken aus den dunklen Löchern in ihren Masken.

„Lieber Gott!", wimmerte Stephanie leise. „Oh, lieber Gott!"

Der Mann mit der Maske starrte Jack an. Man konnte nicht sagen, ob er den Moment genoss oder verabscheute.

„Du weißt, dass du sie töten willst."

Er hatte Jack angesprochen, aber alle Jacks reagierten, indem sie sich aufrichteten, und einige schienen zu nicken. Alle bohrten noch immer ihre Blicke in Jacks Augen. Ihre Atmung beschleunigte sich und einige konnten ein aufgeregtes Grunzen nicht mehr unterdrücken. Sie warteten verzweifelt darauf, dass er Susan tötete.

Warum Susan? Warum gerade das Mädchen?

„Dein Herz ist finster. Du musst auf das Licht sehen", sagte Susan.

Ihre Worte schienen die Jacks noch mehr aufzuregen. Sie schwankten und wackelten und klackten unkontrolliert gegeneinander.

„Welches Licht?", rief Stephanie.

Der Mann mit der Maske bewegte sich etwas auf sie zu. „Sei kein Idiot", warnte er ihn. „Töte sie!"

Jacks Blick blieb an einem der Jacks hängen, der vollkommen reglos zu seiner Linken stand. Nur dass er gar kein Jack war. Er trug eine Maske und war ungefähr genauso groß wie die anderen, aber er war anders gekleidet.

Er war wie Randy gekleidet.

Er war Randy.

White bemerkte, dass Jacks Aufmerksamkeit abschweifte, und schaute zu Randy hinüber.

„Ich habe Leslie umgebracht", sagte dieser.

Nur diesen einen Satz: *Ich habe Leslie umgebracht.* So, als ob er gleichzeitig stolz darauf wäre und sich dafür schämte.

Der Mann mit der Maske schwenkte den Gewehrlauf in seine Richtung und drückte ab. Die Bleiladung traf Randy in die Brust und warf ihn rücklings gegen die Wand aus Jacks, bevor er zu Boden fiel.

Die Energie in dem Meer der Jacks schien sich zu verdoppeln. Die Geräusche, die sie machten, wuchsen zu einem Brüllen an. Sie bedrängten Jack. Flehten ihn an.

Er fühlte sich geschmeichelt. Unwiderstehlich davon angezogen, die Wünsche dieser Jacks zu befriedigen.

White richtete das Gewehr wieder auf Jack. „Töte sie!"

Jack zögerte einen langen Moment. Dann sagte er, ohne selbst zu verstehen, was er da tat: „Nein."

Im gleichen Augenblick verstummten die Jacks, als wären sie maßlos überrascht. Er sagte es noch einmal, um sich selbst davon zu überzeugen, dass er es tatsächlich ausgesprochen hatte: „Nein."

Stille. Atemgeräusche.

„Du bist ein Narr", kommentierte der Mann mit der Maske seine Entscheidung.

Susan trat zwischen ihm und Stephanie hervor, dann drehte sie ihm den Rücken zu und blickte Jack an. Tränen liefen über ihre Wangen, doch ihr Blick war weich.

„Töte sie", knurrte der Mann mit der Maske, wütend, erschüttert. Es war das erste Mal, dass Jack sah, wie der Mann die Selbstkontrolle verlor. „Sie muss sterben!"

„Denkst du wirklich, dass eine Leiche seine Gier nach dem Tod befriedigen wird?", fragte Susan Jack. „Nicht, wenn diese Person nicht ohne Schuld ist. Nicht, wenn sie nicht ohne Fehler ist. Nur der Menschensohn kann das tun. Sieh auf das Licht und du wirst es verstehen. Ich zeige dir den Weg. Sieh auf den Menschensohn!"

Den Menschensohn?

Der Mann mit der Maske schien hinter Susan zusammenzubrechen. Das ergab doch alles keinen Sinn. Er konnte einfach abdrücken und das Ganze beenden. Stattdessen zitterte er unkontrollierbar.

„Töte sie!", brüllte er.

Susan drehte sich zu ihm um. „Er hat Nein gesagt."

Barsidius White starrte das Mädchen durch die Löcher in seiner Maske an, spürte, wie der Hass in ihm brodelte, und wusste, dass er sich jetzt nicht mehr zurückhalten konnte.

Noch bis vor ein paar Minuten war das Spiel wunderbar gelaufen, wie es das immer tat, selbst mit dieser interessanten, durch das Mädchen herbeigeführten neuen Wendung. Er hatte den Überblick darüber verloren, in wie vielen Häusern er das Spiel bereits durchgeführt hatte. Er betrat diese Häuser, rief die Mächte der Finsternis, damit sie das Haus erfüllten und das Böse in allen verkörperten, die in das Haus kamen. Und damit wurde das Haus, ebenso wie er selbst, ein gehorsamer Schmelztiegel der Mächte.

In jedes Haus lud er genug Dämonen ein, um das Leben für die Opfer zur Hölle zu machen. Das Leben von Stewart und Betty und Pete und vielen anderen wie ihnen. Doch wichtiger noch – da gab es diese Legionen von Jacks und Stephanies, die ihre eigenen Naturen widerspiegelten.

Jack und Stephanie waren schuldig und deshalb würden sie am Ende sterben.

Doch was war mit Susan?

Seine frühere Vermutung, dass sie vielleicht keinerlei Schuld in sich trug, drängte sich nun an die Oberfläche. Sie war weniger und doch mehr als alles andere, was sich ihm bisher in den Weg gestellt hatte.

Das drängende Gefühl, dass Jack sie töten musste, trieb ihn in den Wahnsinn. Jack hatte Nein gesagt, und White hätte ihn beinahe an Ort und Stelle erschossen, wenn Susan sich ihm nicht in den Weg gestellt hätte.

Und warum tötete er sie nicht einfach selbst? Noch vor einer Stunde hätte er gesagt, dass es die Aufgabe der anderen sei, sie umzubringen. Doch nun sagte ihm irgendetwas tief in seinem Inneren, dass ihr Tod vielleicht gar keine so gute Sache wäre. Doch er konnte keine logischen Argumente damit verknüpfen.

Stephanies Gesicht war vor Angst verzerrt. Das wenigstens genoss er. Doch die leise Stimme von Susan vertrieb jede Genugtuung, die White beim Anblick der Szenerie vor sich empfinden konnte. Das Mädchen war sich viel zu sicher und sich viel zu deutlich der Realität von Dunkelheit und Licht bewusst.

Aber wer war sie? Und woher war sie gekommen?

Susan drehte ihm den Rücken zu und sprach in klaren, leisen Worten mit den anderen. Und da wusste der Mann mit der Maske, wer sie war. Oder zumindest, welche Rolle sie in diesem Kampf zwischen Schwarz und Weiß, Leben und Tod spielte.

Er spürte Panik in sich aufsteigen.

„TÖTE SIE!!!!!!!!", brüllte er.

Das Mädchen wirbelte herum. „Er hat Nein gesagt!"

In überschäumender Wut drückte der Mann mit der Maske ab.

Das Gewehr spuckte Feuer. Jack konnte den Aufprall der Kugeln nicht sehen, weil Susan zwischen ihm und dem Mann mit der Maske stand, doch er spürte ihn einen Augenblick später, als Susans Körper rücklings gegen ihn krachte.

Instinktiv griff er nach ihr.

Spürte warme Feuchtigkeit an ihrem Bauch.

Sah, wie der Raum sich zu drehen begann, während sein Bewusstsein sich verabschiedete.

Susan stöhnte noch einmal, dann sank sie in sich zusammen und starb in seinen Armen.

42

06:16 UHR

Jack ließ Susan erschrocken los und ihr lebloser Körper kippte nach vorn. Blut sickerte unter ihrer Leiche hervor.

Stephanie begann zu schluchzen. Sie hatten schon in einigen üblen Situationen gesteckt, doch das hier war etwas anderes. Etwas Unschuldiges war getötet worden, und Jack war überrascht von dem plötzlich auftretenden Schmerz, der sein Herz zu zerreißen schien. Ihr zarter, toter Körper dort auf dem Boden, das war einfach falsch.

Er merkte, dass sein Herz nach und nach wie ein Hochhaus in sich zusammenfiel, das von einer Abrissbirne zerstört wird. Doch es schien keinen Boden zu geben, auf den der Schutt fallen konnte. Alles verschwand in einem dunklen, bodenlosen Loch.

Die Jacks hatten den Blickkontakt mit ihm zum ersten Mal abgebrochen und starrten wie verzaubert auf das Mädchen. White lud langsam nach, als würde er Zeit brauchen, um über das nachzudenken, was er getan hatte.

Jack vernahm ein schwaches Knistern. Seine Augen wanderten zu Susans Leiche. Doch das Blut, das unter ihrem Körper hervorsickerte, war kein normales rotes Blut. Es war rot, ja, aber helle Funken stoben daraus hervor, so, als sei es elektrisch aufgeladen.

Sieh auf das Licht.

Die Jacks hatten es auch bemerkt. Mehrere von ihnen wichen zurück und begannen, nervös auf- und abzuwippen. Ein Murmeln schwoll unter ihnen an.

White starrte auf Susan.

Die Hunderte von Jacks, die sich im Raum drängten, begannen, auf eine befremdliche Art und Weise in einer Art rituellem Tanz auf- und abzuwippen. Es erinnerte ihn an die knallenden Türen von vorhin: *Jetzt, jetzt, jetzt, jetzt.*

Was, jetzt?

Oder war das eine Art Feier?

Stephanie eilte an Jack vorüber und ließ sich neben Susans Körper auf die Knie sinken. Sie streckte eine Hand aus und flüsterte unter Tränen etwas, das sehr dringlich klang.

„Sie ist das Licht! Sie ist das Licht!"

Sie war das Licht? Natürlich, er hatte die Lichtfunken gesehen, aber war sie wirklich das Licht?

White blickte zu Stephanie. Dann zu Jack.

Welches Schicksal sie nun auch erwarten mochte, Jack würde es annehmen. Er ließ sich ebenfalls auf die Knie nieder. In seinem Hals schien ein schmerzhafter Knoten zu stecken, doch er sah keine Lösung, keine Überlebenschance, keinen Grund zum Leben, keinen Grund zum Sterben. Er spürte nur Schmerz.

Sieh auf das Licht.

Hatte er das Licht gesehen?

Das Gemurmel der wippenden Jacks steigerte sich zu einem kollektiven Brüllen. Zum ersten Mal konnte Jack wirkliche Worte ausmachen: „Töten! Töten!" Sie umklammerten ihre Äxte und Messer und mit jedem Ausruf verschmolzen ihre Stimmen immer mehr zu einer einzigen.

„Töten! Töten! Töten! Töten!"

Sie schienen auf eine Art Erlaubnis zu warten, bevor sie losschlugen. White stand breitbeinig da, den Kopf leicht gesenkt.

Stephanies Flüstern schwoll ebenfalls zu einem Schrei an; allerdings konnte er ihn über den Sprechgesang der Jacks hinweg kaum hören. „Du bist das Licht!"

Jacks Herzschlag beschleunigte sich. Er sagte es einmal lautlos mit ihr zusammen, starrte auf ihren Mund, während sein Gehirn versuchte, eine Verknüpfung herzustellen. „Du bist das Licht!"

War es das, was Susan gemeint hatte? Dass er nach einer Lichtquelle außerhalb seiner selbst Ausschau halten sollte? *Das Licht kam in die Dunkelheit …*

Stephanies Rufe veränderten sich wieder, klangen jetzt gleichzeitig wie ein Schluchzen und ein Klagelaut. Und jetzt durchschnitten ihre Worte ganz klar die Geräuschkulisse: „Menschensohn, hab Erbarmen mit mir, einer Sünderin!" Sie holte tief und zitternd Luft, dann rief sie wieder: „Menschensohn, hab Erbarmen mit mir, einer Sünderin!"

Menschensohn.

Die Wahrheit traf Jack mitten ins Herz. Susan hatte den Tod auf sich genommen, obwohl sie keine Schuld trug. Sie war das Licht in der Finsternis, doch der Lohn der Sünde war wirklich der Tod. Die Schuldigen mussten sterben, so wie White es gesagt hatte. So lauteten die Spielregeln.

Doch Susan war der Retter, der an ihrer statt gestorben war. Und der Mann mit der Maske schien seinen Fehler gerade zu erkennen.

Jack schrie nun die Worte gemeinsam mit Stephanie: „Menschensohn, hab Erbarmen mit mir, einem Sünder!"

Er klammerte sich an Stephanies Hand, als sei sie seine letzte Rettung, und gemeinsam riefen sie, so laut sie konnten. Ihre Worte überschlugen sich.

Endlose Sekunden lang schrie Jack, bis ihm auffiel, dass der Sprechgesang aufgehört hatte und Stephanie ebenfalls verstummt war. Er öffnete die Augen. Der Raum war zum absoluten Stillstand gekommen. Die Jacks waren zwei Schritte zurückgewichen, die Äxte immer noch erhoben, doch reglos.

Warum?

Er vernahm wieder das leise Knistern. Das Licht? Er blickte nach unten.

Das Blut aus Susans Körper sprühte jetzt vor Licht. Funken stoben wie lange Finger aus Elektrizität hoch. Jack spürte, wie sie in sein Gesicht flogen. In seinen Mund. In seine Augen.

Ein Lichtspeer von betäubender Kraft bohrte sich in seinen Körper. Er bebte unter seinem Ansturm. Zu viel; es war zu viel! Er riss den Kopf hoch und schrie.

Und dann floss die Energie wieder, ebenso stark wie zuvor, nur dass sie dieses Mal aus seinem Mund kam. Aus seinen Augen.

Jack konnte durch das Licht sehen, während es von ihm ausging. Weiß glühend. Er sah es in einer Art Zeitlupe, vielleicht ein Zehntel der wirklichen Geschwindigkeit, eine surreale Darstellung flüssiger Kraft.

Der Jack, der ihm am nächsten stand, versteifte sich vor dem auf ihn einstürmenden Lichtstrahl, dann schrie er auf und löste sich in schwarzen Nebel auf, noch bevor das Licht ihn berührt hatte.

Der Lichtstrahl durchdrang die Jacks hinter ihm, als ob sie nicht mehr wären als ein Aschenebel. Dann verbreitete sich das Licht nach allen Seiten, als ein ebenso starker Lichtstrahl von Stephanie dazukam, die neben ihm stand und ebenfalls schrie.

Das schreckliche Kreischen der Untoten erfüllte den Raum, als sie unter dem knisternden Kraftstrahl dahinwelkten, der von Jack und Stephanie ausging. Das Licht schien in der Dunkelheit, und die Dunkelheit konnte es nicht auslöschen, doch das machte nichts mehr, weil das Licht jetzt die Dunkelheit verdrängte.

Noch immer schrien sie. Noch immer floss das Licht.

Whites Körper zuckte unter dem Aufprall des Lichtstrahls zusammen. Er wurde vom Boden hochgehoben, krümmte sich nach vorn zusammen und schrie vor Schmerz.

Ein paar Augenblicke lang schwebte er in der Luft, als hätte er einen Schlag in den Magen erhalten, und bebte unter der Kraft, die durch seinen Körper floss. Seine Schreie wurden von dem unbeschreiblichen Geräusch übertönt, das das Licht machte. Dann wurde er fallen gelassen und sank zu Boden, wo er zusammengekrümmt und reglos liegen blieb.

Noch immer schrien Jack und Stephanie. Noch immer floss das Licht.

Und dann brach Jack zusammen.

Von außen hätte niemand dem Haus angesehen, welche Schrecken Jack und Stephanie in seinem Inneren verfolgt hatten. Aber die Dämmerung kam nun mit ganzer Macht.

Ein entfernter Schrei hier und da, ein schwaches Summen wie von Insektenschwärmen ... alles Geräusche, die auch aus dem nahe gelegenen Wald stammen konnten, zumindest eher als aus dem verlassenen großen Haus.

Sämtliche Fenster waren verrammelt und dunkel, alle Türen versiegelt. Ein zufällig vorüberkommender Spaziergänger würde den Pick-up in der Vorderfront sehen und glauben, dass eine jugendliche Spritztour dort ein ungeplantes Ende genommen hatte. Doch darüber hinaus sah das Haus aus wie viele andere leerstehende Anwesen hier im Hinterland von Alabama.

Doch das änderte sich genau um 06:17 Uhr am Morgen.

Es begann mit einem kaum sichtbaren Lichtfunken, der das Haus kurzzeitig erhellte und dann wieder verschwand, als sei im Keller eine Handgranate explodiert.

Dann kam das Licht zurück, nur dass es jetzt unter den Türschlitzen und durch die Spalten in den Fensterläden drang und durch manche unverdeckten Fenster schien.

Das Licht wurde heller, immer heller, blendend weiß. Starke Lichtstrahlen bahnten sich ihren Weg durch die Ritzen und ragten in die Luft.

Fenster klapperten, als würden sie sich verzweifelt bemühen, die Energie festzuhalten, die sie von innen her zu sprengen drohte. Die Vordertür bog sich und einen Moment lang erbebte das gesamte Haus.

Die Rollläden und Fenster lösten sich aus ihren Verankerungen und sprangen mit großem Getöse auf. Nun schoss das Licht in breiten Säulen hinaus, begleitet von einem dröhnenden Summen, das sieben oder acht Sekunden lang anhielt.

Dann, als hätte jemand den Stecker gezogen, verschwand das Licht, und das Haus war wieder in dämmriges Grau gehüllt. Die Fenster schwangen noch einmal leise in den Angeln.

Dann war alles wieder still.

43

07:00 Uhr

Jack stand hinter der Steinmauer hundert Meter vom Haus entfernt, hielt Stephanie fest an sich gedrückt und starrte auf das schweigend vor ihnen liegende Haus.

Rechts von ihnen standen zwei Polizeiwagen mit eingeschalteten Signalleuchten. Drei Polizisten gingen auf das Haus zu, einer hielt den Funkkontakt.

„Es sieht folgendermaßen aus: Wir haben Officer Lawdales Streifenwagen einen Kilometer von hier gefunden, zusammen mit den beiden anderen Autos. Zwei Überlebende sind hier, die glauben, dass der Killer Besitz von Lawdales Körper ergriffen hat."

Das Funkgerät knisterte. „Sie sagten, drei Tote, zwei Überlebende?"

„Das ist unbestätigt, aber wir gehen jetzt rein."

„Roger."

Der Polizist stieg aus, schlug die Tür zu und wandte sich dann an Jack. „Sind Sie sicher, dass es Ihnen gut geht?"

Dieser nickte. „Ja, bestens."

„Bleiben Sie hier. Wir gehen jetzt rein. Sind Sie sicher, dass da drinnen niemand mehr am Leben ist?"

„Ja, da bin ich sicher."

Der Polizist nickte und ging auf das Haus zu.

Eine verrostete Waschmaschine stand links neben dem Pfad; das wild wachsende Gras reichte ihnen bis an die Knie. Das Haus selbst stand stoisch vor ihnen, ein alter, leerstehender Kasten, der nun sein wahres Gesicht zeigte.

Sie konnten die Zementtreppe sehen, die an der rechten Seite des Hauses zum Keller hinabführte. Die Tür stand immer noch offen, so, wie sie sie hinterlassen hatten, und einer der Polizisten verschwand gerade nach drinnen.

Vögel zwitscherten, Insekten summten und brummten.

Sie waren drinnen aufgewacht und hatten drei Leichen im Keller vorgefunden. Randy, Leslie und White. Keine Stewarts, Bettys, Petes oder Jacks.

Keine Susan.

Der erste Streifenwagen war aufgetaucht, als sie aus dem Keller krochen. Man hatte Lawdale eine Stunde zuvor tot in seinem Haus gefunden; er war nicht zu seiner Nachtschicht erschienen. Der verlassene Streifenwagen hatte die Beamten hierhergeführt – zum einzigen Haus im Umkreis von mehreren Kilometern; ein verlassenes Anwesen etwas abseits der Straße.

Jack nahm Stephanies Hand in die seine.

„Sie sind tot", sagte Stephanie.

Sie meinte Randy und Leslie, nahm Jack an. Es war schwer zu fassen. Niederschmetternd.

„Was ist mit Susan?", fragte er.

„Ich weiß es nicht."

„Wer war sie?"

„Ich ... das weiß ich auch nicht."

„Aber sie war real, oder?"

„Das denke ich schon. Wir haben jedenfalls gesehen, dass sie geblutet hat."

Sie wussten es einfach nicht. Was sie wussten, war, dass sie mit sich selbst konfrontiert worden waren, mit dem Bösen und vielleicht mit Luzifer persönlich – und dass sie es nur Susan zu verdanken hatten, dass sie noch am Leben waren.

Sie waren eine Weile still, überwältigt von den Auswirkungen der Realität, die sich ihnen in diesem finsteren Winkel der Welt präsentiert hatte.

Ein paar hundert Kilometer von ihnen entfernt erwachte gerade die Stadt Tuscaloosa zu einem neuen Tag voller Staus, Termine, Seifenopern und tausend anderer Trivialitäten, die die Welt beschäftigten. Hier würden die Polizisten gleich von schier unglaublichen Ereignissen erfahren. Es sei denn, sie glaubten an Spukhäuser und Mörder, die von den Mächten der Finsternis erfüllt waren.

„Sind wir sicher, dass dies alles wirklich passiert ist?", wollte Stephanie wissen.

Jack blinzelte. „Es ist passiert. Es war das Spiel des Lebens, das wir in einer einzigen Nacht gespielt haben."

„Das Spiel des Lebens?"

„Du lebst dein Leben und am Ende stirbst du oder du lebst für immer – je nachdem, wofür du dich entschieden hast."

Sie entgegnete nichts.

Jack bemerkte aus den Augenwinkeln heraus eine Bewegung zu ihrer Linken. Er sah hinüber und hielt den Atem an.

Ein Mädchen war aus dem Gebüsch getreten und kam auf sie zu. Susan …

Jack ließ Stephanies Hand los und trat vor. „Ist das wirklich Susan?"

„Ja!"

Das Mädchen trug immer noch dasselbe zerrissene weiße Kleid, das jetzt jedoch blutverschmiert war. Jack schaute zurück zum Haus, das jetzt alle drei Polizisten betreten hatten. Der vierte folgte den anderen mit gezückter Waffe.

Susan blieb vor ihnen stehen. Ein sanftes Lächeln lag auf ihrem Gesicht.

„Was ist passiert?", fragte Stephanie total verblüfft.

„Ich wusste, dass ihr es schaffen würdet!", sagte Susan und zwinkerte ihnen zu.

Jack war sich nicht sicher, ob er wirklich sah, was er zu sehen glaubte. Er wiederholte Stephanies Frage: „Was ist passiert?"

„Das Licht schien in der Dunkelheit und die Dunkelheit konnte es nicht auslöschen", erwiderte Susan. „Das ist passiert."

Jack erhaschte einen Blick aus Stephanies weit aufgerissenen Augen.

„Du … wer bist du?"

„Susan."

„Aber du bist real, oder?"

„Natürlich bin ich real. Ebenso real wie der Tag, an dem er mich in diesen Keller gesperrt hat. Obwohl ich zugeben muss, dass ich freiwillig gekommen bin."

„Also bist du ... ein ..." Stephanie brach ab.

„Ein was?", fragte Susan.

„Ein Engel?", mutmaßte Jack.

„Ein Engel? Ihr meint, so ein richtiger Engel, der auf der Erde herumspaziert und wie ein normaler Mensch aussieht? Betrachtet mich doch als jemanden, der euch den Weg erhellt hat, indem er ein wenig Licht auf die Situation geworfen hat."

Jack schaute zu Stephanie hinüber. Er hatte von solchen Dingen gehört – Begegnungen mit Engeln. Doch er hatte nie einen Gedanken daran verschwendet, dass es so etwas wirklich geben könnte.

Das Funkgerät in dem Streifenwagen erwachte knisternd zum Leben.

„Wir haben hier nur zwei Leichen, Bob. Bitte bestätigen. Zwei Leichen. Ein Mann in den Überresten eines grünen Hemds und Jeans und eine dunkelhaarige Frau. Roger."

Statisches Rauschen. „Bitte bestätigen." Mehr Rauschen. „Sie haben gesagt, da drinnen sei noch der Mörder in Lawdales Dienstuniform."

„Roger. Keine Spur von einer dritten Leiche. Jedenfalls nicht im Keller."

„Bestätigt. Schauen Sie sich vorsichtig weiter um."

„Wie ... wie kann das sein?", fragte Stephanie.

„Es gibt da noch etwas, das ihr wissen solltet", erläuterte Susan. „White ist noch nicht fertig."

Eines der Fenster im Obergeschoss schwenkte auf.

„Ich dachte, wir hätten ihn besiegt, ihn und das Haus!", rief Stephanie.

„Ihr habt das Böse in eurem eigenen Herzen besiegt!" Susan deutete zum Haus hinüber. „Seht genau hin."

Jack und Stephanie starrten zu dem verfallenen Gebäude hinüber.

Zunächst sah Jack gar nichts. Doch dann zeichnete sich langsam ein schwacher grauer Schatten gegen das Dachbodenfenster ab. Ein menschlicher Schatten, der regungslos auf sie herabschaute.

Ein kahlköpfiger Schatten.

Stewart.

Und neben ihm Betty. Und Pete.

Er hörte Stephanie nach Luft schnappen; sie hatte sie auch entdeckt. Die Untoten starrten aus dem Fenster, nur ganz schwach zu erkennen, aber sie waren tatsächlich da.

Stewart wandte sich vom Fenster ab und verschwand wieder im Haus.

„Sie sind immer noch da?", fragte Jack.

„Noch eine Weile", erklärte Susan ihm. „Dann wird ihnen der Ort ein bisschen zu sauber sein und sie werden weiterziehen."

„Warum lassen wir das zu? Wir könnten doch hingehen und sie vernichten", meinte Jack. „Oder etwa nicht?"

„Ja, ich glaube, das könnten wir", pflichtete Stephanie ihm bei.

„Sie würden wahrscheinlich in dem Moment, in dem sie uns reinkommen sehen, zur Hintertür hinausflüchten", sagte Jack.

„Nach allem, was passiert ist, hätten sie vermutlich schon Angst, uns nur anzusehen!"

Stephanie ging ein paar Schritte in Richtung des Hauses und rief: „Kusch! Weg mit euch!"

Das Fenster war leer.

Erstaunlich.

„Was meinst du, Susan – sind sie jetzt weg?"

Die Kleine antwortete nicht.

„Susan?" Jack wandte sich verwirrt in alle Richtungen um. „Susan?"

Doch sie war verschwunden. Jack ließ seine Augen über die Umgebung schweifen. „Susan!"

„Weg", sagte Stephanie.

„Also war sie wirklich ein Engel?"

„Vielleicht."

Stephanie ließ die Stille auf sich wirken.

Jack erhaschte einen Blick auf einen menschlichen Umriss in einem der Fenster. „Sie sind noch nicht verschwunden."

Stephanie drehte sich um, betrachtete den Umriss ein paar Sekunden lang, dann riss sie die Arme hoch und sprang wedelnd nach vorn.

„Kusch!", rief sie.

Und er verschwand.

⋯⋅❯ **Die Taschenbuch-Ausgabe des Bestsellers.**

Frank Peretti:
Der Gesandte des Lichts
Roman.

Taschenbuch, 380 Seiten
Bestell-Nr. 816 010

Auch erhältlich:
die DVD zum Buch –
„The Visitation"
PAL, deutsch/englisch
Laufzeit: 100 min.
Bestell-Nr. 045 039

In der amerikanischen Kleinstadt Antioch geht das Leben seinen gewohnten Gang. Das ändert sich schlagartig, als plötzlich überall in der Stadt seltsame Dinge geschehen: Engelerscheinungen, weinende Kruzifixe und wundersame Heilungen.

Doch diese mysteriösen Ereignisse scheinen nur der Anfang von etwas viel Größerem zu sein. Denn in ihrem Gefolge taucht ein junger Mann auf, dessen Auftreten, Worte und Wundertaten nur einen Schluss zulassen: Er muss Jesus sein, der wiedergekehrte Messias ... oder?